A CONTRA-PARTIDA

LIVRO 2

O CONTRA-ATAQUE

UM THRILLER SOBRE
O PODER DA VINGANÇA.
VALE A PENA?

URANIO BONOLDI

A CONTRA-PARTIDA

LIVRO 2

O CONTRA-ATAQUE

valentina

Rio de Janeiro, 2021

1ª Edição

CAPA
Raul Fernandes

FOTO DE CAPA
Thiago Sapienza (atriz: Dedé Duarte)

DIAGRAMAÇÃO
Kátia Regina Silva

Impresso no Brasil
Printed in Brazil
2021

CIP-BRASIL. CATALOGAÇÃO NA PUBLICAÇÃO
SINDICATO NACIONAL DOS EDITORES DE LIVROS, RJ
MERI GLEICE RODRIGUES DE SOUZA – BIBLIOTECÁRIA CRB-7/6439

B712c

Bonoldi, Uranio
O contra-ataque / Uranio Bonoldi. – 1. ed. – Rio de Janeiro: Valentina, 2021.

400p. ; 23 cm. (A contrapartida; 2)
Sequência de: A contrapartida

ISBN 978-65-88490-34-1

1. Ficção brasileira. I. Título. II. Série.

CDD: 869.3
21-73419 CDU: 82-3(81)

Todos os livros da Editora Valentina estão em conformidade com
o novo Acordo Ortográfico da Língua Portuguesa.

EDITORA VALENTINA
Rua Santa Clara 50/1107 – Copacabana
Rio de Janeiro – 22041-012
Tel/Fax: (21) 3208-8777
www.editoravalentina.com.br

Dedicatória

Dedico este livro ao grande público leitor de *A contrapartida*, que, dado o seu sucesso, permitiu o lançamento do segundo volume desta saga. Sim, a vocês, leitores amantes do gênero suspense, que adoram ser surpreendidos.

Que este contra-ataque os deixe... atônitos!

Agradecimentos

À minha querida família: minha mulher Paola, meus filhos Roberta e Aurelio, minha nora Mariela, e meu neto Valentin, nascido praticamente junto com este livro. Obrigado pelo amor e apoio de sempre.

A quem acreditou na trama de *A contrapartida*, nos seus possíveis desdobramentos e num projeto de maiores dimensões. Hoje é um time que compõe esta trajetória e nomeio aqui, meus agora amigos, que, de forma direta, representam a constelação de inúmeros apoiadores e entusiastas do projeto:

Eduardo Villela, Daniel Agrela, Lion Andreassa e toda a equipe da Editora Valentina, representados por Rafael Goldkorn, Rosemary Alves, Vânia Abreu e Ilson Pellegrinelli.

Meu caloroso obrigado a todos!

PARTE UM

O Passado Pode Ser Enterrado?

Chamas que Ardem

"Eu só queria dar um jeito, arrumar tudo!"

Outono na cidade de São Paulo, 21 de abril, 15h15. As ruas estão vazias no bairro Santa Cecília, e as quatro quadras que separam a casa de Iaúna do bar parecem intermináveis para o dr. Octávio Albuquerque Júnior. Os passos largos e as mãos trêmulas, que traduziam todo o nervosismo do crime recém-cometido, agora retratam desespero.

"Não! Não pode ser verdade! Não pode ser verdade! Porraaa!!!"

Octávio sente uma dor aguda e aperta o peito com força. O coração bate como murros de uma agonia que tenta escapar, a boca do estômago é pura ânsia e um gosto de fel lhe amarga a língua.

Um jato forte e quente sobe descontrolado, corroendo o esôfago. Vomita. Um líquido de odor fétido cobre a calçada, e essa mesma matéria densa e cáustica escorre pela boca. Sem esperar por outra golfada, com a mão suja desse líquido viscoso, volta a pegar o celular. Os dedos precisos de cirurgião cardíaco tremem, enquanto a senha é inserida. Erra. O indicador escorrega na gosma e a tela deixa de responder ao toque. Cai de joelhos, derrama na mão a água com gás comprada no bar ao lado e limpa o celular. Tenta a senha mais duas vezes até que consegue desbloquear o aparelho.

A tela informa que há recados na caixa postal. Ele já sabe, já ouviu, mas a mente custa a acreditar.

No seu devaneio, imagina um mundo no qual interpretou a mensagem erroneamente e está tudo bem, mas a realidade é mais insuportável que os pequenos golfos que ainda sobem em espasmos e escapam como coriza.

Aciona o comando para ouvir novamente a caixa postal, e o pior se confirma na voz doce e simpática de Cristina Albuquerque, sua mãe: *"Iaúna acabou de me chamar para ver umas coisas velhas que ainda estavam guardadas no porão. Ela quer minha autorização para jogar tudo fora. Coisas da sua avó, inclusive. Quem sabe encontro algo que sirva de recordação? Me convidou para tomar um chá com bolo de fubá juntas, daqui a pouco, lá mesmo na casa dela. De lá te ligo de novo. Te amo, meu eterno gatão..."*

Desta vez, o ar lhe falta completamente. Não consegue respirar e sufoca. Octávio se contorce na calçada e coloca a mão no rosto, desesperado. Pessoas no bar e alguns poucos transeuntes se aproximam para ampará-lo. Tentam entender o crescente desespero daquele homem.

"Não pode ser verdade, caralho! Não pode, porra! Que pesadelo!"

Uma forte explosão levanta uma revoada de pombos dos telhados das casas antigas do bairro tradicional e assusta os fregueses do bar. Octávio grita para si mesmo, entre lágrimas e suor:

– Preciso voltar! Preciso salvar ela de lá!

"Voltar para onde?", "Salvar quem?", perguntam algumas pessoas.

Sem equilíbrio, Octávio se levanta, apoiado num poste. Tosse, engasga e chora. Outro jato de vômito sai com violência, e o abdômen se contrai na tentativa de expulsar tudo.

– Calma, moço... – pede uma mulher, tentando amparar o médico que urra e caminha com dificuldade, tropeçando e se desvencilhando do povo que o observa.

– Me solta! Ela tá lá! Preciso voltar! – repete.

Sem força nas pernas, ele cai de joelhos, enquanto fala baixinho para si mesmo:

– Ela não tá lá. Ela não foi, não pode ser, eu tô muito fodido, mãe!

Octávio imagina Cristina em casa, no sofá, lendo uma revista e sorrindo.

Enquanto mais pessoas o cercam, outras comentam sobre a terrível explosão e correm em direção à fumaça negra que se ergue numa coluna mortal. As vozes em volta de Octávio estão abafadas e incompreensíveis. A cabeça dói. Nos ouvidos, um zumbido agudo e penetrante.

Agora imagina Cristina de pé, preparando seu famoso dry martini, sempre cativante e feliz. Está sorrindo também.

– Mãe!!! – grita, ao mesmo tempo que se engasga e tosse.

No chão, aperta o atalho do celular para ligar para a mãe.

– Atende, mãe, pelo amor de Deus, atende, pelo amor de Deus, atende, pelo amor de Deus, atende, pelo amor...

Ela não atende. Apoiando-se em braços alheios, Octávio se ergue. Os rostos estão borrados, mas todos parecem ser o de Cristina Albuquerque.

Caminha mais alguns metros, empurrando quem lhe oferece apoio e ignorando as vozes que, vez ou outra, são incompreensíveis: "Tá bêbado!", "Drogado", "É o crack", "Tão bonito", "Sujeito estranho de gorro e regata", "Alguém chama um médico...". Encostado contra uma parede, ouve sirenes. "Polícia?", "Não... bombeiros!"

O elixir recém-ingerido intensifica seu efeito na mente de Octávio, e a razão lhe cai como uma bomba. "Não dá para fazer mais nada. Preciso fugir." Respira fundo e corre para longe da turba, batendo o ombro nos muros e raspando o braço, a ponto de se ferir. Esfrega os olhos melados com os dedos sujos. O ardor é intenso. "Caralho! Porra!!!"

Escora-se, vacilante, numa árvore, e considera voltar para o casarão e resgatar a mãe. Odeia-se pela ideia idiota. "Casarão não, imbecil, burro! Volta pra casa e segue o plano, seu idiota! Você tem que estar em casa!"

Caminha no sentido contrário a toda a balbúrdia gerada pelo incêndio e evita se expor ou ter a imagem capturada pelas câmeras de segurança da rua. Prossegue, cambaleante e ofegante, vômito na roupa e o rosto banhado de lágrimas e suor. Morde o canto do lábio e conclui: "Eu tô muito fodido, fiz merda. Acabei com a minha vida. Eu quero morrer!!!"

Já perto do prédio em que mora, para na entrada de um estacionamento, cuja lateral foi tomada pelo mato, e, percebendo-se fora do fluxo normal de gente, começa a tirar o disfarce: gorro, barba falsa e óculos escuros. Embola tudo e leva para queimar mais tarde. Entra no prédio pela garagem, para não ser visto. Estudou a posição de todas as câmeras e como não ser detectado. Arrasta-se, exausto, pela escada de emergência, degrau por degrau, andar por andar. Para muitas vezes em busca de ar – uma verdadeira via-crúcis –, até que chega na sua cobertura.

Seguro no apartamento, fita a própria imagem destruída no espelho do banheiro e chora copiosamente, odiando-se. Lembra-se de quando ouviu o ranger da porta da despensa sendo aberta no casarão e concluiu: "deslocamento de ar".

"Podia ser o vento, mas teria sido a minha mãe, dopada, naquele armário da cozinha? Meu Deus, eu não fui até a cela! Será que ela estava lá? Eu não fui até a cela! Índia filha da puta! Minha mãe estava na cela! Índia maldita, queime no inferno, vagabunda!"

Mira seu reflexo no espelho, e a adrenalina vai baixando. Está um traste, uma sombra de ser humano, um lixo desprezível. Descobriu o que existe muito abaixo do fundo do poço. Matou a doce mãe da pior maneira possível e agora corre o risco de ser preso.

– Queimei viva minha própria mãe!!!

Chora desesperadamente, sentindo a mãe ao seu lado, perguntando com indignação macabra: "O que você fez, meu filho? Amor da minha vida, o que você fez?"

Imagina Cristina Albuquerque no chão do casarão, morta, carbonizada. Ela ainda sorri.

– Eu fiz por você e pelo papai! Eu só queria dar um jeito, arrumar tudo! Eu quero arrumar tudo! Eu ainda quero arrumar tudo...

O Início da Tempestade

16 de abril de 2016, Nova Andradina, Mato Grosso do Sul.

Um homem alto, forte, com feições indígenas, muito bem-vestido, chega a uma serraria num carro de luxo. Enquanto dá a volta na parte de trás do estacionamento, ouve rodas derrapando do outro lado da construção. Pelo retrovisor, vê uma picape azul, com vidros escuros, deixando a madeireira em alta velocidade.

Carlos "Pajé" Rodrigues, cujo nome real é algo muito pior e sinistro, foi até a sua madeireira, convocado por um funcionário. Segundo o encarregado, um cliente importante faria um grande pedido naquele dia e eles lucrariam bastante. Quem seria o desconhecido naquela picape azul?

Sem descer do carro, liga para os funcionários, mas ninguém atende. O que é estranho, pois eles sabem que o patrão nunca espera mais de dois toques, e as consequências de demorarem para atendê-lo são sempre duras. Os carros dos empregados ainda estão no estacionamento.

"Será que aqueles bostas fizeram alguma besteira e fugiram?", indaga-se, largando o veículo próximo à entrada e correndo, sem quase fazer barulho, para dentro do escritório.

Olhos destreinados talvez não percebessem que o ambiente foi alterado, mas não os de Carlos. Seus sentidos, memória e poder de dedução reconhecem a mais ínfima mudança de cenário. "Alguém limpou o escritório. Fizeram uma merda e tentaram não deixar rastro", conclui e corre de volta para o carro.

"Eu pego aqueles dois filhos da puta!"

Ao mesmo tempo que pisa fundo para tentar alcançar a misteriosa picape, liga para um contato:

– Alô?

– Cleuter, seu merda, você sabe se o Cartel do Carcará tá com gente por essas bandas de Nova Andradina?

– Se... seu Carlos? É o senhor?

– Não! É a tua mãe, seu corno! Responde logo se você ouviu algo sobre o Cartel do Carcará. Se alguém da turma deles veio pra cá...

– Olha, seu Carlos, eu... eu acho que não, viu? Corre na boca miúda que o senhor já pegou tudo e que eles estão satisfeitos com o pedacinho de chão que o senhor deixou na fronteira. Eles morrem de medo... pavor mesmo do senhor querer tomar deles!

– É bom que tenham medo e é bom que você tenha também, Cleuter. Tô com problema com dois funcionários, e, se eu descobrir que passaram eles, a trégua vai terminar! Espalha a palavra por aí, já!

– Deus me livre, seu Carlos... trégua terminar? Não brinca assim, não!

– Se você estiver mentindo... nem seu Deus vai te livrar dessa, Cleuter. Tchau!

– Sua 'bença', patrão.

– Bença é o caralho!

Alcançar a picape não é problema para Carlos. O motorista em fuga está com pressa, mas não é tão habilidoso quanto ele no volante. A ideia é seguir até o final e entender a razão de tudo aquilo. Estranhamente, quem quer que esteja dirigindo o carro perseguido respeita radares e limites de velocidade. Quando o veículo entra na rodovia federal MS-276, Carlos se preocupa: "Aonde esses filhos da puta estão indo? Vou ficar sem combustível."

Por sorte, a picape para em um posto na cidade de Batayporã, e Carlos aproveita para abastecer também seu veículo. É discreto para ninguém perceber sua presença. Assim que retoma a estrada, a picape para num acostamento vazio e mal iluminado. Carlos observa de longe, apaga os faróis e entra com o carro num matagal alguns metros atrás. Ele consegue ver que o motorista está trocando as placas dianteira e traseira.

"Quem é esse cara?", pergunta-se. "Bom, esse bosta tá morto, só não sabe ainda!"

Quando, horas depois, o veículo perseguido entra na MS-480, sentido rio Paraná, Carlos fala em voz alta:

– Vai pra São Paulo, é? Quero que se foda, agora eu vou até o fim!

O ritual de parar para trocar a placa ocorre sempre que há aviso de pedágio. Carlos observa, entre outros fatores, que o motorista da picape azul se desfaz de sacolas plásticas ao longo do caminho, numa atitude extremamente suspeita.

Já em São Paulo, faltando dez minutos para as cinco da manhã, a picape para mais uma vez, agora numa rua sem saída, o que obriga Carlos a estacionar longe e observar tudo a uma distância segura. O motorista, vestindo jaqueta de couro e gorro, sai do carro, troca novamente as placas e tira a jaqueta, o gorro e um bigode postiço. Veste, então, uma capa de chuva amarela com capuz e calça botas aparentemente novas. A chuva forte começa a se transformar em tempestade.

"Esse aí vai aprontar alguma. Onde foram parar o Joilson e o Cleverson?", pensa, voltando a seguir o utilitário até uma estrada de lama, bem arborizada. Para não ser visto, desliga os faróis e mantém-se longe. "Ele não pode me ver de jeito nenhum, até que eu queira ser visto."

O carro perseguido estaciona definitivamente numa trilha aberta, e tudo vai ficando muito mais bizarro. Carlos deixa seu veículo e segue a pé até o final da trilha, onde há árvores altas e vegetação com raízes aéreas. O terreno fica ao lado de um parque.

Caminha por entre as árvores com grande destreza, apesar do tamanho e da quase total falta de iluminação. Andar entre árvores, para ele, é como nadar para um peixe: natural, simples e fluido. Localiza a picape voltada para o mato, os faróis altos iluminando o motorista. As portas do veículo estão abertas, e Carlos, olhando por entre as rodas, consegue precisar o momento ideal para observar tudo com absoluta certeza de que não será visto.

O motorista está de joelhos, vomitando próximo a dois corpos. Mesmo com a chuva torrencial, é possível enfim descobrir o paradeiro dos empregados.

"O desgraçado matou o Joilson e o Júnior!", conclui, avaliando se deve atacar o homem. Para ele, não será difícil acabar com aquele estranho, mesmo que ele esteja armado. Carlos tem certeza de ter sobre si as sagrações e dádivas dos deuses, que lhe garantem força e inteligência acima da média. Além disso, aquele sujeito vomitando não parece ser um inimigo à altura.

O motorista olha para o alto e grita algo inaudível. Em seguida, levanta-se e posiciona-se entre os dois corpos. É possível perceber algumas características físicas do homem: aproximadamente 40 anos, magro, forte, cerca de 1,80 m de altura. "Ainda assim, fácil de ser abatido."

Repentinamente, o estranho saca um canivete e corta os dedos dos cadáveres, um a um, colocando-os num tubo plástico. Foram dezenove ao todo, pois Cleverson perdera uma falange num acidente na marcenaria. "Esse filho da puta não quer que eles sejam identificados, canalha!" Mesmo nervoso e já tendo vomitado mais duas vezes, o homem parece ter competência, pois, além das luvas que usa, possui a habilidade típica de um açougueiro. O homem se mostra apreensivo em meio às árvores altas e o terreno lamacento. Tropeça nos cadáveres que jazem inertes, tórax e cabeça dilacerados, olhos arregalados em derradeira expressão de terror.

Um ódio mortal toma conta de Carlos. Decide dar a volta na picape – que permanece com o motor ligado – para ver se encontra mais pistas. "Motor roncando e essa chuva dos infernos são ótimos para encobrir o som dos meus passos." Na porta aberta do passageiro, uma caixa vermelha com alça branca repousa, esquecida, sobre o banco. Ele acompanha com o olhar o motorista, que se recupera do tombo e se dirige ao banco traseiro do veículo. Esse é o momento ideal para dar a volta pela frente, mas não sem antes pegar a caixa.

"Preciso ver o que tem dentro dessa merda de caixa", decide.

O motorista vai até o banco traseiro da picape para limpar os vestígios do seu transporte macabro. Retira e dobra enormes plásticos escuros e, de onde está, olha de relance para os bancos da frente. Parece notar o sumiço da sua caixa no banco do passageiro. Ao mesmo tempo, Carlos já vai abrindo a tal da caixa e encontra o que menos esperava ver naquele início de manhã tempestuosa: nos quatro compartimentos internos do recipiente, há dois corações e dois cérebros humanos.

"Esse motorista não é apenas um homem comum. É um adversário."

Carlos reconsidera a ideia de atacá-lo fisicamente. "Não pode ser coincidência. Esse cara sabe do ritual. Ele conhece o elixir!" Imediatamente repõe a caixa no banco do passageiro. O motorista da picape, após dar a volta no veículo e reencontrar a caixa no local onde havia deixado, fica visivelmente confuso. Carlos, por sua vez, corre por trás dele rapidamente e se camufla entre as árvores próximas.

– Quem é?! Quem está aí? – grita o homem.

Carlos não se mexe, apenas ergue a cabeça a tempo de, no clarão de um relâmpago, identificar o rosto daquele que será o seu novo e maior pesadelo.

"Dr. Octávio Albuquerque Júnior! É o filho do figurão!"

Carlos se mantém estático até a picape dar a volta rapidamente e sair pela estrada, espirrando lama em todas as direções.

"Será que esse filho da puta descobriu tudo? Será que ele se uniu a *ela*? Até onde *ela* está envolvida?", pensa, enquanto, tomando chuva, amaldiçoa seus próprios deuses e liga para a única pessoa que poderá solucionar esse mistério.

– Alô, Iaúna? Como vai, minha irmã? – pergunta, em meio à tempestade torrencial que já alaga a pequena estrada.

A mulher do outro lado da linha atende chamando-o pelo verdadeiro nome, seu nome secreto, um nome que é uma função, uma missão e, ao mesmo tempo, uma maldição. Um nome que Carlos não ouve há algum tempo e só admite ouvir dos lábios da própria irmã:

– Iaruanã? É você?

O maior de todos os trovões explode em fúria, no Parque do Carmo...

Interrogatório

No dia 26 de abril de 2016, antes mesmo do enterro da mãe, Octávio é chamado na 77ª DP para prestar depoimento sobre o estranho incêndio no tradicional casarão de Santa Cecília. O delegado Paranhos, o PH, e o escrivão recebem o médico com grande empatia.

– Dr. Octávio, meus sentimentos. Como está?

– Indo, muito obrigado. Mas me chame apenas de Octávio, por favor, sem o "doutor".

Octávio exibe tristeza como cabe a todo enlutado, mas, por dentro, está assustado. Precisa estar certo de que não poderá deixar transparecer qualquer tipo de nervosismo ou cair em contradição.

O papo tende a ser longo, logo Octávio pede que os trâmites sejam breves.

– Vamos lá, então. Octávio, você afirmou, assim que tivemos o nosso contato inicial, que a sua mãe, a respeitada dona Cristina Albuquerque, é uma das vítimas do terrível incêndio. Como o senhor pode ter tanta certeza?

– Eu… eu sei porque… por dois grandes motivos: o primeiro é que a minha mãe desapareceu, está absolutamente fora de contato, e, conhecendo ela, esta situação jamais existiria. Ela sempre me dizia onde estava, sempre se comunicava comigo. O segundo e mais contundente é esta gravação que já passei para o seu escrivão, na qual minha mãe afirmava estar indo para a casa de dona Iaúna.

O delegado, então, informa em voz alta:

– Registre-se que o depoente afirmou que a mãe deixou gravada mensagem prévia afirmando que iria para o local do incêndio.

O escrivão anota tudo, ao mesmo tempo que o delegado vai mudando lentamente o tom, de amigável para mais interrogativo.

– Octávio, como era a sua relação com a sua mãe?

Octávio está tenso, mas já tem traçada uma estratégia para retirar-se completamente do radar de uma possível investigação criminal.

– Qual mãe?

O delegado aperta os olhos.

– Como assim? Você tem mais de uma?

Octávio força um silêncio longo e, em seguida, respira fundo para responder com falsa consternação:

– Eu... eu perdi duas mães naquele incêndio. Minha mãe de sangue, Cristina, era o meu amor maior, o meu universo. Aquela que me deu a vida e construiu quem eu sou hoje, junto com o meu falecido pai. Já a dona Iaúna foi a mãe que o destino me deu. A mulher que me criou, me alimentou e foi a minha melhor amiga. Não tenho como estar mais arrasado.

O delegado balança a cabeça em concordância.

– Saudosa dona Iaúna. Fará muita falta. Mulher de origem humilde e de grande coração.

– Sem a menor dúvida, uma pessoa incrível... – ratifica Octávio, dedicando grande esforço para disfarçar o ódio que sente pela índia.

– O pessoal aqui da delegacia adorava a dona Iaúna. Os bolos que ela trazia, as longas conversas sobre crimes... como ela adorava! Não sei por que aquela doce senhorinha se interessava em ouvir tanta crueldade e levar numa boa.

– Pois é... ela era muito forte, apesar da idade.

– Nem parecia tão velha!

Octávio ajeita-se na cadeira.

– Verdade. Era como se rejuvenescesse a cada dia... – concorda.

Saudoso, o delegado sorri e volta a olhar os papéis.

– A dona Iaúna era uma segunda mãe, como disse. Posso afirmar que você frequentava muito a casa dela?

– Sim, sem a menor sombra de dúvida, desde criança. Sempre foi a minha segunda casa.

– Então, você teve sorte de não estar lá no momento do incêndio, certo?

Octávio concorda, mas sua mente está dois passos à frente da do delegado.

– Na verdade, o que eu mais queria era estar lá quando o fogo começou.

– Como assim?

Octávio olha para baixo, fingindo tristeza. Pensa na mãe para ganhar credibilidade na atuação.

– Se eu estivesse lá, mas Deus infelizmente não permitiu, eu teria salvado a minha mãe e... a dona Iaúna, com certeza. Conheço o casarão de cima a baixo.

– Então, se houver alguma parte que não foi destruída pelo fogo, teremos chances de encontrar as suas digitais, concorda? Afinal, estava sempre lá.

– Sim... com certeza, mas aonde o senhor quer chegar?

O delegado dá um longo gole num copo de café frio e responde:

– Bem... em lugar nenhum. Só para saber mesmo. Encontramos polietileno derretido no casarão. Sabe o que isso significa?

– Polietileno? – estranha Octávio. – Pode significar tantas coisas...

– Galões de gasolina derretidos, Octávio. É isso que significa uma grande quantidade de polietileno num incêndio. Por isso estamos investigando tudo. Não que a dona Iaúna não pudesse guardar gasolina em casa. Eu não duvido, aquela índia era teimosa... Mas, voltando... você sabia que há partes do local que não foram queimadas?

Octávio se mostra surpreso, mas não diz nada. O policial prossegue.

– Posso afirmar que você não esteve lá, nem nas proximidades, naquele dia?

– Sim, mas...

– Então, onde você estava?

– No meu apartamento – responde, sem titubear. Arrepende-se da velocidade com que informa e então se recorda: dados do FBI comprovam que mentirosos respondem mais rápido perguntas óbvias porque decoraram as respostas. "Eu preciso atrasar minhas respostas para perguntas óbvias em um ou dois segundos. As demais devo responder rápido, olhando nos olhos, mas baixando, às vezes, o olhar em sinal de tristeza."

– E como demorou tanto para saber sobre o incêndio, ouvir o recado da sua mãe e, pior ainda, atender às ligações da polícia?

Octávio segura com as duas mãos um copo plástico com água gelada, que haviam deixado para ele na mesa. Ensaia beber, mas recoloca-o na mesa. "Esse malandro quer me dar um xeque-mate!"

– Eu sou pesquisador, além de médico, como o senhor deve saber. Preciso de sossego e concentração durante o trabalho, e uma noite muito bem dormida. Nesse dia, inclusive, após horas exaustivas trabalhando com o celular desligado, tomei remédio para dormir e apaguei. Eu estava havia dias sem experimentar um sono reparador.

O delegado dá outro gole, matando o café frio, e olha para o escrivão, que ergue as sobrancelhas e sorri amigavelmente.

– Então, você é o primeiro médico que eu conheço que consegue realizar tal façanha.

– Qual façanha? – pergunta Octávio, sem entender bem a que façanha ele estava se referindo.

– Dormir!

O delegado ri alto da própria piada, acompanhado por Octávio. Dr. PH completa:

– Na verdade, isso explica o fato de você tomar remédio. Um comportamento muito comum entre os profissionais de medicina. Não deveriam, mas sei que vocês são chegados nuns... você sabe.

Octávio concorda com a cabeça. O delegado aproxima o rosto.

– Ninguém falou com você ou o viu no dia do incêndio?

– No dia, exatamente, não. Um dia antes, conversei com uma grande amiga minha, Fernanda de Vita. Estava preocupada com a Martha, a minha ex. Foi a última pessoa que me ligou, podem verificar com ela. Aliás, foi essa ligação que me motivou a desligar o celular e tomar o remédio pra dormir. Meu celular sempre fica ligado para emergências, mas eu estava muito cansado e precisava realmente descansar.

– Verificaremos, pode ter certeza, mas saiba que, procedimentos à parte, estou sendo rígido apenas por praxe. Ainda não sabemos a causa do incêndio, e você é tão vítima quanto as suas *duas* mães. Geralmente, incêndios suspeitos nos levam ao padrão Watergate de investigação...

– Padrão Watergate?! – questiona Octávio.

– Sim, usamos a regra do "Siga o Dinheiro". Incêndios criminosos são causados por antecipação de herança, liberação de terreno ou briga entre membros da família. Conversamos com algumas pessoas, e está bem claro que você não tem nenhuma destas três motivações. Estamos vendo agora se algum parente da dona Iaúna poderia querer a casa ou o dinheiro dela!

– Será, dr. PH? – Octávio finge surpresa.

– Apenas motivos passionais justificariam algo da sua parte, mas você amava ambas as mulheres, não?

– Demais, delegado. Amava muito as duas. Eram como guias para mim. Eram o que eu tinha de mais valioso na vida... Eram os meus faróis, o meu porto seguro.

Sepultamento do Bem e do Mal

28 de abril de 2016, uma semana após o incêndio, um cortejo com mais de cem pessoas desce pelas silenciosas ruas do Cemitério Gethsêmani Morumbi. A imensa área verde, sem lápides ou cruzes, mas com numerosas espécies de árvores frutíferas frequentadas por belas aves, assegura paz aos visitantes que acompanham os dois carros elétricos, mas não a Octávio. Paz é exatamente o oposto do que está sentindo. Tavinho já estivera naquele mesmo lugar e seguira aquele mesmo percurso havia mais de vinte anos, no sepultamento do pai.

– Por que tantas pessoas?

A pergunta de Octávio é dirigida a Martha Moss, ex-namorada e seu amor de toda a vida. Mulher que o traiu, influenciada pelos maliciosos conselhos de Iaúna, Martha foi uma das primeiras a chegar ao velório ocorrido horas antes com os caixões lacrados. Os corpos estavam carbonizados e fragmentados devido às sucessivas explosões durante o incêndio. Assim que pisou na capela, Martha correu para abraçar Octávio, consolá-lo e ser consolada. Independentemente de como a relação dos dois havia terminado, aquele era um momento de relembrar e chorar por Cristina, a quem Martha admirava imensamente.

Respondendo ao questionamento de Octávio durante o cortejo fúnebre, Martha diz com os olhos inchados de chorar:

– Tavinho, todos vieram pela sua mãe e por você!

– Por mim? Eu não conheço a maioria dessa gente! Vieram apertar a minha mão, mas vários aí eu nunca vi.

– Dona Cristina tinha muitos conhecidos e era respeitada. Você mesmo já me contou sobre como ela e o seu pai eram bem-relacionados. E você,

Tavinho, você é um cirurgião de renome. O incêndio foi terrível. A TV não para de explorar o assunto, você viu...

Somam-se, aos de corpo presente, parentes e amigos da família Albuquerque, o professor Firmino, grande mestre de Octávio, a dra. Lívia, ex-professora do médico e também uma velha amiga da família, catedráticos e colegas da universidade, cirurgiões, pesquisadores do hospital, certos pacientes mais próximos, repórteres policiais e muitos curiosos, claro. Há também alguns representantes da ONG educacional de Cristina e até mesmo empresários apoiadores.

Octávio só pensa nas escolhas erradas que fez. Agora, com tanto mal desencadeado, é fácil apontar aonde cada decisão o levou.

"Isso tem que acabar! Essa fase horrível, tenebrosa, tem que ter um fim! Eu preciso mudar, preciso melhorar, mas como? Ainda é possível?"

Os carros elétricos se posicionam próximos aos jazigos, e as pessoas se acomodam lado a lado em volta das duas covas abertas. Octávio olha com tristeza para um terceiro jazigo próximo, o do pai. À sombra de uma grande jabuticabeira, o padre se aproxima e pergunta a Octávio:

– Os caixões serão trazidos um de cada vez?

– Como assim?

– É... é que todos estão dizendo que o senhor está enterrando suas duas mães. Imaginei que o senhor desejaria pegar na alça dos dois e...

– Não!!! – interrompe Octávio, quase gritando, mas logo se recompõe. – Nã... não é necessário. Eu trago o da minha mãe, ao mesmo tempo que alguém traz o caixão da... o outro. Vai ser mais rápido assim.

Martha e o próprio padre se espantam, mas aceitam. Então, Octávio se une a Oswaldo Roche, Renato Stein e a três outros homens para erguer e conduzir o caixão de Cristina até o jazigo. Os coveiros e alguns presentes fazem o mesmo com o de Iaúna.

Octávio deseja, no seu íntimo, que todos desapareçam. Para ele, bastaria estarem ali Martha, Oswaldo, Fernanda de Vita e Silvia Bruno. Até Renato Stein, respeitosamente presente e consternado, tem a figura mais agradável do que aqueles rostos estranhos. Há muita ironia naquilo tudo. Para a maioria dos presentes, Octávio está enterrando suas "duas mães".

Para ele, no entanto, a santidade de Cristina está sendo contaminada pela perniciosa Iaúna. "Mesmo depois de morta, a vagabunda conseguiu estar entre nós, estar com a sua presença doentia na nossa família."

Octávio está confuso e com raiva. As palavras do padre ficam inaudíveis, mas há algo que serve de ponto de apoio para ele: a presença de Martha ao seu lado. As lágrimas escorrem, e ele pensa na mãe com amor e em Iaúna com ódio. "Se eles soubessem... Ah, se soubessem!"

Há também a insegurança em relação à vida que levará dali em diante. Até então, Iaúna havia criado em Octávio uma grande dependência. Desde cedo, o rapaz projetara na índia uma substituta para o pai, acreditando que ela havia se tornado uma pessoa perspicaz, focada e segura.

Os caixões são baixados simultaneamente, sob muitos aplausos. Octávio olha apenas para o jazigo da mãe e, assim que os ataúdes atingem o fundo das covas, é o primeiro a se agachar, pegar um punhado de terra e jogar sobre o caixão da mãe.

– Fique em paz e com Deus, mãe! Encontre meu pai, o amor da sua vida, e vivam esse amor na eternidade! – sussurra com a voz embargada, que culmina em choro.

Martha se agacha e o abraça. A maioria das pessoas vai se retirando para seus carros luxuosos, outras ainda colocam a mão no ombro de Octávio, que chora de tristeza. A dualidade de sentimentos é avassaladora. Ao lado de tanta saudade e amor, pulsa o ódio pela causadora da morte do pai, a responsável pelo seu envelhecimento precoce e pelo fim do seu relacionamento com Martha.

– Uma blasfêmia... – sussurra para Martha, que não o ouve. Observadora, ela está olhando as pessoas. Muitas fazem questão de serem vistas, como se o ritual fúnebre fosse um acontecimento social. Outras, mais discretas, apenas se afastam devagar, respeitando a dor do momento.

"Quanta gente", pensa Martha. "Até carreirista político veio! Coitado do Tavinho!"

Fernanda de Vita, ao ver a amiga explicitamente incomodada, pergunta:

– O que foi, Martha?

– São essas pessoas! Quem é toda essa gente?

Fernanda percebe que Martha está trêmula e a abraça.

– Quer um copo d'água?

– Quero sim, amiga. Pega pra mim? – pede Martha.

– Claro. Já volto.

Assim que retorna, Fernanda comenta:

– Olha, perto daquela árvore, que casal estranho! Eu nunca tinha visto um índio tão grande. O homem parece um poste de tão alto, e a idosa ao lado dele, de bengala e véu de viúva, é muito esquisita! Olha só o colar que ela está usando! Quem usa esmeraldas numa cerimônia dessas? Acho que erraram de enterro! – espanta-se.

Fernanda aperta o rosto de Martha contra o seu ombro, amparando-a. As amigas choram e se consolam. Octávio, abraçado a Oswaldo, ouve do amigo:

– Você precisa ser forte. Estar forte!

Quando os coveiros terminam de cobrir os sete palmos de terra, apenas Octávio e Martha permanecem no local. Após um longo suspiro, o médico diz:

– Bom, tá na hora de ir, vou chamar um aplicativo.

– Você não veio de carro? – pergunta Martha.

– Eu não estava em condições de dirigir e...

– Eu te levo.

– Sério? – surpreende-se Octávio.

– Claro, vem. Se você não se incomodar de ir comigo...

Octávio esboça um quase sorriso e dá o braço novamente a Martha. Ambos sobem a quadra do cemitério em silêncio, entregues aos próprios pensamentos, que se alternam entre morte, tristeza e amor eterno.

No caminho até o prédio de Octávio, um silêncio profundo envolve o casal. Parecem dois estranhos dividindo o mesmo veículo. Assim que Martha estaciona em frente ao edifício, ela gira a chave e continua olhando para frente, como se estivesse sozinha. Octávio percebe. Martha toma coragem para falar, mas é surpreendida pelo pedido do amigo:

– Podemos conversar?

Martha respira aliviada.

– Eu... eu ia pedir isso e...

– Preciso falar com você e contar muita coisa. Preciso mostrar quem eu sou realmente. Quero que você me veja por completo. Por favor...

– Tavinho, eu...

– Espera... aqui, não. Vamos para o meu apartamento? – sugere ele. – Lá, eu vou te dizer tudo, sem segredos. Não quero cometer com você o mesmo erro que eu cometi com a minha mãe. Você precisa me conhecer completamente. Pode subir comigo?

Martha aceita. Está tremendo, nervosa, como se aquele reencontro fosse, na verdade, um novo primeiro encontro. Assim que entram na cobertura, Octávio fecha a porta e dá ambas as mãos para Martha, que estranha aquele gesto repentino.

– Não quero parecer um péssimo anfitrião, mas, antes de te oferecer alguma coisa, preciso tirar isso do meu peito... Martha, eu errei com você. Errei muito. Errei feio. Guardei segredos horríveis e verdades que poderão te causar pesadelos. Tudo fruto das minhas péssimas escolhas.

– Mas, Tavinho, eu também errei e...

– Eu já te perdoei – diz ele.

– Você...? – surpreende-se Martha. – Espera, Octávio. Então espera! Eu quero te dizer algo que está engasgado há muito tempo. Não te tiro a razão de ter ficado tão decepcionado comigo.

– Como assim, Martha?

– Eu não sou aquela pessoa que te machucou tanto. Eu errei demais, fui tola, me deixei levar por uma malícia enorme, plantada por quem queria nos ver separados! Também me deixei levar pela necessidade de autoafirmação perante a minha prima, que não tinha qualquer compromisso, enquanto eu, verdadeiramente, te adorava e respeitava. Octávio, eu não sou aquela pessoa que te machucou. Acredite em mim. Me arrependi demais do que fiz e pelo sofrimento que te causei. Se existe alguém que não merecia passar pelo que você passou, tendo ouvido de mim que foi traído... esse alguém é você. Me perdoe, *de verdade*. Não importa o que acontecerá com a gente daqui pra frente, mas preciso demais do seu perdão para poder *me* perdoar.

Os olhos de Martha se enchem de lágrimas, enquanto os de Octávio a fitam com ternura e respeito pelas palavras.

– Claro que eu te perdoo, Martha. De coração. Você sabe disso. Perdoo pelo que aconteceu, mesmo sabendo que você poderá não me perdoar após ouvir tudo o que tenho para dizer. Perdoo e confio totalmente em você. Nós fomos vítimas nisso tudo! Jovens tolos! Só não me perdoo por não ter falado contigo antes. Martha, você significa muito para mim, e não quero esconder de você quem eu sou realmente. Não quero repetir com você o mesmo erro que cometi com a minha própria mãe. Primeiro, quero dizer que ainda te amo e que sempre, sempre te amei!

Pela primeira vez, em semanas, Martha sorri. Pela primeira vez, em meses, Octávio sente uma ponta de alegria e, pela primeira vez em muito tempo, o casal se beija. É um beijo demorado, terno e saudoso. Um beijo repleto de nostalgia e promessa.

Assim que o beijo termina, o casal se abraça forte, como se fosse impossível separá-lo mais uma vez. Martha sussurra no ouvido de Octávio:

– Eu também te amo e estou pronta. Pode me contar todos os seus segredos.

Investigando o Amigo

No meio da tarde de domingo, 17 de abril de 2016, Octávio e Oswaldo saboreiam, no terraço do apartamento, uma tábua de queijos acompanhada de um delicioso rosé e charutos cubanos perfeitamente enrolados. O bom gosto de Octávio para vinhos e aperitivos não ajuda Oswaldo a digerir a fantasiosa versão do amigo a respeito do encontro com os criminosos na madeireira.

Não porque a mentira seja exagerada ou contraditória, mas porque é perfeita, pacífica demais e desprovida de emoção, criada para cumprir a narrativa de um filho que se viu frente a frente com os prováveis assassinos do pai.

Oswaldo, melhor amigo de Octávio, nem de longe pensa em interrogar o médico ou contradizê-lo, mas é natural um policial farejar merda, especialmente quando embrulhada em uma história bonita e conciliadora.

– Então, Tavinho, como foi?

– Perfeito. Eles entenderam, apesar de serem bandidos, que eu os deixaria em paz. Acabei nem indo à madeireira. Lá não tem shopping, então chamei os dois para uma conversa num restaurante supermovimentado. Aliás, irmão, a cidade é um ovo, muito carente de bons locais para pernoitar ou mesmo comer decentemente.

A partir dessa primeira resposta, Oswaldo aciona o modo investigativo e sente, a cada afirmação do amigo, que o pior pode ter acontecido.

– Mas eles aceitaram falar, Tavinho? Não ficaram incomodados nem... desconfiados?

– Foi como eu te disse, eu os acalmei, tranquilizei-os do ódio que senti no passado e afirmei que já não se fazia mais presente. Continuei dizendo que havia superado a morte do meu pai, que não queria o mal deles, mas precisava saber a verdade, e se por acaso tinham alguma ideia do que poderia ter acontecido, uma vez que não haviam sido eles os autores do disparo. Acreditaram em mim e, a partir desse ponto, disseram uma coisa que me impressionou demais, e com isso eles acabaram por me convencer de que estavam falando a verdade.

– O que foi? O que foi que eles disseram?

– Revelaram que estavam armados!

– Jura?!

– Sim, porém, nos autos de defesa, nas acareações, nas confissões sem o uso de tortura e no tribunal, essa foi a grande mentira da defesa, que sempre sustentou que não portavam arma de fogo.

Várias outras respostas de Octávio evidenciam ao amigo delegado que algo de muito grave deve ter ocorrido nesse encontro. A ênfase dada à presença dos seus seguranças, referidos como "armários", os supostamente não utilizados eletrochoques, os muitos momentos em que tentou encerrar a conversa, enfim, tudo parece bastante estranho a Oswaldo. Muita mentira e pouca verdade.

Assim, não é difícil para o delegado, duas semanas após o enterro de Cristina e Iaúna, iniciar por conta própria uma investigação informal. Ele precisa desesperadamente investigar, afinal, o melhor amigo de infância pode estar correndo sério perigo. Aproveitando, de memória, as pistas inconscientemente fornecidas por Octávio antes e depois do encontro com os marginais, além dos recursos disponíveis à polícia e, principalmente, dos dados levantados no dossiê criado pelo investigador particular contratado, Oswaldo decide então refazer o trajeto até Nova Andradina.

Cauteloso, passa três vezes na frente da madeireira, até que estaciona em uma estrada vicinal, a cerca de cem metros. Sem saber exatamente o que encontrará, aproxima-se de um grande portão de madeira e busca, nas laterais, possíveis acessos para o estacionamento. Olhos treinados percebem que o local manteve recente fluxo de pessoas.

O pesado portão está trancado com uma grossa corrente oxidada, mas ainda muito resistente. Oswaldo olha para os dois lados da estrada e gira a corrente para identificar o que a prende. Não se surpreende: ali está um cadeado simples, mas é praticamente impossível quebrá-lo em pouco tempo. Sabe que não dispõe sequer de minutos, parado ali, mas a necessidade de investigar o local visitado por Octávio e descobrir a verdade, ou pelo menos parte dela, é irresistível.

O delegado pega uma ferramenta muito comum para abrir cadeados e a insere no trinco, empurrando todos os pinos da guia para cima. Mantendo-os assim, enfia o arame até o fundo. Atingindo o final do cilindro, onde estão as traves da haste. Uma breve torção, e pronto! O cadeado cai aberto na terra.

Oswaldo tira a corrente e entra. Grama alta, lixo e folhas secas no chão evidenciam o abandono. Sem medo de encontrar um cão de guarda, pois já verificou a sua inexistência pelo lado de fora, o delegado busca na parte externa do escritório câmeras de segurança e sensores de movimento. Como não os encontra, avança para a porta de entrada.

Estranhamente, está apenas encostada. Oswaldo abençoa a própria sorte e empurra a maçaneta com o cotovelo, para não encostar a mão. Já do lado de dentro, veste luvas descartáveis. "Sei lá o que o Tavinho aprontou aqui, melhor eu me prevenir", pensa, enquanto caminha pelo escritório. Vê uma cadeira posicionada bem no centro do cômodo. "Aí tem coisa." Oswaldo se agacha e lança a luz do celular em direção ao chão. "Muitas gotas de sangue. Tavinho fez merda." Procura fios de cabelo e outros detalhes que possam ajudar, mas não encontra nada.

Vai até a mesa de trabalho e se depara com uma espécie de cigarro de palha num cinzeiro. "Alguém acendeu, só deu um trago e largou aí. Quem terá sido?" Tira algumas fotos com o celular e se dirige para uma poltrona larga, encostada próxima a uma janela. Posicionado atrás dela, em busca de pistas, assusta-se com o barulho da porta do escritório sendo violentamente aberta.

Em silêncio, olha pelo reflexo da janela e vê um homem alto e forte falando ao celular. Oswaldo sabe que, se for descoberto, poderá até ser morto; afinal, é um invasor.

O homem, elegante e com feições indígenas, marcha, nervoso, no piso de tábuas que rangem sob seus passos.

– Cleuter, seu troçolho! Você deixou a porra do cadeado aberto! O quê? Deixou sim, caralho! Cleuter, eu não quero saber! Tá vindo me buscar? Não demora que eu tenho o que fazer. E já vai pensando, porque eu vou precisar de outros dois laranjas iguais aos inúteis do Joilson e do Cleverson.

Oswaldo constata o pior. "Porra, os caras sumiram! Onde estão esses dois com quem o Tavinho veio falar? Por que esse sujeito quer substituir eles? Será que o Tavinho apagou os caras? Com quem ele tá se metendo, meu Deus!"

– Iguais não, mais espertos, pelo menos isso! Há encomendas de madeira chegando de todo canto, e não tenho como escoar!

Oswaldo prende a respiração e torce para o homem ir embora, ao mesmo tempo que ouve cada detalhe da ligação e tenta reter o máximo possível de informações sobre o estranho: aparência, sotaque e atitudes.

– Escuta, Cleuter. Todo mundo aqui sabe como eu faço negócio. Como é o meu jeito, não sabe? Todo mundo sabe que eu colho onde não plantei, não sabe, Cleuter? Eu sou federal desde quando saí do Amazonas, seu bosta. Sabe o Amazonas? Já viu um mapa do Brasil, Cleuter? Eu mando nessa merda desde lá de cima, daquela mata do caralho, até São Paulo, e você sabe disso!

Oswaldo ouve passos do homem se aproximando. Imediatamente coloca a mão no coldre e destrava o pente com todo cuidado, para não fazer barulho. Ainda assim, um leve clique é ouvido. O gigantesco e nervoso estranho se senta pesadamente na poltrona, que, com o impulso, vai para trás e quase esmaga Oswaldo contra a parede. O delegado se segura.

– Eu tenho outras preocupações agora. Preciso resolver um monte de coisa, e o recado tá dado. Agora eu… eu…

O homem para de falar e estranha algo. Vira o pescoço olhando para trás. Oswaldo saca a pistola e se prepara. O homem exclama e se levanta rapidamente:

– Mas que belezura!

O índio fica em pé olhando na direção de Oswaldo.

– Você não sabe quem eu achei aqui, Cleuter, mas também não é da sua conta. Depois te ligo.

Guardando o celular no impecável paletó, o homem se debruça sobre a poltrona e olha pela janela, acima de Oswaldo, que permanece invisível para ele. Bastaria dirigir o olhar para baixo e flagrar o delegado escondido.

"Ah, encontrei o que eu estava procurando faz tempo nessa madeireira! Vou pegar antes que o inútil do Cleuter chegue pra me buscar!"

Então, sai do escritório e corre, cheio de galanteios, para se encontrar com uma linda mato-grossense de seus vinte e poucos anos, a moça que faz semanalmente a faxina geral do escritório. Transa com ela de pé, nos fundos da construção, e a dispensa com um leve tapa na face. "A felizarda que faz sexo com o patrão", sussurra no ouvido da jovem.

O sujeito faz mais algumas ligações e, então, sai para se encontrar com o capanga na frente da madeireira. Oswaldo, que permaneceu imóvel todo esse período, ergue-se a tempo de ver o luxuoso carro partir.

Agradecido pela própria sorte, mas ainda assustado, pensa em voz alta:

"Tavinho, com quem você foi se meter? Puta que pariu!"

Inimigo Declarado

– Iaruanã? É você?

Seu nome verdadeiro, que para seu povo já extinto significava uma missão e uma maldição, soa doce na voz de Iaúna. Iaruanã quase fraqueja, mas a cena recém-presenciada e os pingos grossos e gelados sobre seu blazer trazem-no à realidade e ao verdadeiro motivo da ligação repentina.

– Preciso saber, Iaúna, preciso saber, em nome dos deuses! – grita, seguro de estar sozinho e incomodado com o som da água torrencial que cai do céu.

Iaúna, sentada na cama na qual acabou de despertar, assustada com a rara ligação, pergunta:

– Saber o quê, ihaninhê? Onde você está?

– Estou num terreno. Num parque, acho eu. Ao lado de um parque... Estou em São Paulo!

– Em São Paulo? Você... você está vindo me visitar?

Ainda que a irmã seja a única ligação com o seu quase inexistente lado humano, o índio, nervoso e desconfiado, a pressiona.

– Iaúna, eu segui ele até aqui. Eu segui ele, Iaúna!

– Seguiu quem, Iaruanã? Em nome de Jaci e Kûara, do que você está falando?

Iaruanã entra no carro, e os vidros embaçam imediatamente devido à condensação da respiração quente. O índio liga o ar-condicionado, coloca a chamada no bluetooth do veículo e começa a fazer o caminho de volta.

– Iaruanã, você ainda está aí? – pergunta Iaúna, preocupada.

– Eu vi o teu menino, Iaúna. Segui o teu menino até São Paulo!

– Menino? Que menino? Está tudo bem com você?

– O filho do figurão, o doutorzinho, Iaúna! Eu segui ele de uma das minhas madeireiras até este parque lamacento!

– Não estou entendendo nada, irmão! De quem você está falando? Você está bêbado?

– Caralho, irmã! Tô falando do dr. Octávio! Filho do figurão, porra! Não entendeu ainda, cacete?

– O Tavinho?!

– Isso! É dele que eu tô falando! O *teu* Tavinho! Ele foi...

– Você fez algo com ele, anhangá?

– Eu já disse que detesto que me chame assim. Fica tranquila que o teu menino nem me viu. Nem notou que eu tava na cola dele desde sempre. Otário! E você sabe o que ele fez?

– O... o quê?

– Ele desovou o Joilson e o Cleverson. Lembra deles? Os dois que fizeram o serviço pra nós, lembra? O serviço no pai dele e...

– Nós, não! Você sabe muito bem! Jamais diga isso outra vez para mim, jamais! – grita Iaúna.

– Tá, tá... Desculpa, tô nervoso pra caralho e...

– Eu me lembro bem do que você fez! Todas as noites! E agora você está me dizendo que o Tavinho matou e enterrou os dois?

– Com certeza, esse teu Tavinho não tava plantando pé de bandido naquela porra de terreno encharcado. Ele apagou os dois e, dependendo do que sabe, virá atrás de você e de mim, porque aqueles dois eram dois idiotas de língua solta. Devem ter aberto tudo pro doutor!

Iaúna fica pálida e emudece. Baixa o telefone sobre a coxa.

– Iaúna? Iaúna?

– Eu te avisei!!!

– Avisou o quê?

– Eu te avisei, Iaruanã! Nós fomos contra os deuses! Causamos dor a uma família boa, a família que me acolheu! Eles não mereciam! Eles...

– Iaúna, calma, tem...

– Tô acabada! O amor da minha vida a essa hora já tá querendo me ver morta, destruída! O que que eu vou fazer?! – pergunta Iaúna, apavorada.

– Calma, Iaúna, tem mais uma coisa...

– Tavinho, Tavinho, meu amor! Ele vai me matar, meu irmão! Ele vai acabar comigo! Ele pensa que fui eu que...

– Cala essa boca, Iaúna! Quieta! Para com isso!

A velha índia se contém, mas os soluços seguem baixos na ligação, o que irrita ainda mais o irmão.

– Tem outra coisa, Iaúna. Tem algo que me incomodou e...

– O quê?

Iaruanã para num posto de gasolina que começou a iniciar as atividades naquele dia, sob forte chuva. Desce e caminha até a loja de conveniência, enquanto explica:

– O "teu menino", o doutorzinho, ele não é só um assassino. Ele tem um ponto em comum conosco, Iaúna.

– Ponto em comum?

– Eu acho que o seu amor é herdeiro da mais importante e secreta tradição Moxiruna. Acredita, *dona* Iaúna? Será que ele era um índio desgarrado e *ninguém* nunca sacou?

Iaúna percebe a ironia do irmão e se levanta da cama, tomando cuidado para não fazer barulho. Por conta da chuva, a índia está, em sua noite de folga, na casa de Cristina e não quer acordá-la tão cedo.

– Não entendi. O que está querendo dizer, Iaruanã?

Iaruanã, enquanto se acomoda na mesa da pequena loja e se recompõe da enxurrada, responde:

– O doutorzinho tirou o coração e o cérebro do Joilson e do Cleverson, Iaúna. Ele fez a extração.

– O quê? Impo...

– Ele fez, estou te dizendo. Eu vi os corpos. E pior: também vi os órgãos que ele colocou numa caixa cirúrgica. Eu nunca tinha visto órgãos retirados e preservados em tão perfeito estado como aqueles que o teu Tavinho pegou dos meus capangas vacilões. Vou te contar, ser médico tem lá suas vantagens. Outro ponto que me surpreendeu foi que eu nunca pensei que aqueles dois tivessem cérebro, mas hoje tive a prova...

– Ele... ele tirou o...

– E vai realizar o ritual! Ou você vai me dizer que é coincidência? Vai me dizer que ele pegou os miolos dos dois idiotas pra estudar? Só se estiver escrevendo uma tese sobre burrice! Ele conhece o ritual mais importante do nosso povo, e, se conhece, foi porque *você* ensinou pra ele!!! – vocifera Iaruanã.

Nesse momento, Iaruanã se exalta, chamando a atenção da atendente da loja, que estava repondo mercadorias atrás de uma prateleira e cuja presença ele não havia notado. O índio, então, olha para a jovem e pisca um olho, flertando com ela.

Iaúna torna a ficar em silêncio. Iaruanã se segura para não gritar mais uma vez.

– Porra, Iaúna, ele conhece o ritual como? Você ensinou... você administrou nele o elixir?

Iaúna exclama, com a voz aliviada, respirando de maneira mais solta e leve:

– Graças aos deuses!

– O quê, minha irmã?

– Graças aos deuses, Tavinho não vai me matar. Esse não é o plano dele. Provavelmente, seus dois... capangas... empregados, sei lá, aqueles dois não falaram nada de mais. Provavelmente, ele nem deu a eles uma chance de se explicarem!

– Como você pode garantir isso?

Enquanto pergunta, o índio tira do bolso interno do paletó uma caneta com tampa de prata, decorada com uma pequena porém preciosa pedra, e escreve algo num guardanapo de papel.

– O Tavinho não sabe fazer o ritual, meu irmão – continua Iaúna. – Ele nem imagina os detalhes. Só conhece os dois ingredientes principais, mas nunca soube a receita exata. Se ele realmente fez isso que você falou, virá me pedir ajuda! Graças aos deuses, está tudo bem! Meu Tavinho ainda confia em mim!

– Mas você falou do ritual pra ele? Você deu a ele o elixir? Por quê?

– Irmão, agora não é hora para...

– Por que você fez isso, Iaúna? Nosso maior tesouro! Nós dois prometemos nunca revelar o segredo pra ninguém, principalmente para um cari, um caraíba, um homem branco! Ele nunca seria digno!

– Olha, eu... eu me senti culpada pelo que esses dois bandidos fizeram, seguindo as suas ordens. Sofri muito com o Tavinho ainda criança, levando uma vida infeliz por causa da perda do pai, que tanto adorava. Ele virou um menino completamente inseguro! Nós fizemos isso, nós destruímos aquela família! Se eu pudesse voltar atrás, jamais repetiria aquilo. Como me sinto mal por ter provocado toda essa sujeira! Os deuses devem me odiar por isso! E você... você foi o grande mentor dessa tragédia! E a dona Cristina, que me acolheu, ela não merecia...

– Tá bom, já entendi, você tá arrependida. Mas como ele encontrou a madeireira e os dois, Iaúna? Quem contou onde eles estavam? Paguei caro pra sumir com todos os vestígios...

– Não faço a mínima ideia! Ele é esperto! O elixir age diferentemente nele, não sei, é mais eficaz. Acho que os deuses simpatizam com ele.

– Ah, é? Vamos ver se o elixir é mais eficaz nele mesmo e vamos ver quem é o preferido dos deuses.

– Iaruanã! O que está querendo dizer? O que vai fazer com o Tavinho?

– Calma, por enquanto, nada. Você vai ter que cuidar de cada passo do doutorzinho. Ficar de olho nele. Se eu precisar atacar, sei muito bem como...

– Irmão, é medo que estou percebendo nas suas palavras?

Desta vez é Iaúna que usa de ironia lancinante para ferir o ego do irmão.

– Medo? Não! Jamais! É ódio, Iaúna. E você sabe o que eu faço quando sinto ódio, não sabe? Esse moleque já devia ser perigoso antes, e aí você vai e dá a ele a nossa maior arma. Mas não tem problema, foi bom conversar com você, descobrir que você deu a ele o elixir por todos esses anos pelas minhas costas e...

– Espera! Não foi assim, Iaruanã, ele precisava, coitado, ele...

– Calma, está tudo bem, irmã. Estou tranquilo agora. Como eu disse, foi bom falar contigo e ter algumas ideias para o caso de eu precisar de um escudo.

– Escudo? O que quer dizer?

– Até mais, maraniru!

Iaruanã desliga o celular. Sabe que uma guerra está para começar. Só não sabe de que lado sua irmã ficará. Uma certeza, que arde no cerne da sua alma, é que ele está em vantagem em relação ao inimigo, porque este pode e vai atacar primeiro.

Iaruanã guarda o celular no paletó e vai até a atendente, que agora está atrás do caixa. A garota parece assustada.

– Quanto ficou o café e a água? – pergunta ele.

– Oi... oito reais – responde ela, visivelmente incomodada com o brutamontes que passou os últimos minutos vociferando ao celular sobre mortes, desovas de cadáver e elixires misteriosos. Iaruanã tira uma nota de cem reais da carteira e a entrega à moça.

– Você nunca me viu. Fique com o troco.

A garota respira aliviada e sorri, constrangida. Aquele homem, apesar da conversa inevitavelmente ouvida e pela aparência assustadora, é generoso, não oferece perigo. Ela agradece. O índio pisca o olho e lhe entrega um guardanapo onde escreveu algo enquanto discutia com a irmã. A atendente pega o papel, confusa, e observa aquele grã-fino sair confiante do posto em direção ao seu lindo carro importado. Então, a moça desdobra o bilhete, pronta para anotar o contato do ricaço no seu celular, mas lê:

Se comentar qualquer coisa que ouviu aqui, eu vou saber.

Relê o bilhete mais cinco vezes, compenetrada. Até que a porta da loja se abre novamente e lá está o homem de volta.

– Rasga essa porra aí. Agora! Antes que eu te faça engolir!

Origens

Fim de junho de 1995, num boteco pequeno e escuro na região movimentada do Brás, Carlos Rodrigues aguarda, numa mesinha de ferro, a chegada de uma pessoa importante. Com ele estão dois dos seus empregados: Joilson e Cleverson.

– Chefe, o senhor tá diferente hoje!

– É, tá mais comum: camiseta, boné, óculos escuros. Às vezes, é ruim mesmo ficar usando aquelas gravatas apertadas, né? Quer dizer, nunca usei, mas sei que é ruim. Enforca a gente!

– Calem essas bocas, SEUS MERDAS! Não posso ser reconhecido. Não sou qualquer zé mané que nem vocês. Por isso escolhi essa boca de porco nojenta e esse horário. Três da tarde isso aqui vira um formigueiro.

Os homens ficam quietos, mas não resistem por muito tempo.

– Chefe, posso pedir aquela fatia de pizza? Tô faminto, e aquele pedaço tá me olhando. O cara do balcão falou que é dessa semana...

– E... e eu queria pedir um ovo. Aquele azul! Posso pedir, chefe? Sem abusar, mas a gente tá com muita fome!

Carlos Rodrigues olha o relógio e suspira:

– Tá, tá... podem pedir!

Todo feliz, Joilson vai até o balcão.

– Aí, neguinho, eu quero essa fatia de pizza, um ovo desses colorido aí...

– Azul! – grita Cleverson da mesa, irritando o patrão.

– ... azul e duas pinga.

O balconista não gosta nem um pouco de ser chamado de “neguinho”, mas releva porque sabe que nenhuma resposta ou castigo àqueles homens será mais danoso que a ingestão da comida do seu bar. Sorri por dentro e vaticina: "Preparem-se para horas de caganeira."

– O senhor não vai mesmo querer nada, chefe? Na vitrine tem uma coxinha que...

– Cala a boca, imbecil! E eu lá sou homem de comer em boteco, quem gosta de lavagem é porco! Eu quero é que vocês se concentrem! Ela vai chegar logo. É pra prestar atenção na conversa, e não quero ninguém aqui parecendo capanga. Dependo de informações dela! E tem mais: não se metam na conversa, apenas escutem. Precisamos de todo o serviço e, pra isso, ela vai ter que dar detalhes, mas não pode saber das nossas intenções.

Os homens concordam e, minutos depois, Iaúna entra no bar. O índio fica de pé para recebê-la:

– Oheinê!

Após um abraço na irmã, ele puxa outra cadeira de ferro.

– Quem são eles? – quer saber Iaúna.

– Ah, esses aí são o Joilson e o Júnior. Trabalham comigo.

– Por que você está vestido assim? – pergunta ela.

– É para combinar com o ambiente, minha irmã. Por isso, marquei num lugar desses. Ninguém pode me reconhecer ou saber dessa nossa importante conversa. Quer que eu lhe sirva algo? Um café?

Joilson se mete na conversa:

– A pizza tá ótima! Se quiser, eu peço pra senhora...

Iaúna o ignora.

– Preciso voltar logo, hoje é o meu dia de buscar o Tavinho na escolinha. O professor está viajando de novo e...

– É sobre isso mesmo que eu quero falar, minha irmã.

Iaúna coloca a mão direita sobre o coração.

– Sobre a dona Cristina e o Tavinho? Não sei o que quer, mas não vou falar nada sobre eles. Você anda estranho, irmão, com essa nuvem aí em volta de você. Esquece... Não vou colocar ninguém em perigo.

– Perigo? Não, Iaúna. É sobre o tal professor Albuquerque. O marido da sua patroa e pai do seu patrãozinho...

– Sou amiga da família, quase parente e...

– Tá, tá, ok... Eu só preciso saber agora os hábitos do professor: locais que frequenta, horários, caminhos que ele pega... entende?

Iaúna olha para baixo.

– Pra que você quer saber isso? Quer machucar ele, é? Fala a verdade!

– Não, minha irmã, jamais... É que...

– Eu sou esperta, irmão. Nunca se esqueça... nunca se esqueça de que eu sou tão ou até mais esperta que você. Ouço coisas naquela casa e já sei que o professor tá pesquisando assuntos que envolvem o seu trabalho. O mentor dele, o tal... bom, você sabe, ele morreu num... Não tem dedo teu aí, tem?

Joilson e Cleverson sorriem e se entreolham com cumplicidade.

– Claro que não, irmã. E eu lá sei mexer com essas coisas?

– Não vou ajudar você a machucar o professor e nem ninguém daquela família.

Iaruanã percebe que não dá para enrolar muito a irmã.

– Não, Iaúna, não vou machucar ninguém. Eu preciso avisar esse tal professor, falar com ele. Ele tem que saber que mexeu num vespeiro perigoso e poderá ser picado. Naquela época... há três anos... nos dias do tal naufrágio, você sabia que ele estava lá na Amazônia fazendo perguntas e juntando... evidências?

– Evidências contra você! Sobre como você castiga a mata, a floresta, os animais e os nossos irmãos! – responde Iaúna, indignada.

– Calma, Iaúna, fale mais baixo, por favor...

A índia retoma o tom mais comedido e prossegue:

– Nunca entendi a razão de você fazer isso, meu irmão. Você tinha que ser como eu. Grato. Somos sobreviventes! Olha como você tá bem! Tá saudável e seguro! E eu, eu tenho gente que cuida de mim, me acolhe e precisa de mim, gente...

– Branca! Gente branca. Eu também aprendi muito com o homem branco, oheinê. E você sabe. Eles quase acabaram comigo, e eu jurei... Jurei nunca mais ser capacho na mão deles. Eu jurei me aproveitar da ganância deles para reinar, eu sou o senhor deles e não um... um empregadinho.

Iaúna recebe a ofensa com satisfação. Servir à família de Cristina, para ela, é privilégio que agradece todos os dias. Tudo o que tem de material e imaterial veio daquela carinhosa e decente família.

O índio insiste com a irmã:

– Iaúna, por favor... eu não vou fazer mal nenhum a ele. Preciso avisá-lo que há gente perigosa nesse meio e que já estão de olho nele. Se eu passar o recado direitinho, ele vai parar de incomodar esses homens perigosos e ninguém vai sair prejudicado. Vai, me fala dele: horários, onde frequenta... Vou salvá-lo dessa gente perigosa.

– Gente como você, né?

– Pelo amor de Aicaaivat, irmã! Já entendi que você me vê como um cara ruim, mas preciso proteger aqueles que te empregam! Dá pra entender? Eu não quero que ele morra, cacete! Vê se me entende! Seria um horror para você, para a tua patroa e para o teu patrãozinho, claro! Quero que você entenda que ele está correndo risco de vida! Preciso falar com ele pra não mexer mais no assunto da floresta... Ele precisa cuidar da vida *dele*, da família linda *dele*! Ele tá se metendo onde não deve!

Iaúna suspira e decide falar:

– Olha, irmão, se alguma coisa acontecer ao dr. Albuquerque, eu nunca, jamais te perdoarei, entendeu? Guarde bem as minhas palavras!

– Por favor, irmã... Eu tô fazendo isso por você! Nem é por eles, é por você!

– Tá bem. O professor anda viajando novamente, agora que começaram as férias escolares. Ele tá tentando achar alguém que guarde os documentos e a pesquisa que fez. Ele descobriu coisa muito importante, e lá tem muitas provas. Eu escuto sempre ele falando com a dona Cristina.

– Certo, eu sei... Mas lá onde? Onde ele guarda as informações?

– Tem uma pasta de couro que anda com ele. Não deixa nem em casa. A dona Cristina até já mandou guardar num cofre, mas ele insiste em carregar. Pra faculdade onde trabalha, pras reuniões que faz fora, pra todo canto...

– Tá, mas me fala mais desses locais. Quando ele vai voltar? Que horas ele sai do trabalho? Descreve essa pasta!

"Os deuses devem estar ofendidos com tudo isso… peço apenas proteção à família. Que meu irmão esteja falando a verdade em apenas querer proteger o professor", pensa ela, após revelar todas as informações que sabe sobre a rotina do pai de Tavinho.

Três meses depois, com a morte do professor num assalto estúpido, Iaúna chorou em silêncio, lamentando o mal que acabara trazendo para aquela família e, então, jurou ajudar Cristina e o filho, além de prometer a si mesma nunca mais apoiar o irmão, nunca mais!

No dia em que soube da notícia, ela se escondeu atrás da porta e ficou observando Tavinho no colo da mãe, num gesto de verdadeiro consolo mútuo.

"Preciso sair daqui", decidiu. "Vão me ver neste estado de tristeza sem fim… Vou para o quarto, preciso me recompor. Tenho que me mostrar forte e apoiá-los neste crime pelo qual sou responsável! Que horror toda essa sujeira que o meu irmão causou e que agora está nas minhas mãos! Eu queria contar a verdade, eles merecem saber, mas não posso. Jamais me perdoariam."

Confissão

– ***Também te amo, Octávio, você sabe! Estou pronta. Pode começar a contar*** todos os seus segredos...

Logo após o intenso beijo e a declaração de Martha, Octávio suspira e sorri. Estar ali diante da mulher da sua vida, indefeso e de espírito despido, disposto a relatar minuciosamente suas escolhas erradas, mostra-se extremamente desafiador para o cirurgião.

Com detalhes, Octávio conta para Martha o outro lado da sua vida, relembrando-a do seu intelecto mediano, seu despreparo emocional e todos os problemas enfrentados na tenra idade... até chegar ao momento em que Iaúna, sua pretensa segunda mãe, lhe apresentou a beberagem que alteraria o seu destino.

Martha fica chocada quando Octávio lhe explica parcialmente a fórmula do elixir e a maneira utilizada pela sua falecida mentora para obter tão rara matéria-prima. Ela é acometida de forte ânsia de vômito ao descobrir o processo e saber que o amor da sua vida participava e consumia o resultado do macabro ritual.

Nervoso, Octávio explica que tudo o que conquistou se devia ao superior desempenho intelectual provido pelo elixir de Iaúna, mas que a contrapartida havia sido o envelhecimento precoce e o possível comprometimento da sua alma.

– Descobri que Iaúna estava me usando e tinha um objetivo sórdido.

Martha fica em choque ao tomar conhecimento da atração doentia sentida pela índia. O impacto das informações sobre o emocional de Martha é crescente. Octávio sabe que as piores informações serão definitivamente as últimas, mas opta por não poupá-la dos detalhes.

– Mas, Tavinho, você... você chegou a...

– Se cheguei a matar?

Octávio se consome de ódio por si mesmo e pelas péssimas escolhas feitas ao longo da vida. O medo que nutria de Martha não aceitar as suas terríveis verdades deixa de fazer sentido. O alívio em livrar-se de toneladas de culpa o motiva a prosseguir incansavelmente com a confissão.

– Eles mereciam, Martha!

– *Eles?* Eles quem? – pergunta, incrédula.

– Eu encontrei os assassinos do meu pai! Encontrei e acabei com eles!

Com olhos marejados, Martha leva a mão à boca. Não sabe como reagir, mas percebe que Octávio está lançando todas as fichas na mesa e expondo-se como nunca.

– Como eu disse, não quero mais ter segredos. Não quero perder você, como perdi meus pais. E, se estas verdades a afastarem de mim, pelo menos você estará deixando o Octávio verdadeiro, e não um homem idealizado e cheio de segredos.

Martha continua sem reação. Olhar arregalado e mãos trêmulas.

– Iaúna foi a culpada de tudo! Ela me manipulou desde o começo e manipulou você também. Ela estava envolvida na morte do meu pai e, por isso, teve o que merecia.

– Iaúna? Você... você quer dizer que o incêndio também...

Octávio se vira. A enorme sala da cobertura se transforma num cubículo sombrio, claustrofóbico, aterrorizante.

– Fui eu, Martha. Eu estava lá. Preparei uma armadilha para Iaúna e a fiz confessar tudo! Eu, Martha! Eu!!!

– Meu Deus, Tavinho...

– Eu matei...

Martha vira Octávio na sua direção e o abraça com força, mas o homem continua com os braços arriados, sem reação.

– Octávio! Não, Octávio!

Ela aperta o rosto contra o peito dele e começa a chorar copiosamente. Mas entende a dor do amado e, ao mesmo tempo que quer consolá-lo, deseja puni-lo, acalentá-lo, denunciá-lo, acolhê-lo. O pior de tudo: Martha sabe que é impossível se colocar no lugar dele neste momento. Então, ora baixinho para que ele encerre sua frase sem a terrível sentença final, que ele termine de vez aquela confissão. E, assim, a pior das revelações parte dos lábios de Octávio, ferindo os ouvidos e o coração de Martha como agulhas em brasa:

– Eu matei a minha própria mãe.

A frase sai da garganta de Octávio de maneira embargada, aguda, quase infantil, e é sucedida por um choro alto de desabafo. É a primeira vez que pronuncia seu crime em voz alta. Dizer aquilo foi como assumir, tornar palpável, a morte da mãe por conta da sua vingança contra Iaúna.

– Mas, Octávio, o que a sua mãe estava fazendo na casa da dona Iaúna?

– Martha, minha mãe deixou um recado no meu celular dizendo que iria para casa da Iaúna ver algumas coisas que pertenceram aos meus avós. Aquela vaca, filha da puta, atraiu minha mãe para a casa dela, sem me dizer nada! Ela antecipou uma vingança, caso eu lhe fizesse algum mal. Manipulou a minha mãe para se vingar de mim! Em morte, ela se vingou de mim, me fazendo matar a minha própria mãe, Martha!

Martha e Octávio choram abraçados por minutos. Octávio soluça sem parar, desesperado. Leva diversas vezes a mão ao peito pela dor aguda que está sentindo, tamanha a angústia. Geme de dor. Os dois se apertam ao máximo em consolo e compreensão. Quando não há mais fôlego ou lágrimas, ele apoia a testa no ombro de Martha. Não espera ser perdoado, mas sabe que deu o maior de todos os passos da sua vida em direção à verdade, ao amor e à redenção.

– Eu estou aqui, Tavinho. Estou ao seu lado. Estou com você. Obrigada, meu querido e meu amor. Obrigada por confiar em mim e me contar tudo.

– Nunca mais quero tomar aquele elixir maldito! Nunca mais! Eu só preciso descansar e trabalhar menos. Quero mudar, quero ser um cidadão de bem, ao seu lado!

Martha o aperta com toda a sua força contra o próprio corpo.

– Eu lutei com ela, eu enfrentei a vagabunda – sussurra Octávio entredentes. – Coloquei fogo na casa, mas não sem antes contar para ela que os bandidos haviam revelado tudo para mim. Os dois desgraçados falaram sobre um tal pajé, um índio poderoso, e perguntei para ela quem era o maldito. E ela teve medo. Chorou e implorou ao seu deus indígena! Eu nunca vou esquecer, Martha! Ela gritava algo, acho que era Aruanã. Estava desesperada!

– O que significa esse nome que ela pronunciou? Ela estava invocando alguma proteção? Chamando alguém?

– Sim, acho que pode ser um deus do seu povo, sei lá. Eu estava tonto. Quando se sai do transe, a gente fica desorientado, por isso tornei a dormir. E quando acordei, depois de ter me recuperado, aí sim, travamos um diálogo pesado e uma luta feroz, mas me lembro de que, assim que despertei, achei ter ouvido a voz de um homem na casa...

– Que horror, Tavinho!

Octávio já não consegue conter a ânsia e corre para o banheiro. Sente que, após a confissão, uma ducha forte completará a renovação do seu corpo e do seu espírito. Martha se dirige à copa para preparar um café, enquanto desliza o indicador sobre um tablet, deixado na bancada da cozinha, para checar as horas, e tem uma ideia.

O jato d'água fria no rosto de Octávio traz limpeza e, ao mesmo tempo, isolamento. Sozinho com seus pensamentos, o homem reflete sobre o futuro. Um futuro belo ao lado da mulher que ama e repleto de tempo para corrigir os erros do passado. Um pequeno questionamento brota na sua mente, um incômodo sutil, mas o médico sorri e pensa: "Ah, esquece. Por hoje, basta de revelações. O pior ela já sabe."

– Qual a senha do Ipad?

– Meu aniversário. Dia e mês.

– E como era mesmo o nome do tal deus da dona Iaúna? – pergunta Martha, invadindo o banheiro com o tablet nas mãos e sentando-se no vaso sanitário tampado.

– O quê? Fala mais alto – pede ele.

– O nome do deus de Iaúna... como era mesmo?

– Pra quê?

– Quero ver e entender o tipo de crença que aquela louca tinha...

– Esquece isso agora, por favor.

– É que eu...

– Mas, se não me engano, é tupi-guarani.

– Ok, é que eu estou aqui num site de tradução. Você sabia que "Iaúna" significa "Senhora das Trevas" ou "Irmã das Trevas"?

Octávio tira imediatamente a cabeça ainda ensaboada de xampu de baixo do chuveiro, para saber se ouviu direito.

– Sério?

– Sim! Você não sabia?

– Claro que não. Acho que nem meus pais sabiam, senão não teriam deixado que ela cuidasse de mim...

– E o deus? Como era mesmo?

– Acho que era... Aruanã, Martha! Ou Iaruanã! Como em *Ia*úna. Agora eu não sei se com "N" no final ou til. Esse tipo de língua é bem difícil de transcrever.

Octávio volta a cabeça para debaixo do chuveiro, tentando esquecer mais essa loucura. Enquanto isso, Martha tenta "Iaruanã". Até porque, Aruanã é um peixe e não quer dizer nada especificamente. Octávio pega um sabonete e começa a lavar o rosto.

– E aí? Encontrou alguma coisa? – pergunta ele.

Martha não responde, e Octávio segue livrando-se da espuma, tranquilo. Quase cinco minutos depois, Martha chama:

– Olha isso, Tavinho...

Octávio, alheio a Martha e cantarolando, continua distraído, terminando o banho. Ela insiste:

– Octávio, olha.

A água flui sobre a cabeça e o corpo de Octávio que, mais relaxado, não escuta Martha chamar, até ela bater com força no vidro do box.

– O que foi?

– Olha *isso*!

Martha encosta a tela do tablet no vidro e Octávio lê em voz alta:

– "Iaúna, Senhora das Trevas." Sim, você já me disse o significado.

– Calma, agora lê isso... – Martha passa o dedo na tela do tablet, virando uma página, e torna a encostá-lo no vidro do box.

– "Iaruanã, Guardião da Senhora das Trevas."

Octávio desliga o chuveiro, puxa uma toalha e seca o rosto.

– Como?!

– Isso mesmo! "Guardião de Iaúna", entendeu?

– Então, a vagabunda não estava invocando um deus... Ela estava... chamando alguém! O seu guardião!

– O tal pajé...

Octávio amarra a toalha na cintura e abre a porta do box. Sua expressão é de choque.

– A voz de homem que eu ouvi quando despertei... Ele estava lá! Tinha alguém mais na casa.

O Mais Culpado

O retorno de Oswaldo para São Paulo é penoso. "Estou me arrastando!", pensa. Fisicamente, continua em forma, mas a carga mental formada por toneladas de pensamentos e âncoras emocionais adquiridas após o breve e assustador episódio na madeireira o enfraqueceu e esgotou. O itinerário da volta parece ter dobrado e se tornado sinuoso e traiçoeiro, como o futuro que o delegado imagina para o amigo.

"Porra, Tavinho, que merda você fez! Aí não dá pra te defender!"

Ao chegar em casa, Oswaldo não conversa com a esposa. Vai direto para o chuveiro e roga para que a ducha lave sua alma, mas não adianta. O temor de que o seu melhor amigo tenha cometido um crime bárbaro e, para piorar, mexido com algum criminoso de alta patente o assombra.

– Como foi a viagem, amor? – pergunta a esposa, assim que encontra Oswaldo no quarto, abotoando lentamente a camisa do pijama.

O delegado não responde, e a mulher, carinhosa, se aproxima para ajudá-lo com os botões. Ritual que o casal adora. Oswaldo, por sentir-se cuidado e sua bela esposa, porque pode admirar o marido, sempre forte, fisicamente e no caráter. A profissão de delegado poderia ser uma desculpa para torná-lo frio e rude, mas Oswaldo foge completamente desse estereótipo de policial, por ser um homem vaidoso e delicado no trato com as mulheres, a família e os amigos. Essa essência o melhor amigo de Octávio carrega desde a infância.

– Algum problema no trabalho? – pergunta ela.

Oswaldo desvia o olhar e suspira.

– Por que fazem pijamas com botões? Será que não sabem que é desconfortável? E esse bolso? Serve pra guardar o quê?

A esposa sorri e percebe, pela resposta evasiva, que aquele não é o momento para conversar sobre trabalho.

Oswaldo passa por ela, senta-se na poltrona, pega o laptop e começa a buscar atividades criminosas na região de Nova Andradina. Os resultados vão surgindo. Ele não se atém a detalhes e ao texto. Prefere ler as manchetes, ver as fotos. Não sabe exatamente o que busca, sente que precisa encontrar algo sobre o homem com quem cruzou em Nova Andradina, mas não tem ideia de por onde começar. Busca por donos de madeireiras, índios, empresários indígenas, criminosos indígenas e, aos poucos, essa busca aleatória e tensa resulta em imagens cada vez mais pesadas: sangue, crimes de vingança, queima de arquivo, decapitações, empalamentos, esfolamentos, estupros, amputações e chacinas. Uma última foto ilustra um homem muito parecido com Octávio, amarrado a um poste. O rosto do homem está virado de lado, mas é possível ver seus olhos furados e os ossos das costelas expostos.

Oswaldo é acometido por uma forte taquicardia. Levanta-se repentinamente da poltrona e derruba o laptop no tapete. A esposa corre ao seu encontro.

– O que foi, amor? Me diz...

Oswaldo a abraça.

A manhã seguinte é completamente tomada pela busca de Oswaldo por informações referentes ao local e ao estranho que supõe ser o possível e perigoso inimigo. Esmiúça os dossiês sobre Joilson e Cleverson, linha a linha. Telefona para delegados das regiões próximas, em busca de pistas, e, por fim, conclui:

"O Tavinho tá fodido!"

Oswaldo entende que o amigo atraiu a atenção de pessoas cruéis e muito poderosas ao matar os dois capangas. O proprietário da madeireira, um tal de Carlos Rodrigues, é um político carreirista de destaque na vida pública e considerável sucesso financeiro. É praticamente o dono de um império de extração. Considerando as negociações lícitas, ele já seria um empresário de grande notoriedade, contudo, considerando as áreas obscuras de atuação, a fama e as atividades menos públicas, Oswaldo conclui que se trata de um criminoso digno de um capo italiano!

O delegado contata imediatamente o mesmo policial que investigou o paradeiro dos dois capangas. A ideia é iluminar as áreas de sombra da investigação, avançar o olhar em direção às ramificações da organização e do líder. Após cumprimentos amenos, ele vai direto ao ponto:

– Preciso dar continuidade àquela sua investigação no Mato Grosso do Sul.

– *No problema.* Me passa onde quer aprofundar, e eu vou atrás.

– Combinado, mas eu não vou conseguir remunerá-lo como antes. Essa investigação não é para aquele amigo meu, mas para mim mesmo e, como você sabe, não tenho os mesmos recursos.

– Não se preocupe. Além do bom pagamento que aquela investigação me rendeu, seu amigo ainda foi generoso no presente que me deu após a entrega do dossiê. Vocês estão com crédito comigo, e, na verdade, não vai ser tão complicado assim obter mais informações.

O delegado desliga, satisfeito, e retorna às suas tarefas. Por trás da calma superficial que assume, há uma enorme preocupação por Octávio. Além de correr grande perigo, o amigo é, notoriamente, um assassino. Uma dualidade de sentimentos corrói Oswaldo. Ao mesmo tempo que teme pela segurança do cirurgião, sente raiva de ter sido enganado por ele e de tê-lo ajudado a mergulhar no pior dos crimes, ainda que por vingança pela morte do pai.

Lembra-se de Octávio como o seu amigo Tavinho, na infância, com as fragilidades e limitações; lembra-se de protegê-lo, rir com ele, brincar na rua, descobrir a vida, construir sonhos; lembra-se de como foram irmãos substitutos um para o outro na época mais desafiadora da vida, que é a adolescência. Como aquele garoto pôde se tornar um assassino frio, calculista e manipulador?

Ondas de pensamentos contraditórios assolam Oswaldo. Vontade de prender Octávio, desejo de confrontá-lo, necessidade de denunciá-lo. O lado de policial inteligente e honesto grita para que o delegado siga as regras e cumpra a lei. Da mesma maneira, além das doces recordações da infância e da adolescência, Oswaldo também se recorda de quantas vidas o dr. Octávio salvou. De quantas mães, esposas, maridos, pais e filhos já agradeceram, em lágrimas, os talentos extraordinários do médico. Os prêmios recebidos, as pesquisas publicadas, os inúmeros elogios públicos feitos por autoridades importantes, políticos, artistas, ídolos do esporte nacional...

"Ele arriscou a pele para se vingar dos assassinos do pai!", justifica para si mesmo no dia seguinte, ao acordar de uma noite mal dormida.

Então, o telefone toca. É o investigador.

– Doutor?

– Já?

– É... bem... Assim que desligamos, eu retomei as investigações. Como agora não se trata de uma simples busca por paradeiros, acionei as CIs.

– CIs? Não estou familiarizado.

– Células de Inteligência. Os Serviços de Inteligência têm células em todos os Estados e capitais.

– Ah, sim. Claro.

O homem do outro lado da linha hesita e Oswaldo percebe.

– Desembucha, vai!

– Me responderam em doze horas.

– Aonde quer chegar?

– Assim que eu acionei as células, fui até a varanda do apartamento fumar um cigarro e...

– Certo, meu amigo, por favor, fale logo, estou ficando ansioso!

– Bom, minutos depois, uma das células me respondeu.

– Minutos?

– Sim, acho que uns cinco minutos depois.

– E eles falaram algo importante?

– Bom... Eles me informaram que tanto essa região como essa atividade estão bloqueadas por tempo indeterminado, e que estão proibidas incursões investigativas, por ordem federal.

– O quê? Como assim? Eles podem fazer isso?

– Aí é que tá, Oswaldo. Você sabe que trabalho nisso há muito tempo e que tenho competência de sobra. Posso citar casos famosos que solucionei, e tenho em mente outros que nem sonho em te contar. Em todos esses anos, nunca ouvi falar de bloqueio de criminoso por ordem federal.

– Mas esse tipo de bloqueio... o que significa?

– Confesso que não sabia e, por isso, fui atrás. Liguei para uns figurões, e o cenário é o seguinte: há mais de dez anos, havia duas células investigando a região. As linhas investigativas buscavam o comércio ilegal de madeira, mesclada com atividades criminosas e exploração humana, como trabalho escravo, tráfico de mulheres e de drogas, prostituição infantil... e todo esse tipo de sujeira. Bom, uma dessas células foi apagada completamente...

– Como assim? Mat...?

– Isso mesmo. Mataram todos os investigadores. Coisa de peixe graúdo, até porque você sabe como a gente opera de maneira profissional. Enfim, essa célula teve todos os membros mortos e a investigação, destruída.

– Meu Deus! E a outra?

– A outra célula se mantém, mas só faz relatórios chapa branca. De vez em quando, mandam uma ou outra informação, mas é como dizem na nossa profissão, estão apenas "cozinhando o galo". Desconfio que fizeram acordo e estão sendo arregados.

– Filhos da puta!

– É... acontece! A verdade é que os meus amigos figurões da polícia deram o recado na lata pra mim: "Não mexe nesse vespeiro." Eles sabem que sou contratado, e por isso estenderam o recado pra você, irmão: "Avisa seu cliente pra não mexer naquelas bandas." Não vale a pena, Oswaldo. Há muita sujeira ali, mas nada pode ser provado porque envolve empresários, políticos de Brasília, juízes, ONGs, cartéis de tudo que é pilantra, e índios. Tudo ali é clandestino, muito obscuro, e já teve até canal grande de TV que desistiu de fazer matéria porque o negócio é barra pesadíssima. Nível Dorothy Stang. Feio no nível Chico Mendes.

– Sério?!

Oswaldo até ensaia insistir, mas seu lado racional e experiente sabe bem o que o investigador está falando, por isso, agradece e desliga. Mesmo sem novas informações, o delegado descobriu o que queria saber: seu melhor amigo de infância premeditou e cometeu um crime de vingança contra os capangas de um desses raros e lendários mafiosos que aparecem poucas vezes na história, homens sem escrúpulos, poderosos, vingativos e implacáveis. Não é hora de julgar, punir ou ficar contra Octávio. É hora de combater o mais temido dos homens, o maior culpado.

"*Tamu* junto, Tavinho. Meu amigo, pode deixar! Eu vou te proteger."

O Balanço das Lanças

William entra na sala e cumprimenta a bela moça sentada numa cadeira de metal. A garota, de uns 25 anos, estende a mão, sem olhar para ele. Aparentemente, rolar para cima fotos de amigos e pressionar a tela para curti-las é mais interessante do que ser educada com aquele senhor que, pela aparência, era quase um octogenário, e que gentilmente se dispôs a contar sua história. E que história!

William veste um paletó azul desalinhado, muito maior que ele e fora de moda desde os anos 90. O cabelo ralo, penteado para trás com gel barato, e uma quantidade extra de fixador de dentadura denotam a sincera intenção do idoso em apresentar-se no seu melhor visual para aquela conversa.

O relato já foi contado centenas de vezes, desde 1982, para milhares de pessoas. Primeiro, em bares, puteiros e praças, depois em igrejas, a psicólogos, no CVV e até nos Alcoólicos Anônimos, todas as vezes em que retornou e tentou a abstemia. Esta, porém, é a primeira vez que conta para uma repórter de TV.

– Seu Pereira, o senhor pode começar a falar assim que dermos o sinal, ok? Vamos ligar a câmera. Não se preocupe se errar, basta continuar falando. Depois a gente edita para o espaço que temos no programa de domingo.

– É... é só falar?

– Isso, seu Pereira. É só falar olhando para mim. Não precisa olhar para a câmera. Só pra mim – reforça.

– Mas... mas você não está nem olhando para mim!

A jornalista sorri, escreve "Só um segundo que eu tenho que dar atenção a um mala aqui na redação" no aplicativo de comunicação, coloca as mãos sobre as coxas malhadas, cobertas pela saia curta, e olha – com o mais falso dos sorrisos – para o idoso.

– Três, dois, um... Pode começar, sr. Pereira.

"Meu nome é William Pereira. Moro no abrigo para idosos do Mosteiro de São Bento, em São Paulo. O relato que vou contar remonta ao início da década de 80, para ser mais exato, 1982. Foi um ano difícil para o Brasil. Começou com a morte da Elis Regina e terminou com a do Adoniran Barbosa. Não que a gente ligasse muito pra isso. Eu, pelo menos, não ligava. Naquela época, eu trabalhava como garimpeiro lá no Amazonas. Tinha uns trinta anos e só queria saber de ganhar dinheiro. Todo mundo falava que a grana tava no minério, e o que eu mais queria era ouro.

Ninguém conseguia nada se não se juntasse a um grupo de garimpeiros, e foi o que eu fiz. Assim que pisei na região, me uni ao pior e mais cruel dos grupos. O Grupo do Malta. O Malta era o chefe, óbvio. Um cara tosco, rude, ignorante. Aceitou a minha entrada, contanto que eu ficasse como um faz-tudo. Limpeza, organização, suprimentos. Eu não pegava em picareta, bateia, nem em arma. Era dos bastidores.

O Malta, ou Mal, como todo mundo chamava, era procurado pela polícia do país todo. Tinha feito viúva, e filho em viúva, em praticamente todos os Estados do Brasil. O pessoal do Amazonas dizia que a mãe dele era bruxa e o pai, o próprio demônio, mas eu não acredito nisso, porque sei que bruxa não existe, né, moça?

No nosso bando, a gente tinha uns sessenta garimpeiros. Tudo gente que não prestava. Vagabundo, bandido, cafetão... Gente ruim mesmo. Assim que pisei no acampamento, peguei amizade com o casal Ramiro e Gigi. As duas únicas pessoas mais ou menos decentes naquele inferno. O Ramiro era irmão do Cláudio. Os dois eram como se fossem generais do Malta. Cuidavam de tudo pra ele. Gigi cozinhava, e fazíamos juntos a limpeza. Era uma moça muito bonita, viu? Uma morena que vou te contar, nunca mais vi igual. Todos os garimpeiros respeitavam a Gigi e as outras mulheres dos companheiros, mas duvido que alguém ali não sonhasse um dia em comer a Gigi. Pode falar essas coisas pra câmera, moça?

– A gente edita depois, seu Pereira! – exclama, impaciente. – Vai, continua, fica tranquilo...

Bom, continuando. Ramiro e Gigi tinham um filho, o Ramirinho, um rapaz de uns dezessete anos, muito educado, na dele.

Acho que o Ramirinho era um dos mais novos no acampamento, tirando, claro, o pequeno Roni, um menino de quatorze anos que ficava lá com a gente, de bobeira, aprendendo.

Numa tarde, o Mal chamou a gente pra planejar o que, segundo ele, seria a conquista do melhor terreno para garimpo de todo o Brasil. 'E de quebra', disse ele, 'ainda vamos matar uns índios filhos da puta que querem ser mais ruins que a gente.' O Mal mostrou, então, um mapa com a localização da tal tribo onde esses índios viviam. O problema é que esses tais de Moxiruna eram tipo fantasmas. Eram lenda para nós, brancos, e para as outras tribos. Diziam que eles eram cheios de rituais estranhos e assustadores. Matavam seus inimigos de um jeito macabro, falavam que eles tiravam o coração e o miolo da cabeça das vítimas. Eram terríveis! Não admitiam que ninguém visse ou chegasse na sua tribo. Para a senhora ter uma ideia, muitas lendas da floresta tiveram origem nos avistamentos de Moxiruna ocultos na mata. Eram como sombras ou aparições. Falavam que eles se locomoviam pela floresta de um jeito único e silencioso, tinham inteligência muito acima da média e podiam até se comunicar a distância. Eu, hein, credo! Não queria saber desses cabra, aí, não. Até hoje eu me tremo todo quando lembro dos Moxiruna. Na época, eu já me borrava de medo!

Ninguém sabe ao certo como o Mal encontrou a localização secreta deles. A floresta tava cheia de armadilhas e alarmes plantados por eles, mas o plano era invadir a tribo e matar geral, sem dó. Os homens vibraram com o plano, menos o Roni, que, na hora, ficou abalado e fugiu pro meio do mato. Ninguém notou, só eu. Naquele dia, o Mal avisou que, se a invasão desse certo, todo mundo ganharia muita grana. Dava pra perceber que o Mal preferia o Ramiro como seu general, e isso deixava o Cláudio mordido de ciúmes. Eu nunca contei pra ninguém, mas me lembro bem de que, quando a reunião acabou, fui num dos galpões pegar um saco de farinha e vi o Cláudio tentando apalpar a cunhada dele, a Gigi. Ela empurrava ele e dizia que era pra ele parar, mas ele insistia: 'Meu irmão não é homem pra você, Gigi. Fica comigo. Eu ajudo a criar o Ramirinho', mas ela se esquivava e dizia que, se ele não parasse, contaria pro Ramiro. Cláudio era o tipo de covarde que se borrava de medo do irmão e morria de inveja dele, porque o Mal preferia o Ramiro e, pra piorar, o irmão tinha se casado com a mulher mais gostosa do garimpo.

A invasão aconteceria no fim da tarde do dia seguinte. Aproveitei para ir até uma margem fumar um palheiro e pensar na vida. Eu nunca tinha matado ninguém e tava morrendo de medo de ser morto por algum índio, mas, imagina só: eu tinha vinte e nove anos naquela época. Era só um moleque! Só sei que, naquela noite, o luar me permitiu ver uma cena muito interessante e diferente: o jovem Roni tava dando uns amassos numa menina muito linda, acho que da idade dele, uma índia. Fiquei escondido no mato e ouvi os dois conversarem. Eles se amavam. Era amor mesmo, desses que você só testemunha uma ou duas vezes na vida. Roni pedia pra menina fugir com ele, mas ela dizia que não. Ela falava português, acho que ele que ensinou. Roni não quis contar pra Jacira – esse era o nome dela – sobre a invasão, e eu entendi então que ela era uma Moxiruna e ele queria salvar a namoradinha da morte. Por isso insistiu tanto, implorou, mas ela falava que iria ter um tal ritual da lua, que tinha que participar...

Naquela noite, eu fiquei sem dormir. Só pensava na guerra do dia seguinte e no meu papel naquilo tudo. O Mal tinha obrigado todos a ir. Eu, com medo de me envolver, pedi pra acompanhar o segundo grupo, o grupo da floresta, que tinha uns vinte garimpeiros e chegaria apenas pra dar suporte. Mas o Mal me obrigou a ir no grupo do rio, liderado pelo Ramiro e com quarenta homens, que chegaria primeiro. O menino Roni fez questão de ficar nesse grupo também. Acho que ele queria tentar salvar a Jacira da morte, não sei. Só o fato do Mal mandar Ramiro coordenar o grupo principal já deixou o irmão dele puto da vida. Opa, desculpa, fulo da vida.

– A gente corta depois, seu Pereira, continua...

Nunca vou me esquecer de que o Mal estava extremamente tranquilo em relação ao ataque. A todo momento, ele nos garantia que não haveria reação por parte dos índios. Ele até deixou escapar algo como 'Ficou claro em algumas conversas que os Moxiruna não reagem a tiros'. Que conversas teriam sido essas? Com quem? Não sei responder, mas posso afirmar que o Mal tinha todas as informações necessárias para aquele ataque.

Durante a madrugada, acordamos e começamos a nos preparar: pegamos escadas e cordas para neutralizar armadilhas e construir passagens pelo rio; espingardas, revólveres e facões para decepar. Lembro direitinho do Roni, ansioso para irmos logo. E também do Ramiro beijando a Gigi enquanto o Cláudio afiava o facão, cheio de inveja. Ramirinho tinha decidido ficar com a mãe e, pela idade, foi poupado de ter que ir pra batalha.

Seguimos sentido rio, enquanto o time do Cláudio foi pela floresta. Estávamos nervosos, ansiosos. Não tínhamos raiva dos índios, mas aqueles homens viam eles como algo que os impedia de serem ricos e, por isso, estavam completamente decididos a dizimar a tribo. Assim que chegamos no rio, avistamos um sentinela Moxiruna na outra margem. Atravessar direto por lá seria arriscado, pois o índio teria tempo de avisar a tribo. Assim, o Ramiro sugeriu que subíssemos um pouco mais o rio, longe das vistas daquele guardião. Quando estávamos a uma distância segura, ele mandou que o seu melhor nadador atravessasse o rio com uma corda. O homem, ao pular, puta cara azarado, rasgou a coxa numa ponta de pedra. Ele gemeu de dor, mas começou a nadar para amarrar a corda na outra margem. Não conseguiu nem dar três braçadas e já começou a gritar pra valer. As piranhas sentiram o cheiro do sangue e foram pra cima do coitado. Ficamos assustados, mas o Ramiro imediatamente ordenou que outro pulasse na água e levasse a corda. 'As piranhas vão atrás do sangue. Enquanto estiverem comendo ele, você vai poder passar', disse para o garimpeiro que já tava doido na cachaça e pulou no rio. E não é que o caboclo conseguiu atravessar? Nunca vou me esquecer dessa cena: enquanto nosso outro amigo ficava lá, se debatendo e sendo comido, o outro caboclo passou rapidinho e chegou na margem. Lá, ele amarrou bem forte a corda numa árvore. Colocamos, então, as canoas no rio e, seguindo pela corda, passamos para o outro lado.

Quando todos estavam na outra margem, os dois garimpeiros que atravessaram primeiro trouxeram o guardião que se encontrava na parte baixa do rio. Ele estava amordaçado, mas lutava muito. Nunca vi pinturas de corpo como aquelas nem tanta garra pra lutar. Infelizmente, não adiantou. O Ramiro pôs aquele índio de joelhos e mandou matar. Era fácil, bastava cortar o pescoço dele, mas o pessoal queria sangue naquele fim de tarde. Começaram a esfaquear ele na barriga e no peito. Cercaram o coitado, que gritava demais com a mordaça na boca, e furaram ele no corpo todo, cada um com seu facão, até porque tiro chamaria atenção.

– Pelo amor de Deus, seu Pereira, o que é isso? Que horror…

– Desculpa aí, moça, mas eu nem comecei. O negócio vai ficar bem mais feio, e, se eu não detalhar, a senhora não vai perceber como aquele pessoal vivia sob o medo e sob o ódio. A coisa era feia mesmo… Desculpa, mas foi a senhora que me pediu pra contar em detalhes e…

– Tá bom, vai em frente, então.

Bom, continuando, eu percebi que a coisa tava saindo do controle quando começaram a furar os olhos dele ainda vivo, depois arrancaram orelha, cortaram a língua e os dedos com ele se debatendo de dor. Então, o Ramiro, com pena ou pressa, sei lá, passou a lâmina no pescoço do pobre coitado. Jogaram o cadáver na água e seguimos para a tribo. Foi piranha que não acabava mais naquele rio. Elas apareceram na mesma hora.

Conseguimos nos aproximar ao máximo. A floresta densa foi ficando mais aberta, até se tornar uma grande clareira, onde avistamos a tribo. Eram dezenas de ocas grandes e bem-feitas. Os Moxiruna deviam ser mesmo muito inteligentes, porque aquelas estruturas eram organizadas, ainda que eles não conhecessem o fogo. Mulheres, homens e crianças caminhavam seminus. Muitos pareciam estar descansando. Acho que o Malta sabia que algo havia acontecido, ouvi ele falando de um ritual no dia anterior, uma grande cerimônia com oferendas aos deuses, sacrifícios, danças e entonação de cânticos, enfim, eles pareciam estar bem exaustos. Todo mundo já tinha ouvido falar dos rituais dos Moxiruna, mas quase ninguém acreditava que eles realmente existiam.

O Roni se separou do grupo e correu por trás da tribo. Ninguém percebeu, só eu, porque estava perto dele. Com certeza, tentaria salvar a Jacira. Todos os outros homens pegaram espingardas e revólveres. O Ramiro disse para pouparmos crianças e mulheres. Ordenou também que o cacique e sua esposa fossem poupados. Teve um ou outro que relembrou que o Mal havia dito para não deixarmos ninguém de pé, mas o Ramiro reforçou que ele se entenderia com o Mal depois, e que esse era um pedido particular dele. Parece também que o Mal sabia que aquela data era sagrada para os índios, que era um dia de descanso dos rituais. Quem quer que tivesse passado informações pro Mal também tinha pedido que ele poupasse os índios, mas estava claro que o diabo do Malta queria mesmo era sangue.

Antes que o sinal para atacar fosse dado pelo Ramiro, um dos nossos gritou. Olhamos para trás, e ele tinha caído numa arapuca. Para que os gritos do capturado não chamassem a atenção dos índios, Ramiro, com um golpe rápido de facão, passou o companheiro. O rapaz morreria mesmo de qualquer jeito, porque a arapuca tinha furado a barriga dele. Com isso, já tínhamos duas baixas. O Ramiro alertou: 'A tribo tá toda cercada por armadilhas que esses filhos da puta colocaram pra se proteger. Prestem atenção! Não vou levar aleijado pra casa!'

Nos espalhamos ao redor da tribo para atacar por flancos variados. Cada bala tinha o nome de um índio. Éramos quarenta no ataque inicial, e mais vinte chegariam pelo mato. A chance de perdermos para selvagens era quase nula, ou, pelo menos, era isso que pensávamos na nossa arrogância.

Quando todos se posicionaram para o ataque simultâneo, um dos nossos usou um apito que imitava o som da araponga. Como ele é alto e bem diferente, percebemos que tinha chegado a hora do 'tudo ou nada'. A senhora sabia que a araponga-da-amazônia tem o canto mais alto dentre todos os pássaros? É um canto metálico e inconfundível. Pois é... naquela época, eu não sabia... enfim... curiosidades.

Ao ouvirmos o som, entramos atirando, sem dó. A tribo tava cheia, alvo era o que não faltava. Os garimpeiros miravam e atiravam sem piscar. Riam. Eu, que nunca tinha atirado, corri pela lateral externa pra dar suporte. Na verdade, estava era com muito medo de matar.

O primeiro momento foi nosso. Crianças, mulheres e índios, pegos de surpresa, começaram a correr, assustados, e tomaram bala pelas costas. Os garimpeiros se aproximavam dos feridos e confirmavam a baixa com outro tiro, geralmente na cabeça. Vi um garimpeiro rir ao jogar uma criança viva num espinheiro, enquanto outro agarrava uma índia pelos cabelos e a arrastava para o mato. Meus companheiros se revelaram verdadeiros enviados de Satanás. Não estavam matando, estavam, sim, extravasando algum tipo de ódio encarcerado na alma. Os índios corriam pra todos os lados. Alguns tinham o azar de fugir de um atirador e ir exatamente em direção a outro. Então, este acertava uma bala na perna do fugitivo e se aproximava devagar para a degola, entre risos e urros de vitória. Foi uma chacina, um genocídio, uma limpeza étnica, como dizem. Muita maldade. Nunca entendi o idioma deles, mas, naquela noite, vi muitos implorando aos garimpeiros que não os deixassem sangrar, desmembrados ou com os olhos furados.

O segundo momento foi deles. Quem quer que tenha avisado ao Mal sobre a data certa de atacar foi prudente. Assim que os índios entenderam o que estava acontecendo, começaram a revidar. E como revidaram! O contra-ataque, com flechas e lanças, foi rápido, coordenado. Eram exímios arqueiros. Astutos e certeiros, não erravam flecha. Corriam feito o vento e revidavam sem dó. Aquele contra-ataque nos pegou de surpresa, mas a gente logo conseguiu retomar a vantagem. O Malta tinha ordenado pra deixar as ocas intocadas, todas de pé e perfeitas. E disse também pra não atearmos fogo. Depois entendemos. Ele não queria chamar a atenção das autoridades pra chacina. O sumiço da tribo teria que parecer misterioso e natural. Um abandono, e nada mais.

Segui o Roni até uma oca. Assim que eu entrei, ele tava caído no chão, chorando, com o corpo da Jacira no colo. Gritava e urrava pela adolescente. Beijava o rosto e a apertava contra o peito. Tentei falar algo, mas ouvi alguém chegando. Com medo, eu me atirei atrás de um monte de esteiras trançadas. O garimpeiro que entrou estranhou a cena. 'Que porra é essa, Roni? Tá chorando pela selvagem ou tu vai comer essa aí? A xereca ainda tá quente, de repente, ainda tá molhadinha.' Eu vi o Roni deitar o corpo da Jacira no chão, sacar um revólver e disparar contra o garimpeiro.

Lá fora, tiros e gritos continuavam. Eu me ergui, e Roni apontou a arma para mim, mas levantei os braços mostrando que não estava armado.

'Calma, Roni, sou eu. O que aconteceu?'

'A Jacira morreu, William! Porra! Caralho, a gente ia fugir e casar!'

'Roni, a gente precisa ir embora. Vamos sair daqui, garoto…'

Ele me ignorou. Começou a mexer no corpo da Jacira e constatou:

'Não mataram ela. Ela tomou o tal zamarí. É um veneno que fica num desses potes.'

'Vamos embora, Roni. Vão achar a gente aqui!'

'Tá aqui. Ela já tinha me mostrado esse tal zamarí. Foi isso que ela bebeu e eu…'

'Roni, não!'

O moleque enfiou um punhado grosso da erva na boca e engoliu sem mastigar. Tentei tirar da boca dele, mas não adiantou. Em alguns minutos, começou a gemer e a espumar. Morreu abraçado com a Jacira.

Nem pude chorar pelo menino. Eu tava preocupado com a chacina lá fora. Espiei e vi uma índia correndo com uma criança no colo e um garimpeiro matando ambos com um só tiro. Ele riu pra mim. Vi um índio disparando três longas flechas consecutivamente, acertando os garimpeiros, que caíram mortos.

Permaneci alguns minutos na oca, até que ouvi – em português imperfeito – uma pergunta:

'O que que tá cuntecendo?'

Olhei para trás e vi a Jacira, de pé. Pensei estar vendo um fantasma. A mocinha índia olhou para o corpo do Roni no chão e abraçou, chorando. Eu me aproximei, mas ela me ignorou.

'Me… menina, o que aconteceu? Você estava morta e…'

'Roni! Meu Roni! O que ele fez?'

'Ele… ele me disse que você tinha tomado za… zarí… alguma coisa!'

'Zamarí? Ele pensa eu bebia veneno? Não! Eu comia erva branca. Pra achar que eu tava morta! Eu acordar e fugir mais ele!', conta imitando índio.

Expliquei a ela que ele tinha comido a tal planta seca que estava dentro de um pote. Disse que tentei ajudar, mas que era tarde demais. Jacira começou a gritar e chorar. Roni tinha se matado. Então, ela pegou uma lança e correu na minha direção, gritando. Pensei que ela ia me atacar, mas passou por mim e foi pra fora. Levou muitos tiros e morreu. Até hoje choro por Roni e Jacira, um amor que foi assassinado pela ganância do homem.

Saí da oca e fui atacado por um índio muito forte. Tava armado de faca, os olhos arregalados. Parecia drogado. Segurei o pulso dele pra que não me esfaqueasse, mas a força daquele homem era descomunal. A faca foi se aproximando do meu olho, mas, de repente, a cabeça dele explodiu e os miolos me encharcaram de sangue. O Ramiro me salvou.

Todo sujo de terra, suor, carne esfacelada e muito sangue, observei o Ramiro entrar numa oca grande, no centro da tribo. Segui ele, mas fiquei escondido. E testemunhei uma cena que eu nunca vou esquecer. Havia sangue e tripas no chão completamente vermelho. Do lado de fora, os garimpeiros riam e matavam os índios das maneiras mais cruéis, colocando espingardas em suas bocas e disparando. Um grupo de garimpeiros decapitava os mortos e colocava suas cabeças em estacas fincadas na margem do rio.

Então, vi o Cláudio levar um índio pro centro da tribo e gritar: 'Esse filho da puta acabou de matar o meu irmão Ramiro! Tragam os índios ainda vivos para eles assistirem.' Os garimpeiros obedeceram e arrastaram os corpos dos sobreviventes para testemunharem o Cláudio atirar no peito do cacique e, em seguida, degolá-lo. Nesse momento, dona, eu tive a impressão de ver, meio distante e entre as árvores, um casal de índios nos observando. Não sei... Eles mudavam de lugar rapidamente. Fiquei com medo porque só eu via. Estavam disfarçados na mata e eu, exausto, por isso não garanto que essa minha visão tenha sido real. Pode ter sido o tal casal de índios que dizem ter sobrevivido na época, não sei... quem sabe?

O que o Cláudio nunca soube foi que eu tinha seguido o Ramiro até a oca. Ele estava negociando com o cacique, propondo algo, quando o Cláudio chegou por trás e enfiou uma faca na coluna do irmão, que caiu no chão na hora.

'Cláudio?', o Ramiro balbuciou se virando para trás.

'Nem adianta tentar se levantar, meu irmão. Cortei a sua espinha. Não vai conseguir mexer nada mais do seu corpo, só sentir dor, muita dor.'

Ramiro mal conseguia falar. Só perguntou, em agonia: 'Mas... por quê?'

Cláudio mostrou que era mesmo um condenado sem coração. Falou pro irmão bem assim: 'Eu te odeio. Tudo de melhor sempre foi pra você! Com a sua morte, vou poder engatar na Gigi, fazer uns filhos nela. Hoje mesmo vou consolar a viúva numa rede!'

Ramiro juntou forças pra xingar, com os dentes cerrados: 'Filho da puta!' Ah, dona, desculpa de novo. Mas é pra senhora ver o tamanho da inveja que consumia o Cláudio. Ainda teve o desplante de dizer pro irmão, que se esvaía em sangue:

'Por falar em filho, o Ramirinho agora vai ser meu moleque. Vou criar ele pra ser igual a mim e não uma bicha igual ao pai. E, se ele não quiser, mato ele também!'

O Ramiro tentou xingar mais uma vez, mas o Cláudio enfiou a faca no peito do irmão. Eu testemunhei tudo. Saí correndo e fui vomitar no mato.

Assim que a tribo inteira estava dizimada, o Mal apareceu. Ele era desses líderes que deixavam o trabalho sujo pros outros. Já chegou atirando pra cima, pra comemorar a vitória. Então, mandou a gente pegar os corpos e jogar no rio pras piranhas. Limpar tudo! Cumprimos a ordem. Em seguida, fomos até umas celas feitas com bambu e corda num canto da tribo. Lá, tinha alguns prisioneiros de outras tribos e brancos capturados na floresta. O Cláudio executou cada um deles, sem nem perguntar quem eram. Nada de testemunhas que não fossem do grupo. Tenho certeza de que tinha até garimpeiro, turista e funcionário do governo perdido ali. Todo mundo foi jogado no rio Uaupés.

Nos dias que se seguiram, fizemos o balanço, e mais de dez garimpeiros tinham morrido no ataque. Vários ficaram feridos, a maioria sem gravidade. Toda a tribo tinha sido dizimada. Quero dizer, quase toda a tribo, porque parece que dois irmãos tinham conseguido escapar do massacre. Um deles, pelo que disseram, era o melhor arqueiro da tribo. Chegaram a ser perseguidos por alguns companheiros na floresta, porque parece que viram eles apanhando coisas na oca do cacique, que era o pai deles, mas não sei se é verdade. Meus colegas disseram que eles pularam no rio e nunca mais foram vistos. Tudo ficou como uma lenda da época. Até a existência dos Moxiruna é questionada, como a senhora mesma sabe, né? Teve até gente da USP, estudioso de índio, dizendo na minha cara que essa minha história é mentira de bêbado, mas eu não bebo mais. Encontrei Jesus, de novo, pela quarta vez. E eu juro que, agora, é firmeza.

As lendas são verdadeiras, mesmo que as pessoas neguem. Eu garanto a minha história porque vivi tudo isso. Pude ver o Roni se matar porque achava que a Jacira tava morta, e depois a moça fazer o mesmo. Não se vê amor desses, né? Primeiro amor...

Fiquei sabendo que o Cláudio nunca conseguiu se deitar com a Gigi. Ela preferiu ficar viúva pra sempre. Se trancou. Ele passou a bater nela. Ramirinho descobriu que o tio tinha matado o pai porque recebeu uma carta anônima. Ele se vingou colocando veneno na bebida do Cláudio. Acho que foi semente moída de mamona. Sei que demorou muito e sofreu pra caramba pra morrer. Esse é um dos piores tipos de morte. Eu vi acontecer. Nunca contei pro Ramirinho que fui eu que escrevi a carta, mas acho que ele sabia, porque, antes de viajar pra Corumbá, me entregou um bilhete: 'O resto é silêncio.'

Com o tempo, os cabras arrependidos e os menos violentos, uns quinze, pra falar a verdade, foram embora do acampamento. Eu fui um deles. Sobre o Malta, se eu contar o que aconteceu com ele e com os garimpeiros, a senhora vai até achar que é mentira, por isso, vou deixar essa história pra outro dia...

Bom, foi isso. Eu sei que não vou durar muito, mas fico feliz de poder contar tudo o que presenciei."

William Pereira repara, assim que termina o seu relato, que a jornalista e o câmera estão olhando fixamente para ele, queixo caído e expressão chocada.

– In... incrível, sr. Pereira! Estou... sem palavras!

William se levanta e os cumprimenta.

– O senhor pode contar noutro dia mais detalhes sobre tudo o que presenciou? Poderíamos escrever um livro!

– Infelizmente, minha filha, não vou poder. Como eu disse, não vou durar muito mais tempo.

– Imagina! O senhor está tão bem... Parece muito saudável.

– Não vou durar muito, não, mas estou bem de saúde. Quando mesmo você disse que a reportagem vai ao ar?

– Domingo agora.

– Já?! Ok. Ótimo, então... Até mais! Tenham uma boa vida.

No domingo, a matéria foi exibida em rede nacional, no programa de maior audiência da TV. O longo relato de William Pereira foi reduzido a cinco míseros minutos. As pessoas, em seus lares, não ligaram muito para as palavras daquele velho e, após o comercial, já tinham até se esquecido da reportagem. Não houve de fato nenhuma empatia pelas atrocidades que consideraram distantes. Será que realmente eram tão distantes assim?

Na segunda-feira, ao meio-dia, William sai do abrigo de idosos em direção ao metrô. Estranhamente, está mais bem-vestido que o usual. Caminha em passos lentos, admirando o dia ensolarado e os jovens que correm apressados pelo Centro de São Paulo. Em determinado momento, por intuição, muda de direção e, pouco antes do viaduto Santa Efigênia, percebe que a tola mudança de itinerário foi em vão. Tem certeza de que a previsão feita para a jornalista se concretizará.

Lembra-se brevemente da boa vida que teve, sorri e diz baixinho para si mesmo:

– O resto é silêncio.

Uma flecha singra o ar, passa por muitos transeuntes sem acertar ninguém e atinge em cheio o coração de William Pereira, o último garimpeiro envolvido na extinção dos Moxiruna. A morte é imediata.

Quando chega em casa, Iaruanã guarda o arco e bendiz seus deuses por lhe manterem a mira e a habilidade certeiras. Com um copo de uísque na mão, dedica o gole a William e a um tempo já esquecido, refletindo se alguém, algum dia, imaginará que ele e a irmã são os únicos sobreviventes da tribo, que presenciaram o massacre e quase foram capturados pelos garimpeiros na extenuante fuga pela floresta.

– Vitória! – comemora a sós.

Aquele enorme índio enche a boca de puro malte e vai cuidar dos seus afazeres. Que não são poucos.

O Grande Pajé

– ***Boa tarde, senhoras e senhores. Meu nome é Carlos Rodrigues. As pessoas*** me chamam de Pajé, mas estou longe de ser uma figura tão emblemática assim para o meu povo. Justifico essa declaração porque, quando o homem branco vê um oriental, logo o apelida de japa ou de china; quando vê um indivíduo do Oriente Médio, logo o chama de turco. Por isso, um ser humano que ri, teme, chora, respira e vive, mas que tem origem indígena, acaba sendo conhecido como pajé, cacique ou, simplesmente, índio.

Assim começa o discurso de Carlos Rodrigues, o Pajé ou, como quase ninguém sabe, Iaruanã, numa importante conferência sobre o clima, em 2015. Perante os homens e mulheres mais influentes do planeta, ele se coloca como uma autoridade no que tange à preservação do meio ambiente, combate ao desmatamento e defesa da ecologia.

– Um pajé, para o meu povo, é um sábio, um curandeiro, um mago detentor de toda uma tradição. Nesse ponto, pode-se dizer que sou mesmo um pajé, não somente um pajé de uma tribo ribeirinha, mas um pajé de toda a nação brasileira, porque sou índio e cidadão do meu país.

Iaruanã tem a genética a seu favor. Desde pequeno, exibia capacidades cognitivas além do normal. Estudos poderiam afirmar que o constante consumo do elixir, pelas muitas gerações Moxiruna, fez produzir descendentes com maior propensão intelectual; ainda assim, a inteligência de Iaruanã sempre foi um ponto fora da curva. Essa capacidade cresceu exponencialmente com o passar dos anos, e hoje, ao mesmo tempo que discursa e posa para fotos e gravações, reflete sobre os próximos passos. Busca – na plateia – aliados ou possíveis inimigos e finge ler um texto que, na verdade, foi memorizado.

– E se me chamarem de cacique, aceito a alcunha de muito bom grado. Os caciques são grandes líderes que, diferentemente das lideranças corruptas e interesseiras que destroem os nossos bens naturais mais preciosos, guiam seu povo para uma vida de harmonia e equilíbrio, preservação e respeito. Logo, não me incomodaria ser chamado de cacique. Para mim, um elogio até.

Iaruanã se lembra de todo o seu império clandestino de madeira. Dezenas de madeireiras estrategicamente espalhadas em áreas preservadas, cuja mão de obra se divide entre índios, madeireiros e escravos, todos presos a grilhões de dívidas eternas e crescentes, e cercados por capatazes fortemente armados. Por trás de toda a fachada de preservação das terras sagradas, Iaruanã aterroriza tribos inteiras, ambientalistas idealistas e fiscais incorruptíveis. Ninguém está acima do Pajé, no ramo da extração ilegal de madeira.

– Da mesma forma, o termo curumim, que significa menino, também se encaixa de maneira sublime no meu modo de ser e viver. Porque sou mesmo um menino, tenho alma de criança. Tenho a pureza das matas virgens, dos rios intocados e dos animais sagrados, e, como todo curumim, quero mudar o mundo, descobrir novas maneiras de resguardar o que temos e está sendo destruído cada vez mais rápido. Daí a minha tamanha afinidade com o surgimento de jovens ativistas. Pessoas ainda na tenra idade, que sabem exatamente como sensibilizar os líderes das grandes nações para a sustentabilidade do planeta ou, no mínimo, sabem como expô-los diante de suas iniciativas predatórias. Admiro demais gente tão nova e dotada de tamanha consciência ambiental. Não vamos roubar o futuro destas crianças!

Iaruanã repassa, também de memória, seus três mandatos de deputado. Como foi *fácil* ser aceito num partido, colocar-se diante do público como representante da natureza e dos pobres índios. Como foi simples servir de curiosidade para brancos endinheirados e políticos aproveitadores e inescrupulosos, que usaram a sua imagem para suas plataformas políticas e acabaram por colocá-lo em evidência. Como foi rápido emplacar alguns projetos vazios e despropositados na Câmara. Todos quase unanimemente aprovados por conta da simpatia que os temas "ecologia" e "questão indígena" despertam. E os votos? Estes vieram como água corrente. Nem sempre os eleitores precisam se sentir representados para acreditarem num candidato, basta assimilarem toda a fragilidade da bandeira que ele representa; no caso do Pajé, a dos desamparados, aflitos e eternas vítimas. E, dessa forma, o império político de Iaruanã se consolidou em paralelo ao seu grande poder criminoso.

– Como cidadão brasileiro, indígena, empresário bem-sucedido, deputado federal no terceiro mandato, marido e pai, eu me considero um pajé, um cacique e um curumim, mas sei que preciso ser aquilo que o mundo mais necessita agora, por isso eu me considero, acima de tudo, um guerreiro. O guerreiro de vocês! E a minha luta não é, e jamais foi, pelos meus interesses egoístas, como a de muitos políticos. Minha luta não é para resguardar os direitos tão-somente dos índios. A minha luta, senhoras e senhores, é pelo futuro do planeta e pela vida dos nossos filhos e netos. Essa é a minha luta!

O índio detecta, na plateia, um jovem membro de uma facção inimiga. Um soldado raso de uma organização pequena, iniciante. É um rapaz, disfarçado de jornalista, que, munido de documentos falsos e lábia, conseguiu se infiltrar no evento com más intenções contra Iaruanã. O indígena, contudo, tem certeza de que aquele pobre empregado do crime jamais representará perigo algum, mas também entende que, quem está no alto, precisa deixar um recado para quem ousa se aproximar muito. Então, sinaliza discretamente para dois de seus capangas, que se encontram ali infiltrados. Eles captam o sinal e identificam o alvo. Para aquele ingênuo e desavisado inimigo, a vida terminará naquela mesma noite.

– Esta, senhoras e senhores, não é a minha primeira conferência internacional. Como sabem, já conheci praticamente todos os países livres, já estive em reuniões com líderes mundiais, representei e lutei ao lado de ONGs globais contra o desmatamento, as queimadas, o genocídio dos povos indígenas, a constante e triste extinção de animais, o aquecimento global e todas as questões climáticas ignoradas pelos imperialistas e industriais gananciosos. Precisamos nos unir e defender o pulmão do mundo, a minha tão amada Amazônia. Quando eu estive perante as nações para discursar na ECO-92, ainda era visto como alguém exótico, um selvagem em meio aos civilizados, falando sobre preservação e proteção ambiental. Naquele dia, eu não tenho certeza se fui devidamente ouvido e respeitado.

Se parasse com seus projetos profissionais agora, Iaruanã ainda estaria bem servido financeiramente. Viveria da renda da fortuna que acumulou. Se largasse a carreira política, ainda teria os resultados das negociatas e favores para colher por muitos anos, e se deixasse suas atividades ilícitas... Bem, essas ele jamais deixaria. É delas que tira satisfação e alimento para sua sede de poder, respeito, terror e liderança reconhecida por onde passa. Ergueu um império de sangue e dor com o contrabando.

– Em 2015, na COP-21 em Paris, eu já havia consolidado meu sucesso profissional como empresário e já havia ganhado por duas vezes as eleições para o Legislativo do meu país. Fui recebido como autoridade e pude me apresentar ao lado da então Presidenta do Brasil, ainda que tivesse grandes discordâncias dela. Nesse dia, tenho certeza de que fui ouvido. Digo a vocês, porém, senhoras e senhores, que o jovem que discursou em 1992 e o homem que falou em 2015 ainda estão aqui, em mim. Eu ainda acredito na salvação do planeta. Ainda tenho esperança de que aprenderemos a respeitar, preservar e proteger a natureza. Que as matas e florestas permanecerão guardadas e intocadas! Que os animais continuarão em seus habitats! Que os povos originários da nação, os índios, viverão em suas tribos, protegidos e com dignidade, com sua cultura intacta, livres da tecnologia predatória, das facilidades viciantes e sem as influências perniciosas do mundo moderno!

Contudo, o único obstáculo que lhe corrói a alma, causando-lhe uma preocupação não vivenciada há décadas e incomodando-o no íntimo, é a existência de Octávio, o maldito doutorzinho de Iaúna. Um branco vindo de uma família que representa tudo o que mais odeia. Para Iaruanã, Tavinho seduziu e conquistou a fidelidade da irmã. Para piorar a situação, este famoso e bem-sucedido cirurgião está sendo abençoado pelos deuses ao consumir o maior tesouro dos Moxiruna: o elixir. Octávio conseguiu aniquilar dois homens da sua confiança e está investigando, a fundo, o "latrocínio" do pai. É inaceitável que um playboy o ameace assim e saia impune. O que fazer? A resposta óbvia é matar o dr. Octávio Albuquerque Júnior da forma mais dolorosa possível. Arrancar-lhe os membros ainda vivo, em seguida cegá-lo, castrá-lo e esfolá-lo para, por fim, degolá-lo.

– Senhoras e senhores, somos boas pessoas. Acreditamos na vida, no amor e no bem. Somos incapazes de fazer mal a qualquer outro ser, e, por isso, eu confio em cada um de vocês para nos unirmos contra aqueles que querem a destruição do *nosso* planeta. Aqueles que odeiam, matam, desmatam, mutilam e destroem. Tenho certeza de que, com a relevante colaboração de cada um de vocês – pessoas sensíveis, esclarecidas, importantes e influentes –, em pouquíssimo tempo nós poderemos preservar o que há de mais valioso na Terra e impedir sua iminente destruição. Muito obrigado!

A plateia ensandecida aplaude de pé. Jornalistas correm até o palco com o microfone em riste. Flashes espocam por todos os lados, capturando aquele momento ímpar no qual, mais uma vez, o selvagem ensinou o civilizado. Iaruanã agradece com falsa modéstia, enquanto conclui em pensamento:

"Não posso matar Octávio. Tenho que destruí-lo onde dói mais, na sua reputação. Vou mostrar ao mundo os podres dele, até que não reste mais nada. Isso me dará muito mais prazer. O assassinato de um figurão desses despertaria muita atenção, como foi o caso do pai dele. O negócio é levá-lo até a merda, ao esgoto absoluto, e lá, então, acabar com a raça do desgraçado. É isso que eu vou fazer, colocar o doutorzinho na boca dos piores jornalistas, da polícia, do Ministério Público. Não vai sobrar nada depois que eu terminar, e Iaúna vai me entender. Ela sempre me entende... Ah, ela vai me entender... por bem ou por..."

Carlos É Iaruanã. E Iaruanã É a Morte

Início de 2017. Octávio estranha o telefonema do amigo Oswaldo, que parece seco e direto demais. O delegado marcou um encontro na cobertura e pediu que Octávio estivesse sozinho. No sábado, por volta das 15 horas, a campainha toca. O médico, vestindo um avental de cozinheiro sobre uma camisa polo e bermuda, vai até a porta e recebe o amigo.

– Oswaldo! Pronto para o melhor churrasco que você já experimentou? Comprei as melhores carnes, o almoço vai ser top!

– Oi, Octávio, ótimo. Estou morrendo de fome.

– Entra. Acabei de botar a carne na brasa. Pensei em irmos de cerveja, porque vinho não pega legal com churrasco, né? Topa? Comprei uma série de importadas para degustarmos. Vou na que você escolher...

– Claro que eu topo. Adoro cerveja artesanal.

Oswaldo pega uma Stone Enjoy By e põe na mão de Octávio; logo em seguida, pega outra.

– Ah, Oswaldo, gostei! Californiana. Muito boa essa IPA.

Vão até a varanda, onde uma mesa grande está servida com azeitonas gregas. O delegado se senta num dos bancos e coloca uma pasta no colo. Octávio vai até a churrasqueira virar a carne.

– E aí, meu amigo? Malpassada ou ao ponto?

Oswaldo dá de ombros. Seus olhos estão fixos em Octávio, como um cão de guarda. O amigo se aproxima e deposita uma fatia de carne no prato mais próximo a Oswaldo. Quando vai se afastar, é segurado pelo pulso.

– O que foi?

– Sente-se, por favor, Octávio.

Octávio tenta puxar o braço de volta, mas Oswaldo está decidido e não solta.

– Que foi, Oswal...

– Sente-se agora, Octávio!

O médico obedece.

– O que tá pegando?

O delegado baixa os olhos e balança a cabeça, jogando a pasta sobre a mesa. Documentos e fotos escorregam de dentro e se espalham.

– Porra, Tavinho, caralho! Que merda foi essa?!

Octávio sorri, sem entender.

– Como assim, Oswaldinho? Do que você...

O amigo se exalta ainda mais.

– Oswaldinho é a puta que pariu!!! Olha só isso, seu merda! Tá procurando o quê? A morte? Que porra é essa, caralho?

Octávio entende que o assunto é sério. Para de sorrir e olha, com cuidado, para o conteúdo na mesa. Examina as fotografias e documentos, lê os dossiês e, então, ergue o olhar.

– Oswaldo, eu... não sei o que dizer.

– Pois eu te digo, Octávio. Você mentiu pra mim e me usou, seu puto!

– Não te usei, Oswaldo, eu...

– Espera. Ainda nem comecei: você mentiu pra mim e me usou pra descobrir o paradeiro daqueles dois vagabundos. Eu, como bom amigo, levantei toda a capivara, até contratei um investigador, descobri onde eles estavam... Pra quê? Pra você falar com eles, tirar a limpo alguma coisa, se livrar de um trauma, talvez. O idiota aqui inclusive sugeriu que você levasse um segurança, lembra? Mas o que você fez? Viajou sozinho até a puta que pariu daquele inferno quente da porra, longe pra caralho, e limou os dois infelizes!

– O quê? Eu...

– Matou, sim! Vai mentir pra mim? De novo? Vai mentir na minha cara?

Oswaldo grita, enquanto as veias do seu pescoço incham e a saliva espuma. É tênue e difusa a linha que separa o policial interrogador e o amigo traído. Entre o oficial e o companheiro, Octávio ofendeu ambos.

– Espera, Oswaldo, eu...

– Deixa *eu* terminar! Você foi lá e matou os caras COM A MINHA AJUDA!!! E se não fosse pouco desgraçar a vida e a carreira do seu melhor amigo e a sua, você ainda mexeu num puta de um vespeiro. Até acho que o maior vespeiro que eu já vi na minha vida de policial!

Octávio baixa a cabeça. Não há o que dizer. É culpado, mas não queria machucar o amigo nem o comprometer. Não há desculpas, não há perdão. O amigo policial está certo e, inclusive, tem todo o direito de levá-lo preso, dependendo das provas que possui.

– Porra, Octávio, você matou dois bandidos que estão diretamente ligados à morte do seu pai! Fazer isso é pedir pra ser preso! O que você fez com os corpos? Onde desovou os dois?

– Eu... eu, perto do Parque do Carmo.

– Parque do Carmo?! Você tem merda na cabeça? Vão encontrar aqueles porras lá. A gente tem que pegar os corpos, queimar e...

Octávio sente uma ponta de esperança ao ver que o amigo está preocupado em salvá-lo, e não em denunciá-lo. Oswaldo continua explicando.

– Pensando bem, eu também posso decidir levar uma diligência até lá e fazer uma reconstituição com você. Aí você vai se foder! Eu vou me foder, mas você bem mais! Octávio, na porra do Parque do Carmo? Por que não colocou logo eles na Paulista, sentadinhos em frente ao MASP? E as digitais, câmeras, escamas da pele, cara, você não sabe como os forenses são, eles descobrem tudo.

De repente, Octávio muda o tom e, frio, responde, surpreendendo o delegado:

– Não se incomode com isso, Oswaldo.

– Como assim "não se incomode com isso, Oswaldo"?! – altera-se.

– Eu disse para não se preocupar. Não há nada, absolutamente nada, que me ligue à morte daqueles dois matadores de aluguel, dois vermes imundos que não valem o papel que limpa a tua bunda! – Dá uma engrossada para equilibrar as forças de ataque e defesa.

– Mas... como... – o delegado baixa o tom.

– Pelo, pele ou escamas, como você disse, imagens de câmeras, testemunhas... nada. Nada poderá provar que eu estive no local da desova. Nem o meu carro nem a minha pessoa estiveram lá. E mais, cortei todas as falanges dos filhos da puta!

– O quê?! Você cortou a ponta dos dedos dos...?

– Cada uma delas, e destruí as provas no triturador da cozinha da casa da Iaúna. Sumi com tudo.

Octávio se levanta e vai até uma tábua de madeira, ao lado da grelha. Pega um cutelo. Oswaldo está chocado.

– Octávio, vê se me entende! Você cometeu um crime e eu sou seu cúmplice. E tem mais...

– Eles mereciam aquilo, Oswaldo, você sabe muito bem. Na verdade, mereciam bem mais. Fui misericordioso, se quer saber.

Octávio caminha lentamente, passando o polegar no fio do aço cirúrgico do cutelo de carne para verificar a amoladura.

– Não quero! Não quero saber mais de porra nenhuma. Vou embora!

Oswaldo ameaça se levantar, mas Octávio passa atrás dele e coloca a mão sobre a nuca do amigo, de forma um tanto sinistra.

– Calma, senta aí... ainda não terminei. Você precisa saber que li tudo o que podia sobre Direito e homicídio.

– Leu quando?

– Dias antes de ir lá acabar com os safados. Não tem como ligar você ao crime. Seu papel e o do investigador não foram além de levantar dados e me fornecer informações. Ninguém sabia o que eu iria fazer. Você está limpo nessa.

– Mas, Octávio, não dá pra você ter certeza. Não é a leitura de um livro de Direito que vai...

– Você me conhece, Oswaldo. Sabe o quão rápido eu consigo assimilar informações. Lembra de como eu era na infância? Vai por mim. Não tem promotor nesse mundo... ou delegado... que vai conseguir me incriminar, irmão. Relaxa... A carne tá macia e a lâmina bem afiada. Esqueceu que eu sou cirurgião?

Oswaldo enfim se levanta.

– Dane-se essa sujeira toda. Eu vou embora, Octávio! Sendo pego ou não, você é criminoso, me envolveu nisso tudo e mentiu!

Octávio espera o amigo estar perto da porta para dizer:

– Você falou que eu mexi num vespeiro. O que quis dizer com isso?

Oswaldo para, reflete e volta para a mesa.

– Olha essa pasta com cuidado, cara. Você sabe pra quem o Joilson e o Cleverson trabalhavam? Tem ideia?

Octávio examina as fotos e os documentos, sem concluir nada.

– Carlos Rodrigues. Deputado federal – declara Oswaldo.

Octávio parece não se abalar. Oswaldo se aproxima e, desta vez, é ele quem coloca a mão na nuca do amigo.

– Carlos "Pajé" Rodrigues. Madeireiro poderoso, símbolo mundial de preservação da Amazônia, empresário de sucesso, político no terceiro mandato e, se você achou pouco, líder do maior cartel de ouro marrom da América Latina. O tipo do cara que nem nós, da polícia, mexemos. Tavinho, não vou mentir que fiquei decepcionado com você no início, mas, agora, estou preocupado de verdade. Sinceramente, acho que fiquei com mais raiva de ter sido enganado do que pela morte daqueles dois. Lógico que eu acredito na justiça e nas leis, mas, Octávio, você sempre foi o melhor cara que eu conheço! Um puta profissional! Você salvou mais vidas do que muitos policiais antigos lá da PF, e é reconhecido em todo canto por isso.

Octávio olha para Oswaldo com o semblante triste.

– Oswaldo, me desculpe. Eu usei você, eu sei, mas também tenho certeza de que você entende a minha motivação. Você é firme, é correto. Errei em arrastá-lo para isso, mas agora quero deixar tudo para trás. Tudo!

– É o mínimo.

Nesse instante, Oswaldo dá um basta na sua ira, afinal, Octávio é o seu melhor amigo. E mais: está correndo grande perigo e nem se deu conta disso. Não está certo sair dali sem convencer o quase irmão.

– Você me deixou puto e precisava ouvir o que eu disse, mas agora a minha carreira deve ser a última das nossas preocupações. Esse índio é muito perigoso, mas você pode ter certeza de que, arriscando ou não o meu nome como delegado, eu vou estar ao seu lado. Pode contar comigo.

– Poxa, Oswaldo, nem sei o que dizer! Imagino seu conflito e... de mais a mais, meu amigo aqui agradece – diz, chacoalhando o cutelo.

– Para com essa porra, seu cagado. Isso não tem graça nenhuma. E já passou da hora de nos lamentarmos. Agora, precisamos prestar atenção nos movimentos desse bandido. Não dá pra relaxar. Vou ficar de olho e peço que você também não baixe a guarda!

– Mas... Ele é tudo isso mesmo?

– Não! É muito mais! Escuta o que eu tô te falando! O cara é perigosíssimo! Não baixa a guarda! Repito: não baixa a guarda de jeito nenhum!

Os amigos se abraçam e se sentam novamente à mesa da enorme varanda do apartamento. Oswaldo está se sentindo mais leve por ter esclarecido todos os pontos. Começa, então, a pensar em quais serão as medidas para monitorar Carlos Rodrigues e limpar os traços das ações de Octávio. Não para que a polícia não descubra nada, mas para que o criminoso não siga os rastros.

Horas mais tarde, sozinho, Octávio retorna aos papéis largados sobre a mesa da varanda. A sensação que amargou cada fatia de carne do churrasco agora cresce e se consolida como pânico. "Não pode ser coincidência! Meu Deus... Temo por Martha e até por Oswaldo!", pensa, rabiscando em cima de uma fotografia do deputado federal e madeireiro criminoso.

"É ele! Só pode ser! Iaúna chamou por ele: Pajé! Joilson e Cleverson também! Foi a voz masculina que eu ouvi no casarão. Agora os pontos se encontram: esse é o meu inimigo. Tenho que proteger Martha, investigar melhor essa tribo Moxiruna e ficar atento para contra-atacar; do contrário, o próximo sou eu, ou pior, um dos meus!" Rabisca o nome Carlos "Pajé" Rodrigues e, em cima dele, com grafia nervosa, escreve "IARUANÃ".

Octávio Também É Grande

"Do Brasil... Doutor Octávio Albuquerque Júnior!"

Ao ouvir seu nome com forte sotaque britânico e ver sua foto exibida no enorme telão, Octávio sente um misto de júbilo, por estar entre os poucos vencedores daquele importante prêmio, porém com uma certa melancolia por não poder compartilhar a honra com os pais.

– Vai lá, é seu, meu amor! – diz Martha, empolgada, dando-lhe um beijo carinhoso.

Octávio vê a própria imagem no telão do evento em tempo real, retribui o beijo e se levanta para receber o cobiçado BPLS – *Breakthrough Prize in Life Sciences* – ou, como os jornalistas brasileiros noticiaram, quando souberam da indicação de Octávio: *Prêmio Rompendo Fronteiras em Ciências da Vida*.

A premiação, criada em 2013, reconhece a pesquisa e a excelência na cura de doenças, e tem como fundadores as maiores mentes empreendedoras da atualidade. Os bilionários premiam coletivamente de seis a onze médicos ou cientistas responsáveis por descobertas, ou novos métodos que efetivamente salvam vidas.

Octávio está lá por conta do seu fantástico procedimento cardíaco minimamente invasivo e de recuperação rápida, o qual derrubou drasticamente o número de mortes em cardiopatas de alto risco. Ainda que não tenha usado todo o seu potencial inovador e disruptivo para não *desagradar* grandes corporações, o renomado cirurgião desenvolveu procedimentos muitíssimo importantes e populares, que não ferem em nada os interesses dos grandes laboratórios e fornecedores de equipamentos cirúrgicos.

Bem, em *quase* nada, sejamos honestos.

Com um inglês quase perfeito, o médico profere seu breve discurso de agradecimento:

– Senhoras e senhores, filantropos, curadores e fundadores deste importante prêmio, prezados colegas, indicados e laureados... É uma grande honra estar aqui entre mentes tão brilhantes e tão preocupadas com a saúde global. Receber este prêmio é um enorme privilégio, mas não tanto quanto poder contribuir para essa comunidade, que tem como objetivo único salvar vidas. Contem comigo sempre, humildemente e com as ferramentas que me estiverem disponíveis. Muito obrigado!

Octávio é ovacionado e retorna à sua mesa, para prestigiar os demais vencedores que ainda serão anunciados.

Após o baile de gala da premiação, o casal retorna ao hotel próximo ao Central Park, em Nova York. Octávio pendura o smoking, enquanto admira Martha, que remove a leve maquiagem em frente ao espelho.

– O que foi? – pergunta ela.

– Nada... Estou só te olhando e admirando.

– Eu é que deveria estar te admirando, meu amor! Você é um sucesso! Quantos prêmios já ganhou? Nem conto mais...

– Mais prêmios do que eu queria, mais prêmios do que eu merecia.

– Bom, falta o Nobel.

– Nobel eu sei que não ganho, mas também nem sei se gostaria. Tem tanta gente que merece mais do que eu, e, para mim, todo esse reconhecimento já está de bom tamanho.

Martha concorda e olha para a mesa, onde se encontra um doce que Octávio contou que pegou na festa.

– Chocolate? – pergunta Martha.

– Parece uma palha italiana. Trouxe pra você.

– Huuum... Amo esse doce, mas prefiro guardar para mais tarde.

– Sei que ama. Bom, taí, caso você sinta *aquela* necessidade de glicose.

Octávio vai tomar banho e rememora o sucesso que alcançou em tempo relativamente rápido. Primeiro, foram conquistas e reconhecimentos regionais: associações médicas municipais e estaduais, universidades e premiações filantrópicas. Depois, o número de palestras foi aumentando, até que surgiram as conferências internacionais.

"Doutor Honoris Causa na Sorbonne foi demais! Achei sinceramente que não passaria daquele reconhecimento, mas depois veio a Universidade Pierre et Marie Curie, Oxford, Cambridge, Harvard, UCLA, Imperial College London, Stanford, Johns Hopkins, Yale, Karolinska na Suécia e, agora, esse. Realmente, Martha não exagerou ao citar o Nobel", pensa, debaixo do jato forte do chuveiro. Os prêmios e os reconhecimentos trouxeram não só as palestras, mas dinheiro – bastante dinheiro –, convites para livros e muitos, muitos pacientes.

"Vou precisar reorganizar mais uma vez a minha agenda. A espera está em seis meses, mas vou priorizar os famosos. Falarei com a minha assistente para passar na frente aqueles que estão em alta, os bem-relacionados ou que possam trazer mídia, como políticos, empresários e artistas. Não deixarei os casos beneficentes, afinal também geram mídia positiva, como as crianças carentes. Tudo é visibilidade! E eu não posso esquecer de pegar com a assessoria de imprensa as fotos do evento de hoje. Vão bombar, com certeza, nas redes sociais!", calcula.

Ainda que as palestras de Octávio ou a sua presença em premiações como jurado sejam pagas a peso de ouro, ele sabe que o seu maior feito ainda são as cirurgias. É no centro cirúrgico que o milagre acontece.

Octávio está radiante e, ao mesmo tempo, orgulhoso de não precisar mais do elixir. Suas conquistas, agora, são frutos da sua competência e dedicação. Termina o banho e seca o corpo, imaginando o tanto de emoções que NY promete. Martha entra no banheiro com o celular de Octávio e a tal palha italiana nas mãos.

– Amor, você viu que tem três ligações não atendidas aqui?

Octávio vai até ela.

– Vi. Não atendi de propósito.

– Viu mesmo? Até o Governador de São Paulo está querendo falar com você!

Octávio tira o celular da mão de Martha e o coloca sobre a pia.

– Eu sei. Ele quer que eu seja o próximo Secretário de Saúde.

– Sério? Tavinho, você não vai aceitar? Isso seria…

– Seria um grande erro. Imagina. Ele quer o meu nome lá, mas não vai me deixar fazer nada. Não vou me envolver com política, Martha. E, por falar em envolvimento, só tem uma coisa com a qual quero me envolver agora…

Octávio beija Martha ardentemente. Quando o beijo termina, olha para a mão de Martha e vê o doce ainda intacto.

– Não comeu o bem-casado, ou sei lá, essa palha italiana?

Martha olha para Octávio, desconfiada.

– Onde estavam os doces que eu não vi?

Octávio tira gentilmente a embalagem da mão de Martha e se ajoelha diante dela.

– Mas na nossa festa terá, se você disser sim.

Martha se espanta e leva a mão à boca, emocionada. Octávio desembrulha delicadamente o doce e, incrustado no meio dele, está o mais belo anel que Martha já viu.

– Martha Moss, você me daria a honra e o privilégio de ser seu marido?

Um Sonho Realizado

O fim de 2016 foi o período mais intenso da vida de Octávio e Martha. Ambos precisaram reduzir a estressante carga de trabalho para poder realizar aquele que seria o casamento dos sonhos. Martha, gestora da área financeira de uma multinacional, deveria deixar absolutamente tudo muito bem organizado, em função das datas dos demonstrativos que precisariam ser encaminhados mensalmente à matriz. Com Octávio também não seria diferente.

O agendamento para um matrimônio na Paróquia Nossa Senhora do Brasil, no Jardim América, excedia a três anos, mas bastou uma mensagem do médico para a pessoa certa, e a data ficou disponível. Da mesma maneira, o bufê escolhido foi o mais luxuoso da cidade, e a decoração teve a assinatura do top do top de eventos do país.

Por semanas, a agenda do casal resumiu-se a selecionar músicos, definir ornamentos, flores, provar doces e salgados, participar de treinamentos na igreja, enviar convites, contratar fotógrafos e tudo mais que gira em torno do vasto universo das cerimônias e festas de matrimônio. Octávio pagou para que não houvesse casamentos antes nem depois do seu na mesma noite; queria exclusividade total. A lista dos mais de 600 convidados excedia em muito a parentela dos noivos. Amigos, colegas, influenciadores, jornalistas, executivos, empresários, socialites, pacientes de renome, artistas, médicos, celebridades nacionais e internacionais confirmaram com orgulho o *RSVP*.

No dia 10 de fevereiro de 2017, às 20h, ao som de Cânone em Ré Maior, de Johann Pachelbel, o dr. Octávio Albuquerque Júnior adentra os pórticos da majestosa igreja. Está de braços dados com uma grande amiga de infância da mãe, a dra. Lívia, que foi professora dele na graduação e, após a formatura, tornou-se íntima da família. Octávio sempre acreditou que a mãe o levaria ao altar e que Iaúna seria uma das madrinhas, mas a dra. Lívia, grande pediatra e mulher generosa, foi não somente a convidada, mas também a melhor opção para a cerimônia. O casal chegou a pensar nas mães dos amigos de infância, que eram como tias para os dois, mas Octávio não quis privilegiar nenhuma em detrimento das outras. Agora, os amigos o aguardam no altar como padrinhos e madrinhas, acompanhados dos seus pares.

Fotógrafos oficiais – e extraoficiais – se acotovelam para *roubar* o melhor ângulo do mais famoso cirurgião cardíaco da atualidade, médico das estrelas e a representação máxima da pujança da medicina brasileira mundo afora. A cada passo, Octávio pensa: "Não tropece, não tropece." Olha para os convidados, e parece que todos são borrões, sem rosto. O nervosismo não permite discernir este ou aquele em especial, apenas distinguir sorrisos. Em meio aos convidados, também há gente estranha a Octávio, mas um rosto parcialmente encoberto por um véu e de olhos semiabertos, em particular por estar entre os privilegiados na terceira fila, chama a sua atenção. A pessoa reza, segurando um lindo terço, enquanto Octávio a cumprimenta com um sorriso, assentindo com a cabeça.

Quando chega ao altar, ele relaxa. Cumprimenta a dra. Lívia e se posiciona. O calor do verão é potencializado pelo nervosismo, mas ele consegue esquecer a temperatura escaldante e pensar na mãe, no pai e na alegria que sentiriam naquele momento.

"Como eu gostaria que você estivesse aqui, mãe! Pai... que esse meu momento leve felicidade a vocês!", pensa, emocionado.

Seu olhar passeia pelo longo tapete vermelho que leva ao pórtico. Em um banco próximo à entrada, Renato Stein o encara com um sorriso não muito convincente. "Desdém a essa altura, Renatinho? Finalmente, venci!", pensa Octávio, desejando ter o poder de transmitir sua voz interior. Minutos de silêncio se seguem, até que o coral começa a executar a Ave Maria de Gounod. Todos se levantam e se voltam para a entrada da igreja. O coração de Octávio bate cada vez mais forte.

"Calma, Octávio, o que vão pensar se o grande cardiologista morrer de infarto agudo do miocárdio no próprio casamento?" Ri, ansioso pela entrada daquela que, em alguns minutos, será a sua esposa.

Quando Martha Moss surge, praticamente todos os presentes ficam de queixo caído. Ainda que o vestido seja uma peça exclusiva assinada por Vera Wang, Martha optou pela simplicidade da sua beleza natural. Nada muito carregado: cabelo, maquiagem e joias simples, porém de muito bom gosto e equilíbrio. A silhueta, sempre esguia, ganhou formas marcadas e valorizadas pelo vestido e pela carga extra de Pilates dos últimos meses: "É pra pegar pesado", havia pedido ao seu personal. E a pele alva da noiva harmonizou-se completamente com a tonalidade da peça. Todos os convidados estão encantados.

Os passos de Martha, sincronizados com os do pai, que a conduz, são firmes e ritmados, lentos e certos. Evita olhar para Octávio, até aproximar-se bem, e, então, encara o futuro marido com extrema felicidade. O noivo retribui a expressão com sincero sentimento de alegria. Cumprimenta o futuro sogro e recebe a futura esposa. Então, o casal se posiciona perante o padre-celebridade contratado para a cerimônia. As palavras do sacerdote são belas e marcantes, como costumam ser as que compõem os votos dos noivos. Não há quem não se envolva com o clima de amor. As madrinhas e padrinhos choram ao ver o jovem casal que se conhece desde a infância e que passou por muitos percalços, mas que superou tudo através do perdão e, principalmente, do amor.

– Pode beijar a noiva! – assente o padre, sinalizando que a cerimônia se encerrou. Octávio e Martha tocam os lábios, e ambos se lembram dos dias de colégio, das trapalhadas da adolescência, das brigas e de tudo que fortaleceu ainda mais a relação.

A recepção do casamento é magnífica do começo ao fim. O cardápio de finíssimo gosto, a música – ora com DJ, ora com banda –, a decoração, as lembranças, enfim, cada detalhe é marcante. Os noivos não se desgrudam nem por um minuto e dançam até os pés não aguentarem mais.

Às 3h50 da manhã, um pouco antes do fim da festa e após uma sequência quase infinita de cumprimentos e selfies, os pombinhos partem para Guarulhos.

Assim que chegam lá, constatam que o voo acabou de ser postergado em 12 horas, por motivo de falha mecânica/manutenção.

– E agora? – pergunta Martha.

Octávio pensa por um breve momento e decide:

– Pelo menos será um voo noturno, mas vou reclamar com a companhia.

O casal se dirige à sala VIP, e lá é atendido por uma recepcionista, que os encaminha a um atendente inexperiente.

– Doze horas?! – exalta-se Octávio. – Por que o voo atrasou tanto?

O atendente, tenso, vira as folhas da prancheta, buscando uma informação:

– A aeronave teve de ser substituída, senhor.

Outros passageiros do mesmo voo começam a chegar e a reclamar. "Meio-dia de atraso?", "Isso é uma palhaçada!", "Paguei caro pela executiva e vou ficar plantado no aeroporto?"

Enquanto isso, o atendente é abordado por um superior da própria companhia, que lhe sussurra algo ao ouvido. O rapaz parece apreciar o que ouve, porque ergue a mão – como se estivesse na escola – pedindo permissão para falar. Os reclamantes, inclusive Octávio e Martha, silenciam.

– Bem... eu consegui uma hospedagem VIP no hotel... Por favor, por favor... formem uma fila.

Os passageiros da executiva e da primeira classe, o caso de Octávio e Martha, objetam, mas acatam a solução. O termo *VIP* age como um atenuador da ira, e as famílias aceitam o traslado e a hospedagem temporária até o momento do voo, às 19h15.

– Até que não será tão mau assim, Martha. A gente vai descansar numa cama de verdade e... e...

– Nossa primeira noite de lua de mel, pelo menos, será nas alturas!

Os passageiros com viagem programada para a Suíça, destino final do casal, são levados ao hotel próximo ao aeroporto. Exaustos, dirigem-se ao quarto assim que recebem a chave, sem notar que a mesma pessoa, que, minutos antes, confidenciou algo no ouvido do jovem atendente lá no aeroporto, também orientou a recepcionista do hotel a entregar a melhor acomodação ao casal.

Octávio insere o cartão de acesso e destranca a porta da imensa suíte. Martha se surpreende:

– Até que, para um hotel próximo ao aeroporto, não está mal.

Octávio dá espaço para o rapaz do hotel entrar com as malas, e, assim que ele sai, o casal começa a passear pela suíte.

– Meu amor, acho que nem o nosso quarto na Suíça será tão grande quanto esse. E olha que eu caprichei na reserva! – brinca Octávio.

Martha ri, e o casal se beija. De mãos dadas, os recém-casados caminham até a cama e, à primeira vista, surpreendem-se pelo tamanho e qualidade do enxoval, mas algo bem estranho chama a atenção. Sobre a cama há um grande embrulho em papel pardo, retangular e de pouca espessura. É, obviamente, um quadro.

– O que é isso, Tavinho? – quer saber Martha.

– Não sei, será que era para algum outro hóspede?

No canto inferior direito, em caneta vermelha, Octávio lê, em voz alta:

– "Para Martha e Octávio". Como assim?

– Um... um presente? – surpreende-se Martha.

– Impossível. A maioria dos nossos presentes nós já abrimos, e alguns poucos foram mandados para o apartamento. Deixei uma pessoa responsável para receber os que forem chegando. Tem algo errado aqui.

– Errado como? – pergunta Martha.

– Querida, ninguém sabe que estamos aqui. O voo atrasou e fomos trazidos de última hora para esse hotel. A suíte foi dada agora pra gente, sem reserva. Isso aqui chega a ser quase sobrenatural!

– Tem toda razão. Não teria como a pessoa saber e...

Octávio nem espera Martha concluir. Rasga o embrulho, que revela um belo quadro. O médico o levanta, para que ele e a esposa possam olhar juntos. É uma pintura realista e repleta de detalhes, que retrata uma floresta, uma cachoeira ao fundo, índios em segundo plano no lado direito e, em primeiro plano, no lado esquerdo, a dramática imagem de uma mulher – uma índia ao que parece – morta aos pés de uma árvore. Em seu braço esquerdo erguido, uma cobra também morta está enrolada, com a cabeça presa à árvore por uma flecha certeira. É um quadro belo, porém triste.

– Que horror, Tavinho! – assusta-se Martha.

– É uma réplica de um famoso óleo sobre tela, *A morte de Lindoia* – explica Octávio.

– Quem é Lindoia? – pergunta Martha.

– Provavelmente você não vai se lembrar. Eu mesmo não deveria me lembrar, mas você sabe...

Octávio aponta a têmpora, indicando a memória superdesenvolvida, deita novamente o quadro sobre a cama e explica:

– Lembra quando nós tivemos uma aula de literatura... sobre o poema *O Uraguai*, e a professora mostrou esse quadro que retrata o poema? Não lembra, né? Eu jamais esqueci, a molecada ficou assoviando porque a índia tá seminua. Foi a maior zoação, o Renato acabou expulso de sala porque gritou "tão rolando uns peitinhos, galera!", e eu passei mal de tanto dar risada... tive o pior engasgo da minha vida. Até achei que ia morrer!

Martha aponta para o pequeno envelope branco deixado junto à moldura:

– Olha, tem um cartão!

Octávio pega e lê em voz alta o que está escrito em fina caligrafia sobre nobre papel texturizado. São dois pequenos parágrafos, sendo o primeiro um trecho do poema, no qual o quadro foi baseado:

"Que desperte assustada, e irrite o monstro,

E fuja, e apresse no fugir a morte."

Em seguida, a dedicatória de quem, realmente, deixou o presente para o casal:

"Aos noivos Martha e Octávio, toda a felicidade, sorte e fortuna que o mundo pode oferecer. Felicidade e sorte podem vir do destino, mas a fortuna, essa só quem conhece o dr. Octávio, como eu conheço, sabe como ele conseguiu a dele."

Octávio fica estático e Martha leva a mão à boca.

– Tavinho... como? Quem? Será que o Renato seria capaz de...?

O médico coloca o quadro ao lado da cama e deixa o cartão sobre uma mesa. Em seguida, vai até Martha e a ampara, enquanto avalia em voz alta para a esposa:

– Tá na cara que tenho um inimigo declarado. Lembra-se de quando te contei sobre a tal conversa que tive com o Oswaldo, a respeito do dono da madeireira? Daquele tal deputado que tem negócios ilegais de exploração de madeira? Pois é, Oswaldo e eu já imaginávamos a possibilidade de algo assim, mas não tínhamos a menor ideia de que essa pessoa sabia sobre nós dois, que ela estaria nos observando e nem de quando daria o primeiro passo... Martha, foi agora...

– Mas, Tavinho, o que ele quis dizer sobre a sua fortuna?

Octávio a solta e desvia o olhar.

– Isso é uma ameaça vazia. Nada mais, Martha. Agora temos certeza de que ele está de olho na gente e que não é apenas um nome dito por capangas ou uma voz masculina num casarão. Acho melhor esquecermos isso por ora e aproveitarmos o nosso momento. Logo estaremos bem longe daqui!

– Se você garante que não foi o Renato, então esse homem, Tavinho, ele manipulou toda a situação, fez com que estivéssemos neste quarto, neste momento! Ele quis que soubéssemos dele!

– Esquece, Martha! Vem! Temos poucas horas para curtir, e vamos curtir, antes de embarcarmos.

Octávio puxa Martha para a cama, e o casal se beija intensamente. Martha relaxa e se deixa levar pelo clima. Ainda que Octávio tenha fingido bem para a esposa, a evidência da proximidade de um poderoso e perigoso inimigo declarado deixou o sexo com um brilho menor. A preocupação de Octávio e Martha é clara e traz um fundo de medo e angústia. Dormem abraçados, envoltos no carinho e na plenitude do amor de infância que se concretizou. Finalmente... marido e mulher!

Antes de embarcar, Octávio doa o quadro ao hotel, mas guarda o bilhete, incomodado com o fato de ter que mentir para Martha sobre a origem de parte dos seus bens. Algo que seu inimigo, de alguma forma, já sabe.

Os dias seguintes são repletos de amor e diversão. O casal esquia em Saint Moritz, numa região chamada Sils Maria, onde viveu o filósofo Friedrich Nietzsche. Visitam os mais atrativos pontos do turismo gastronômico, dos mais charmosos bistrôs aos maiores e mais badalados restaurantes. Gigabytes de memórias fotográficas são gerados por dia. Certas vezes, Octávio visita sozinho um ou outro banco para tratar de investimentos, mas, na maioria do tempo, o casal permanece junto, desfrutando daqueles momentos unicamente deles.

Para Martha, há somente alegria e felicidade.

Para Octávio, há alegria, felicidade… e o bilhete deixado por Iaruanã.

PARTE DOIS

Quanto Tempo Pode Durar a Felicidade?

A Fuga

Inverno de 1982, na pequena parte do Brasil que fica no Hemisfério Norte, pouco acima da linha do equador. As águas dos rios estão mais fortes e revoltas, os animais, mais agressivos, a vegetação, mais áspera e o ser humano, ainda mais cruel.

Na sua língua nativa, a jovem Iaúna, com a sola dos pés ferida e as unhas arrebentadas por lascas de árvores, raízes e pedras, alerta:

– O cerco está aumentando, ihaninhê. Logo nos alcançarão. Não consigo mais andar!

Iaruanã fica calado, apenas segue com destreza pela mata, contando que ela acompanhará seu ritmo implacável. Os pés do índio, ainda que mais resistentes e acostumados à rudeza da floresta, também estão cortados. Mosquitos e outros insetos rodeiam a dupla, aguardando o momento de saciarem a sede ou, pior, depositarem seus ovos na carne exposta.

– Há quanto tempo estamos fugindo? – pergunta Iaúna.

A pergunta fica sem resposta.

Vez ou outra, eles dormem por alguns minutos. É um sono ruim, leve, nada restaurador, constantemente interrompido pelas vozes e demais sons de homens ao redor. Brancos.

– O que você prefere? Parar? Quer se entregar? Você viu o que fizeram com a tribo, com o nosso pai. Temos que continuar! – insiste o índio.

– Não quero parar, mas estou exausta! Tem que ter uma saída, uma gruta, uma ravina, um buraco qualquer para nos enfiarmos embaixo e depois disfarçamos a entrada. Tem que ter um jeito!

Iaruanã para de correr e se volta para a irmã.

– Calma. Vamos encontrar uma saída. Preciso de um tempo para pensar; enquanto isso, vamos seguindo num ritmo mais lento, venha, me dá a mão.

Caminham pela margem alta de um afluente do Amazonas, em busca de um lugar mais seco para se esconderem. Não basta despistar os garimpeiros responsáveis pela chacina do seu povo – ainda há os madeireiros inescrupulosos, os caçadores, os índios de tribos inimigas e toda sorte de aproveitadores que habitam e circulam pela mata.

– Nhanderú, nos dê sabedoria para escaparmos dos servos de Anhangá! – implora Iaúna.

É o terceiro dia de jornada extenuante, e mesmo o forte Iaruanã já considera que seu fim pode estar próximo... até que avista, num grande barranco, uma pequena gruta que lhes permite se esconderem do temporal e dos garimpeiros.

– Veja, irmã, os deuses nos sorriram!

Alegre, Iaúna escorrega pelo barranco, enquanto Iaruanã começa a mover galhos e pequenas pedras da reentrância na rocha.

– Sobe ali naquela pedra e dá uma olhada ao redor – pede Iaruanã.

Nesse instante, um vento mais forte sopra, vindo da margem oposta, e traz um odor conhecido pelo índio, um misto de pólvora, cachaça, fumo, desodorante barato... e com sutis notas de sangue e crueldade. Iaruanã para e olha para a irmã.

Não podendo ouvi-la por causa do som do vento que agitava as copas das árvores, ele aperta os olhos e tenta enxergar o que dizem os lábios dela: "Ga-rim-pei-ros-ho-mens-bran-cos-caraíbas."

Iaruanã, como uma onça-pintada, se abaixa muito rápido e se vira para o rio. "Lá do alto, Iaúna vê algo que eu não vejo, deve estar logo ali, na parte calma do rio", deduz, enquanto se esgueira para a pequena baía formada por águas paradas. Antes, porém, de fazer a curva, é surpreendido por um grupo de dez garimpeiros. Os homens estão na mesma margem.

– Sobe, Iaúna, sobe mais!

Os garimpeiros demoram alguns segundos para assimilar a presença dos irmãos, mas, assim que se certificam do alvo, começam a atirar. O líder do grupo avisa pelo rádio:

– Encontrei, chefe! Os dois safados estão aqui no alto do rio. Tá facinho matar os dois, mas pode mandar uma brigada, sim. Esses são os dois últimos Moxiruna e tão cercados por todos os lados!

Iaúna deseja que um dos projéteis lhe estoure a cabeça. "Teria paz, finalmente!", pensa, enquanto escala, forçando ainda mais os pés dilacerados.

De volta pela mesma trilha, os irmãos correm, desesperados, ouvindo jipes, gritos, cães e tiros de advertência. Os algozes estão por todos os lados, e são muitos.

– Estão empurrando a gente para o rio, querem nos forçar para lá!

– E agora? – pergunta Iaúna, apavorada.

– Vamos fazer o que eles querem!

– Como?

– Vamos para o rio, só que mais cedo do que eles esperam!

Iaruanã pega novamente na mão de Iaúna e a puxa com força para fora da trilha, no sentido do furioso rio. À beira d'água, segura o rosto da irmã, para que ela preste atenção no seu plano.

– Melhor nos separarmos! Teremos mais chance de sobreviver, pelo menos um de nós.

– Não! Você está louco!

– Irmã, eu vou pular no rio. E você vai por terra e para o lado oposto. Contra a correnteza. Eu sou um guerreiro, vou sobreviver.

– Não! O rio é perigoso! Não faça isso! Não pule!

– Fuja, oheinê! Fuja agora que ninguém está vendo. Corra! Vou chamar a atenção deles. Eles virão atrás de mim, e isso dará tempo a você. Vão achar que pulamos juntos.

– Mas você vai morrer no rio. Está muito cansado e ferido para nadar. A correnteza está forte demais por causa das chuvas.

– Iaúna, não temos outra escolha. Te amo! Nos veremos em algum lugar, em algum tempo. Confie em mim. Vá enquanto tem energia para fugir.

Os irmãos se separam. Com enorme tristeza, Iaúna, em prantos, obedece. Iaruanã, por outro lado, fecha os olhos e volta a atenção para si mesmo e para o momento presente. Quando suas pálpebras se erguem, seu olhar já está diferente: frio, objetivo, felino, maligno. Nesse momento, não há Moxiruna, tribo, Iaúna, passado ou mesmo futuro. Só o rio, a floresta e ele, o Guardião da Senhora das Trevas.

Iaruanã dispara no sentido da correnteza, desviando-se habilmente de pedras, galhos, raízes e buracos, quando percebe, pelo canto do olho, que os capatazes o encontraram. Ele passa, então, a fingir que busca um esconderijo, trazendo para si toda a atenção de cada homem que se aproxima e fazendo com que ignorem Iaúna em fuga, no sentido contrário.

Os olhos treinados do índio detectam cipós rasteiros enegrecidos pela lama. Apanha alguns e os coloca sobre a cabaça de água, vazia, que carrega na cintura. Corre até encontrar o ângulo ideal e pula nas águas revoltas, nadando rapidamente para o meio do rio.

Iaruanã coloca a cabaça coberta pelos cipós negros ao seu lado e nada para longe, conduzindo o recipiente com cuidado. De longe, como era de se esperar, os garimpeiros confundem os longos cipós com os cabelos de Iaúna, e a cabaça que boia junto a ele com a cabeça da índia. Para os perigosos homens brancos, os dois remanescentes da tribo Moxiruna estão na pior das situações, subindo e descendo em fortes solavancos, batendo em pedras ao longo do rio e sem a menor chance de escapar dos redemoinhos mortais e das piranhas sedentas por sangue.

– Finalmente é o fim desses filhos da puta! – grita um dos perseguidores.

– Pois é, não sobrou nenhum Moxiruna pra contar a história, né, chefe?

Iaruanã, levado pela correnteza, afasta-se rapidamente da visão dos garimpeiros e, quando se certifica do isolamento, abandona a falsa cabeça improvisada.

"Agora tenho que voltar para terra; caso contrário, vou morrer", pensa, lembrando-se de que a correnteza é apenas o primeiro de muitos desafios: noites frias, fome, animais peçonhentos, mata densa e outros jagunços aguardam o mais astuto e inteligente arqueiro da tribo.

Um grande pau-de-balsa à frente na correnteza parece a salvação, mas alcançá-lo está longe de ser fácil. A diferença de densidade dos corpos cria uma dança muito peculiar, na qual Iaruanã e o tronco aceleram e retardam, afundam e voltam à tona em momentos e ritmos diferentes. Às vezes, o tronco é lançado para o alto e se choca contra os pedregulhos, o que assusta o índio.

Uma pedra pontiaguda, presa no fundo do rio, rasga a lateral da perna de Iaruanã, do joelho até quase toda a extensão do músculo da coxa direita. A dor é lancinante e faz com que o índio grite, engolindo bastante água. "Piranhas!", pensa Iaruanã. É essencial estancar o sangramento.

O tronco volta das profundezas, mais próximo desta vez. Iaruanã vê, naquela tora, o seu deus em missão de resgatá-lo e, para alcançá-lo, ele imita lentamente os movimentos do tronco e deixa de lutar com as águas. Dessa maneira, consegue alcançar a tora e navegar por muitas horas no afluente do Amazonas. Sem controle, mas sabendo seguir o curso, ele percorre o rio cujo nome é Xingu.

Tem noção de onde está, por causa da posição do Sol, do sentido do rio, e sabe que chegou a hora de deixar aquelas águas, enroscar o tronco num galho da margem, para poder desembarcar em terra firme. Tem consciência de que está se aproximando do local conhecido pelas muitas corredeiras, numa cidade em que brancos e índios convivem, onde há uma possibilidade de cuidar do grave ferimento e se recuperar do cansaço.

Com destreza, o índio se lança com o tronco à margem direita, enroscando-se em raízes ribeirinhas. Braços fortes, porém exaustos, agarram-se à terra, até que chega à margem. "Finalmente no seco! Na pedra quente", pensa. Aquela terra pertence à cidade de Altamira, no Pará. O índio fica deitado por uns minutos, alquebrado, a perna lateja e sangra horrores.

Mesmo mancando, prossegue na caminhada pela mata até encontrar cipós para fazer um torniquete, e ervas cicatrizantes e anti-inflamatórias. Levando tudo para um ponto seguro na mata, lixa algumas sementes de andiroba para extrair o óleo. Ouve um barulho, um som distante. "Choro de criança? Não, não pode ser", pensa. Ciente de que as sementes são compostas quase que inteiramente de um unguento curativo, o índio mói o máximo que pode e forma uma massa pegajosa, que aplica ao longo de todo o ferimento. Faz um curativo apertado com folhas, em seguida coloca para secar o pouco, ou quase nada, dos artefatos que conseguiu levar amarrados na cintura e se deita, abrigando-se numa concavidade formada pelo encontro das raízes de uma gigantesca samaúma. Um resistente abrigo que o protege dos ventos, como uma parede em forma de tábuas na vertical. Ali se deita, ali se acalma e ali... planeja.

"Sobrevivi! Como estará Iaúna?", pensa, lembrando-se da chacina da sua tribo, da morte dos pais e de tudo mais que enfrentou até chegar ali. Percebe novamente aquele som de criança que vem de longe e que o intriga. Uma terrível angústia toma conta do seu corpo, e o valente índio passa a sentir medo por si e pela irmã. Lentamente, outros sentimentos somam-se ao coração de Iaruanã: ódio, rancor e desejo de vingança. O batimento acelera e as feições se retesam. Com total controle mental, lança fora, no abismo do esquecimento, memórias e pensamentos que podem enfraquecê-lo, e evoca imagens do futuro que deseja, de tudo que vai conquistar e, principalmente, de todos que pagarão caro pelo seu sofrimento e o de sua irmã, a quem deve proteger – e irá proteger –, sem hesitar um só minuto.

"Sim, sou eu, sou Iaruanã!"

Ele adormece ao som baixo, perene e longínquo de algo que continua perturbando seus pensamentos, mas que não consegue reconhecer. Não é choro de criança.

Longe, bem longe, motosserras trabalham a todo vapor.

Casamento Abalado

Setembro de 2017. Martha e Octávio trocam poucas palavras há, pelo menos, uma semana. A mulher toma o café da manhã sozinha. Não come muito. Na verdade, vale-se apenas de um pouco de café com leite, que consome em golinhos enquanto olha para o nada. Não está arrumada para trabalhar, veste somente seu robe de seda pura branco. Não tem certeza de que irá ao trabalho e, por isso, imagina desculpas plausíveis para a ausência.

Octávio chega à copa, onde Martha e ele costumam fazer o desjejum, e estranha.

– Não me esperou para tomar o café, amor? – diz, ao beijar a cabeça de Martha e senta-se ao lado dela.

Octávio pega uma xícara de café, uma fatia de pão integral e talheres.

– Hoje, irei me encontrar com outro advogado. O Oswaldo me falou que esse é especialista em crimes de lesa-pátria. É claro que não estamos falando de um crime assim, mas, se o cara já defendeu gente que fez isso, pode ser bem atuante no meu caso.

Martha nada responde. O médico dá um pequeno gole no café.

– O Oswaldo contou que, de acordo com a polícia de Manaus, aquele capanga do Carlos Rodrigues de quem te falei, o tal do Agnaldo, foi assassinado pelo segurança dele, o Inácio, que, arrependido, se suicidou, mas *nós* sabemos que foi o Carlos. Com certeza, ele está envolvido nessa história. Calou a nossa melhor testemunha, concorda? Como vamos pegar esse cara?

Martha puxa o guardanapo do colo, limpa levemente os lábios e pede, enquanto se levanta:

– Com licença...

Octávio a segura pelo pulso.

– Vai ser assim? – pergunta.

– Assim como?

– Assim, desse jeito. Não vai mais falar comigo?

Martha puxa o braço.

– Acho que não temos muito o que falar, não é? E, se tivéssemos, quem garante que você diria tudo? Ou que falaria a verdade?

Martha se afasta e Octávio a segue.

– Amor, para com isso! Não precisa ser assim…

Martha vai até o banheiro e joga água no rosto. Octávio se posiciona atrás dela.

– Martha, não é justo. Eu estou passando… nós estamos passando por um grande problema que poderá até nos ferir e…

Martha dá um tapa na bancada da pia.

– Ferir como a minha confiança está ferida?

– Martha, eu…

– E a decepção que *eu* tive? O Brasil, ou melhor, o mundo inteiro está falando do dr. Octávio Albuquerque Júnior, o desonesto, o corrupto, o estelionatário, sei lá. Sua cara tá estampada há uma semana em todos os jornais! Eles usam imagens do nosso casamento, Tavinho! Do nosso casamento!

– Martha, eu sei. Eu já te pedi perdão, mas…

– Por que você não me contou? Nós combinamos que você me contaria tudo!

– Como eu poderia te contar isso, meu amor? Se coloca no meu lugar. Além de não acrescentar nada, ainda poderíamos brigar, você iria querer ficar longe de mim.

– Eu tinha direito de saber! E tinha direito de escolher. Você poderia ter me contado aos poucos. Tavinho, nós passamos por coisas horríveis, e você já me contou fatos muito piores.

Octávio desiste de argumentar e volta para o quarto, enquanto Martha prende o cabelo e maquia-se. Desistiu de procurar uma desculpa para não ir ao escritório. O melhor, no momento, é evitar o marido. Difícil mesmo será evitar os repórteres na entrada do edifício.

Assim que volta ao quarto, encontra Octávio sentado na beira da cama, com a cabeça baixa amparada pelas mãos e os cotovelos apoiados na perna. Ignorando-o, Martha vai até o closet, pega um tailleur e passa em frente ao marido para retornar ao banheiro. Nesse momento, Octávio segura, mais uma vez, a esposa pelo pulso.

– Eu já entendi, você está magoada. Acha que eu não estou arrependido? Quer que eu confesse? O que espera que eu faça? Eu errei, pô, já assumi! – exclama ele.

– Me solta! – grita Martha.

– Mas, Martha, faz uma semana que você está me dando gelo. Não me responde, não aceita meus carinhos. Sei que está magoada e desapontada, como já me deixou claro muitas e muitas vezes, mas, ainda assim, podemos resolver tudo.

Martha se tranca no banheiro por alguns minutos e, então, sai arrumada para o trabalho. Não vê Octávio e segue para a saída. Lá, encontra o marido bem em frente à porta.

– Com licença? – pede ela.

Octávio não se move.

– Com licença, por favor? – insiste Martha.

Octávio olha bem fundo nos olhos da esposa e sentencia:

– Sabe, Martha, você está certa. Está me fazendo passar o inferno, e tudo isso junto com o que o inimigo que temos em comum está fazendo.

– Com licen...

– Eu não discordo – insiste Tavinho. – Você está certíssima. Não vai falar comigo mais? Ok. Só quero que você saiba que pode me acusar de mentiroso, enganador e de não ter tido coragem de lhe contar tudo, mas jamais de não ter empatia.

– Empatia? O que está...

– Isso mesmo: empatia. Empatia porque eu sei exatamente como você está se sentindo agora. Sei exatamente como é se sentir traído e enganado. Lembre-se disso e... bom trabalho!

Octávio sai da frente da esposa. Ela abre a porta, mas, antes de ir, volta-se para o marido e explica:

– A diferença é que você não descobriu tudo pela mídia. Fui eu que te contei. No meu caso, se o nosso inimigo em comum não revelasse tudinho, eu jamais saberia, não é mesmo? – E sai, batendo a porta.

Ambos, separados, sentem o peso da razão do outro. Martha, no caminho para o escritório, pondera que Octávio está certo em relação à sensação de ser traído, ainda mais porque, no caso da traição cometida por ela, a mentira foi diretamente nociva ao relacionamento dos dois, diferentemente da atual traição de Octávio, que foi quase uma forma de preservá-la.

– Pois é, meu amor, todos erram – sussurra Martha para si mesma, num misto de peso na consciência e raiva do marido, que, mais tarde, ela terá de reencontrar, encarar e... perdoar.

O Pacto de Iaruanã

Verão de 1990, Altamira, cidade às margens do rio Xingu, no Pará.

– O negócio é esse, juruna. Acho que ficou claro agora, né?

Em frente à enorme mesa de mogno, três homens de camisa verde e bermuda cáqui conversam com Carlos Rodrigues, sentado do outro lado da imponente peça de madeira entulhada de pilhas de documentos, cadernos contábeis, agendas, calendário, pedidos de clientes, recibos de fornecedores, pastas, NFs, amostras de madeira, canetas e um incontável número de objetos indígenas usados como peso de papel.

A impressão, para quem observa a mesa, é a de que o dono está completamente perdido, mas a realidade é que ele sabe exatamente onde cada coisa deve estar, ao contrário dos três fiscais que se encontram na sua frente.

– E aí, juruna, não vai dizer nada? Já são quase dez da noite!

A pergunta vem do homem que, aparentemente, é o líder. Mais alto e forte, tem a compleição física muito parecida com a do próprio Carlos.

Aparentemente acuado, Carlos olha para baixo. Na sala, além dos fiscais e do índio, dois outros funcionários da madeireira encontram-se trabalhando. Um deles organiza livros contábeis na prateleira inferior de uma estante e o outro, antiquadamente, datilografa. Nenhum dos dois olha para o quarteto que conversa em voz alta.

– Vo… vocês podem re… repetir?

O fiscal alto e forte dá um soco na mesa.

– De novo, juruna? Ah, já sei, é porque vocês, *analfas*, não entendem direito língua de branco, né? Não vou repetir, não. Fala de novo aí, japa, eu cansei. Puta desgaste isso, viu meu.

Obedecendo a ordem do líder, o fiscal subordinado tenta explicar:

– Olha, senhor…

– Carlos…

– Sr. Carlos, a gente é paciente. Nós acompanhamos o crescimento dos seus negócios com muita calma. Gostamos de ver índio prosperando, sabe? É bonito ver selvagem ganhando dinheiro, até contratando gente branca pra trabalhar. Agora que o senhor está mais ou menos estabelecido, tá na hora de contribuir pra gente, compreende? Tá na hora de pagar a taxa de permissão. É uma ajudinha que o senhor vai dar pra gente todo mês, pra poder… seguir em frente sem ter problemas. Porque, olha, vou te dizer, se a gente procurar, a gente acha tudo de errado nessa sua madeireira, tudinho, afinal, sempre tem coisa errada, né? E se o senhor quer mesmo continuar e, quem sabe, até abrir outras empresas, vai precisar agradar gente que nem nós. É, seu Carlos, infelizmente para pessoas como o senhor e felizmente para pessoas como nós, é assim que a coisa funciona neste nosso país.

O fiscal mais jovem e tímido, ao lado do oriental, complementa o amigo:

– É, sr. Carlos. Eu e o Wilson aqui – diz, apontando para o fiscal que acabou de falar –, a gente vai vir todo mês fazer uma visitinha, tomar um café, coletar uns presentinhos com o senhor, combinado? A tal taxa de permissão, sabe? O senhor vai ver, o senhor vai ficar muito feliz porque vai trabalhar no sossego, sem ninguém enchendo mais o teu saco.

O líder dos fiscais bate novamente na mesa. Agora com mais força ainda.

– Caralho, juruna, entendeu dessa vez, seu merda? É por isso que eu nunca venho coletar, fico só de boa na central, esperando a grana. O Wilson e o Alberto vão passar aqui sem avisar, por isso, é bom já deixar o pacote pronto na virada de cada mês. Dá aqui esse telefone que eu tô atrasado.

O fiscal vira para si o aparelho preto que está na mesa de Carlos e digita. Em seguida, fala:

– Oi, benzinho, tudo bem? Como estão as meninas? Eu, o Alberto e o Wilson tamo saindo de uma madeireira, é, eu sei, mas… mas vou demorar um pouco pra chegar em casa, tá? Volto lá pela meia-noite. É… isso… paciência. Tá legal. Também te amo.

Em seguida, coloca o telefone no gancho e olha para Carlos.

– E então, juruna? Vai começar a contribuir *agora*... ou vai deixar para o final do dia? – pergunta, dando gargalhada da "piada".

Carlos, com gestos curtos, apanha um envelope pardo lacrado por grampos na última gaveta da mesa. O conteúdo parece estufar o pacote. Puxa um abridor de cartas semelhante a uma flecha e começa a rasgar uma das extremidades do envelope.

– É isso aí, papa-capim! Gostei de ver.

O líder dos fiscais comemora, andando pelo escritório e olhando pela janela. Em seguida, provoca Carlos ainda mais:

– Não tem índia trabalhando aqui, não, porra? Tu é boiola? Eu tenho um puta tesão por teta de índia! Não tem uma filha, sei lá, uma prima ou uma irmã pra jogar aqui na minha mão, não, juruna? Tô doido pra machucar uma índia. No começo, elas reclamam, mas depois aguentam e até viciam no papai aqui.

Carlos termina de rasgar o envelope e despeja o conteúdo na mesa. São sementes. Os dois fiscais mais próximos estranham. Então, ele escolhe uma e come. Repete o gesto outras duas vezes e começa a falar com voz firme, sem encarar os fiscais.

– Tenho...

– Como?

– Tenho várias.

– Várias tetudas pra jogar na minha mão, juruna?

– Várias madeireiras. Várias empresas. Muitos e muitos empregados.

– Melhor ainda. Vai sustentar a gente agora!

Carlos come mais algumas sementes. Um dos fiscais saca que tem algo estranho rolando, e pressente que o índio vai aprontar alguma coisa.

– Che... chefe, não é melhor voltarmos depois?

– Calma, japa. Deixa o índio pagar a gente primeiro. Quero pegar logo a grana e torrar num putei... ahhhhhhhh!

Antes de terminar a frase, o líder dos fiscais é atingido no tendão de aquiles da perna direita pelo abridor de cartas, lançado com precisão. O homem cai no chão e olha, espantado, para o metal reluzente que lhe atravessa o calcanhar. Wilson e Alberto se assustam e rapidamente se levantam, derrubando as cadeiras. Alternam olhares assustados entre Carlos, que come suas sementes na maior calma, e o chefe ferido no chão, em agonia. O que mais os espantou foi a velocidade com que o índio atirou o pesado objeto pontiagudo.

O líder dos fiscais urra de dor, sem entender o que aconteceu.

– Fala agora, seu merda, quem é o papa-capim? Vocês não sabem mesmo quem sou eu? Nunca ouviram falar de mim?

Alberto olha para o sangue que ensopa o sapato do chefe e começa a vomitar. O homem tenta estancar com a mão, mas o jorro transborda quente entre seus dedos e alcança o chão, enquanto Alberto dá mais alguns passos para trás, assustado com o indígena que se levanta lentamente e segue mastigando um ou outro pedaço de semente que insiste em passear na sua boca.

– Vocês deveriam ter se informado sobre quem eu sou, seus vagabundos. Assim, teriam noção de tudo o que construí e como construí, seus vermes! Deveriam ter perguntado a garimpeiros, a pequenos madeireiros, grileiros, caboclos dessas vilas sem nome. Deveriam ter perguntado a outros índios, às criaturas do folclore que o povo diz que vê no meio dessa mata, ou até mesmo aos animais. Deveriam ter perguntado sobre mim antes de virem aqui. Deveriam ter perguntado "Quem você teme mais?" ao diabo.

Iaruanã passa ao lado da mesa e vai até o líder dos fiscais, que, ao vê-lo, começa a se arrastar na direção contrária, puxando o pé ferido.

– Onde pensa que vai, seu merda? – diz e pisa com força no calcanhar do homem.

Os gritos do fiscal ferido exprimem a mais intensa das dores.

– Deixei vocês falarem, porque já era hora mesmo de alguém vir falar comigo. Só que eu achava que viriam pessoas honradas, com palavras educadas e propostas interessantes, não essa extorsãozinha vagabunda que vocês ofereceram!

Carlos Rodrigues para em frente ao homem que se arrasta.

– Essa extorsão me ofendeu bem mais do que as outras coisas sujas que você falou.

– Fi... filho da puta! Seu índio desgraçado, eu vou... vou... ahhhhh!!!

– Shhhhh – ordena o índio, colocando o dedo nos lábios em sinal de silêncio. – Você não vai fazer mais nada. NADA!!! Você já era. Cortei o seu tendão de aquiles. E se sobreviver, vai capengar pelo resto da vida.

Alberto, o fiscal mais jovem, corre para a porta do escritório e puxa a maçaneta, descobrindo, para seu desespero, que está trancada. Wilson, com a boca grudenta do próprio vômito, implora:

– Solta a gente. Pelo amor de Deus! Todo mundo sabe que estamos aqui.

Carlos Rodrigues sequer olha para eles. Pega o líder pelos cabelos, que se contorce de dor no chão.

– Que cuzão, meu! – exclama, imitando o sotaque paulistano do homem. – Ligou para a esposa e avisou que estava saindo de uma madeireira, mas que chegaria tarde. Obrigado pela dica.

– Vai se fod…

– Shhhhh! Olha a boca… – ameaça, esticando o braço e puxando rapidamente o cortador atravessado no calcanhar do homem, causando-lhe uma dor ainda mais lancinante. – Ué, cadê o chupador de teta? Deixa eu te falar… Eu vou te matar agora. E vai ser ruim porque vai doer muito. Aliás, vai ser tão insuportável, que você vai me pedir pra eu terminar logo e eu vou perguntar se poderei colocar sua mulher ou suas meninas no seu lugar, e você vai pedir pra eu fazer isso. Só que eu não vou fazer isso porque elas vão morrer logo, logo. Ainda hoje, sua mulher, suas filhas e a sua casa não existirão mais. E é bom que você vá pro inferno sabendo disso. Imaginando como elas também sofrerão muito na minha mão e na de uns dez caboclos que vou levar lá pra se divertirem.

O homem desmaia de dor. Carlos se levanta rapidamente, assustando os outros dois fiscais acuados num canto. Os funcionários do escritório parecem nem estar ali, como se aquela cena dantesca fosse comum.

– Por favor, libera a gente! Não vamos falar pra ninguém!

– É o senhor que manda aqui, dr. Carlos! Deixa a gente ir, por favor!

– Vocês dois vão ser muito úteis para mim, mas de maneiras diferentes – informa, virando-se para os dois empregados e fazendo um sinal com a mão direita. Em seguida, sai da sala, deixando os capangas cuidarem de tudo.

No dia seguinte, diante de um cinematográfico final de tarde, Carlos Rodrigues admira, da varanda do seu escritório, parte do seu império. "Vinte e dois caminhões bitrem, mais de vinte mil toneladas de madeira nobre em estoque, mais de trezentos funcionários... nada mal!", pensa.

A movimentação no pátio é grande. Caminhões entram e saem, funcionários carregam e descarregam toras beneficiadas para viagens longas. Centros de distribuição em Goiânia, Mato Grosso do Sul, Distrito Federal, São Paulo e Rio de Janeiro, além de outros polos pelo país, são os destinos dos dedicados caminhoneiros. Carlos não se sente completamente satisfeito nas suas necessidades de conquista. Para ele, algo mais precisa ser conquistado, algum tipo diferente de poder que lhe permitirá ampliar os negócios e os ganhos.

A crescente operação baseada majoritariamente na exploração desordenada, no desmatamento predatório e na extração irresponsável, sustentada por uma sistemática evasão fiscal, atrai, a cada dia, mais e mais crápulas como aqueles. Para Iaruanã, esses homens são apenas os batedores, a infantariazinha enviada por um sistema maior de corrupção, no qual "grandes caciques brancos e de terno" lucram de verdade, protegidos por imunidades políticas.

– Hora de me reabastecer. Vamos ver o que consigo... – sussurra, após longo suspiro, diante de um espelho de chão.

Seguindo por trás do escritório, chega a um pequeno depósito muito próximo ao prédio principal. A construção quadrada está pintada de preto e tem como acesso uma única porta de metal. Os trabalhadores dali costumam brincar dizendo que aquele é o *quartinho dos fantasmas*. Para eles, às vezes, é possível ouvir, em volume quase inaudível, gritos de agonia trazidos pelo vento. Carlos destranca a pesada porta e entra no recinto sem janelas e completamente revestido de cortiça, inclusive o teto. Tranca a porta e se dirige até o centro, onde há um palete de madeira que, ao ser arrastado para o lado, revela uma escotilha de ferro.

O índio gira com força a trava da escotilha até abri-la, exibindo um buraco de um metro de raio, com uma escada de ferro chumbada. Desce uns dois metros, até que chega a uma rampinha com outra porta, esta muito parecida com a de uma solitária. São necessárias duas chaves tetra para abrir e acessar o curto e escuro corredor que leva a uma escada de degraus tortos e mal iluminada. Fios elétricos à mostra e desencapados entrelaçam-se aos bulbos das lâmpadas em meio ao ambiente úmido, porcamente impermeabilizado.

Após o último degrau, há ainda outra porta semelhante às anteriores, dotada de quatro trancas e um cadeado grosso. Abre-a lentamente, apreciando todo o processo de acertar a chave tetra correta, destrancar os trincos manuais e abrir o cadeado. As raras pessoas que ali estiveram e dali retornaram à superfície criaram diversos apelidos para aquela pequenina sucursal do inferno: "bunker", "jaça", "cafofo", "masmorra", "calabouço"...

Cintas, amarras, correntes, uma mesa cirúrgica, cadeiras de alumínio, pias de inox com lavatórios, serras, facas, bisturis e instrumentos de todos os tipos indicam que algo sinistro acontece ali com certa frequência.

Wilson e Alberto estão devidamente presos pelos funcionários do chefe, cada um numa pequena gaiola cúbica de um metro e meio. Estão sentados, levemente dopados, e começam a choramingar ao vê-lo.

– Pelo amor de Deus, sr. Carlos, tira a gente daqui! O senhor nunca mais vai ouvir falar da gente!

Carlos passa por eles, ignorando-os. Vai até um gancho na parede onde está um avental emborrachado, veste-o e caminha até um carrinho onde se apoia um tambor de metal. Com as duas mãos nas manoplas desse carrinho, dá um impulso e ergue o tambor, levando-o cuidadosamente até a frente das gaiolas onde se encontram os prisioneiros. Veste luvas de borracha, mergulha a mão no líquido dentro do tambor e retira de dentro o braço do marrento chefe dos fiscais.

– Servidos? – oferece.

Os dois logo desatam a gritar. Carlos mergulha novamente o membro no tambor e empurra o carrinho até um canto. Em seguida, retorna sem o avental e as luvas, vai até a bandeja cirúrgica e começa a organizar seus instrumentos: alicates ortodônticos, bisturis, tesouras, martelo, afastadores Farabeuf, Gosset, Finochietto, Davidson, kit de sutura, pinças Kelly, Allis e Rochester, dente de rato e anatômicas... e três conchas de inox.

– Digam-me, estão arrependidos de terem tentado me extorquir?

– Sim, claro! Por favor! – grita Alberto.

– Pelo amor de Deus, a gente acredita no senhor! O senhor é poderoso demais! – reforça o oriental.

– Quer dizer que, se eu fosse fraco, vocês tomariam o meu dinheiro?

– Não, não... não é isso.

Carlos pega um bisturi nº 4 e se agacha entre as gaiolas, apavorando ainda mais os prisioneiros.

– Vou provar que sou misericordioso e deixar vocês escolherem o que vai acontecer daqui pra frente, ok? Temos quatro opções: uma, vocês conseguem escapar, me matam e fogem; outra, eu solto ambos, vocês vão embora felizes e esquecem tudo. Confesso que essas duas opções são praticamente impossíveis de acontecer. As outras duas são: eu mato os dois, ou mato apenas um e deixo o outro escapar. Qual vocês preferem?

Os prisioneiros se entreolham, mas não respondem. Carlos provoca-os com gritos:

– E aí? O que preferem? Mato os dois ou somente um? RESPONDAM!

Ele sabe que a pergunta é extremamente maldosa, e tem certeza de que a única resposta possível desperta nas vítimas a esperança de ser a escolhida para viver e, ao mesmo tempo, o medo de ser a selecionada para morrer.

Após segundos de silêncio, Alberto grita, aos prantos:

– Mata um! Mata só um! E mata o Wilson, esse desgraçado que me fodeu fazendo eu entrar nesse trabalho sujo!

Wilson agarra forte nas barras finas da gaiola e berra:

– Não, seu Carlos! Mata ele! É um inútil desgraçado! Me deixa viver, pelo amor de Deus, tenho três crianças em casa.

O índio, então, dá um passo à frente, assustando os dois desafortunados, que se calam.

– É, não demorou nada e vocês já decidiram por mim. Obrigado. Agora, preciso saber quem vai viver e quem vai morrer. Vamos lá... temos cinco minutinhos, ok? O que cada um pode me oferecer para viver?

Ambas as vítimas começam a gritar, tentando sobrepor a voz um do outro. Se, em algum dia, houve amizade ou coleguismo entre aqueles dois fiscais, agora não resta nada além da angustiante necessidade de sobreviver.

– Calma, vamos ver, um de cada vez... Você é o Alberto, não? Pode falar... – sugere Carlos, apontando o bisturi para o fiscal mais jovem.

– Eu... eu, eu posso lhe dar dinheiro, muito dinheiro. Minha família é rica. Temos fazendas, gado e investimentos. Eu só trabalho de fiscal porque meu pai me obrigou a fazer concurso. Eu posso provar, pega a minha carteira. Vê os meus cartões, o meu talão de cheques!

– Hum, dinheiro? Interessante. E você, japonês, o que pode me oferecer que seja melhor ainda que dinheiro? Ou vai me dizer que é rico também? Porque, se for, terei que matar os dois.

Wilson fica em silêncio.

– É assim? Não vai falar nada? Então já tomei a minha decisão!

– Não... espera... não! – Wilson se debate e implora, enquanto Carlos começa a destrancar o cadeado. – Minhas crianças... clemência!

– Não se preocupe, sua morte será limpa, honrada e por uma boa causa!

Wilson tenta se esquivar, mas mãos grandes e fortes o arrancam da diminuta cela.

– Pelo amor de Deus! Eu imploro! Tá vendo, Alberto, tá vendo o que você fez? Eu vou morrer!

Alberto chora ao ver o colega sendo arrancado da gaiola, até que Wilson grita:

– Tenho contatos!

Carlos Rodrigues para e o fiscal continua:

– Ele... ele pode ser rico, mas com a minha... com a minha rede de influência, o senhor vai estar entre os grandes desse país! Seu poder vai crescer!

As palavras "poder" e "crescer" mexem com o índio.

– Continue...

– Eu... eu tenho uma lista de nomes importantes que venho... venho montando há anos. Esses caras que nunca deixaram o poder. Políticos, empresários, ministros, capas pretas... Famílias que mandam mesmo aqui no Brasil. O senhor sabe... gente famosa e gente que vive na surdina... herdeiros do poder, apadrinhados, lobistas... tenho até um general no esquema.

– Milico?

– Vários!

– E por onde eu começaria nos seus... esquemas?

– Eu... eu vou colocar o senhor em contato direto com deputados e senadores, que lhe darão total proteção. Começaremos pelo Mato Grosso do Sul, que tal?

– Quero Brasília, mas aceito sua sugestão. É... parece que você vai viver!

Wilson respira aliviado e decide arriscar.

– Obrigado, dr. Carlos, muito obrigado! Eu posso pedir pra poupar o Alberto também? Ele é jovem e acho que aprendeu uma lição hoje!

Carlos Rodrigues ri alto e se afasta da gaiola de Wilson.

– Lição? Ele não tem que aprender mais nada. Agora a descida é direta para o lago de fogo e enxofre! Vou matar ele, sim, e você vai assistir a tudo. Essa será a *sua* lição, se esse bosta que não me fez nada vai morrer, imagine o que acontece com quem me trai...

Alberto, exausto, se cala. Cansou de lutar pela própria vida. Carlos vai até um armário próximo à porta e pega uma espingarda. Antes que os dois fiscais aprisionados digam algo, o índio dispara contra Alberto. Em seguida, aponta para Wilson, que espalma as mãos e implora:

– E o nosso acordo?!

– É tranquilizante pra onça. Que bosta de fiscal é você?

Quando desperta, Wilson se vê amarrado por cintas de couro a uma cadeira. Ao seu lado está Alberto, já consciente e também amarrado. O índio está em frente a um altar. É uma versão improvisada e mundana daquilo que viu na sua tribo, nas gloriosas épocas em que os antepassados estavam intocados.

– O que é isso, dr. Carlos?

– Cale a boca e observe. Você vai testemunhar um milagre e, ao mesmo tempo, vai entender o terrível fim dos meus inimigos.

– O... o senhor vai matar mesmo o Alberto?

– Claro. Prefere ir no lugar dele?

– Não... não! É que... é que ele tem mulher, ela tá grávida. É um cara decente...

– Um filho só?! – exclama com ironia e solta uma gargalhada demoníaca. – Melhor chorar um do que três, não acha?

Carlos pega uma cumbuca com um líquido fumegante. Aproxima-a da boca de Alberto, que, com o rosto contorcido de ódio, recusa.

– Bebe, desgraçado. É um chá da minha tribo. Você precisa beber antes de deixar seu corpo.

Alberto olha para Wilson, que abaixa o rosto, envergonhado.

– Engole, filho da puta!!! Me obedece!

Alberto vira o rosto algumas vezes, joga a cabeça para trás, até que Carlos lhe desfere dois fortes bofetões que o deixam zonzo, agarra seu queixo e despeja-lhe o líquido na boca. Em alguns minutos, Alberto começa a entrar em estado de torpor, fica tonto, abobalhado, completamente fora de si. Não esboça mais nenhum desejo de fugir ou questionar o que está acontecendo.

Carlos pega um bisturi e faz uma incisão no tórax de Alberto, que não sente dor alguma. Wilson fica horrorizado. Muito sangue escorre pelo torso do jovem, que segue de olhos abertos. Quando a lâmina alcança o umbigo, volta-se para Wilson com um sorriso sarcástico.

– Assista a tudo. Observe e nunca se esqueça do que acontece com quem se torna um obstáculo para mim...

Wilson se contorce na cadeira e parece sentir, no próprio corpo, o horror que presencia. Carlos abre com as próprias mãos a incisão. Costelas e coração expostos.

– Eu... não... – a voz fraqueja e ele desmaia.

Iaruanã dá um tapa na cara do Wilson, que volta a si.

Com o bisturi, livra o órgão de suas artérias e veias para, então, retirá-lo ainda pulsante do peito do jovem fiscal e colocá-lo numa bandeja. Alberto acomete-se de espasmos, até que a vida se esvai completamente. É o seu fim, mas não o do enojante e pavoroso trabalho.

O índio liberta os braços e pernas de um lado do corpo de Alberto para, em seguida, virá-lo de lado, expondo a parte posterior do crânio. Com um instrumento que mais parece uma espécie de colher afiada, inicia a extração do cérebro, em pedaços que são cuidadosamente depositados numa bandeja. A maca e grande parte do chão estão encharcados de sangue.

– E aí, Wilson, gostou?

O fiscal não responde. Carlos Rodrigues tira as luvas cirúrgicas e se aproxima de Wilson.

– Eu perguntei se gostou!

– Sim... sim, claro. Está ótimo, dr. Carlos! Aprendi a lição, sim!

Carlos então desamarra Wilson, que se levanta com dificuldade.

– Vai com calma! O tranquilizante é bem forte.

– Dr. Carlos, obrigado por confiar em mim nessa parceria.

Repentinamente, o índio atira com força uma bandeja de inox contra a parede, fazendo voar uma série de instrumentos, e começa a gritar:

– Parceria?! Acho que você não entendeu bem... *Eu* sou o seu mestre! Agora *você* trabalha para mim. Vinte e quatro horas por dia, todos os dias até morrer... isso se quiser ver os filhos cresceram, entendeu?

– Si... sim, senhor.

– Vou subir com o cérebro e o coração, e você vai limpar toda esta sujeira. Quero esta sala e as gaiolas perfeitamente limpas. Pegue o corpo desse filho da puta e coloque naquele plástico. Depois guarde no freezer grande. Quando terminar, toque aquela campainha que eu venho te buscar, positivo? Ainda temos o que conversar.

Apenas oito anos separam o dia em que Iaruanã fugiu dos garimpeiros e o presente. Nem ao menos uma década, e ele já está próximo do topo, com seu império de exploração de madeira. Entretanto, questiona-se sobre o que os deuses estão achando dele e da sua exploração predatória.

Volta às Origens

O retorno da lua de mel está sendo tão revigorante quanto foi a ida. O casal anseia pelas terras brasileiras, o clima e o idioma nativos. O saldo da viagem só não foi completamente positivo por conta do quadro e do bilhete deixados no quarto do hotel, antes do embarque. Evitando tocar no assunto, os dois chegam exaustos, porém felizes, ao apartamento que antes morava somente o cirurgião.

– Espera... Tradição é tradição! – diz ele, tomando a esposa no colo e atravessando com ela o umbral da enorme porta de madeira nobre.

– Enfim sós, meu amor!

Octávio coloca gentilmente a esposa na cama. Martha estende os braços, cansada, mas superfeliz. Com as pontas dos dedos, tira os sapatos e lança-os para longe.

– Quem poderia dizer, àquelas duas crianças no colégio, que um dia seriam tão completas... tão realizadas!

– Eu diria, se pudesse! E era capaz de eles acreditarem, afinal, eu já sabia o que queria desde aquele tempo...

– É? E o que você queria? – pergunta só para ouvir o que já sabe.

– Eu queria você, sra. Martha Albuquerque. Só você! Desde sempre.

Octávio se joga sobre a esposa e a beija. Nesse instante, soa a campainha.

– Quem será? O porteiro não avisou. Você marcou com alguém?

– Claro que não. Deixa eu ver...

Octávio vai até a porta. Não há ninguém, mas um pacote foi deixado no chão, algo longo, de cerca de um metro, fino como uma mangueira, porém rígido. Está embrulhado em papel pardo. Ele apanha e leva para dentro.

– Olha só, Martha, alguém deixou isso.

– O que será isso? Tem algum cartão?

Octávio olha detalhadamente para o material e não encontra nada, então decide abrir o embrulho. É um tubo longo, negro, de madeira, com desenhos entalhados em toda a lateral e belíssimas penas vermelhas e azuis atadas por um vime rústico.

– Uma zarabatana?! – estranha Octávio.

– Parece um artefato primitivo – diz Martha.

– Com certeza é uma zarabatana.

– O que foi, amor? – pergunta Martha, apreensiva.

Octávio sai porta afora. Martha se levanta, mas, logo em seguida, Octávio retorna, desolado. O médico corre até o interfone e fala com o porteiro.

– Bom dia, Mauro, tudo bem? Sim… sim, estou de volta. Sim, a viagem foi ótima… Me diz… me diz, Mauro, alguém entrou no prédio depois de mim? Sim… alguém estranho ou que não more aqui, um possível entregador, talvez… Não? Você pode olhar nas câmeras quem veio até a minha porta nos últimos minutos? É… pergunto porque deixaram um pacote aqui… você verifica, por favor? Ok, agradeço se puder me informar, muito obrigado!

Octávio desliga e vai até Martha, sentada na cama observando o objeto.

– Isso aí é uma arma de caça, e é mortal.

– Eu sei. E sei que a pessoa que nos enviou isso também nos deu aquele quadro de mau-agouro. É o tal do Ia… Iuanã, o tal protetor da dona Iaúna… – conclui Martha.

– Iaruanã! – corrige Octávio. – Esse é o nome do desgraçado. E ele está me ameaçando, querendo me acuar, só pode…

Octávio sai do quarto às pressas e volta com um saco de lixo.

– Coloca aqui dentro, amor. Pega todo o papel e joga aqui também…

– Vai jogar fora?

– De jeito nenhum. Vou mandar periciar. Tem que ter digitais aqui, além das nossas.

– Vai chamar o Oswaldo?

– Não sei, Martha. O Oswaldo é o meu melhor amigo, é delegado e um irmão pra mim, mas não sei se suportarei a cara dele de "eu te avisei".

– Amor, não sei se é hora de termos orgulho. Na verdade, acho que esse cara tá *stalkeando* a gente, e só isso já é motivo para envolvermos a polícia...

Octávio vai até a varanda da cobertura e olha para as pessoas caminhando, tranquilas, na rua.

– Tenho a impressão de que ele está nos olhando, esperando que a gente fuja ou algo assim. Não sei. Precisamos contra-atacar, Martha!

– Você quer dizer... dar um susto nele?

– Pode ser isso ou até o pior. Ele está nos ameaçando com esses presentes e, ao mesmo tempo, mantendo tudo morno, não atacando diretamente. Acho que esse é o tipo de pessoa que nos mataria logo, se pudesse. No mínimo quer nos ferir, seja fisicamente, seja psicologicamente. Talvez, por ser um homem público, eu tenha que ser destruído de outras formas na cabeça doentia dele, entende?

Martha o abraça.

– Não sei, amor. Só tenho certeza de que não quero começar a nossa vida assim, com um homem desses na nossa sombra, me fazendo ter medo de tudo. Quero ficar livre e bem com você, e, por isso, acredito que o Oswaldo seja o primeiro passo. Não temos como, pelo menos, pedir orientações a ele?

– Pode ser. Atacar um cara desses é impossível, sem sabermos mais sobre ele. Pelo jeito, ele sabe muito sobre nós, e essa é a nossa grande desvantagem. Preciso voltar às origens, buscar o passado desse verme para encontrar um ponto fraco. Devo ir ao Amazonas, conversar e investigar, não acha?

Martha solta o marido e se senta na cama.

– Amazonas?! Acho que tem um erro nesse seu plano.

– Como assim?

Martha torna a calçar os sapatos enquanto explica:

– Seu erro está em dizer que *você* deve ir ao Amazonas. Na verdade, *nós* devemos ir juntos.

– Martha, eu...

– *Nós* iremos, ou *ninguém* irá. Lembra? Na alegria e na tristeza, estaremos sempre juntos, Octávio.

Ambos sorriem, e ele se senta ao lado da mulher, imaginando a força e a segurança não só que ela tem, mas que desperta nele.

– Está bem, iremos juntos!

O interfone toca, antes que o casal se beije. Octávio se levanta e vai atendê-lo, seguido por Martha.

– Oi, Mauro, e aí? Descobriu?

Martha coloca o ouvido junto ao interfone e ouve também a resposta do porteiro.

– Então, doutor, não sei como dizer. Fui checar as câmeras e, logo depois que o senhor entrou, a gravação parou e só voltou agora. As fitas deram um salto, o que é impossível. Já até chamei a assistência técnica e...

– Mas e as dos corredores, da rua... Não aparece ninguém com um tubo na mão?

– Não, senhor. Infelizmente, como eu disse, assim que o seu carro entrou na garagem, aconteceu uma falha de gravação em todas as câmeras. Depois de uns dez minutinhos, tudo voltou ao normal, doutor.

Octávio agradece e desliga.

– Martha, vamos desfazer as malas e tomar algumas providências antes de falarmos com o Oswaldo.

– Que providências?

Dois dias depois, fim de tarde, Oswaldo se encontra com Octávio e Martha num restaurante recém-inaugurado por amigos, na Paulista. O local ainda está vazio e calmo por conta do horário e do dia da semana.

– Meu Deus, que casal chique!

Octávio se levanta e abraça o amigo. Em seguida, o delegado se abaixa e beija Martha na testa.

– Huuum... que cheiro bom é esse? – pergunta Oswaldo.

Octávio inala o ar em busca do cheiro e olha para Martha, confuso.

– Será que... – estranha o médico.

– É cheiro de felicidade, irmão! – exclama Oswaldo, rindo alto.

O amigo parece estar muito honrado em ter sido convidado para um almoço com os recém-casados. O clima não poderia ser melhor. As entradas, os pratos principais e o vinho são cuidadosamente escolhidos para a perfeita harmonia gastronômica. Martha e Octávio detalham as aventuras e curiosidades da lua de mel, ilustrando tudo com belíssimas fotos. Depois, presenteiam o amigo com um *Swiss Army Knife*, o famoso canivete suíço vermelho.

– Bom, é só uma lembrança, mas esperamos que você goste!

– Lembrança? Seu louco! Não precisava mesmo!

Oswaldo guarda o presente na pasta e pergunta:

– Prontos para retornarem à labuta?

Martha olha para Octávio, como que dizendo "Chegou a hora". Octávio pega um copo d'água e bebe, pois sabe que a conversa demandará tato.

– O que foi? Vocês têm algo para me dizer? Não me digam que vou ser titio?

Octávio imediatamente se engasga.

– Não, não... Não é isso, Oswaldo. Calma, sem pressa! Eu e Martha queremos aproveitar esse nosso encontro que, diga-se de passagem, está sendo maravilhoso, para pedir a sua ajuda.

– Ajuda? Não entendi.

– Martha e eu pedimos um breve afastamento dos nossos trabalhos. Eu desmarquei duas semanas de consulta e ela, como tinha férias atrasadas, solicitou uma quinzena adicional após a lua de mel. Tudo muito bem organizado, evitando afetar as nossas reputações profissionais, como sempre.

Oswaldo aperta os olhos, com desconfiança. Algo nas suas entranhas – um instinto policial aguçado – lhe diz que o casal tem alguma coisa importante e grave para revelar.

– O que é então, Tavinho?

Octávio faz uma pausa e explica:

– Amigo, eu e Martha decidimos investigar a fundo uma pessoa. Temos os nossos motivos, e não são triviais. Esperamos que você, com a sua experiência e amizade, nos apoie.

Oswaldo se ajeita na cadeira. Não sabe por onde começar a argumentar contra Octávio. Espera que o amigo lhe explique mais, porém, o pouco que ouviu, já considera extremamente errado, ilógico e confuso.

– Martha e eu, no dia da viagem para a lua de mel, fomos encaminhados para um hotel, o voo atrasou doze horas e... enfim, nós fomos colocados, de última hora, num hotel qualquer perto do aeroporto. Ofereceram para nós uma das melhores suítes, mas, *aparentemente*, também de maneira aleatória. Acontece que... repara só nisso, irmão... chegando lá, nós encontramos um embrulho, na verdade, um recado em forma de presente.

Octávio mostra uma foto do quadro e do bilhete deixados na noite do seu casamento. O delegado se espanta com o conteúdo da mensagem e a habilidade de quem armou tudo aquilo. Em seguida, Octávio detalha a chegada da zarabatana e os problemas nas câmeras de segurança do condomínio.

– Filho da puta! Tem alguém na sua cola, Tavinho. Desculpe o palavreado, Martha.

– Pois é, amigo, mas nós sabemos, ou melhor, desconfiamos de quem seja, não?

– Caramba, Tavinho! Só pode ser ele! Pai do Céu, tomara que não, mas, lamento dizer, todas as evidências indicam isso mesmo que você pensou. Você... você guardou algo para eu ver? Tem esse material, esse quadro, o tal bilhete?

– Sim, sim, Oswaldo, eu tenho o bilhete do quadro, a zarabatana e o papel de embrulho. Se puder periciar, eu agradeço.

– Claro, claro, meu amigo. Agora, o mais importante é dar um jeito de proteger vocês. Temos que ver um jeito de...

– Oswaldo – interrompe Octávio –, nossa amizade é antiga o bastante para eu poder ser transparente e sincero. Na verdade, por nos conhecermos toda a vida é que tenho a obrigação de ser sempre sincero, lembrando que me arrependo profundamente de quando não fui...

– Sim, mas, por que está dizendo isso?

– É que eu e Martha, nós decidimos ir atrás.

– Ir atrás?! O que está querendo dizer?

– Que decidimos investigar esse vagabundo. Descobrir mais sobre ele. Não é justo um safado desses saber tudo sobre a gente e nos assombrar com presentes bizarros, e nós corrermos como bambis acuados. Não é certo, Oswaldo!

– Tavinho, você não sabe...

– E tem mais: eu e Martha vamos para o Amazonas. Eu me lembro das informações que você me mostrou sobre esse tal Carlos Rodrigues. Ele já deve estar a par do que aconteceu, deve saber também que... bom, fiz aquilo com os capatazes dele, então, não posso deixar barato. Nós vamos procurar o ponto fraco do pilantra, entender a história desse sujeito e a origem da fortuna dele!

Octávio termina de falar com o rosto vermelho de quem já bebeu vinho demais e está ansioso. As veias do pescoço lhe saltam, ainda que não esteja gritando, e olhos se arregalam como os de um obcecado. Oswaldo, por sua vez, baixa a cabeça em nítida reprovação e assim fica por um minuto, até que Martha o chama para a realidade:

– E então, Oswaldo, você pode nos ajudar a traçar um plano de investigação? Precisamos surpreender esse bandido safado.

Oswaldo enche as bochechas de ar, expira com força e balança a cabeça negativamente.

– Você sabe que faremos de qualquer maneira, não, Oswaldo? Com ou sem você. Você me conhece! Precisamos contra-atacar, chega, não vou mais aturar intimidação desse índio.

– Tavinho, Martha. Deus sabe o quanto eu gosto de vocês. Não tenho palavras para descrever o quanto estou feliz pelo casamento e o quanto estou preocupado por essa ameaça. Nem poderia dizer o quanto quero o bem de vocês. São meus amigos queridos de uma vida toda.

– Nós sabemos, Oswaldo, e...

– O problema é que falta realidade no plano... Sei lá... nessa ideia de vocês. Deixa eu explicar rapidinho. Vocês vão para qual parte do Amazonas?

– Não sei ainda, eu preciso...

– Chegando lá, vão falar com quem? Planejar um contra-ataque não é fácil, qualquer falha... e o jogo vira.

Nenhum dos dois se pronuncia e Oswaldo prossegue:

– E como saberão se o que lhes disserem é verdade? E quem lhes dará cobertura? E se a polícia local quiser atrapalhar? E se precisarem usar armas? Sabem o índice de desaparecimentos da região? Aquilo é terra de ninguém, se é que me entendem! Imaginem quantos turistas são mortos por grileiros, índios, vagabundos ou até animais selvagens? Imaginam a temperatura e a umidade do local, a malária corre solta, febre amarela, e como tudo isso interfere até no raciocínio de pessoas superinteligentes como vocês dois? Vão levar dinheiro? Usarão identidades falsas?

– Oswaldo, é por isso que eu quero a sua ajuda, para traçar um plano certeiro e, claro, realista.

– E se os pistoleiros desse cara, que, segundo levantei, é político, empresário e chefe de cartel, pegarem vocês? Estão prontos para serem esfolados vivos, desmembrados, queimados ou até decapitados? Você, Octávio, está preparado para quando pegarem a Martha e *judiarem* dela na sua frente? E você, Martha, quer ir para uma terra quase sem lei com seu marido, para vê-lo ser esquartejado na sua frente? Estão prontos, os dois, para se meterem num inferno de matadores de aluguel mais cruéis que os dos filmes de terror? Estão prontos mesmo para encararem a maldade de perto e participarem dela? – Oswaldo tenta os intimidar, quem sabe mudam de ideia.

– Que horror, Oswaldo! – exclama Martha.

– Lá é o território *dele*, o habitat *dele*, a gente *dele*... Seria muito melhor travar essa batalha aqui, em São Paulo.

Octávio não esconde o desconforto ao se lembrar dos rituais a que Iaúna deve ter submetido seus desafetos. Sente-se nauseado só de imaginar que toda essa crueldade se passou nos porões da casa dela, e que ele próprio se omitiu. O médico ouve Oswaldo com atenção, desconforto, tensão e reflexão.

– Oswaldo, temos consciência do perigo. O problema é que esse cara está nos acuando. Você não tá vendo? Legalmente, posso fazer algo contra ele *agora*?

– Bom, por enquanto, ainda não. Vou examinar as evidências, mas tenho certeza de que não encontraremos nada, até porque não há uma ameaça escancarada aqui, apenas jogadas intimidadoras. Mesmo assim, vocês andaram assistindo a séries e filmes demais. A vida real não é assim! Esse cara nem precisa matar vocês, porque, provavelmente, deve comandar a polícia e os juízes dos lugares onde atua como madeireiro. Tenho certeza de que ele não precisa muito para arranjar uma prisão justificada para os dois. Aí, Tavinho, ele vai acabar com a sua carreira e te destruir sem precisar te matar.

– Oswaldo, eu sei. Só que, como eu disse, nós já refletimos muito e não voltaremos atrás. De jeito nenhum!

– Octávio, eu gostaria, então, de ir com vocês. Só que, para isso, precisaremos jogar essa viagem mais pra frente e...

– De maneira alguma, meu amigo. Não posso e não vou envolver você nessa história. A gente te agradece, mas isso é algo que somente nós poderemos resolver, e não vamos terceirizar para nenhum investigador ou policial, mesmo se tratando de um irmão como você. Eu não sou tão experiente assim em combates e violência, mas não há mais espaço para envolver você nos meus problemas.

– Mas, Tavinho, você teve sorte no passado, no caso dos jagunços. Agora, me parece que está gostando de brincar com fogo. Pense bem. Dá tempo de voltar atrás, vocês ainda não tiveram nenhum prejuízo e...

Martha, que estava quieta acompanhando o diálogo, interrompe o delegado.

– Medo, Oswaldo! Nós temos medo. Na verdade, estamos apavorados. O pavor que esse monstro nos causa, invadindo a nossa privacidade com ameaças, é um sentimento horrível! É como uma mancha no nosso casamento, Oswaldo. Por favor, entenda. O medo está nos dominando! E por quê? Porque ele sabe tudo a nosso respeito e nós não sabemos nada ou muito pouco sobre ele. Esse tal Carlos Rodrigues sabe tudo sobre a gente... Ou nós descobrimos seus pontos fracos ou seremos eternamente reféns desse psicopata. Precisamos enfrentar essa situação de M e achar o ponto fraco dessa pessoa horrorosa!

– Sim, Martinha, eu sei! Mas, pense só: esse cara tem proteção parlamentar! Ele faz e desfaz, manda e desmanda nas regiões onde atua. No dossiê, temos indícios de que ele mata os concorrentes e quem se contrapõe a ele com requintes de crueldade piores que os piores filmes do Jason. Eu temo por vocês!

Octávio, sem hesitar, toma a palavra.

– Se você teme mesmo, Oswaldo, nos ajude. Porque o nosso medo, eu garanto, é muito maior e, por isso, decidimos ir para o Amazonas. Não tem volta. Precisamos do seu direcionamento, mas entenderei se quiser se isentar. Sei que estamos brincando com fogo, mas as chamas estão chegando até nós, Oswaldo. Eu prefiro contra-atacar do que viver eternamente com o rabinho entre as pernas. Sou macho, porra!

O delegado fica quieto por alguns segundos e, então, diz:

– Eu deveria te dar uma porrada, Octávio! Como ousa?

Octávio se assusta.

– O que eu fiz?

– Você insinuou que eu sou um maricas?! Cara, você é o meu melhor amigo! Não posso sair daqui, mas darei todo o apoio e orientação necessários. Que fique claro que eu desaprovo, mas conheço cada um de vocês, e, se Deus quis transformar duas pessoas de gênio forte e teimosas num casal, quem sou eu para discordar? Podem contar comigo, mas eu espero que sigam à risca as minhas orientações, do contrário, caio fora.

Martha e Octávio se olham e sorriem.

– Pode contar com isso, Oswaldo. Muito obrigado! – diz Octávio, abraçando o delegado, a quem também considera seu melhor amigo, um irmão de sangue.

O Ritual da Lua Crescente

"É agora, nós já combinamos, tenho que encontrar o meu querido irmão."

Com estas palavras, Iaúna se prepara para realizar a mais secreta cerimônia Moxiruna: o Ritual da Lua Crescente. Faz sete anos desde que ela e Iaruanã se separaram durante a perseguição dos sanguinários garimpeiros.

Originalmente, os últimos Moxiruna haviam combinado de se encontrar após doze luas crescentes. Iaúna se prepara para o reencontro, certa de que seu irmão está bem. Não se contém de ansiedade em vê-lo, ainda que mentalmente – e não no mundo físico –, pois é assim que o ritual permite os encontros.

Os Moxiruna realizavam esse perigoso ritual com muita parcimônia, pois, apesar de permitir a comunicação entre membros distantes da tribo, ele gera grande desgaste. O rito é arriscado, e muitos, sem a experiência de saber quando voltar, podem sofrer com a desconexão com o mundo real, sucumbindo pela desidratação ou inanição.

Nessa noite, um ano após despedir-se do irmão, Iaúna cumpre a promessa e prepara o chá alucinógeno composto de ervas raras da Amazônia, raízes e folhas. Partes do componente são semelhantes ao timbó, erva usada por pescadores Moxiruna para deixar os peixes desorientados em emboscadas feitas em pequenas baías. O chá de Iaúna também contém castanhas raras e uma espécie muito particular de fungo que, se ingerido na quantidade errada, leva a uma morte dolorosa. Claro que o sabor não pode ser bom. É de um amargor que emperra a língua e queima a garganta. Puro fel.

Assim que o chá começa a fazer efeito, Iaúna declama os cânticos, sem esquecer um verso. De olhos fechados e sentada de pernas cruzadas, a índia experimenta forte vibração em todo o corpo. "Estranho", pensa, segundos antes de sentir muita dor na testa, na região da terceira visão. Então, vê-se fora do corpo.

O aprendizado Moxiruna determina que, assim que o espírito do guerreiro escapa do corpo, é necessário pensar na pessoa, objeto ou local desejado. Esse é o maior problema dos *viajantes*: perdem-se em pequenos devaneios e destroem completamente a experiência. Iaúna tem grande força de vontade e mergulha o pensamento em Iaruanã: o rosto do irmão, seu cheiro e o som da sua voz lhe vêm à memória e, assim, ela é lançada num estado onírico.

Está numa floresta coberta de neblina. Caminha pensando no irmão, até que, logo à frente, surge Iaruanã, vindo da densa fumaça branca.

Os primeiros Moxiruna perceberam que, naquele estado, era impossível conversar. As informações deveriam ser transmitidas mentalmente e muitas vezes mostravam-se confusas. Assim, a tribo utilizava um código no qual os animais da floresta eram projetados e representavam ideias, como um alfabeto. Desde cedo, as crianças estudavam dezenove animais em posições específicas, cuja combinação, ordem e atividade desempenhada em conjunto formavam frases.

Onça-pintada, pavãozinho-do-pará, mico-leão-dourado, saí-andorinha, boto, surucucu, garça-real, cachorro-vinagre, jacaretinga, harpia, puma, arara vermelha, macaco-aranha, caititu, coró-coró, ariranha, sucuri, mariposa-atlas e irara eram os animais estudados no habitat natural pelas crianças Moxiruna, para que pudessem se comunicar, caso realizassem o ritual.

De frente para o irmão, Iaúna projeta uma mariposa-atlas batendo asas, um coró-coró e uma arara vermelha com filhotes no ninho. Ela está feliz em rever o irmão. Iaruanã mostra, em pensamento, uma mariposa-atlas, uma garça-real pousada num lago e um boto. Dessa maneira se dá o diálogo entre os irmãos.

Iaúna quer saber onde está Iaruanã, e o irmão também anseia pela localização dela. O diálogo torna-se tenso e desequilibrado. Iaúna não sabe como mostrar a casa de Cristina Albuquerque, a cidade grande em que se encontra e todos os demais detalhes. Iaruanã insiste para que ela mostre a localização. Ambos desalinham a sintonia e, assim, são penalizados perdendo a concentração.

Iaúna e Iaruanã despertam do sono meditativo no mesmo instante, em pontos quase opostos do país.

Como são extremamente inteligentes, os irmãos deduzem que deverão tentar novamente, de maneira sistemática e mais ordenada. Entretanto, não é possível tomar o chá pela segunda vez antes de doze luas crescentes, por conta dos ingredientes extremamente tóxicos e do risco de morte.

– Será que vamos ter de esperar mais doze luas, meu irmão? – indaga-se Iaúna.

Os irmãos repetiram o ritual anualmente, sempre no mesmo dia e hora, tentando captar e transmitir o máximo de informações possível. Ao longo dos anos, Iaúna foi percebendo que Iaruanã estava cada vez mais sombrio, mais envolvido em algo que lhe parecia ruim, pernicioso, agressivo e até cruel. A conexão permitia captar tais energias, e a índia temia pelo irmão, que parecia agora um homem mau, vil e sem coração.

Sete anos após a separação, Iaúna está certa de que poderá saber onde Iaruanã se encontra. Após realizar mais uma vez o ritual, a índia se vê rapidamente na floresta mais escura. O local, ainda que sobrenatural, não assusta Iaúna, que observa a chegada de Iaruanã ao fundo, na parte mais densa da neblina, agora negra. Diferentemente do ano anterior, quando as trevas rodeavam Iaruanã, desta vez o índio faz parte das trevas e mescla-se perfeitamente a elas.

Iaúna se assusta e pergunta, por meio dos animais, se o irmão está doente. Iaruanã responde que nunca esteve tão bem, tão forte. Ela consegue lhe contar sobre a família que a acolheu, a casa, o fato de o patrão não querer ceder o imóvel a ela, o que a abalou um pouco. Iaruanã pede calma e paciência, e avisa que tudo o que o homem branco nega a ela lhes será tomado. Para informar tal sentença, o índio usou uma sequência muito peculiar de sucuris e surucucus.

Iaruanã orienta Iaúna a projetar o local onde está, para que possa encontrá-la. Mais esperta que nos anos anteriores, ela mostra as cúpulas esverdeadas da igreja do Largo de Santa Cecília. Iaruanã não compreende e sinaliza que é quase impossível determinar uma localização apenas pelo telhado de uma igreja.

Iaúna lamenta não ter mais referências da cidade grande. Não consegue se lembrar ou pensar em nada que possa mostrar ao irmão. De repente, a floresta imaginária começa a oscilar, indicando a ambos que o chá está perdendo o efeito e a conexão será desfeita. Sem intenção de passar mais um ano longe do irmão, ela busca, na memória, tudo o que poderia servir de informação de localização. Iaruanã diz que nada daquilo é certo ou um indicativo preciso. A floresta vai desaparecendo aos poucos e a dupla se desespera.

Quase descontrolada, Iaúna se concentra na família com a qual convive, na casa, na cozinha, nos quartos, nos móveis, nos utensílios, nas roupas que usa... nos cheiros até. A índia despeja dezenas de imagens. Iaruanã não consegue avaliar o turbilhão, mas, no momento em que tudo está praticamente desfeito, o índio detecta, em meio às imagens projetadas pela irmã, uma mão masculina largando uma pasta de couro marrom com fecho dourado sobre um aparador de mármore. No canto inferior esquerdo, Iaruanã lê o nome que está grafado no couro: *Professor Octávio Albuquerque.*

O transe se desfaz e cada um é imediatamente lançado de volta ao próprio corpo. Iaúna, ao regressar, chora pelo fracasso. Iaruanã rapidamente se ergue e começa a fazer as malas para São Paulo. Enquanto junta roupas, documentos, um relógio caro, um revólver e algumas balas, pensa:

"Graças aos deuses, sei exatamente onde Iaúna está, e, se eu fosse imprudente, telefonaria para o casarão do figurão nesse exato minuto para ouvir a doce voz da minha irmã."

Arma Secreta

Em agosto de 2017, dias após o almoço com Oswaldo, no qual selaram o acordo de que receberiam todo o suporte e orientação do delegado, Martha e Octávio decidem alinhar pontos essenciais da investigação que está por vir. Ter conquistado o apoio do relutante amigo já é um grande passo, mas, agora, a mais incômoda pergunta se faz presente para o médico:

– Martha, como vou protegê-la?

– Como assim, me proteger?

– É que, agora, com a participação de Oswaldo e um possível envolvimento da polícia, a coisa tá ficando séria, meu amor.

– Tavinho, não é justo. Convencemos o Oswaldo a nos ajudar dizendo a ele que estaríamos juntos nessa investigação. Eu também tirei férias no escritório. Não vou deixá-lo sozinho. Já discutimos isso!

– Martha, por favor, acho que devemos repensar, pois temo demais pela sua segurança. Agora, com o choque de realidade que o Oswaldo nos deu, está mais que evidente que devemos repensar a sua partici...

Martha solta, com raiva, uma pilha de papéis sobre a mesa, apoia nela as duas mãos e diz, enfática:

– Octávio Albuquerque Júnior, não repensarei de maneira alguma! Estamos juntos nessa até o fim!

– Mas, Martha...

– Eu vou, Octávio! Não tem como eu ficar tranquila, preservada, protegida enquanto você vai para o coração da floresta amazônica investigar esse marginal que está nos perseguindo e cercando. Esse tal Carlos Rodrigues ou Iaruanã é um homem muito perigoso e, pelo jeito, inteligente também.

Investigá-lo e combatê-lo não vai ser fácil, e você não fará isso sozinho. Nós dispensamos até a companhia de um guarda-costas, mas você não vai dispensar a minha de jeito nenhum!

Octávio sorri, apaixonado. Mesmo nervosa, Martha continua perfeita, linda e com personalidade forte. Não há como discordar da esposa, mesmo sabendo o que está por vir. Assim, Octávio repete sua pergunta inicial, mas com uma leve alteração:

– Martha, como vamos *nos* proteger?

A esposa suspira e também sorri.

– Na verdade, eu tenho uma ideia, ou melhor, uma proposta.

– Qual?

– A única possível...

– Martha, você não pode estar pensando o que me passou pela cabeça e eu mesmo tive medo de propor...

– Sim, então, você concorda... o... o tal elixir. E se tomarmos? Isso não nos colocará em vantagem?

A sugestão, à primeira vista, assusta Octávio. Ele sente que está levando Martha cada vez mais para um mundo que apenas ele e os Moxiruna conhecem. A ideia de "prescrever" o elixir à própria mulher o assusta demais. "Isso seria bom? Meu Deus... os ingredientes!", pensa. Paradoxalmente, tudo faz um grande sentido.

O médico se levanta, fica na altura dos olhos da esposa e, em seguida, beija-lhe os lábios.

– O que foi? – pergunta Martha.

– Gênia!

– Gostou da minha ideia, né?

Octávio dá a volta na mesa do escritório e vai até um armário, se agacha e abre a porta de madeira na parte inferior do móvel. De lá, retira duas grossas pastas de plástico fechadas com elástico e deformadas de tanto papel dentro. Retorna à mesa, mas, desta vez, ao lado da esposa, deposita nela as pastas e explica:

– Durante anos, eu venho... como posso dizer? Eu venho estudando o elixir. Iaúna realizava um ritual, que você mesma até já presenciou numa gravação, que envolvia cânticos e processos religiosos do povo dela, mas, como médico e cientista, eu isolei e sintetizei completamente a parte científica das características místicas ou mágicas.

Martha abre a primeira pasta, e os papéis se espalham sobre a mesa. Ela vê manuscritos de Octávio ilustrados com desenhos de anatomia, corações e cérebros, rabiscos, fórmulas, cálculos, palavras destacadas e riscadas.

– Meu Deus, Tavinho, quando você fez isso?

– Todo o tempo, Martha. Todo o tempo, desde que entrei pra faculdade. Descobri que o misticismo sempre foi a forma que o povo indígena usou para explicar o poder dos alucinógenos, ervas, raízes e células do corpo humano, todos utilizados para produzir o elixir. E mais: o elixir que amplia a inteligência tem o péssimo efeito colateral de causar um acelerado envelhecimento celular. Em contrapartida, o subproduto da reação química que cria o elixir é uma outra fórmula que rejuvenesce. E essa é a solução que Iaúna ministrava em si mesma. Para você ter uma ideia, Martha, fiquei obcecado em desvendar os segredos dessa estranha beberagem. Minha mente não parava de trabalhar por um segundo. Para mim era possível resolver muitos problemas ao mesmo tempo e resolvi, então, criar um remédio ou uma vitamina que beneficiasse vítimas de Alzheimer e de outras doenças degenerativas... Eu queria levar a humanidade a um novo estágio de desenvolvimento intelectual!

– Mas o que a dona Iaúna achava disso? Ela tinha ideia dessa sua investigação?

– Não sabia. Jamais contei a ela ou a alguém, porque sei o quanto isso tudo era sagrado para aquela índia e porque ela jamais permitiria que usassem para outros fins. Ela fazia enorme segredo sobre o elixir e considerava tudo secreto demais, por isso, essa minha pesquisa era sigilosa, e eu usava os raros períodos de calmaria profissional para me aprofundar. Como te disse, comecei a pesquisa assim que entrei pra faculdade, e o foco era... ou melhor, sempre foi, desenvolver algo que ajudasse a humanidade!

Sem tirar os olhos dos papéis, Martha comenta:

– E você chegou a algum lugar com tudo isso? Descobriu algo?

– Na verdade, parei quando começou toda a confusão da minha vida. Mas uma coisa eu te asseguro: as propriedades do elixir são todas químicas, e seus poderes não são de origem mística ou divina. Fui até onde era possível ir dentro de uma metodologia científica.

– Como assim?

– É dificílimo ser um cientista, um pesquisador e uma cobaia ao mesmo tempo. Quando eu tirava o meu sangue para analisar, o elixir já estava em circulação e a minha intenção era acompanhar as reações das glândulas e até fazer uma ressonância magnética em mim mesmo, antes e durante a ação dele. Porque não havia outro médico em quem eu pudesse confiar para fazer isso.

– E aonde você acredita que poderia chegar, se houvesse melhores meios de estudo?

– Martha, eu posso lhe dar certeza de que, hoje em dia, tenho uma fonte inesgotável de ingredientes. Afinal, trabalho em hospitais nos quais pessoas morrem diariamente, e, podendo examinar reações minuto a minuto, comparando amostras de sangue e fluidos, eu chegaria a uma droga bem mais eficaz, de ação rápida e, principalmente, sem o terrível efeito colateral do envelhecimento precoce, pois compenso a droga com o subproduto com que se cria o elixir, ou seja, a pessoa que o ingere pode retardar os efeitos do envelhecimento, ou até revertê-los, como ocorreu com Iaúna.

Octávio repara que Martha, neste momento, está olhando para ele meio assustada com as descobertas que o marido acabou de relatar.

– Sim, Martha, é o que você está pensando. No meu caso, eu posso até recuperar o viço da juventude a partir daquilo que Iaúna deixou de ministrar em mim para ministrar nela, usando o subproduto. É isso mesmo que você está pensando...

Martha devolve o papel para a pasta e segura a mão do marido.

– Amor, eu quero ser essa cobaia, então. Quero que você realize os testes necessários em mim. Assim, poderemos ter uma vantagem enorme na nossa investigação e no caso de termos de enfrentar problemas...

– Martha, você ficou doida? Eu não posso realizar os testes em você! Tá louca?

– Por quê, Octávio? Sou mais louca de fazer estes testes em mim ou de fazer como você fez com Iaúna?

– Meu Deus, Martha! Que ideia! São coisas incomparáveis! Não posso deixar que o elixir e a droga sejam testados em você. De jeito nenhum.

– Octávio, presta atenção e vê se me ouve, criatura! NÓS NÃO TEMOS TEMPO! Sou a única pessoa com quem você pode contar.

Octávio se levanta do sofá e se coloca ao lado de Martha. Beija as costas da sua mão direita.

– Tem certeza, querida? Mesmo eu controlando bem cada detalhe da experiência, poderá ser arriscado.

– Tenho certeza, sim! Dispomos de pouco tempo antes de voltarmos às nossas rotinas profissionais, por isso acho que seria prudente começar o mais rápido possível. Você consegue preparar o elixir?

Octávio se assusta com a determinação da esposa.

– Sim, sim... Só preciso passar no hospital para pegar os ingredientes e, depois, locar horas de laboratório, acesso aos aparelhos e, no máximo, contratar um enfermeiro temporário. Se eu fizer isso ainda hoje, creio que amanhã terei uma amostra do elixir para ministrar em você e examinar os efeitos. Mas insisto: tem certeza de que é isso mesmo que quer fazer?

Martha confirma com a cabeça e, em seguida, completa:

– Faça mais de uma dose, para as repetições dos testes.

– Na verdade, farei várias doses, até porque eu também tomarei. Assim, a pesquisa fluirá muito mais rápido.

Na manhã seguinte, com os *substratos* colhidos no hospital, o casal se dirige à clínica de um grande amigo de Octávio. Com duas doses do elixir de Iaúna.

– Todos os processos estão aqui, exceto os cânticos, os incensos e as velas – comenta Octávio com Martha, que está superansiosa para experimentar os efeitos da beberagem milagrosa.

Assim que ingere, ela fica enjoada e sonolenta, mas é a cobaia perfeita por apresentar uma percepção e uma capacidade de síntese ímpares. Octávio já tomou antes da esposa, para ficar acordado e sob pleno efeito. Coleta pequenas quantidades de sangue de Martha a cada quinze minutos e a submete a uma ressonância magnética, enquanto avalia as reações das pupilas, coração, pulmões, fígado e rins. As cargas de enzimas lançadas no sangue são medidas, bem como os açúcares, as reações pancreáticas e nervosas. Octávio mede os tempos de resposta, as áreas cerebrais mais e menos impactadas, e as sinapses. Ele sabe que isso é exatamente o oposto de um método científico válido. Não há grupos de controle, não estão sendo obedecidos os períodos corretos de exposição, e as formalidades foram deixadas de lado.

O motivo maior de tudo isso é obter um resultado temporário e eficaz. Não há, nesse curto período, necessidade de documentação formal porque Octávio não pretende criar um novo remédio – ideia que já lhe passou pela cabeça e que será, se sobreviver a Iaruanã, ressuscitada.

Mesmo sabendo que os efeitos do elixir perduram por certo tempo, Octávio precisa ter uma vantagem real sobre Iaruanã e uma proteção extra durante a investigação. Assim, o casal, mesmo já estando sob o efeito do elixir, mergulha fundo no desenvolvimento de algo muito mais forte.

Ele nota que o elixir age como megadoses dos ômegas 3 e 6, de metilfenidato, de pirodinas-acetanidas e de dextroanfetaminas, ou seja, os Moxiruna foram os *reais* inventores dos nootrópicos ou das polêmicas *smartdrugs*, usadas atualmente para ampliar as capacidades cognitivas. A diferença é que o elixir permite sinapses de longo prazo, regeneração e criação de neurônios – algo bem difícil na medicina contemporânea –, além de elevar à máxima potência o foco e a atenção, trazendo energia ao cérebro, sem elevar a pressão sanguínea. O médico havia isolado a proteína que permite esses resultados milagrosos e incluiu cafeína, l-alfa glicerilfosforilcolina e inositol, substâncias indicadas contra transtorno obsessivo-compulsivo, síndrome do pânico e Alzheimer, chegando, assim, ao Noo 2.0, sua versão aprimorada do elixir.

Para testar a eficácia, o casal se desafia em testes de memória e raciocínio, ele sob o efeito do elixir dos Moxiruna e ela com uma pequena dose da nova fórmula. Não há dúvidas de que Martha desempenha um papel superior, e análises celulares indicam preservação total das células.

– Está dando certo, meu amor! – comenta Octávio, efusivo.

– Graças a você, Tavinho!

– Eu sabia que não haveria riscos para a sua saúde por causa dos componentes. Jamais arriscaria a sua vida, Martha, mesmo assim, quero que você me conte, em detalhes, o que está sentindo.

Empolgada, Martha detalha:

– Quando experimentei o elixir dos Moxiruna, eu me senti inteligente, lúcida e focada, porém, quando essa nova fórmula começou a fazer efeito, foi como se uma lâmpada fosse acesa no meu cérebro. A minha memória, as conexões entre os assuntos, o acesso a palavras, cálculos, fórmulas... Tavinho! Eu consigo ver dezenas... não, centenas de avanços para os processos de gestão do escritório e dos nossos clientes. Consigo imaginar formas de argumentação quase infalíveis para convencer as pessoas a acreditarem nesses processos. Estou me recordando de onde deixei objetos que dei por perdidos há anos! É incrível, e o melhor de tudo é que nada disso me abala emocionalmente. Continuo a mesma. Como se a minha inteligência emocional também tivesse sido desenvolvida. Você tem que experimentar agora!

Octávio sorri e faz anotações. Juntos, realizam os últimos preparativos para a viagem investigativa. O médico inocula em si mesmo a fórmula.

– Eu a chamei de Noo 2.0 porque...

– Porque significa razão, mente, inteligência, pensamento, perspicácia ou sabedoria, em grego. Eu sei... – comenta Martha.

– Isso mesmo, mas o 2.0, você entendeu?

– Confesso que não.

– Porque, por enquanto, é para você e para mim, Martha.

– Adorei. Não poderia ser diferente!

Satisfeito, o casal parte para pesquisar outro assunto: a tribo de Iaúna e Iaruanã. Com toneladas de informações em mente, nada em papel ou registros, sete dias após terem iniciado a criação da nova versão do elixir, viajam confiantes para Manaus. Aproveitarão para descansar um pouco no jatinho alugado e mais meio período no hotel.

Só não imaginam o que *realmente* encontrarão por lá.

Investigação de Risco

Após quase quatro horas de voo, o casal chega a Manaus e se dirige para o hotel, da maneira mais rápida e discreta possível. Tamanha discrição se deve, principalmente, ao receio de que o terrível inimigo possa estar monitorando seus passos.

– Optei por um hotel mais simples, tudo bem? – pergunta Martha.

– Claro, esse hotel tem todo o conforto de que precisamos.

– Verdade, querido, e não chamaremos a atenção nem como turistas.

Martha caminha pelo quarto e se familiariza com as modestas instalações. Roupas e pertences guardados, o casal se senta a uma mesa de trabalho e abre um notebook.

– Vamos recomeçar de onde paramos em São Paulo. Descobrimos que essa tribo Moxiruna realmente existiu, ainda que muitos aleguem que não. Encontramos alguns poucos relatos do início do século passado, que narram guerras tribais e até a presença deles como a décima sétima etnia no Quarup – comenta Octávio, folheando anotações.

O Quarup é uma cerimônia intertribal que conta com as dezesseis etnias indígenas conhecidas no Xingu. Segundo as pesquisas do casal, houve encontros nos quais representantes Moxiruna se fizeram presentes, mas não como participantes ativos, apenas como espectadores, camuflados nas sombras. Indianistas se dividem entre as teorias de que os Moxiruna foram reais ou são lendas dos anciãos das demais tribos para assustar os curumins.

– Veja, Octávio, podemos ir daqui a pouco a essa biblioteca pública, que fica próxima ao Teatro Amazonas, aqui mesmo no Largo de São Sebastião.

Talvez encontremos mais informações sobre a tribo da qual a dona Iaúna e o tal Carlos vieram.

Octávio aceita de imediato. No caminho, algo incomoda o médico.

– Martha, pode ser apenas uma cisma, mas acho que…

– Tem um homem nos seguindo, certo? – confirma ela.

– Isso. Você também notou?

– Camisa polo amarela, óculos escuros, chapéu de aba larga e calça bege. Sim, o cara está…

– A poucos metros de nós. Não dá para precisar a intenção dele nem se tem a ver com o Iaruanã, mas já está atrás de nós desde a porta do hotel.

– O que faremos? – pergunta Martha.

Octávio reflete e responde:

– Por enquanto, nada. Vamos fingir que não notamos e administrar essa vantagem.

– Mas e se ficar perigoso? Ele é um cara enorme!

O casal segue por mais alguns quarteirões, parando algumas vezes para ver vitrines, até que chega à biblioteca e entra apressado. O perseguidor permanece do lado de fora.

O local está praticamente vazio. Algumas pessoas estão usando os computadores disponíveis, enquanto três adolescentes garimpam obras numa estante dedicada à literatura juvenil. A bibliotecária, uma mulher de meia-idade, se aproxima:

– Pois não? Se estão procurando o mapa da cidade, será mais fácil usar a internet ou irem a uma banca de jornal.

– Não, não. Queremos ler sobre tribos da região.

A mulher abre um enorme sorriso.

– Sério? Não acredito! É tão raro, hoje em dia, alguém vir aqui, principalmente turistas como vocês, à procura de livros! Venham.

O casal segue a mulher até uma pequena estante empoeirada.

– Aí está, fiquem à vontade. Se for para lerem aqui, ok, mas, para empréstimo, vou precisar fazer um cadastro e…

– Não, não. Vamos ler aqui mesmo – adianta Martha.

– Ótimo. Tem alguma tribo que estão procurando especificamente?

– Não, só mesmo informações, digamos, básicas – explica Octávio, com um sorriso forçado.

Ambos haviam combinado evitar ao máximo fornecer pistas a quem quer que fosse. Assim que a bibliotecária se afasta, Octávio fala para Martha:

– Precisamos tirar proveito da nossa inteligência. Vamos mergulhar nessa estante para verificar tudo o que existe sobre os Moxiruna, tá bem?

– Combinado, querido.

Em uma hora, o casal já olhou boa parte dos livros da seção. Não seria possível ler todos em tão pouco tempo, mas um breve exame dos sumários e dos índices, e algumas páginas folheadas permitem concluir que de fato não há citação alguma aos Moxiruna naquelas obras. Octávio opta por falar mais abertamente com a bibliotecária e vai até o balcão dela, Martha está logo atrás.

– A senhora pode nos ajudar? Gostaríamos de ler algo, qualquer coisa sobre tribos extintas. Nós separamos aqui estes dois, veja. Ah, e também este, *Extinção – um guia completo sobre o extermínio indígena na Amazônia.*

– Ótimos! São três excelentes títulos – afirma a bibliotecária.

– A senhora já ouviu falar dos Moxiruna? – pergunta Martha em voz baixa, quase um sussurro.

Inicialmente, a mulher tenta disfarçar, mas, em seguida, revela seu constrangimento:

– Meu Deus, os Moxiruna? Fazia tempo que eu não ouvia esse nome. Não, não devo ter nada. Olha, vou te adiantar, moça, que esse povo aí nem existe. É só lenda mesmo.

O casal percebe que a mulher ficou desconfortável. Então, eles agradecem, mas, antes de voltarem à estante, Octávio tem uma ideia.

– Amor, preciso da sua ajuda – pede e afasta a esposa, há uma senhora querendo informações da bibliotecária, ao lado deles.

– O que foi?

– Você consegue tirar daqui a bibliotecária por três minutos?

– Como assim?

– Não sei. Levá-la para outro lado. Consegue?

Martha sorri e pisca para o marido. Em seguida, volta até a mulher, com um pedido, no mínimo, estranho.

– Por favor, a senhora sabe onde eu encontro... é... como posso dizer... literatura... adulta?

A mulher fixa o olhar em Martha.

– Literatura... literatura adulta? Ah! Literatura erótica! Claro, claro. Sei, sim. É ali no fundo, seção proibida para menores. Pode ir.

Martha curva o corpo e se aproxima da bibliotecária, para fazer uma falsa confidência:

– Então, é que eu e o meu marido, nós... bem, estamos em lua de mel e eu queria procurar um livro antigo, indiano, não sei se você sabe, um livro ilustrado...

– O *Kama Sutra*!

Martha finge um certo constrangimento e faz sinal de silêncio.

– Por favor, é segredo. A senhora me ajuda a procurar? Por favor!

Empolgada com a aventura, a funcionária se levanta, dá a volta no balcão e conduz Martha até o fundo da biblioteca.

Octávio, assistindo a tudo de longe, se apressa até o balcão, antes que o computador da gentil senhora hiberne e exija a senha, e se senta na cadeira.

– Deu certo – murmura, exultante.

Passando rapidamente os olhos pela tela, busca a lista de empréstimos. Clica e digita: *Cristina Albuquerque*. O computador exibe o que ele já esperava confirmar. Sua mãe havia frequentado aquela biblioteca e pegado emprestado apenas um livro. Octávio nota que Martha e a bibliotecária já estão retornando, e, antes que a funcionária perceba, Octávio já se encontra do lado externo do balcão.

– Foram procurar o quê?

– Sua esposa queria uma edição rara de um livro, mas, infelizmente, não temos. Tentei indicar um outro, mas... – diz com uma piscadela para Martha.

– Mas eu preferi deixar pra lá. Depois voltamos, não é, querido?

Octávio dá a mão para Martha.

– A senhora teria, disponível para consulta, um livro chamado *Catálogo de Assentamentos Indígenas*, de um tal professor Navarro, edição do início dos anos 80? Acho que 1982 ou 1983? – pergunta Octávio.

Martha olha admirada para o marido, deduzindo que ele conseguiu achar o que procurava.

– Esse eu devo ter. Vamos ver no sistema – responde a solícita bibliotecária, sentando-se diante do seu computador e digitando alguns comandos. – O sistema anda meio lento, mas, pelo que diz aqui, temos apenas uma cópia dessa obra no cartório, por ser um catálogo.

– Cartório?

– Sim. Foi uma decisão da Secretaria, porque os catálogos mais antigos são, na verdade, fontes excelentes para atualização de documentos. Por isso, todos foram recolhidos e levados para lá. Deixa eu anotar o endereço pra vocês. Fica aqui pertinho. É só falar que fui eu que indiquei.

A atenciosa mulher rabisca o endereço num pequeno pedaço de papel e entrega a Octávio, que agradece.

Octávio e Martha saem da biblioteca e, assim que pisam na calçada, notam a presença do estranho que os seguia. O homem imediatamente joga no chão o cigarro que acabara de acender e retoma sua missão em passos lentos.

– Ele ainda está atrás da gente – atesta Octávio.

– Será que é perigoso? Não seria o caso de chamarmos a polícia?

– Eu vou dar um jeito de despistá-lo. – Octávio faz sinal para um táxi. O carro estaciona e o casal entra.

– Boa, Tavinho! Ótima ideia!

Mas o homem entra em um táxi que vinha logo atrás.

Octávio dá uma nota de 100 ao motorista e faz um pedido.

– O senhor pode ir até a Cidade de Deus?

– Posso, claro, mas já vou adiantando que vamos encarar muito trânsito porque está tudo em obra. É capaz da gente perder horas indo para aqueles lados – informa o taxista.

– Sem problemas. Aqui, ó, toma mais *cenzão*. Quero que o senhor pare no semáforo aberto e, em seguida, quando ficar amarelo, acelere e dobre na próxima esquina. Eu e minha esposa desceremos rápido e entraremos num bar. O senhor aguardará esse táxi que está atrás de nós o alcançar, continuará o seu caminho até a parte mais engarrafada da Cidade de Deus e depois estará livre para prosseguir seu dia de trabalho, pode ser?

– Mas pra que isso, moço? Não entendi...

– É que no táxi atrás de nós tem um chato a quem devo um dinheiro e...

– Ah, agora entendi. Ele vai mandar o meu colega me seguir, achando que vocês continuam aqui.

– Isso mesmo. O senhor vai nos ajudar?

O taxista sorri.

– Olha, pode confiar. Quando chegar na Cidade de Deus, eu ainda vou parar pra comer por lá. Esse cara que tá seguindo vocês não vai nem ter como voltar.

– Muito obrigado! Sabe como são esses agiotas, né?

O plano funciona. O taxista executa exatamente o pedido e deixa o casal assim que dobra a esquina, antes que o carro de trás o alcance. A indicação da Cidade de Deus veio à mente de Octávio por ele ter notado, quando viu o mapa da cidade, que o bairro fica distante da região central.

– Ufa! Agora, sem gente nos seguindo!

– Isso mesmo, meu amor, enfim, sós!

O casal caminha alguns quarteirões até o cartório e tem a grata surpresa de descobrir que o rapaz que detém o acesso a documentos é sobrinho da bibliotecária. Octávio solicita o *Catálogo de Assentamentos Indígenas* e, após o preenchimento de um pequeno formulário, é prontamente atendido.

– Aqui está, senhor...

– Carlos Rodrigues. Veja, Tânia Regina. Este livro deve ter sido usado pelo meu tio como fonte de pesquisa! – exclama para todos ouvirem.

Martha ri, internamente, de todo aquele teatro e dos nomes falsos, e pousa a mão sobre a do marido. A emoção é grande. Octávio vira as páginas como se folheasse um livro sagrado. São centenas de imagens, esquemas e mapas minuciosos sobre as mais variadas etnias indígenas da região amazônica.

– O que esperamos encontrar? – pergunta ela.

– Aqui, conseguirei descobrir os rastros dos Moxiruna ou, pelo menos, pistas sobre eles. Não podemos esquecer que o nosso objetivo maior é nos prepararmos para enfrentar o tal Pajé.

Octávio descobre que muitos assentamentos, postos de atendimento e acampamentos de apoio aos povos nativos foram formados com o passar dos anos. Cada um acolhendo centenas de indivíduos por inúmeras razões.

– É, não vai ser nada fácil encontrar o que buscamos. Segundo este livro, existem assentamentos voláteis e permanentes. Se cruzarmos os permanentes com as regiões próximas aos locais onde dizem terem vivido os Moxiruna, poderemos, com sorte, encontrar o local que recebeu Iaúna no momento da sua transição da floresta para a cidade – comenta Octávio.

Martha corre os dedos pela página aberta, ao mesmo tempo que consulta, no celular, algumas anotações e sites.

– Veja, se anotamos direito, um desses três assentamentos aqui acolheu os Moxiruna. Apesar deste livro não afirmar a existência deles – diz Martha.

Octávio concorda. Martha fotografa a página que mostra a localização dos assentamentos e se levanta para devolver o *Catálogo*. Octávio, porém, retém o volume mais um pouco.

– O que foi, Octávio?

– Martha, olha…

– O quê? O que é esse manuscrito?

– É a letra da minha mãe!

– Não é possível! Sério?

– Meu Deus, Martha, é a letra dela! Ela anotou: "Assentamento – falar com o sr. Rubens".

– Quem será essa pessoa?

– Não sei. Talvez alguém que ela conheceu, alguém que a ajudou… Meu Deus, Martha, que loucura!

– Querido, você está chorando…

– É emocionante e triste ao mesmo tempo… Quanta saudade da minha mãe!

Martha se inclina, beija o rosto do marido e sussurra gentilmente:

– Vem… chega. Precisamos sair daqui.

O casal vai até o atendente e devolve o livro. Antes de sair, Octávio para, volta-se para o homem e pergunta:

– Me diz, é possível visitar esses assentamentos? É liberado?

– Visitar? Como assim?

– É que eu gostaria de conhecer um assentamento indígena. Você sabe se o acesso a esses lugares é permitido?

– Olha, não é não. Para entrar, você precisa obter uma autorização no Centro Indianista, lá na Bola da Suframa.

Octávio anota tudo, agradece e sai com Martha. A Bola da Suframa não fica tão distante do Centro e o casal rapidamente chega ao local após tomar um táxi.

– E então, Martha? Está gostando dessa vida de investigadora?

Martha assente e sorri.

O Centro Indianista é um local grande com diversos departamentos. Engloba um pequeno museu, ONGs, escritórios de armazenagem de documentos etc. O prédio é antigo, mas está bem conservado. Aparentemente, poucos funcionários atuam no local.

Na recepção, o casal descobre que o acesso aos assentamentos é concedido por um departamento pequeno e que, normalmente, é necessário um sem-número de autorizações e justificativas para obter permissão de visitação.

– Mas vocês podem tentar falar com o gerente, o Agnaldo. Ele concederá credenciais temporárias a vocês.

Octávio agradece e, com Martha, se dirige para o local.

– Pode entrar! – grita um homem, assim que Octávio bate na porta.

O espanto de Martha só não é maior que o de Octávio, quando ambos descobrem que Agnaldo, o responsável pelas credenciais, é o homem que os seguiu mais cedo.

– Bom dia! Vamos entrando. Sentem-se.

O primeiro impulso de Martha é correr, mas Octávio a segura pela mão e a conduz para dentro da sala, onde ambos se acomodam nas duas cadeiras à frente de Agnaldo.

– Bem-vindos, paulistas! São paulistas, não? Paulistanos, né? Sabe aquela sensação de já conhecer alguém, já ter visto essa pessoa antes? Me sinto assim agora vendo um jovem casal tão bonito na minha frente!

– Como vo...? – balbucia Octávio.

– Como eu cheguei aqui tão rápido? Dez minutos depois que vocês me despistaram, os táxis emparelharam num semáforo e pude ver que tinham descido. Aí resolvi voltar para o escritório. E vejam só como Deus é bom e generoso para comigo. Nem precisei mais procurar. Vocês vieram até mim!

– O que quer com a gente?

– Meu empregador, meu patrão, botou um alerta na cidade toda. Assim que vocês chegaram, gente minha lá no aeroporto já avisou. Eu não sei o motivo e nem sei quem são vocês, mas o chefe deixou claro que é para relatar a ele assim que eu descobrir o que vocês querem. Como eu tô com pressa e vocês vieram até mim, vou economizar tempo e perguntar: o que que vocês querem?

Octávio e Martha não respondem.

– Não vão falar?

Agnaldo abre uma gaveta, tira um revólver e o coloca sobre a mesa. É um trinta e oito antigo com coronha de madrepérola.

– Vai matar a gente aqui? – pergunta Martha em tom jocoso.

Agnaldo ri.

– O chefe quer os dois vivos, mas como ele não sabe que cês tão aqui, eu posso fazer o que eu bem quiser. Adoro desobedecer o chefe de vez em quando. Primeiro, eu vou mandar o pessoal do andar ir almoçar mais cedo, depois, vou chamar um maluco que trabalha pra mim e fica aqui na sala ao lado, em seguida, vou descobrir quem são e o que querem, e, dependendo do que falarem, entrego os pombinhos pro chefe ou dou um fim eu mesmo em vocês. Ele nunca vai ficar sabendo. E se ficar…

– Quanto? – oferece Octávio, fazendo sinal de dinheiro roçando o polegar no indicador.

– Dinheiro? E quem disse que eu quero mais grana? Eu quero informação e poder. Eu trabalho pro todo-poderoso daqui, seus merdinhas!

Octávio e Martha percebem que o assunto ficou sério e que chegaram a um ponto sem volta. Ambos, mentalmente, acionam uma espécie de "modo de alerta", esperando pelo pior.

– Vocês acham mesmo que podem me comprar? Agora, respondam: quem são vocês?

O casal, mais uma vez, fica calado.

– Então é isso? É silêncio mesmo? Coloquem agora o celular de vocês em cima da mesa. AGORA! – exclama e dá um soco na mesa.

Martha e Octávio obedecem. Agnaldo pega os celulares e o revólver.

– Esperem aqui. Quem tentar escapar morre. Fiquem aqui! Não caguem o esquema, tô avisando!

O homem sai da sala e tranca a porta. Martha e Octávio se olham.

– Martha, é o seguinte: a gente vai ter que fazer valer a nossa inteligência. Respire fundo e se concentre numa saída junto comigo.

Martha concorda com a cabeça, fecha os olhos e inspira fundo. Ambos se levantam e começam a procurar um jeito de escapar. A janela está trancada. Então, sem conversarem, começam a vasculhar a mesa de Agnaldo, olhando tudo: gavetas, papéis, objetos e pastas. Tudo isso leva pouco mais de três minutos e só termina quando o som do trinco indica que Agnaldo vai entrar.

– Pronto! Este aqui é um amigo pessoal, o maluco que eu falei. O nome dele é Inácio. Fala oi pro pessoal, Inácio.

O sujeito não responde. Com o mais frio dos olhares, apenas acena com a cabeça. É um homem imenso, típico jagunço de organização criminosa. Está de camiseta regata e exibe músculos, tatuagens e cicatrizes. Octávio e Martha, sentados nas cadeiras novamente, parecem tranquilos aos olhos de Agnaldo, que estranha.

– E então? Decidiram abrir o bico? Ou já posso pedir pro Inácio entrar em ação?

Diante do irritante silêncio de Octávio, Agnaldo perde a paciência.

– Nácio, dá uma escovada no playboy!

Inácio puxa Octávio pela gola e o encosta na parede, erguendo-o do chão.

– Solta ele agora! – ordena Martha. – Ou vai pagar caro, muito caro!

O comportamento firme e destemido da mulher surpreende, seu olhar fulminante mexe com Agnaldo.

– Calma senhorita, é só pra incentivar vocês a abrirem o...

Antes mesmo que ele acabasse a frase, Octávio tira do bolso da calça um estilete amarelo Olfa que pegou na gaveta de Agnaldo. Em um movimento rápido, preciso, passa a lâmina no antebraço de Inácio, fazendo um risco vertical, da dobra do braço até o pulso. Uma linha finíssima.

– Ai, caralho!!! – grita Inácio, soltando o médico no chão.

Agnaldo puxa o revólver e aponta para Octávio.

– Calma aí, filho da puta!

Inácio examina o corte e então ri, mostrando o risco que Octávio fez.

– Chefe, não esquenta, o baitola nem cortou direito, olha!

O médico se levanta, toma fôlego e fala:

– Inácio, eu cortei precisamente em cima de uma artéria, falta menos de um milímetro para a sua pele rasgar e expor ela inteira. Não faça nenhum esforço com o braço. Nenhum, tá me entendendo? Acredite, eu sou cirurgião. Na verdade, um dos melhores do mundo. Se você tensionar esse braço, nem que seja para erguer um copo cheio d'água, a pele vai esgarçar e romper a artéria. Se isso acontecer, você vai jorrar sangue e morrer em dois minutos, talvez em menos até. Vai depender de você estar nervosinho ou calminho. Detalhe: o corte é vertical ao longo da artéria, ou seja, não dá para suturar. Você vai ficar fodido por uns dias, até essa merda de braço ficar bom, e isso se ninguém encostar nele. Inclusive, eu. Agora, quero saber: quem é a porra do playboy aqui?!

– Seu filho da... – rosna Inácio.

– Quieto, Nácio! Tu é surdo?! – grita Agnaldo.

– Ainda bem que o teu chefe é mais esperto que você, Inácio! – diz Octávio. – É sério! Acredita no que eu tô falando. Em dois dias, esse microrrisco que eu fiz vai cicatrizar, mas, até lá, você não vai poder nem limpar o rabo.

– Eu vou matar vocês, seus filhos da puta! – grita Agnaldo.

Martha entra no jogo.

– Aperta esse gatilho pra ver se não acorda na cadeia... *e de calcinha.* Vai, aperta!

Ainda apontando a arma para Octávio, o homem estranha a ameaça da mulher.

– Eu já matei muita gente, dona. Ninguém nunca vai achar o corpo de vocês se eu...

– Então aperta, bichona! – desafia Martha. – Você não faz ideia de com quem se meteu. Não reconheceu mesmo a gente?

– Como assim?

– Estamos investigando você há um tempo, Agnaldo *de Jesus*. O seu chefe não avisou porque ele também não faz ideia, mas nós somos da Força Nacional BPR.

Agnaldo aponta a arma para Martha.

– B o quê?

– Nós sabemos que você tem recebido aportes constantes de dinheiro na sua conta corrente. Catalogamos as ONGs que fazem esses aportes. Temos todos os dados. Eu sei de cor as suas contas bancárias. Quer que eu prove? Nem preciso consultar as minhas anotações, veja se estou mentindo...

Com segurança, Martha enuncia, então, os dados bancários do bandido, que decorou ao olhar um extrato, minutos antes. Octávio completa:

– Batalhão de Pronta Resposta. Você quer que nós falemos o seu endereço? Quer que eu relacione os seus compromissos na última semana?

– Como? Como sabem disso? Se isso tudo já vazou, eu... eu tenho que fugir. O Carlos vai me matar!

– Não adianta mais, Agnaldo. Você tem que fazer duas coisas pra gente, e, se fizer, ninguém vai mexer contigo por alguns meses, até o juiz te convocar para depor contra o seu chefe.

– Depor? Ele me mata antes!

– Não se preocupe. Quando você for chamado, o índio já vai estar ferrado – informa Octávio.

– Vocês não conhecem ele! Ele é perigoso! É o demônio em pessoa!

– É por isso que você tem que fazer duas coisas pra gente: primeiro, nos dar duas credenciais para visitarmos qualquer assentamento daqui. Segundo, nos contar tudo o que sabe sobre o seu chefe. Muita coisa nós já temos, mas é sempre bom saber mais!

– Vocês tão loucos! Não vou contar porra nenhuma!

– Quem tá louco é você. Se não contar, seu merda, se a gente não sair daqui logo, toda a Força Nacional, a PF, a PM vão te procurar e acabar contigo. Sua única escolha é ajudar a gente e, depois, sumir e aguardar o juiz convocar. É pegar ou largar, e, se largar, tenha certeza que vai arranjar um marido na cela, daqueles que fazem questão de trepar todo santo dia. Decide logo porque temos várias viaturas aí fora, seu porra!

– Tão pensando que eu sou idiota? Eu vi vocês sozinhos no hotel! Vocês tentaram me despistar, isso não é atitude de polícia! Você mesmo disse que era cirurgião.

– Só nas horas vagas, Agnaldo. É que eu opero milagres quando o assunto é foder bandido. Nós estávamos passeando como casal antes de começar a missão. Agora, estamos aqui pra te foder. Decide logo, porra!

Ele se imagina numa cela fétida, do tipo que até já frequentou, de sobrancelha raspada, só de calcinha, sendo enrabado por um psicopata, e decide:

– As credenciais pode até ser. – Agnaldo abaixa a arma e puxa, de uma gaveta, dois crachás. – Tá aqui. Olha, com isso, vocês têm acesso livre a qualquer assentamento. Sobre o chefe, não vou falar porra nenhuma e quero que vocês saiam daqui! Vão todos se foder!!!

– Quem vai se foder é você, Agnaldo, aliás, eu sei até da sua mulher. E muita coisa das crianças também! – grita Octávio.

– Seu filho da puta! Deixa a minha família fora dessa nossa conversa!

– Então fala, caralho! Fala e conta o que sabe do seu chefe! O que ele faz, onde mora, com quem se relaciona, quantas vezes vem aqui. Fala, arrombado! Senão te fodo por inteiro. Acabo com a tua família!

Agnaldo está assustado com a história da mulher e das crianças, e habilmente tenta falar algo que não comprometa o chefe.

– Olha, seus… eu não tenho muita coisa… eu sei que ele é muito rico, é político e influente.

– Não manda essa, Agnaldo. Você trabalha pra ele. Você tem, sim, informações muito mais importantes do que essas bostas que tá contando – diz Martha.

Agnaldo se senta, encurralado diante da segurança com que Martha e Octávio mentem, e busca uma saída rápida para se safar e ganhar tempo.

– Vamos lá, tá bom! Eu sei o hotel que vocês tão. Amanhã à noite vou mandar uma caixa com uns documentos que poderão foder de vez o chefe. Foder legal. Só que, depois disso, vocês vão ter que garantir que eu vou estar protegido. Eu, a minha esposa e os dois meninos.

– Quem quer garantias sou eu, Agnaldo! Garantias de que não vai fugir. Por que eu acreditaria em você?

– Cacete, seu filho da puta! Você falou que tem informações da minha mulher, dos meninos! O que mais você quer? Aliás, que informação você tem da minha mulher?

– Taí... Pra você não pensar que tô blefando, vou contar parte do que sei! Quer? Quer que eu conte um pouquinho? Tenho certeza de que depois você vai querer saber tudinho o que *eu* sei. É uma bela troca! Você leva a caixa no hotel e me espera, que te conto tudo que eu sei e que você não sabe...

– Abre o jogo. Quem são vocês?

Desta vez, diferentemente de antes, o tom do bandido é de quem está assustado.

– Você vai saber se contar pra gente tudo que queremos saber. Nós vamos aguardar a caixa com os documentos e você lá no hotel. Amanhã à noite! Você vai ter tempo de sobra para se informar.

– Ei, peraí, caralho! Minha mulher. O que cê sabe da minha mulher?

– Conhece um creme chamado Flor do Amor? É usado pra massagem. É bem baratinho e tem um perfume marcante.

Agnaldo, confuso, não responde e Octávio prossegue.

– Conhece, né? Pois bem, quando o Inácio aí, o seu jagunço, me segurou, senti esse cheiro muito forte nas mãos dele. Estranho, né? Afinal, não é comum homem usar, e, se não me falha a memória, e ela nunca falha, sei que você comprou esse creme pra sua esposa dias atrás, não?

– Como é que é? – Agnaldo se espanta e encara o capanga.

Inácio, ainda preocupado com o corte no braço, encobre a cicatriz e olha assustado para Agnaldo.

– O que ele tá falando, Inácio?

Octávio ironiza:

– Eu, se fosse você, perguntava pro garanhão ali o que ele anda fazendo nas horas vagas. Inclusive, as nossas investigações apontaram que... bom... eu aconselho você a fazer um teste de DNA no mais novinho, só por desencargo, sacou? Fica a dica. E, entregando os documentos lá no hotel pra gente, completo com detalhes tudo que levantei a respeito. Mas, antes, quero ver se esses documentos são realmente o que estamos precisando. Ou se você vai tentar enrolar a Força Nacional.

Martha e Octávio saem da sala, deixando Agnaldo e o comparsa completamente confusos, e caminham, apressados, pelo corredor do antigo prédio que abriga o Centro Indianista. Já na rua, olham um para o outro com um leve sorriso e respiram, aliviados.

– Tavinho, o que foi isso que aconteceu? Estou sentindo a adrenalina percorrer todo o meu corpo! Você foi incrível!

– Nós dois fomos, querida! Você me surpreendeu, sabia? Tivemos muito medo, mas fomos espetaculares!

Xeque-Mate

Horas depois, Octávio e Martha alugam um carro para percorrer os assen-tamentos que provavelmente acolheram Iaúna. O primeiro já não existe mais, foi desativado e transformado num centro de armazenagem de madeira. O segundo foi reduzido a dois pequenos escritórios na floresta. Rapidamente, o casal examina documentos e não encontra nenhuma informação relevante. Resta a esperança de encontrar algo no último.

Ufa! O terceiro assentamento ainda existe. Médicos, enfermeiros e outros profissionais se alternam no auxílio e acolhimento de índios sem tribo, desgarrados, doentes ou famintos.

Assim que passa pela cerca de madeira, Octávio sente um forte arrepio e se emociona.

– É aqui, meu amor. Chegamos! – sentencia.

Ele então se agacha e passa o dedo no chão, deixando marcas na terra.

– Minha mãe esteve aqui, Martha. Posso sentir a presença dela. Foi aqui. Ela está por perto, sinto a essência dela. Só pode ser este assentamento.

A maneira como Octávio se exprime deixa claro para Martha a intensidade da emoção que experimenta. Assim como o marido, ela também se emociona, adorava Cristina.

– Imagino como você deve estar se sentindo, amor. Dona Cristina foi... é a pessoa mais doce que eu conheci. Meiga, forte, sábia... Não fique triste – consola.

– A tristeza não chega nem aos pés da saudade que eu sinto, Martha. Mas perceber a presença dela aqui está sendo maravilhoso. Para mim, é como se estivesse bem aqui ao nosso lado.

"Ah, mãe. Se você estivesse aqui… a única coisa que eu queria, nesse momento, era perguntar: 'a senhora me perdoa?'", pensa Octávio.

O casal segue pelo assentamento. O local certamente passou por muitas mudanças desde a época em que Cristina conheceu a jovem e desamparada Iaúna. Há todo um sistema de triagem e acolhimento, cuidadores de curumins e de índios idosos, documentação, primeiros socorros, entretenimento e comunicação.

– Nossa, Tavinho, que estrutura!

– Não se engane, Martha. São homens como o tal Agnaldo que tocam isso aqui. Não há interesse real em ajudar os indígenas. Esse assentamento, em especial, deve ser um modelo "para inglês ver". Eu li que em lugares como esse há drogas, prostituição, aliciamento de menores e até escravidão.

– Boa tarde, posso ajudá-los? – pergunta uma funcionária, usando colete e boné oficial do Centro de Recuperação do Povo Indígena (CRPI).

– Boa tarde. Gostaríamos de pesquisar arquivos antigos. Há alguém que possa nos dar informações sobre os anos 80? – pergunta Martha.

A funcionária dirige o olhar aos crachás de Martha e Octávio, e prontamente os conduz até um escritório. É uma sala montada num galpão de alvenaria, com três mesas grandes, alguns computadores obsoletos, telefones e arquivos de ferro. No local, um funcionário digita formulários, enquanto uma mulher tira o pó das mesas com um espanador quase despenado.

– Por favor, sentem-se. Anos 80? Vocês estão buscando pessoas específicas, alguma tribo? – indaga a funcionária, enquanto despeja água cristalina de uma jarra em dois copos e serve para eles.

– Gostaríamos de ver tudo sobre os Moxiruna. É possível? – pergunta Martha.

– Moxiruna? Não conheço essa tribo. Tem certeza de que o nome é esse mesmo?

– Absoluta.

– Olha, vou digitar aqui, mas realmente não deve ter nada – diz a funcionária. – Viu? Zero ocorrência. Não só nunca passou por aqui nenhum índio de uma tribo, nação ou etnia com esse nome, como também não existe nada referente a esse povo no arquivo. Será que não estão fazendo alguma confusão?

– Não, minha senhora, impossível – responde Octávio. – Eu sei que o nome da tribo é esse mesmo. Minha mãe esteve aqui nos anos 80, fazendo o trabalho de conclusão de curso da faculdade e, acho que posso dizer assim, ela acolheu e adotou uma índia que se encontrava aqui, jurada de morte por garimpeiros. Sabedora disso, ela levou a índia para São Paulo e se tornaram grandes amigas.

– Lamento, amigo, lamento mesmo não poder ajudá-los. Como pôde ver, não temos nenhum registro.

Neste momento, Martha toma a palavra, entendendo que, se continuarem buscando registros oficiais, a busca será em vão.

– A senhora sabe se tem alguém que more próximo e tenha trabalhado aqui nos anos 80? Sei lá, alguém aposentado? Vimos, num livro de assentamentos indígenas, inscrições da mãe dele referindo-se a um tal de sr. Rubens. Sabe dizer se trabalha ou se trabalhou aqui? Tudo indica que sim – lembra Martha.

– Ah, é verdade. Mas ele já faleceu. Eu vim parar aqui para substituí-lo. Quem, ainda daquela época, continua aqui é a mulher dele, a dona Nair.

– Sério? E podemos falar com ela? – dispara Octávio.

– Claro. Ela é a responsável pelas equipes de manutenção e limpeza do assentamento desde aquela época. Mas ela não está.

– Ai, meu Deus! – desespera-se Octávio.

– Calma, estamos na hora de almoço. Ela corre até a casa dela para almoçar e volta para o turno da tarde. – Sorri a senhora responsável pelo CRPI, ao ver a ansiedade do casal.

– Ah, tá bem! Vamos aguardar, então. Pode ser? – pergunta Octávio.

– Claro. Enquanto ela não chega, me digam por que querem tanto saber dessa tribo? Fiquei curiosa. – Octávio busca uma saída que justifique bem a ansiedade de ambos, sem, contudo, dizer exatamente o que se passa.

– Explico, senhora. É que ambas, minha mãe e Iaúna, viveram como grandes amigas em São Paulo, mas hoje estão... no Céu.

– Nossa, sinto muito!

– Obrigado. E, por isso, estamos procurando resgatar essa história, pois ela é muito bonita. Quem sabe, até venhamos a escrever um livro. É uma grande história. E essa índia, que a minha mãe resgatou, foi, por um longo período da minha vida, quem cuidou de mim, ajudando a minha mãe a me criar.

– Ah, que interessante! Realmente dá uma boa história. Bem, deve faltar uma meia hora pra Nair chegar. Gostariam de tomar um chá?

– Chá?! Não, obrigado. Pode ser um café?

A gentil senhora serve os cafés e pede para que a sua jovem assistente vá ver se Nair já chegou, para trazê-la até o escritório.

Nesse mesmo instante, bate à porta uma mulher muito enrugada pela ação do sol e sem traços indígenas.

– Olá, boa tarde! Desejam falar comigo?

– Sim, Nair. Este casal quer saber de uma tal de tribo Moxinura.

– Moxiruna – corrige Octávio.

– Sim, desculpe. Tribo Moxiruna, uma tribo que a mãe dele conheceu aqui no Ama…

– Desculpe-me – intervém Octávio. – Na realidade, a minha mãe não conheceu a tribo, e sim *uma* integrante da tribo chamada Iaúna, que foi abrigada aqui no assentamento por volta de…

Antes que Octávio termine, Nair intervém:

– A Cristininha! Me lembro bem dela!

– Cristininha?! – estranha a funcionária.

– A Cristininha… Ela não é do seu tempo, mas eu me lembro bem dela… Que saudade.

– Não, Nair. Iaúna. Eles estão procurando uma tribo chamada… – insiste a funcionária em tom mais alto, como se a senhora não ouvisse bem ou tivesse algum tipo de dificuldade de entendimento.

– Os Moxiruna, eu ouvi bem. Por isso me lembrei da Cristina… Ela era muito amiga do Rubens, meu finado marido. Eu cheguei até a sentir ciúmes dela, tão lindinha… mas foi bobagem minha. Era estudante e estava fazendo uma pesquisa.

Atônito, Octávio é tomado por uma forte emoção.

– Dona… dona Nair, não é? A senhora pode me falar mais sobre isso tudo?

Mais uma vez, a funcionária tenta desacreditar as informações da mulher:

– A Nair sempre tomou conta da manutenção e da limpeza. É a nossa funcionária mais antiga. Trabalhou aqui a vida toda, não é, Nair? Ela não é indianista, não está preparada para...

– Eu gostaria de conversar com ela – interrompe Octávio. – A senhora poderia falar comigo, em particular, dona Nair?

Nair, sem tirar os olhos dele, dispara:

– Com certeza, seu moço. Amo falar do passado, e tá na hora mesmo da minha chupeta do capeta.

– Como? – pergunta Martha.

– Cigarro, moça. Tá na hora de fumar. Antes de começar o expediente da tarde, sempre dou uma pitadinha. Vamos lá fora.

Sob protestos sutis da funcionária, o casal acompanha Nair até a área externa do escritório. Algumas cadeiras de palha contornam uma pequena mesa de vime com dois cinzeiros. Nair se senta, retira um cigarro que estava estrategicamente colocado atrás da orelha e acende com um isqueiro. Na primeira tragada, ela parece estar aspirando sua alma de volta.

– Dona Nair, a senhora sabe mesmo algo sobre os Moxiruna? E eu também queria saber mais da...

– Sua mãezinha, né?

– Exatamente.

– Eu poderia dizer que você tem os olhos, a educação e o tom de pele dela. E você é um doutor famoso, né?

– Sim... mais ou menos e...

– Eu te aconselho a não me mandar parar de fumar! – exige ela. – Então, doutor...

– Octávio. Só Octávio, esquece o doutor...

– Octávio, então, eu conheci a sua mãe quando ela veio fazer um tipo de trabalho nesse assentamento. Faz muitos anos mesmo. Olha, aquilo me marcou porque eu tinha acabado de entrar aqui. Nunca tinha visto mulher mais bonita e chique que a sua mãe, viu? Fina, delicada... Ah, como eu quis, naqueles dias, que ela me visse como eu via ela. Ela também gostava muito de mim, apesar de que, infelizmente, quem encantou ela foi outra pessoa...

Nair dá uma tragada forte e fecha os olhos para evitar a fumaça. Martha olha para Octávio e segura a mão do marido. O casal não havia, nem por um segundo, imaginado que poderia encontrar alguém que não só convivera, mas fora amiga de Cristina naquele assentamento indígena.

– Bem, continuando, eu senti um certo ciúme quando aquela índia ficou amiga da sua mãe. No fundo, a Cristininha se encantou, como eu disse, com a inteligência e com a carência da tal índia. Eu me lembro que elas passavam muito tempo conversando e rindo. Tiveram aquele tipo de ligação imediata, sabe? Essa índia, na época, mentiu que era de uma etnia aí. Não me lembro bem qual, mas eu sei que ela era uma Moxiruna. Soube assim que vi. Nunca contei pra ninguém porque falar de Moxiruna por aqui é igual falar do capeta. Aquela índia era esperta demais, moço. Ninguém aprende a falar português tão rápido. E eu, que sou filha de garimpeiro, sabia que tinha tido um banho de sangue contra os Moxiruna, por isso entendi que a indiazinha não quis se dizer Moxiruna pra não ser morta. Mesmo porque, depois dela e do Cauê, nunca mais se ouviu falar nos Moxiruna.

– Cauê?! – questiona Octávio. – A senhora quer dizer Carlos, não é? Carlos... Iaruanã.

– Não, não. É Cauê mesmo. Bom, eu conheço como Cauê, mas se ele se chama Carlos, aí não posso fazer nada... não sei não...

– É do irmão da índia que a senhora está falando, dona Nair? É isso? – pergunta Martha.

– Não, menina. Não é, não. Nunca soube de irmão nenhum da índia. O Cauê é o último dos Moxiruna! Bom, se perguntar, ele vai negar, igual à índia, que nunca assumiu, mas eu sei que ele é porque chegou aqui logo depois da índia, com o mesmo tipo de pintura, os mesmos sotaques e costumes... Aliás, também é muito esperto esse.

Octávio aperta forte a mão de Martha.

– A senhora está dizendo que tem um Moxiruna por aqui? Tem certeza?

Vendo a intensidade com que Octávio se envolve nas questões, Nair dá uma última e profunda tragada no cigarro, apaga a bituca num cinzeiro de barro e se levanta.

– Esperem aí os dois, deixa eu mostrar uma coisa...

Nair volta até o escritório e pega uma pasta com fotos, na última gaveta do armário.

– O que quer, Nair? – pergunta a funcionária, irritadiça.

Nair a ignora solenemente. Coloca a pasta embaixo do braço e retorna à área externa.

– Aqui, vejam. Essa não é a...

– Minha mãe! – exclama Octávio. – Olha, amor. Como ela era bonita...

Martha toma o braço direito do marido, o abraça de lado e exclama:

– Uau!

– E bota linda nisso – confirma Nair. – Mas, veja, aqui do lado dela, em pé. Esse foi o primeiro coordenador deste assentamento, meu marido, o Rubens. Esse cara tinha bom coração, tanto que, nos anos 90, mataram ele. Meu marido foi assassinado por gente ruim. *Muito* ruim. Ruim até demais.

– Sentimos muito, dona Nair. Encontrei um manuscrito da minha mãe que cita o sr. Rubens. Não imaginei que ele tivesse...

– Pois é, meu filho, depois, entraram outros coordenadores, tudo indicação de político, madeireiro, garimpeiro, sei lá! As outras pessoas na foto com a sua mãe são jovens pesquisadores também. Ah, e tem uns catequistas e missionários, mas desses tenho preguiça de falar...

Nair vira outras páginas diante do casal, em busca de fotografias interessantes. Octávio coloca a mão numa das páginas.

– Espere! Veja, essa aqui é a Iaúna!

Martha olha a foto e vê Iaúna sozinha, sentada numa esteira, com uma cabaça de barro nas mãos. Logo ao lado, na mesma esteira, há outra foto de Iaúna com Cristina.

– Aqui, as duas juntas! – aponta Nair.

– Será que eu posso fotografar essas fotos? Nunca tinha visto minha mãe no assentamento, a Iaúna jovem...

– Bom, isso aqui é acervo histórico, mas... vai, fotografa logo antes que a chata reclame. Muita gente solicita cópia de foto pra livro. Bom, o que eu quero mostrar é isso. – E Nair aponta uma foto em outra página.

O casal olha, sem entender, a imagem de um índio mais jovem que Iaúna, encostado numa árvore, segurando um arco.

– É ele. Esse que é o Cauê. Muito engraçado ver ele assim, porque, hoje, tá praticamente colonizado. E como engordou o safado!

Octávio se espanta e coloca a mão sobre o ombro de Nair.

– A senhora conhece... digo... ainda tem contato com o tal Cauê? Ele é mesmo um Moxiruna?

– Contato mesmo eu não tenho. Eu acabo vendo o Cauê quando visito a minha família lá nas palafitas. O Cauê é pescador de uma comunidade ribeirinha, e eu garanto que ele foi um Moxiruna. Chegou aqui bem traumatizado, viu?

– A senhora pode me passar o endereço, a localização dessa comunidade? – pede o médico, quase implorando.

– Claro, moço. Não nego nada pro filho da Cristininha. Olha, não é bem um endereço. Vou dizer como se chega lá porque não tem como usar celular ou essas modernidades pra se localizar, tá? Vocês perceberam que nem aqui tem sinal? Pois é, lá, praticamente, nada pega. Nem energia elétrica tem.

Sob o olhar de repreensão da funcionária que vem se aproximando, Nair puxa uma folha e desenha como encontrar o tal Cauê.

– Olha, se eu tivesse mais pra falar, falaria. É que eu não sei muito mais sobre os Moxiruna, tá? – Percebendo que a funcionária já está de pé ao lado deles, dá uma piscadinha para o casal.

– Que pena que a senhora não sabe nada, né? De qualquer forma, muito obrigada pela simpatia – agradece Martha.

O trio caminha até a porteira de saída do assentamento. Martha se despede e vai até o carro alugado. Octávio abraça forte a mulher, como se buscasse resquícios da história de sua mãe naquele gesto.

– Com o tempo eu me afastei do convívio com a sua mãe, mas nunca me esqueci dela. Você tem jeito de ser um menino ótimo. Continue assim, jovem. Honre a Cristininha – pede Nair, em voz baixa.

Octávio se vangloria internamente de ter conseguido conter as lágrimas nesse momento e segue em direção ao carro. É quando Nair o chama:

– Dr. Octávio!

O médico para, se vira e vai na direção da senhora. Nair, então, cochicha em sua orelha:

– O vento forte que acabou de soprar aqui trouxe um "sim".

– Sim? Sim o quê?

Nair sorri.

– Eu não sei muita coisa. Na verdade, *filho*, eu não sei nada. Até mais, Tavinho.

Um arrepio percorre a coluna de Octávio. Ele vai até o carro, perplexo, e relata o estranho diálogo a Martha. Desta vez, orgulha-se de não conter as lágrimas.

Havia, finalmente, sentido o perdão da mãe.

Dada a localização da comunidade ribeirinha de Cauê, o casal opta por retornar para o hotel e prosseguir nas investigações no dia seguinte. Passam a manhã, logo após o café, separando mapas e traçando rotas de acordo com as orientações escritas por Nair.

Uma hora após o almoço, aprontam tudo e saem, sem o auxílio precioso de um GPS. Inicialmente, o caminho até a comunidade ribeirinha é fácil, em estradas ainda que precárias. À medida que o casal avança, as passagens vão se tornando estreitas, lamacentas, esburacadas e cercadas de muito mato, e intercaladas com pontes e mata-burros improvisados. Em dado momento, Martha avisa:

– A Nair deixou anotado que, logo mais à frente, não vai dar mais para ir de carro, por isso, teremos que parar.

– Hum, será que é seguro? Não poderemos ficar a pé nesse local, à noite.

– Verdade, mas lembra que a Nair disse que encontraremos uma clareira utilizada por quem precisa avançar na mata, inclusive por moradores que têm carro e precisam estacionar? Além do mais, a distância entre esse estacionamento e a vila onde a Nair disse que mora o tal Cauê é curta.

Martha e Octávio se espantam com a precisão das informações na folha de papel. Realmente, a clareira é quase um *trailer park*, com mato aparado, uma porteira de madeira na entrada e até a presença de crianças da região para guardar os carros e ganhar alguns trocados.

Octávio estaciona e sinaliza para uma delas.

– Pode pagar na volta, moço. Qualquer moedinha serve.

Martha não esconde a ternura com que reage ante à responsabilidade e à humildade do menino. Caminham, então, em direção ao rio por alguns metros e, após um aclive, estão finalmente diante de uma dúzia de casas de pescadores.

A precariedade da vida no local é evidente. Sem iluminação pública, água encanada ou o mínimo saneamento básico, a comunidade ribeirinha é composta por quase oitenta pessoas. Crianças, cachorros, grávidas e alguns poucos idosos sobrevivem entre insetos, roedores, animais selvagens e a possibilidade ou não de pescarem e venderem o próprio sustento.

– Octávio, estão todos olhando pra gente – comenta Martha.

– Já era de se esperar. Destoamos muito de tudo isso aqui.

O chão vai se tornando mais lamacento à medida que o casal avança num suave declive em direção ao rio e à população. Octávio vê, deitado numa rede, um homem observando a sua aproximação. Não é o tal Cauê; pelo menos, em nada se parece com as fotos que viu. Instintivamente, o médico mostra as palmas das mãos como sinal de concórdia, transparência e sinceridade.

– Boa tarde... quase noite... Tudo bem? Eu queria falar com o sr. Cauê.

O homem na rede continua se balançando sem nada responder, apenas observando o casal. Martha tenta outra abordagem:

– Nós somos do assentamento, a Nair falou do Cauê pra gente. Queríamos falar com ele, é possível?

O homem não responde. De dentro da casa elevada, quase mergulhada no rio, uma grávida sai para ver quem são os estranhos à sua porta. Com uma criança no colo sendo amamentada e outra em pé, ao seu lado, de mão dada, nariz escorrendo e nua, a mulher se aproxima do homem na rede, que, provavelmente, é o seu marido.

Octávio perde a paciência e é um pouco mais incisivo:

– Falam português?

O homem, então, responde:

– Por que querem saber desse tal de Cauê? Não sei do que estão falando.

– Uma senhora do assentamento nos indicou o sr. Cauê para falarmos de pessoas que trabalharam com ele. Viemos em paz, gente boa – diz Martha, tentando também acalmar Octávio.

– Sim, mas o que vieram buscar? Quem sabe eu consigo ajudar?

Octávio sente que Cauê deve estar por lá, mas precisa se acalmar e tentar um outro tipo de abordagem se quiser encontrar o homem. Por nada desse mundo deverá falar dos Moxiruna. Mas precisa tentar de todas as formas encontrar o sujeito. Martha também sente que ele deve estar por perto.

– Sabe o que é, meu senhor, é que a minha mãe conheceu um pessoal do assentamento, lá pelos anos 80, e que foi muito amigo do sr. Cauê. Como estamos por aqui, em lua de mel, queria muito conhecer essas pessoas. Por exemplo, o falecido sr. Rubens, sua mulher, a dona Nair, e sei que o sr. Cauê deve ter muita história pra contar pra gente. Só isso.

– Ah, sei. Entendi. Pois ele está bem aí nas tuas costas.

Octávio e Martha se assustam e se viram para trás. A um passo deles, um homem alto, visivelmente descendente de índios, vestindo apenas uma bermuda e segurando uma vara com um anzol no qual um grande tambaqui está fisgado, observa-os com semblante ameaçador.

– Sou eu. O que querem?

Cauê parece estar na casa dos cinquenta anos. Está fora de forma, mas a musculatura dos braços e as cicatrizes no corpo alertam para duras batalhas enfrentadas.

Diante do silêncio de Martha e Octávio, Cauê insiste:

– Eu sou o Cauê. O que querem? – repete.

A menção do próprio nome carrega certa dose de orgulho guerreiro que intimida o casal. Ainda assim, Octávio se apresenta:

– Meu nome é Octávio. Esta é minha esposa, Martha. Nós viemos de...

– São Paulo! – completa Cauê. – Reconheço o sotaque. O que querem?

Cauê segue ameaçador. Outros moradores das palafitas ribeirinhas começam a se aproximar. O homem da rede sai do seu descanso para acompanhar o embate de pé. Desta vez, Martha tenta falar:

– Sr. Cauê, nós gostaríamos de conversar. Quem nos...

– A Nair. Ela enviou vocês. Bem, se não vão explicar o que querem, já é hora de irem embora! Além do mais...

Octávio até considera a possibilidade de partir, mas algo lhe traz a memória de sua mãe, as palavras de Nair e também tudo o que ele e Martha enfrentaram no dia anterior. Naquele momento, seu raciocínio *turbinado* rapidamente o conduz, como por vontade própria, por um inesperado caminho.

– Pode parar com o teatrinho aí, ô seu Cauê! – fala, em voz alta. Não chega a ser um grito, mas o tom serve para que todos os moradores percebam cada palavra de Octávio. Martha se espanta.

– Vou perguntar só mais uma vez. O que quere... – Cauê tenta repetir, mas é novamente interrompido por Octávio.

– Informações.

O silêncio perdura por mais uns segundos, até que um rádio, em alguma casa ribeirinha, começa a tocar alto um tecnobrega.

Octávio aponta para o local de onde vem o som e pergunta:

– Tô convidado pra festa? Gostei da música!

Todos caem na risada, inclusive Cauê e Martha.

Cauê estende a mão. Octávio o cumprimenta, e o trio segue para a casa do índio.

– Podem entrar. Não reparem na bagunça, faz tempo que eu não recebo visita de caraíba. Desculpe pelo clima no começo. É preciso agir assim por estas bandas. Se é que me entendem.

– Sendo direto contigo, achei sua inteligência acima da média. Concorda? – dispara Octávio, novamente em tom de provocação.

Cauê pega três copos e derrama dois dedos de uma pinga amarelada e viscosa, sem rótulo. Serve o casal e então retruca, entrando num duelo de provocação com Octávio:

– E você? É inteligente assim mesmo ou tomou algo? – contra-ataca o índio.

– Por quê? Existe algo que se tome para ampliar a inteligência? – provoca novamente Octávio.

– Não sei. Existe? – indaga o índio.

– Me diz você.

– Não, me diz você!

– *Nós três* sabemos que existe. – Octávio abre o jogo. – Você já tomou?

– E você? Já? – devolve o índio.

Martha vira a pinga num só gole e pede:

– Parem agora vocês dois! Sr. Cauê, o senhor é um Moxiruna, não é? Foi criado dentro das tradições Moxiruna, realizava os rituais e tomava o elixir, não?

Cauê se empertiga e começa a andar para trás, como se quisesse fugir dali. Então, olha para uma faca em cima da mesa, mas fica indeciso em como reagir. Octávio o acalma:

– Espera, fica calmo. Não viemos fazer mal, queremos apenas ouvi-lo, é possível?

– Quem são vocês? Como sabem dos Moxiruna, do elixir? Meu povo foi extinto! Falem!

– Iaúna! – exclama Octávio.

– O quê? Onde ouviu esse nome?

– Minha mãe a conheceu no assentamento há muitos anos. Ela foi morar na minha casa e...

– Foi ela que mandou vocês aqui? Foi aquele maldito irmão dela? É isso? Eles sabem de mim? Sabem que ainda resta mais um Moxiruna no mundo?

– Calma, Cauê. Iaúna morreu. Relaxa.

– E o maldito? Morreu também? Eu quero a cabeça dele! Onde ele foi enterrado?

– Não, Cauê. Na verdade, o irmão dela, o tal Carlos Rodr... – começa Octávio.

– Iaruanã! Esse é o nome daquele demônio! – completa Cauê.

– Isso, Iaruanã. Ele sobreviveu e está me perseguindo. Perseguindo a mim e a minha esposa. Ele quer nos fazer mal, e foi por isso que viemos aqui, para buscar o passado dele e entender algumas coisas.

Octávio e Martha são transparentes e informam a respeito do assédio e da perseguição praticados por Iaruanã. Aos poucos, o índio vai saindo da defensiva e passa a acreditar no casal.

– Eu sou realmente um Moxiruna, assim como os dois malditos irmãos. Eu convivi com eles por algum período na tribo e, confesso, nunca gostei de Iaruanã. Praticamente toda a tribo odiava ele. Sempre houve maldade naquele homem, desde criança. Se tivéssemos tempo, eu poderia detalhar centenas de histórias de abuso e crueldade, destruição e morte, que esse demônio praticou.

– Temos todo o tempo do mundo.

– Têm mesmo? Então... eu vou contar um pouco de mim. Vocês vieram até aqui e precisam saber de tudo. Os Moxiruna, o meu povo, foram extintos há quase quarenta anos. Naquele dia, o ataque dizimou nossa tribo inteira. Os garimpeiros mataram até nossas crianças! Ninguém foi perdoado, e eu só escapei por sorte. Eu tinha sido escolhido para buscar um tipo de erva do outro lado do rio, logo depois do ritual, e estava nas minhas plenas capacidades mentais, por isso, decidi avançar na mata, para o coração da floresta. Eu queria desbravar, conhecer o desconhecido, e isso acabou salvando a minha vida.

"Quando retornei à tribo, o ataque já havia terminado. Nem pude encomendar as almas dos meus pais e irmãos aos deuses. Tive que correr e me esconder para continuar vivo. Tomei um rumo diferente e dei uma volta enorme pela parte densa da mata. Segui os caminhos mais difíceis e perigosos, para que nenhum garimpeiro ou índio de outra tribo fosse capaz de me encontrar. Algum tempo depois, retornei à civilização e me apresentei a um assentamento para tentar sobreviver. Menti sobre a minha etnia. Isso é fácil para um índio, porque, para os brancos, somos todos iguais. Escolhi uma etnia comum e populosa que ainda não falava o português. Troquei as minhas roupas, modifiquei as pinturas no meu corpo e enterrei os meus objetos.

No tempo em que passei no assentamento, fui alfabetizado e socializado. Fiz amizades, principalmente com o Rubens e a Nair, e com alguns outros brancos que amenizaram meu ódio pela raça de vocês. Assim como entre os índios, há os bons e os maus.

Com o passar do tempo, conheci uma índia peruana chamada Puja, que também estava em processo de adaptação à civilização branca. Nossa amizade se transformou em amor, e logo nos mudamos para esta comunidade. Aqui não tem esse negócio de preconceito ou proibição em relação à miscigenação. Todas as etnias são bem-vindas, e aqui já moraram até famílias de brancos que tinham perdido tudo. Pouquíssimos souberam da minha origem Moxiruna, e, por ter escolhido o caminho da paz, deixei a minha história e a minha origem de lado.

Em 1984, nasceu o meu filho, Piatã. Infelizmente, minha Puja morreu no parto, mas pude criar a criança com dignidade e honra nesta comunidade. Piatã frequentou escola e começou a trabalhar aos 15 anos, mexendo com madeira. Chegou a viajar pelo país como ajudante de caminhão, até se fixar numa madeireira lá na fronteira com Rondônia.

Em 2004, Piatã veio aqui me visitar e trouxe muitos presentes. Ele estava radiante porque tinha se tornado sócio na madeireira. Lembro que ele passou uma semana aqui na comunidade e fizemos uma grande festa. O ruim mesmo foi me despedir, sem saber que aquela seria a última vez que eu veria Piatã.

Meses depois, naquele mesmo ano, recebi a notícia devastadora de que o meu filho tinha morrido. Com muita dor, viajei para a cidade fronteiriça para saber o que havia acontecido, e, para meu espanto, a própria pessoa que tinha me comunicado a morte estava negando ter conhecido Piatã. Todo mundo mentindo pra mim! Ninguém sabia de corpo nem de nada! Achei aquilo muito estranho e fiz como vocês, fui investigar. Imaginam o tamanho da dor que é perder um filho e não ter certeza de nada?

Na madeireira em que Piatã era sócio, ninguém tinha ouvido falar dele. Bom, pelo menos foi o que disseram na minha cara. Pedi pra falar com o dono, mas o sujeito estava viajando e decidi investigar locais de desova de cadáveres na região, porque nem a polícia ou o IML tinham informações da morte do meu filho.

Com fotografias em mãos, cheguei a uma pessoa, uma moradora de uma comunidade ribeirinha muito parecida com esta, que disse que havia presenciado a desova de um cadáver que vestia as roupas que meu filho usava numa das fotos. Ela era a mulher de um dos capatazes e tinha sido obrigada a ajudar, dirigindo uma picape, porque o marido e o outro capataz estavam bêbados. Depois do que viu, disse que largou o cabra porque ele não prestava e que aquilo tinha sido a gota d'água. Ela me contou que conseguiu ver o rosto do meu filho, já morto, enquanto o marido dela e o outro homem jogavam ele no rio. Piatã era muito bonito e o rosto dele, difícil de confundir.

O que mais me espantou no relato dessa mulher foi que ela disse... disse que o meu filho tava sem coração e também o cérebro tinha sido arrancado por trás da cabeça. Tinham aberto o peito dele e a nuca! Só podia ser o ritual Moxiruna, porque aqui os assassinatos são simples, na bala. Matam e pronto! Eu tive certeza de que o ritual Moxiruna havia sido realizado. Os deuses estavam me punindo por eu ter vivido dessa prática cruel por muitos anos e também por eu não ter sido exterminado junto com toda a minha tribo. Semanas depois, retornei à madeireira para falar com o dono, e, quando o vi de longe, o mundo desabou e eu quase desmaiei. Era o Iaruanã! Estava em plena forma física, forte, e continuava arrogante, só que agora civilizado e poderoso. O desgraçado estava vivo e, para piorar, era o dono da madeireira que o meu filho dizia ser sócio. Não foi difícil fazer as contas e deduzir que o filho da puta tinha matado Piatã e ainda consumiu o cérebro e o coração dele na preparação do elixir!"

– Meu Deus! Sinto muito, Cauê – diz Octávio.

Martha coloca a mão no ombro de Cauê.

– Meus sentimentos, de coração. Nenhum pai, jamais, deveria passar pelo que o senhor passou.

Cauê enxuga o rosto com as costas da mão, sinaliza positivamente com a cabeça em agradecimento e prossegue:

– Óbvio que Iaruanã não me viu naquela noite, mas eu tive certeza de que era ele e, nos dias seguintes, eu continuei a segui-lo e investigá-lo. Hoje, sei que ele é uma celebridade indígena mundial, político famoso, faz parte de um cartel que opera, entre outros crimes, o tráfico de madeira nativa e comanda um exército, uma milícia de homens leais, pistoleiros cruéis e fortemente armados.

Martha e Octávio ouvem tudo, atônitos.

– Eu descobri e documentei histórias horríveis desse monstro – continua Cauê. – Juntei tudo nesse baú que tá aí atrás, perto do fogão, mas não tive coragem de seguir adiante. Estou sozinho e sei que não conseguiria sequer me aproximar de um cara desses. Me matariam antes. Quero muito me vingar dele, mas não tenho forças. Sou um nada sozinho, eu não conseguiria!

Martha quase não segura o próprio choro, mas se mantém firme. Nesse momento, medo é o sentimento mais forte no seu coração.

– Nos últimos anos... fiquei deprimido. Confesso que parei de investigar e até de pensar em Iaruanã. Não me faz bem. Eu acabo bebendo demais, ficando agressivo, maltratando as pessoas daqui e, no final, não faço nada. Eu nunca imaginei que Iaúna também tivesse fugido, mas, provavelmente, éramos os três últimos do nosso povo e, pelo que vocês me contaram, agora restam apenas eu e o pior homem que conheci na face da Terra. Aquele jurupari do inferno... Passou da hora de eu cortar a cabeça daquela ybyboca.

– Cauê, ontem falamos com algumas pessoas, e uma delas em especial se comprometeu a nos fornecer documentos. Se você permitir que eu leve esse baú, vou poder ter alguma vantagem nisso tudo. Alguma chance... – pede Octávio.

– Claro, claro. É de vocês, podem pegar. Só peço que me mantenham sempre informado e me avisem quando derem um fim no reinado de terror desse monstro.

– Sem dúvida, Cauê! Pode contar com a gente! – promete Octávio.

– Todos os dias eu vou para a cidade vender meus peixes. Geralmente, no período da manhã, vocês me encontram nesse número de celular.

Cauê anota o número num pedaço de papel e, em seguida, entrega ao casal.

– Acho que demoramos demais na nossa *investigação*. Olha só, já está bem tarde! – espanta-se Octávio.

– Verdade – confirma Martha.

– Vocês querem ir embora agora ou preferem dormir aqui? Olha, se quiserem, arrumo umas redes e vocês descansam – oferece Cauê.

– Não, não. Obrigado. É possível voltar agora? Quer dizer, é perigoso retornar?

– Não, não muito. Vocês estão mais perto da civilização do que imaginam. Vou pedir para acompanharem vocês até o carro, mais por causa da escuridão do que pelo perigo. De lá, vocês voltam pela estrada por onde vieram. Não tem mistério.

O casal agradece e parte. O caminho de volta é cheio de divagações e teorias. Martha está satisfeita com as descobertas, mas Octávio ainda se preocupa com a ausência de provas.

– Na verdade, não temos muito contra ele, além do que ouvimos.

– Sim, mas temos dezenas de caminhos para seguir: madeireiras, assassinatos, testemunhas ribeirinhas. Acho que começamos muito bem!

* * *

Assim que chegam ao hotel, o casal verifica com a recepção se alguma encomenda foi deixada para eles. O médico está ansioso pelas informações e as possíveis provas de Agnaldo.

– Não, senhor Octávio. Ninguém deixou nada aqui. Pode ser que outro funcionário tenha recebido e já encaminhado ao seu quarto.

– Ótimo, vou verificar, então. Obrigado.

– Espero que o idiota do Agnaldo tenha deixado algum documento aqui para mim, do contrário, voltarei lá amanhã, Martha.

– O pior é que existe a possibilidade de ele ter fugido por receio de...

Assim que entra no quarto, Octávio busca por algum pacote ou pasta, mas não encontra nada.

– Filho da puta! Nos traiu.

– Calma, Tavinho. Tivemos um dia muito proveitoso e, pensando bem, pode ser que o Agnaldo ainda traga tudo amanhã. Não deve ser fácil juntar provas assim, ainda mais de atividades ilegais. E ele deve estar com muito medo.

– É... você tem razão. Aliás, você sempre tem razão.

Martha se senta ao lado da cama e pergunta:

– Tavinho, quer que eu peça algo para comermos? O serviço de quarto ainda está aberto.

– Sim. Vamos ver o cardápio primeiro e depois ligamos.

– Por falar em ligar, ficamos o dia inteiro com os nossos celulares desligados. Incrível, não?

– Sim, a paz que isso pode trazer, Martha, é impressionante. Sobretudo para um médico que precisa estar disponível vinte e quatro por sete.

Cada um pega o próprio aparelho e liga. O telefone celular de Octávio vibra incessantemente.

– Nossa, dezenas de mensagens!

– Algo importante?

Martha liga a TV do quarto com o controle remoto. Das setenta e uma mensagens no celular de Octávio, treze são de Oswaldo. Todas apenas sinalizam que o amigo delegado ligou. A última é de um número desconhecido e contém apenas uma palavra "XEQUE".

Octávio estranha, enquanto retorna as ligações de Oswaldo. Mas Martha chama a sua atenção para a TV:

– Octávio, olha isso!

Um canal de notícias regional mostra uma mesa de escritório onde o corpo de um homem jaz debruçado em meio a uma poça enorme de sangue. A jornalista informa:

"No fim da tarde de hoje, um dos mais conhecidos gerentes do Centro Indianista, o sr. Agnaldo Pereira, foi encontrado morto em sua mesa de trabalho. A causa da morte foi um tiro certeiro na têmpora. O único suspeito é o seu segurança, Inácio da Silva, que se matou em seguida cortando com grande habilidade uma artéria. Vamos agora às notícias sobre o esporte..."

Octávio vê tudo sem acreditar. A palavra XEQUE no seu celular, enviada por um número estranho, fez todo o sentido. O médico não consegue tirar o telefone do ouvido ou encerrar a chamada para Oswaldo. Apenas observa a tela, apavorado com a ideia de que Iaruanã sabe o seu paradeiro e está, pelo menos, dois passos à sua frente.

– Alô?

Octávio continua estático olhando o noticiário.

– Alô, Tavinho?

Octávio começa a cair em si.

– Ahn? Ah, sim, oi, oi, Oswaldo, tudo bem?

– Octávio, puta que pariu, onde você estava o dia todo? Caralho, dá uma ligada agora na TV. Sério, liga onde você estiver!

– Eu... eu já tô com ela ligada... é um canal local e...

– Não, caralho! Coloca num canal nacional. Liga em qualquer canal com jornalismo nacional. Vai, liga agora, porra!

Octávio, enfim, cai em si. Toma bruscamente o controle remoto da mão da esposa, procura pelo botão certo e, então, começa a zapear. De início, só aparecem programas religiosos e de televendas, até que, repentinamente, surgem as emissoras nacionais, e todas, absolutamente todas, estão mostrando a mesma matéria.

"Foi deflagrada a nova fase da Operação Medicus Pecunia. A Polícia Federal, seguindo mandado expedido por juízes de todo o país, realizou busca e apreensão em

hospitais, clínicas e laboratórios. O destaque é o mandado contra Octávio Albuquerque Júnior, o mundialmente conhecido cirurgião, cientista e filantropo, ganhador de importantes prêmios internacionais. As imagens agora são da luxuosa residência do médico em busca de novas provas de desvios de recursos e fraude nos contratos de transferência de tecnologia entre institutos públicos e laboratórios estrangeiros. Se encontradas provas, o dr. Albuquerque Júnior poderá responder por crimes fiscais, formação de quadrilha, crimes de mercado e até contra a soberania nacional."

Na tela, homens fardados arrombam a porta da cobertura e a invadem. Octávio se desconecta e imagina os agentes em ação: vasculhando, mexendo, jogando no chão livros, papéis, fotografias, obras de arte, objetos, roupas... Nada é poupado. Nenhum cômodo, nenhum móvel. Computadores, pastas e muitos documentos são recolhidos e levados. Octávio volta e assiste, atônito, à notícia, sentindo-se completamente destruído.

– Octávio? Tá na linha? Tá vendo isso? Tá vendo, Octávio? Tavinho?! Caralho, Tavinho, responde!

Martha, com a mão na boca, cai sentada na cama e arregala os olhos. Octávio encerra a ligação de Oswaldo sem digerir direito a invasão policial na sua casa, a acusação, o fato de Martha passar a saber dessa maneira a fonte real de parte do seu patrimônio e da morte cruel de Agnaldo instantes antes.

O celular vibra na mão do médico que, ainda perplexo com tudo aquilo, olha para o aparelho. O número desconhecido enviou outra mensagem:

"XEQUE-MATE."

Rito de Passagem

Final da década de 1960, tribo Moxiruna, Amazonas. Todos os adolescentes se preparam para o grande ritual de iniciação. E estão sentindo muito medo. "Medo é bom, medo de enfrentar o medo é ruim", diz sempre o cacique, pai de Iaúna e Iaruanã. O grupo a ser iniciado é composto por oito curumins, três meninas e cinco meninos. O maior, mais forte, corajoso e temido é Iaruanã.

Os dons de guerra e caça de Iaruanã são conhecidos e admirados na tribo. Alguns dos mais sábios dizem que, um dia, Iaruanã se embrenhará na floresta e trará a cabeça ainda viva do próprio Anhangá. Já outros afirmam que o rapaz *se tornará* o próprio Anhangá. O único jovem que faz frente a Iaruanã é Cauê, da casa dos tecelões de redes.

Cauê, pouco mais velho que Iaruanã, tem mais experiência e qualidades muito admiradas pela tribo, inclusive pelo próprio cacique. Ele corre como o vento, enxerga como o caburé e é o único a já ter vencido Iaruanã em treinos de combate corpo a corpo, mesmo sendo de estatura menor e uma única vez.

Iaruanã acaba de se despedir simbolicamente de sua amada irmã, Iaúna, de sua mãe, de companheiros da tribo e do pai. Vai, então, para a sua rede e se deita, ansioso pelo que virá à frente e por tudo o que está abandonando.

Duas horas antes de o Sol nascer, todos os jovens são despertados, alimentados apenas com uma bebida e posicionados de frente para a face escura da floresta, logo, de costas para a aldeia. O cacique, então, dá as ordens:

– Antes que Guaraci surja no céu, curumins terão de achar a gruta e lá ficar por quatro mudas de Jaci. Meninos buscarão comida e água. Meninas levarão pequena cabaça pra água e um saco de sementes secas. Mães visitarão meninas nas mudas de Jaci, mas não falarão com meninos. Quem for fraco não voltará. Não se ajudem, não se atrapalhem, não falem. Curumins não retornarão, cunhatãs retornarão – explica o líder da tribo, deixando claro que, antes que o Sol surja completamente no céu, os jovens deverão encontrar a caverna correta e se esconder.

Essa caverna será o abrigo de todos por quatro mudanças da Lua. Apenas as meninas poderão ser ajudadas pelas suas mães a cada semana. A interação, seja a cooperação ou a competição, nesse rito, são proibidas.

O cacique dá o grito de guerra e, então, os oito jovens correm para a floresta. Cauê dispara à frente com larga distância, seguido por Iaruanã e os demais. Apenas os iniciados conhecem de cor o caminho. Faz parte do ritual descobri-lo e desbravá-lo. A floresta é imensa, e os curumins precisam contar com destreza e inteligência.

Alguns metros já dentro da mata, o grupo se dispersa. O curumim que não alcançar o objetivo até o nascer do Sol será convidado a retornar à aldeia e passará vergonha.

– Pelos deuses! Eu jamais conseguirei alcançar Cauê! – reclama Iaruanã, pensando em alternativas para vencer o mais velho. Para ele, tão importante quanto encontrar a caverna é humilhar o outro adolescente que, aos olhos da tribo, é o único que faz frente ao filho do cacique.

Iaruanã deixa que todos se espalhem e resolve ousar: "Há dois pequenos morros que podem abrigar uma caverna nessa região. Vou primeiro no mais afastado", ele decide, tentando uma jogada arriscada, e correndo para o lado direito, vai saltando entre troncos caídos, raízes aéreas, lamaçais e buracos. Após longos minutos, chega ao local e vê, para seu desgosto, Cauê rodeando o pequeno monte. "Maldito!", pensa.

O jovem Cauê começa a subir o morro em busca da caverna, mas, assim que chega no alto, dá-se conta de que aquele não é o local correto. Iaruanã, vendo que o rival não encontrou a entrada, começa a correr na direção do segundo monte. O Sol já está para nascer e não há tempo para erros.

Cauê desce o morro em disparada. O declive acelera ainda mais a sua velocidade. Seguindo também para o segundo monte, o jovem se espanta ao ver Iaruanã caído próximo a uma árvore.

– Iaruanã, Iaruanã, você está bem?

– Ahn? Cauê? O que veio fazer aqui? Rir da minha queda?

– Queda? Eu nem sabia que você estava por perto. Venha, vamos até a caverna...

– Você sabe onde ela fica? É no outro morro, não?

Cauê ajuda Iaruanã a se levantar.

– Não, não é. Eu já conheço o outro morro e não há cavernas lá. A nossa gruta fica, provavelmente, na pedra enterrada. Naquele amontoado antigo de rochas...

– Perto do lago? – pergunta Iaruanã.

– Isso mesmo!

– Ótimo saber! – completa o filho do cacique, aplicando um inesperado golpe, que joga de costas Cauê sobre um tronco caído.

– Por que fez isso? – pergunta Cauê, todo arranhado e cheio de espinhos.

– Foi só pra garantir vantagem, mas, se eu fosse você, voltaria envergonhado para a aldeia. Será melhor do que passar quatro luas comigo.

Antes que o curumim caído responda, Iaruanã pisa bem forte num de seus pés, quase quebrando-o. Cauê urra de dor.

– De que adianta ser o mais rápido, se não consegue mais andar direito?

Iaruanã corre, então, no sentido da pedra enterrada, que fica a alguns minutos dali. O céu clareia indicando que a manhã está chegando. Segundo a lenda, a pedra enterrada foi a morada dos primeiros Moxiruna. Iaruanã localiza a entrada e vê um índio enorme encostado nela.

– Guerreiro Jandir? O que faz aqui? – pergunta ele.

– Vim ver quem seria o primeiro e quem não conseguirá chegar. Seu pai ficará muito orgulhoso de você, jovem Iaruanã.

Iaruanã sorri e entra na caverna. Em seguida, sai e comenta:

– Parece que os outros não terão muito tempo.

– Sim. Guaraci surgirá em alguns minutos, mas, veja, parece que Cauê, da casa dos tecelões de redes, também está chegando.

Iaruanã vê com descrença a chegada de Cauê, que se escora num galho. Seu pé está levemente torcido e inchado.

– Cauê da casa dos tecelões. Parabéns! Pensei que seria o primeiro porque corre como o vento! – exclama Jandir.

– Eu tive um... pequeno problema, guerreiro Jandir – responde Cauê, aproximando-se com o olhar cheio de ressentimento para Iaruanã.

– Venha, Cauê. Seremos só nós dois! Eu o primeiro e você o segundo – diz Iaruanã.

Cauê, parado próximo ao sopé da grande pedra, responde:

– Não, filho do cacique. Seremos todos. Você o primeiro, eu o último.

Jandir e Iaruanã estranham.

– Como assim? Você pretende trazer os outros? Sabe que não é permitido gritar por eles – estranha Iaruanã.

– Gritar? Não, eu não gritarei, pois sei que é proibido – responde Cauê aproximando-se de um tronco oco e, com força, batendo com o galho que lhe serviu de muleta. Enquanto bate, salta equilibrando-se numa só perna.

As batidas no tronco oco são altas e ressoam pela mata. Não tarda, e os demais curumins se aproximam e entram na caverna.

– Parabéns, Cauê. Informarei a todos na tribo esse seu gesto. O cacique ficará orgulhoso – diz Jandir, despedindo-se.

Iaruanã queima por dentro, consumido pelo ódio.

As semanas do ritual passam lentamente e são de grande sacrifício para os jovens Moxiruna. A água vem da chuva e, assim como os peixes, do lago. Já outros alimentos são obtidos por meio da caça ou coleta. Tudo por conta própria, no caso dos rapazes. Para as garotas, há a visita semanal das mães, que as socorrem com o mínimo, tornando o rito de passagem menos penoso.

A caverna onde os jovens se encontram foi uma das primeiras ocupadas pelos ancestrais Moxiruna. As paredes, tomadas de pinturas rupestres, marcam a presença dos primeiros jovens Moxiruna a enfrentarem esse simbólico e importante momento de transição para a vida adulta. Para tornar a experiência ainda mais marcante e desafiadora, os Moxiruna espalharam armadilhas e arapucas pela floresta durante a noite, especialmente planejadas para testar a habilidade e a atenção dos jovens em iniciação.

Os curumins se mantêm ativos durante todo o tempo, buscando sobreviver e ganhar experiência, exceto Iaruanã, que passa os dias a explorar a mata. Não há regras ou proibições nesse sentido, mas todo Moxiruna sabe que é grande o perigo em avançar na floresta. Para Cauê, isso é um alívio; afinal, a presença do rival, além de incômoda, é um constante ponto de atenção que o impede de dormir profundamente ou baixar a guarda.

Contrariando os próprios dogmas da tribo, Iaruanã sobrevive de maneira muito mais hostil que seus colegas de iniciação. Enquanto os demais se alimentam do mínimo suficiente para sobreviver, priorizando o que é mais fácil e menos danoso à natureza, o filho do cacique caça animais de médio porte com grande agressividade, como porcos-do-mato e antas. Por não conhecer o fogo, a preparação de uma caça é longa e trabalhosa, envolvendo esfolar, limpar, filetar e preservar a carcaça para mais de um dia.

No começo da última semana, algo peculiar e inesperado ocorre quando Iaruanã, perseguindo um porco-do-mato, embrenha-se muito além do limite da floresta e chega a algo que, para ele, é uma verdadeira dimensão paralela. O jovem índio mal consegue crer nos próprios olhos. Uma tribo esquisita, com homens exóticos e completamente diferentes de todos os índios que ele já viu. Nunca, nenhum prisioneiro de aldeias ou etnias inimigas se pareceu com aqueles estranhos.

O filho do cacique ignora a fuga da sua presa e se agacha atrás de uma árvore para observar aqueles guerreiros. Quem são eles? Que roupas são aquelas que cobrem-lhes praticamente todo o corpo? São cinco homens, alguns com algo estranho sobre a cabeça, outros com um fino palito branco na boca, cuja ponta brilha como um vaga-lume. A pele desses guerreiros parece um pouco mais clara em uns e, em outros, é negra como a madrugada.

São homens de uma tribo esquisita e desconhecida. Iaruanã experiencia um misto de sentimentos: pavor, curiosidade e excitação. Que lanças estranhas aqueles homens carregam. Os Moxiruna já tinham ouvido falar, claro, nos caraíbas, mas aqueles não se assemelhavam aos demônios brancos contados nas lendas. Qualquer outro índio já teria fugido para bem longe, mas não o filho do cacique. De alguma maneira, Iaruanã, desde pequeno, sempre soube que informação é poder, conhecimento é vantagem. De repente, um som alto e assustador ecoa, um ronco denso. Iaruanã olha para os céus. Estariam os deuses castigando-o pela sua ousadia? Um objeto estranho surge no mato e se aproxima daqueles homens. É uma caixa grande que se move sozinha.

Lembra um animal, pois tem dois olhos, uma espécie de boca reluzente e quatro patas redondas e negras, que deslizam no chão. Há uma pele transparente e rígida que mostra que, dentro daquele ser, há um outro caraíba. Se foi engolido pela besta, não se incomodou, pois sorri. Não. Aquilo não é um animal, é uma criatura inventada pelos seres com cabelo no rosto.

O grande objeto com rodas para. O homem desce e entrega algo para os outros, uma bebida. Todos bebem e riem, falando um idioma desconhecido. Há algo de místico naqueles índios diferentes. Eles parecem ser inteligentes e ter domínio completo de artefatos especiais. Certamente, outros Moxiruna pensariam que se trata de magia, mas Iaruanã é muito mais inteligente. Ele sabe que os deuses, ainda que ativos, deixaram infinitos recursos para os homens evoluírem. O filho do cacique tem, com o seu conhecimento selvagem, um conceito básico de tecnologia. Ele sabe que índios de certas etnias desconhecem o uso do arco, por exemplo, enquanto outros trançam redes com materiais desconhecidos, e que nenhuma aldeia monta uma arapuca tão complexa quanto os Moxiruna. "Existem diferenças de inteligência, artefatos, técnicas e recursos", pensa o jovem, logo completando: "Iaruanã quer ser o mais inteligente e com as melhores ferramentas. Recurso é poder."

Sem relatar nada aos demais jovens, Iaruanã cumpre a semana final do seu isolamento e, então, retorna à tribo com os outros índios, para o aprendizado do ritual à Ybacapora, o deus Céu. Todos superaram o mês na floresta e são recebidos com festa. Há alimentos e bebidas especiais, socorro às feridas e, principalmente, muita alegria.

Mais tarde, serão reunidos na grande taba, onde o pajé lhes ensinará todo o rito do deus Céu. Inicialmente, por meio de cânticos seculares, os jovens entenderão como Ybacapora trouxe seu rito aos Moxiruna e separou os seres vivos dos seres mortos. Em seguida, acompanharão a busca pelas ervas certas e o ritual da mastigação dessas ervas, realizado pela esposa do cacique com o auxílio de algumas ajudantes iniciadas.

Índios de outras tribos, invasores e inimigos encontram-se aprisionados em celas. Os zeladores dessas celas, índios guerreiros responsáveis pela guarda e cuidado dos cativos com grande respeito e dignidade, trarão os prisioneiros selecionados para cederem seu corpo ao sacrifício. Cada jovem em iniciação receberá um prisioneiro e, então, o sacrifício deverá ser executado pelo próprio curumim para tornar-se um índio adulto.

– Somos agradecidos a estes que cedem seus corpos ao rito do deus Céu. Nesta lua cheia, vocês, jovens, guiarão estes homens ao mundo dos mortos e, através deles, receberão a suprema inteligência – informa o pajé.

Por meio da mistura das ervas e de outros ingredientes à água aquecida pelo Sol durante todo o dia em grandes igaçabas, são feitas as infusões dadas aos prisioneiros assim que a Lua cheia surge plena. Então, toda a tribo, em uníssono, entoa os mantras sagrados que envolvem o espaço do ritual e transportam os presentes para um estado alterado de consciência. Os prisioneiros mergulham num torpor passivo.

Iaruanã, depois de mastigar as ervas, passa a ver flashes de si mesmo como se fosse um angelim vermelho, mais alto que a mais alta árvore, caminhando pela floresta e arrancando, de maneira violenta, as árvores do solo. O jovem vislumbra, diante de si, um inimigo sombrio: uma árvore nunca vista por ele, com tronco acinzentado e copa frondosa. Mais tarde saberá, de maneira contundente, tratar-se de um enorme carvalho branco. O gigante Iaruanã agarra a árvore e a destroça com facilidade. Assim, fica ainda maior para, repentinamente, deparar-se com uma outra, nascida dos pedaços da primeira. Esta, porém, é ainda maior. Iaruanã tenta, com todas as suas forças, esmagá-la. Mas não consegue. Pelo contrário, é vencido pelos enormes galhos e fortes ramos do imponente carvalho.

– Nããããooo! – grita. E desperta.

Está na pedra do ritual. Todos os seus companheiros se encontram, como ele, diante do corpo do seu prisioneiro. É o momento do sacrifício. Um guerreiro completamente coberto de urucum, dos pés à cabeça, entrega a Iaruanã uma pedra finamente afiada e guia sua mão ao peito da vítima.

Enquanto os demais jovens apresentam dificuldade em abrir o peito dos seus prisioneiros, Iaruanã dilacera facilmente a parte frontal mais à esquerda da caixa torácica e expõe o coração ainda pulsante. O órgão é retirado com grande reverência – é quase uma veneração – e colocado numa cuia. Após o fim dessa etapa, o pajé aponta para as próprias têmporas, liberando a retirada do cérebro. Os guerreiros substituem as pedras lascadas por machadinhas e lâminas de bambu em formato de concha, especialmente manufaturadas para os rituais.

Os prisioneiros são virados de lado e têm a nuca aberta logo acima da coluna cervical. O cérebro é removido em partes com o artefato côncavo e colocado na igaçaba para finalização do elixir. Cada iniciado prepara a sua própria infusão gelatinosa e bebe, recebendo a dádiva suprema do deus Céu.

Em meio aos cânticos, o cacique, ao lado de Iaruanã, diz:

– O bem é maior que o mal. As almas tiranas desses prisioneiros se misturarão com as suas almas boas... e purificadas serão. Ó Ybacapora, nos dê o dom da inteligência!

Como reza o ritual, Iaruanã e os companheiros tomam, no mínimo, três goles do elixir alquímico. Os guerreiros-guias, vermelhos de urucum, amarram os jovens em iniciação para enfrentarem o período de delírio que os assaltará pelas próximas quatro horas.

São necessários dois cipós para amarrar o filho do cacique. Iaruanã se debate mais que todos os outros índios. Ouve zumbidos, tem forte taquicardia, as pupilas se dilatam, o corpo experimenta espasmos, calafrios e calores. O cérebro de Iaruanã começa, nesse instante, a formar sinapses violentas e pulsantes. O jovem índio passa a ver a criação do universo, seres vivos e não vivos, cores, sons, cheiros, pessoas e animais. Sente-se flutuar em fachos de luz, até mergulhar na mais profunda escuridão.

Desperta cedo, no dia seguinte, exausto. Quando os guerreiros entram na taba de ritual para desamarrar os jovens, Iaruanã já está completamente solto e, em inédita compaixão, passa a libertar seus companheiros. Os guerreiros correm para chamar o cacique, a fim de que o chefe da tribo testemunhe o raro milagre, e, quando ele adentra a taba escura, surpreende-se ao notar que os olhos do filho brilham no escuro, como os de um felino. Tal visão anima e assusta o líder, que abraça Iaruanã e o conduz para fora, onde aguarda toda a tribo.

– Os corpos dos prisioneiros foram limpos e colocados no rio. Estão purificados, e suas almas seguem livres. O Uaupés cuidará de conduzi-los como emissários às tribos vizinhas, para que cada família possa enterrar seus entes e saber que os Moxiruna jamais devem ser importunados. Jamais!!!

Agora, descansem. Sintam-se libertos da infância, novos guerreiros Moxiruna. Bem-vindos! – brada o cacique.

A tribo inteira urra e ergue lanças em comemoração.

Enquanto a maioria dos índios iniciados, inclusive Cauê, dedica o dia ao repouso e à adaptação aos recém-adquiridos dotes cerebrais, Iaruanã não consegue parar de pensar nos estranhos seres que descobriu há alguns dias.

É hora de estudá-los.

A floresta parece diferente para o filho do cacique, após ter sido exposto ao elixir. Tudo está mais colorido, detalhado e conectado. É possível enxergar a ligação mágica que une cada pedaço da existência, a sutil orquestra regida pela natureza que impõe seu ritmo a animais, plantas e minerais. "Tudo faz parte de um mesmo ser vivo: o planeta", deduz, enquanto corre pela mata, saltando buracos, armadilhas e pedras cuja posição recorda ou que são captados rapidamente pela sua mente ágil. Desvia de galhos, salta sobre raízes, traça o melhor, mais curto e eficaz caminho até o ponto onde viu os homens.

Assim que alcança o local, Iaruanã nota que os índios brancos não estão mais lá. Vai até a posição exata onde a gigantesca criatura móvel com rodas passou e consegue enxergar o rastro. "Não é uma criatura, é um artefato", conclui. Como se perseguisse um animal, o filho do cacique percorre a trilha até chegar ao grande acampamento no qual vivem cerca de trinta homens. Os olhos do rapaz se enchem de espanto e curiosidade diante das doze cabanas que compõem o lugar. Ouve uma cantoria, uma música alta ecoa no local. Os instrumentos e o ritmo são completamente desconhecidos do agora jovem adulto que busca mais informações sobre aquela tribo maravilhosa.

À medida que segue a fonte do som, observa os misteriosos artefatos daqueles seres de roupas estranhas. Na parede externa de uma cabana, muitas lanças negras estão apoiadas nela. Iaruanã se aproxima e nota que não têm ponta. São como tubos de zarabatana, mas não há local para soprar. Cheira o buraco dos tubos e sente um odor ruim.

Nenhum dos homens notou ainda a presença dele, pois caminha entre os pontos cegos. Quase consegue se mimetizar com o ambiente, seguindo pelas sombras das cabanas. "Os cânticos estão sendo entoados aqui", pensa, invadindo uma delas. Sobre uma cama, duas pessoas trocam carícias, enquanto uma pequena caixa emite o ritmo. "Que estranha magia permite que todos os entoadores de mantras e seus instrumentos sejam aprisionados numa caixa tão pequena, obrigados a cantar para pessoas deitadas? Que magos tão poderosos são esses?"

Iaruanã decide sair e explorar melhor a tribo, mas tropeça numa bota esquecida no escuro e cai, esbarrando numa cadeira. O barulho interrompe o casal e faz com que o homem acenda uma lâmpada.

– Quem taí? – pergunta, levantando-se.

No chão, Iaruanã se encolhe.

A mulher vê o jovem índio.

– Dadá, olha só... um pequeno espião estava nos observando! – diz ela.

O homem se aproxima, subindo a calça e pegando Iaruanã pelo pulso. O índio não reage. Sabe que, se mostrar hostilidade, poderá ser facilmente destruído por aquele detentor de grande poder.

A prostituta se abraça ao amante, observando Iaruanã com curiosidade.

– Que nojo! Joga ele de volta no mato! Deve ter doença! – grita ela.

– É um indiozinho! Nunca vi esse tipo de pintura por aqui... – diz o garimpeiro, puxando Iaruanã pelo braço e jogando-o para fora da cabana.

Com a algazarra, alguns homens se aproximam.

– Não vão me fazer prisioneiro? – pergunta Iaruanã em voz alta, mas eles não entendem as palavras.

De repente, uma música alta ressoa por todo o acampamento e surge um homem grande e gordo, que passa ao lado de Iaruanã com um saco transparente cheio de carne. Há vários pedaços sobre brasas. O que é aquilo? Iaruanã se aproxima cuidadosamente, enquanto é observado por todos. "Que cheiro bom! Como essa tribo consegue enegrecer a carne até soltar fumaça?" Na parte de baixo daquela caixa negra, dança um fantasma vermelho. Iaruanã tenta se aproximar para ver melhor, mas o calor é forte demais. Então, o índio segue o seu instinto, pega um pedaço e corre para fora do acampamento. Ninguém o persegue.

De longe, Iaruanã observa os homens comerem aquela carne, mas não come o pedaço que roubou – estava tão quente que ele deixou cair na terra. No acampamento, ele vê que outras mulheres saem das cabanas. Corpos delineados e quase nus. Iaruanã fica excitado.

Ao som da estranha música, as pessoas da tribo dançam juntas e separadas, cantam alto e consomem uma beberagem escura, além de uma água especial trazida em cabaças transparentes. "Eles riem, se divertem e parecem ter artefatos diferentes de tudo o que eu já vi. Não vou falar para ninguém, até aprender tudo sobre eles", pensa Iaruanã. E vai embora.

Horas depois, no mesmo dia, ele retorna ao acampamento. Desta vez, não há mulheres. Os homens estão juntos, sentados em cadeiras ao redor de uma fogueira. "Eles dominam o fantasma do calor, devem ser os filhos de Guaraci. Esse é o verdadeiro poder!", reflete, aproximando-se. Um dos homens o vê e grita:

– Olha lá, teu filho voltou!

Todos riem. Iaruanã compreende, sem entender o idioma, que não o estão hostilizando, e isso é bom. Outro homem, já alcoolizado, joga um pedaço de carne para o índio.

– Toma, moleque! Come aí!

Iaruanã vê a carne voando no ar, a metros dele, salta na sua direção e a agarra sem deixar cair no chão.

– Uau! Viu o pulo do índio?! – exclama o homem. – Teu filho deve ser o goleiro da tribo.

Todos caem na gargalhada. Iaruanã pega a carne e observa.

"Não pode ser o que parece. Nós, Moxiruna, respeitosamente absorvemos o cérebro e o coração dos inimigos, mas esse povo parece estar comendo... não... estou enganado! É de animal, não é parte de nenhum homem!", conclui. Em seguida, devora a carne, apreciando o tempero inédito ao seu paladar.

Então, aproxima-se ainda mais e vê que há muita carne na caixa preta.

– Ei, moleque, vem aqui! – chama o garimpeiro. – Qual é o seu nome?

Iaruanã não entende e, portanto, não responde, mas o homem aponta para o próprio peito e diz "Elvis... El-vis". Em seguida, aponta para Iaruanã, que compreende e diz "Iaruanã".

– Iaruanã! Meu filho selvagem se chama Iaruanã! – grita para os companheiros, que riem e aplaudem. Iaruanã também sorri, mas, nesse segundo, um homem de seus 1,90 m, atrás dele, o segura pelos ombros e lhe passa uma rasteira, derrubando-o. Todos, exceto Elvis, acham graça.

– Cai fora, índio sujo! – ordena e cospe no rosto de Iaruanã.

Assim como o riso, o choro e a fome, o ato de cuspir também é universal e negativo. Para os Moxiruna, equivale ao pior dos xingamentos e ofensas. Quando um Moxiruna cospe na cara de outro, o cacique convoca um duelo até a morte.

Iaruanã se levanta e encara o agressor. Ninguém se move. O valentão fixa os olhos em Iaruanã, aguardando alguma reação. O jovem índio, então, sorri e se vira para o círculo de garimpeiros, fazendo-se de bobo. Todos riem, e o homem que cuspiu, relaxa. Então, o filho do cacique salta para frente, como se desse um bote no vazio. Antes de atingir o chão, estica os braços e amortece a queda. Dando um impulso lateral com toda a sua força, seu corpo é lançado de volta em direção ao garimpeiro, e Iaruanã apenas estica a perna direita, acertando com grande velocidade a virilha do homem. Se lhe desse apenas um soco ou uma joelhada, o golpe não teria sido tão forte quanto esse resultante da manobra feita.

O oponente revira os olhos, coloca as duas mãos sobre a genitália e geme. Em seguida, cai de joelhos, suando frio. Iaruanã então disfere um novo chute, agora na cabeça do grandalhão, derrubando-o no chão. O jovem finaliza seu ataque com uma grossa cusparada no rosto do derrotado. Os garimpeiros riem e gritam. Alguns torcem pelo companheiro, a maioria pelo índio:

– Acaba com ele!

– Bem feito!

– Indiozinho abusado!

– Vamos fazer churrasco desse aí!

– Apanhou de um garoto!

Elvis se levanta e coloca a mão no ombro de Iaruanã, sinalizando com o polegar positivamente e sorrindo. Entrega-lhe um copo pequeno com dois dedos de pinga. O jovem cheira e vira garganta abaixo, como viu os demais fazerem. O líquido desce quente, mas o rapaz nem pisca.

– Vou querer provar o gosto desse mico! – graceja uma mulher.

Iaruanã se senta no círculo ao redor da fogueira, mas fica visivelmente apartado de todos. Não é um deles, e, sim, uma mera curiosidade. A tolerância por indígenas é baixa entre aqueles homens, porém, a juventude do irmão de Iaúna diminui tal rejeição.

Os garimpeiros se divertem servindo para Iaruanã muita carne, farofa, pão amanhecido e bebida: cachaça, Coca-Cola e cerveja. Com o passar das horas, alguns garimpeiros tombam de cansaço e embriaguez. Os que permanecem no círculo começam a estranhar a tolerância daquele rapaz à bebida. O elixir ingerido no dia anterior praticamente bloqueia a ação nociva do álcool e permite que Iaruanã demore muito mais para se embriagar, fato que intriga os garimpeiros.

– Esse moleque tá bebendo mesmo?

Iaruanã olha para o céu e nota, pela posição da Lua, que a hora de partir chegou. Levanta-se e acaba sentindo uma leve tontura. Escora-se no ombro de Elvis, mas logo se recupera.

– Tem certeza de que está bem para ir embora? Não quer dormir aqui no acampamento? – pergunta enquanto lhe estende um copo cheio de refrigerante.

– Não adianta falar com ele, o pivete não entende a nossa língua e, além disso, é burro pra caralho! – diz o garimpeiro que apanhou de Iaruanã.

O índio acena com a cabeça e agradece:

– Abrigatu.

– Jesus, Maria e José! – comenta um dos homens. – Como esse bostinha aprendeu a falar a nossa língua?

– Calma, ele não aprendeu. Só ficou prestando atenção nos nossos diálogos e pescou uma ou outra palavra. Sossega! – diz Elvis, retirando do bolso uma moeda e entregando-a para Iaruanã.

– Toma aqui, filho. Guarde para lembrar da gente. Seja feliz.

Iaruanã olha a moeda e quase não acredita na beleza daquele objeto. Guarda o presente bem firme na cinta de vime e parte correndo para a mata. Se quisesse seguir de olhos fechados, conseguiria, pois a localização exata de cada árvore, pedra e buraco está claramente gravada na sua mente. Está feliz com a descoberta daquela nova tribo de homens brancos e fará de tudo para aprender mais com eles.

Com o passar dos dias, semanas, meses e anos, Iaruanã desenvolveu grande ligação com aqueles homens. Tendo aprendido rapidamente o português só com a convivência, espantou-se quando entendeu o que era um jipe, para que servia e o seu funcionamento. O mesmo se deu com o rádio, a TV, o relógio e outras ferramentas tecnológicas. O jovem entendeu que aqueles não eram simples membros de uma tribo, mas parte de toda a população dos ditos civilizados. Eram homens que seguiam regras universais, podiam viajar por todo o planeta em máquinas brancas que se assemelhavam a pássaros e que os Moxiruna até já tinham visto no céu algumas vezes, mas criavam supersticiosas e ignorantes teorias.

Estava seduzido pela fartura de recursos, alimentos, conforto e mulheres. Queria aquilo para si, mas também cultivava raiva pela opressão, desprezo e atraso que eram impostos aos indígenas. Não confiava nos garimpeiros, mas os tinha como mentores. Guardava carinho especial por Elvis e sua moeda prateada – a qual foi a primeira de muitas –, e nutria um desprezo ímpar por João, o garimpeiro que lhe cuspira na face. O sentimento era recíproco e foi alimentado com o passar do tempo à medida que Iaruanã o superou em tudo, conquistou destaque entre os garimpeiros e, inclusive, roubou-lhe algumas mulheres.

Aprendeu que as lanças negras e sem ponta dos brancos eram mais eficazes do que os arcos, quando certa vez João, completamente bêbado, o encurralou próximo à beira do rio, sem ninguém por perto, e tentou alvejá-lo repetidas vezes. Iaruanã, nesse dia, já estava versado em português e na malícia dos brancos.

– Vou te matar, seu índio nojento! – gritou João, disparando a espingarda sem mirar.

Iaruanã entendeu o poder de uma arma de fogo e, nesse dia, decidiu tornar-se especialista, mas, primeiro, se livraria de João. Aguardou até o garimpeiro ter de recarregar e, nesse minuto, correu até ele e desferiu um soco na barriga. O homem largou a arma de lado e agarrou o índio pelos braços, dando-lhe uma cabeçada certeira no nariz, que imediatamente começou a sangrar. Iaruanã se jogou de costas no chão e puxou o homem na sua direção, apoiando o pé no peito de João, que girou por cima do índio e caiu de costas.

Iaruanã se lançou sobre ele e enfiou, com toda força, a unha do polegar no seu olho direito. João gritou e deu um soco no índio, que caiu de lado quase desmaiado. Então, mesmo com um olho perfurado, João pegou um facão que trazia na cintura.

"Tem uns nego aqui nesse acampamento que é problema, que defende índio: Elvis e o Malta são os piores. Vou matar o Elvis nesta noite e, depois, acabo com o Malta. Mas, antes, vou esfolar um indiozinho nojento."

João se sentou em cima de Iaruanã e foi com a faca na direção do seu pescoço. O jovem índio segurou a mão do garimpeiro o máximo que pôde, mas, no final, cedeu e a faca entrou um centímetro no seu ombro. Iaruanã não emitiu som algum. Homem branco nenhum merecia seu gemido de dor.

Então, aproveitou o braço livre e enfiou o dedo bem fundo no olho já ferido. João caiu para trás, urrando. Quando deu por si, Iaruanã estava em pé, diante dele, com uma pedra enorme nas mãos.

– Índio filho da...

A pedra calou João, que desmaiou na hora.

Iaruanã arrastou, por quase uma hora, o garimpeiro inconsciente até uma caverna e o amarrou. Em seguida, partiu para a floresta em busca do maior e mais agressivo lobo-guará que conseguiu encontrar. Mesmo com o ombro ferido pela faca de João, conseguiu saltar sobre o animal e colocar um saco de lona na sua cabeça. Desnorteado, o lobo-guará tentou correr, mas estava sem visão. Então, o jovem índio empurrou o canídeo, para que ele perdesse o equilíbrio e caísse. Iaruanã o imobilizou e amarrou-lhe as patas. Em seguida, jogou o saco nas costas e foi para a caverna.

Durante a noite, Iaruanã realizou com calma o rito do deus Céu, entoando cânticos e mascando ervas. Usou o coração e o cérebro do lobo-guará como matéria-prima, preparou o elixir e, por fim, fez com que João sorvesse todo o líquido. O índio sempre quis saber o que aconteceria se alguém absorvesse a alma de um animal. O elixir era a captura da alma, da força e do intelecto, então, o que aconteceria com João? Iaruanã jamais ousou perguntar para algum ancião da tribo, com medo de ser castigado pela blasfêmia, e, naquela noite, vislumbrou a oportunidade de realizar a sua experiência e satisfazer a sua curiosidade.

Como já era tarde, Iaruanã retornou à aldeia. No dia seguinte, não encontrou o garimpeiro na caverna. Os dias se passaram, até que, certa noite, numa das muitas festas regadas a bebida, carne e prostitutas no acampamento de Elvis, João apareceu completamente enlouquecido, como se infectado pelo vírus da raiva, espumando pela boca e babando um líquido amarronzado pegajoso. Encontrava-se praticamente nu, só de cueca, sujo de sangue e terra. Ao correr, por vezes usava as mãos para se apoiar como um animal. Seus olhos estavam amarelados e injetados. Tentava falar, mas não se entendia nada e sua aparência era feroz.

Foi morto pelos próprios companheiros, com um tiro de misericórdia na cabeça, antes que atacasse alguém.

No íntimo, Iaruanã comemorou o resultado da experiência e o fim do seu inimigo.

Aquele não seria o último branco a sofrer cruel e terrivelmente nas mãos do filho do cacique Moxiruna.

Não mesmo!

PARTE TRÊS

O Poder das Consequências

Assombrações

Fim de setembro de 2017, São Paulo, seis da manhã. A empregada da casa ainda não chegou. O agente se aproxima do condomínio de alto padrão e toca o interfone.

– Pois não? – atende o porteiro Mauro.

– Bom dia, cidadão. Meu nome é Siqueira. Tenho aqui um mandado de busca e apreensão. Eu e mais alguns agentes precisamos entrar para cumprir ordens judiciais.

– Claro, claro, seu Siqueira. Qual apartamento seria? Vou tocar lá e...

– Não, cidadão. O senhor não entendeu. Não é para tocar lá. É para abrir e deixar a gente entrar sem avisar. Se o morador for avisado, ele poderá atrapalhar o nosso trabalho.

– Então, seu Siqueira, pensa no meu trabalho. Se eu deixar o senhor entrar sem avisar, o síndico vai me mandar embora. Eu não posso ir pra rua. Tô pagando a faculdade da minha filha e...

– Cidadão, abra AGORA esse portão. Do contrário, o senhor sairá preso dessa portaria aí.

O porteiro abre e o agente Siqueira entra com outro policial federal. Ambos vão direto para a portaria e comunicam oficialmente os procedimentos ao porteiro.

– É o seguinte, cidadão. Estamos com uns seis homens para entrar, mas ainda vamos aguardar a imprensa, por isso, faz o seu trabalho aí normalmente e não avisa ninguém. Se quiser falar com o síndico, tudo bem, mas só com ele.

O porteiro concorda, não sem antes comentar algo completamente fora de propósito:

– O senhor sabia que eu adoro estudar o significado de sobrenomes portugueses? "Siqueira" significa lugar seco, que não é regado.

Os agentes se olham sem entender. Lá fora, os demais aguardam no carro e conversam:

– Cara, a gente está nessa investigação da Inteligência há meses e o nome desse cara nunca tinha sido citado. Aí, ligaram pro chefe e pro juiz, tudo foi providenciado muito rápido, né?

– Sim, é bem estranho mesmo. Parece que quem cantou a bola foi um deputado fodão e um promotor. E avisaram que não teria ninguém em casa. Também esquematizaram pra ter imprensa aqui embaixo quando a gente sair. E de tudo quanto é canal.

Numa padaria chique, na esquina da rua do condomínio, Carlos Rodrigues toma café e assiste ao circo armado por ele com apenas dois telefonemas. "Para que matá-lo, se posso fazê-lo sofrer? E o melhor: não precisei plantar nada, ele mesmo deu o nó e se enforcou na própria corda!", pensa, todo satisfeito, recordando-se de outros desafetos cuja destruição da reputação demandou a criação de provas falsas.

Na véspera, o deputado ligou para seus contatos no Ministério Público e no Tribunal de Contas do Estado de São Paulo. Ciente de que havia uma operação em curso, bastou citar o nome do dr. Octávio Albuquerque Júnior para que interesses fossem despertados. Um promotor, em especial, ficou realmente interessado no caso. A denúncia não foi anônima. Não havia necessidade de anonimato. As acusações eram reais e ninguém seria imprudente em citar a fonte, ainda mais quando essa fonte era ele.

O carro de uma emissora de TV estaciona atrás da viatura. Não é a maior emissora do país, mas é a mais fácil de se render a notícias sensacionalistas e, eventualmente, de ser *comprada*, aquela que tem o maior número de espectadores ignorantes, manipuláveis e com enorme probabilidade de repassar informações sem antes checá-las. A repórter salta com o cinegrafista e se dirige à entrada do prédio.

– Meu nome é Milena, vocês podem nos adiantar, por favor, o que acontecerá aqui?

– Claro, dona. Meu nome é Siqueira, sou o agente da Polícia Federal responsável pela Operação Medicus Pecunia. Resumidamente, estamos investigando fraudes em institutos fomentadores de pesquisa, principalmente desvio de recursos em projetos que envolvem milhões do orçamento público. Temos autorização do juiz para busca e apreensão no apartamento do conhecido dr. Octávio Albuquerque Júnior, morador da cobertura. Ele está sendo investigado por desvio de recursos e possível fraude no projeto de nanotecnologia. Parece que o doutor recebeu a grana, mas congelou o projeto sem finalizá-lo. Foram transferidos pesquisadores para locais ermos do país, equipamentos caríssimos foram comprados e estão parados, se deteriorando em depósitos fechados ou largados a céu aberto. O projeto foi encerrado antes do tempo previsto e as justificativas não foram convincentes.

Milena anota as informações numa caderneta.

– Hum... mas o dr. Octávio é famoso. Vocês não estão jogando contra um dos mais renomados nomes da medicina internacional?

– Olha... dona Milena... qual é o seu sobrenome?

– Almeida. Milena Almeida.

– Então, dona Milena Almeida, não temos como segurar o curso da justiça. A lei é igual para todos.

Os agentes, o porteiro, o cinegrafista e a jornalista ficam em silêncio por uns segundos, até que caem na gargalhada.

Siqueira sorri e então dá ordem para seus comandados:

– Vocês sobem comigo. Você, novato, fica aqui com o porteiro, não deixa ele avisar ninguém. Quando a empregada chegar, você, porteiro, segura ela aqui embaixo. Outras três viaturas estão chegando para armar o circo, fechar a rua, fazer a cena de sempre. Dona Milena vai depois com esse moço da câmera. E, por fim, um agente. Não esqueçam: agressividade, assertividade e objetivo!

– Posso ir gravando desde aqui? – pergunta ela.

– Não. Pega só a entrada no apartamento, a partir disso é que tudo ficará sério. Até chegarmos na cobertura, muita coisa poderá ser falada que não gostaríamos que fosse gravada.

Todos, exceto o novato, vão saindo da portaria. O porteiro segura o braço de Milena antes de a repórter deixar o local.

– A senhorita sabia que eu adoro estudar o significado de sobrenomes portugueses? O sobrenome da senhora, "Almeida", significa planície ou lugar glorioso.

Na entrada da cobertura, os policiais se posicionam. O protocolo é tocar a campainha e bater à porta antes de entrarem, mesmo sabendo que não há ninguém do lado de dentro. Milena e o cinegrafista começam o seu trabalho.

– Dr. Octávio Albuquerque Júnior, aqui é a Polícia Federal, abra a porta! Sabemos que o senhor está aí.

Diante do silêncio, Siqueira repete a ordem mais duas vezes. Em seguida, sinaliza para que um agente se aproxime com o aríete de dez quilos. O federal balança a pesada ferramenta tubular e atinge violentamente a porta, na altura da maçaneta, destroçando tudo. Assim que a porta se abre, os policiais invadem o apartamento, armas em punho. Milena mal sabe quem seguir, por isso, grava tudo.

Praticamente todos os objetos são lançados ao chão, móveis são arrastados, tapetes são revirados e livros são balançados; aparelhos eletrônicos são puxados sem o menor cuidado; todos os armários são esvaziados, o colchão é levantado e o lençol, lançado ao chão; gavetas trancadas são arrombadas, ainda que as chaves estejam nas fechaduras, e até a geladeira é esvaziada. Documentos, contas, pastas, computadores, HDs, pendrives, celulares antigos e cadernos são recolhidos por outros agentes que chegam depois da primeira equipe. Nada é transportado com cuidado ou zelo nem colocado de volta no lugar. Fotos de Octávio e Martha são despejadas sobre uma mesa e reviradas, como se pudessem conter algo relevante, bem como roupas – inclusive íntimas – são jogadas no chão impiedosamente. Tudo é pisoteado, parece que um tornado varreu o imóvel.

– Agente Siqueira, vamos fazer a tomada mais marcante? – pede Milena.

– Claro, o que precisa?

– Pegue algo e passe diante da câmera. Faça uma feição sóbria e séria, e na edição falarei que todos os documentos foram recolhidos para análise.

– Combinado...

Toda a operação, que deveria durar cerca de quatro horas, levou o dia inteiro. Carlos Rodrigues fez questão disso: causar transtorno. A rua parou, os moradores do prédio foram incomodados e curiosos se acotovelaram ao lado das viaturas. Outras emissoras tiveram acesso ao apartamento e gravaram a devastação, além de entrevistarem vizinhos e funcionários do prédio.

No fim da tarde, Carlos Rodrigues, que passou o dia inteiro trabalhando na mesa da luxuosa padaria com vista privilegiada para o prédio do seu inimigo, tomou conhecimento de que um dos seus contatos em Manaus iria traí-lo e entregaria documentos importantes a Octávio. Nesse caso, bastou uma mensagem de texto para que a queima de arquivo fosse realizada de maneira asseada. Foi o fim de Agnaldo. Imediatamente, o irmão de Iaúna enviou uma segunda mensagem de texto, agora anônima, para Octávio de um celular comprado com esse objetivo: "Xeque". Se os deuses permitissem a sincronicidade, Octávio receberia essa mensagem ao saber da morte de Agnaldo, e a satisfação do índio seria imensa.

À noite, com o término de toda a operação, Carlos Rodrigues é avisado por seus contatos nas emissoras que a escolhida para dar o "furo" não perdeu a oportunidade de vender a reportagem para a televisão e a rádio que quisessem levar ao ar a notícia sobre o médico. "O estrago será maravilhoso", pensa ele. O índio decide, então, ficar por ali mesmo enquanto se delicia com tudo que vê pela TV da padaria. Era hora de enviar ao inimigo a derradeira sentença: "Xeque-Mate".

Em Manaus, Octávio assiste, inerte, às cenas de devastação do seu apartamento. As emoções que o assolam são indescritíveis diante de tanta humilhação pública.

– Estou acabado, Martha. É o fim da linha pra mim.

– Octávio, o que é isso? De quais crimes estão acusando você?

– Eu... eu posso explicar... eu só... eu fiz...

Na TV, a última imagem é a do agente Siqueira transitando com um notebook pessoal de Octávio.

– Meu Mac! Pai do Céu!!! Preciso falar agora com o Oswaldo. Só ele vai poder me ajudar, Martha.

Em São Paulo, Carlos Rodrigues vai até o caixa da padaria. À sua frente, o porteiro do condomínio aguarda a vez na fila para pagar por um lanche.

– Fiquei até agora por causa deles e também da jornalista, que manjar. Você viu? Ela até me entrevistou! Eu falei bem do dr. Octávio... adoro ele! – Falante como o quê, tenta puxar papo com um sujeito à sua frente.

– Conhece o morador? – alguém pergunta.

– Inacreditável tudo isso! O doutor é gente boa demais.

Carlos Rodrigues, ao receber o troco, reflete: "Destruí o maldito caraíba. Acabei de vez com o infeliz. Ele foi só mais um branco no meu caminho, só mais um pequeno problema, um mosquito que espantei com um tapa."

O porteiro, então, diz para uma cliente que assiste à reprise da matéria na TV atrás dele, na fila:

– A madame sabia que eu adoro estudar o significado de nomes portugueses? Sabia?

A mulher, diante do forte odor de álcool, o ignora, mas ele prossegue.

– Dr. Octávio Albuquerque Júnior... Albuquerque... Al-bu-quer-que... Sabe o que significa?

Carlos Rodrigues, rumo à rua, desvia da cliente e do porteiro, porém, quando chega à porta, ouve a única informação que não queria ter ouvido na vida. Em uma simples frase, o falastrão consegue o que ninguém jamais conseguiu: fazer as pernas do impiedoso índio tremerem.

– Albuquerque significa carvalho branco.

O Notebook Mais Caro do Mundo

– *Oswaldo, eu preciso daquele notebook!*

Aos prantos e com a maior palpitação que já sentiu na vida, Octávio implora ao amigo, assim que a reportagem sai do ar. Martha, que inicialmente estava assustada, tem agora a raiva como sentimento predominante. "Quem não deve não teme", repete para si mesma, como um mantra.

– Cara, volta pra São Paulo. É melhor falarmos pessoalmente. Você vai precisar dos melhores advogados e... – pede Oswaldo.

– Eu PRECISO do meu Mac, Oswaldo! É muito importante!

Oswaldo emudece. Não sabe o que dizer. Ou o amigo médico não tem real noção da situação grave em que está envolvido ou o notebook contém algo pior do que tudo. Pior até do que aquilo que ele já sabe. Terá Octávio mentido e ocultado outros crimes?

– Octávio, é sério, vem pra São Paulo e me explica tudo. Do contrário, não vou te ajudar mais, ok?

Antes que o médico retruque, Oswaldo desliga.

– Martha... Vamos embora! – decide Octávio.

– Agora?

– Sim. Arruma tudo!

Octávio está completamente fora de si. Olhos distantes, a mente vaga na possibilidade de alguém acessar o conteúdo do notebook. Após rápida busca na internet, o médico agenda um jato particular para São Paulo, em caráter de emergência. Martha, sentindo a gravidade da situação, apenas segue as orientações do marido. Não tem ainda certeza do que está ocorrendo, mas já sabe que Octávio lhe escondeu algo muito grave.

O voo dura quatro horas e, naquela mesma madrugada, o casal chega a São Paulo. O celular do médico passa a receber centenas de mensagens e ligações. Amigos, desconhecidos, jornalistas e advogados buscam informações e declarações. Até mesmo o celular de Martha está, incessantemente, tocando e vibrando. Ambos evitam pesquisar mais notícias sobre a investigação e só caem na realidade quando entram no apartamento.

O cenário é tão caótico, triste e devastador que Martha se ajoelha e chora em meio a toda a destruição da mobília, dos objetos de estimação e das obras de arte. Octávio caminha devagar em meio à bagunça que os policiais fizeram.

– Nem vândalos fariam um estrago tão completo!

– Comeram o que tinha na geladeira, beberam o que havia no bar e nos frigobares espalhados pela cobertura... Porcos imundos!!! Essa é a gente que nos protege? – desabafa Martha, indignada.

Um homem se aproxima da porta. Martha enxuga o rosto e se levanta, enquanto Octávio se junta a ela.

– Pois não? – pergunta ele.

– Boa noite. Eu sou o Osmar, o subsíndico. Acho que o doutor não me conhece, mas tomei a liberdade de vir aqui para ajudar.

– Ajudar? Como um dos condomínios mais caros de São Paulo permitiu isso? Vou processar vocês! Vou pedir ressarcimento completo!

– Olha, dr. Octávio, o que o senhor quiser fazer é direito seu. Eu vim para lhe oferecer uma maçaneta com tranca, caso queira. Também pedi para a equipe de limpeza e manutenção ficar lá embaixo ao seu dispor. É só o senhor interfonar que sobe todo mundo. Não importa que sejam cinco e meia da manhã, todo mundo aqui no prédio o respeita e gosta do senhor. Ninguém vai julgá-lo. O vizinho de baixo, não sei se o senhor está sabendo, foi processado por trabalho escravo. Tem condômino que está respondendo por ser sócio daquele helicóptero cheio de... bom, o senhor deve ter visto na TV. Então, conte conosco, só queremos ajudar, ok? Com licença...

A fala do homem, de certa maneira, acalma Octávio. Martha, porém, segue sem entender exatamente a situação e seu real alcance.

– Tavinho, você está aí falando do seu notebook, mas... e esse crime de que estão te acusando? O que você deixou de me contar? – pergunta Martha.

– Martha querida, eu sou culpado. Preciso pegar meu Mac, não quero que bisbilhotem o que tem lá dentro, que, aliás, nada tem a ver com esse crime, e sim com coisas que você já sabe: elixir, Iaúna, ritual, pesquisas... O crime do qual me acusam está ligado a grande parte da minha fortuna e...

– Como assim? Você... você escondeu mesmo isso de mim?

– Ah, Martha, olha... estou sem cabeça! Sério, olha essa bagunça! Preciso falar com o Oswaldo. Você pode chamar o pessoal que está lá embaixo para dar um jeito aqui? – pede Octávio.

Martha não responde. Transfigura-se. Está exausta e, agora, sente muita raiva. Sente-se traída.

Octávio combina com Oswaldo, e os dois conversam, durante quase a manhã inteira, no apartamento do delegado. Para chegar lá sem ser visto, Octávio precisou pedir ao porteiro para liberar o portão de empregados, localizado atrás do prédio. Então, pegou um táxi e seguiu para a casa do amigo.

– Cara, deixa eu entender: você levou mesmo uma grana nessa pesquisa e, pra piorar, ainda quer que eu pegue o seu notebook porque tem segredos lá que não quer que ninguém saiba e que não têm relação com esse crime de que o acusam? É isso? – pergunta o delegado, vestido com seu tradicional pijama, tomando uma xícara de café. Octávio treme.

– É isso, Oswaldo. Na verdade, tem algo mais: você tem que pegar esse meu notebook antes que abram e copiem as informações. Nada do que está lá pode vazar. Nada!

Oswaldo sorri, mas não está achando graça nenhuma. Octávio ainda tenta disfarçar:

– Não é nada de crime. São só informações de pacientes, são dados de outras pesquisas. Aquele notebook é o meu principal instrumento de trabalho, Oswaldo!

Oswaldo reflete ante as palavras de um amigo que já matou dois bandidos, mas que também já teve a sua segunda chance, seu voto de confiança. O amigo é um verdadeiro herói, famoso por salvar vidas e levar o nome do

Brasil às glórias da medicina mundial. Entretanto, para fazer o que lhe está sendo pedido, Oswaldo vai precisar agir mais uma vez na ilegalidade.

– Olha, eu vou te dizer: você me saiu um grande filho da puta, Octávio. Mas eu, nesse caso, sou mais filho da puta, porque acredito em você. Sei das suas intenções. Tenho certeza de que essas denúncias foram plantadas com objetivos escusos. Verdadeiras ou não... esses merdas querem mais é te foder. Não querem fazer justiça.

Octávio sente-se um pouco, apenas um pouco, mais aliviado com as palavras compreensivas do melhor amigo. Percebe que Oswaldo já sacou que há muito mais por trás da acusação criminal e do resgate do computador.

– Vou conversar com uns caras da PF que me devem muito. São mais que amigos, são sujeitos que ajudei ao longo desses anos. Nada ilegal, garanto, mas eles me devem e não hesitarão em dar um jeito. A essa altura, o aparelho já foi catalogado, mas ainda nem tentaram mexer, pode ter certeza. Provavelmente, os caras da informática vão começar a trabalhar nele amanhã.

– Pelo amor de Deus, Oswaldo! Me ajuda a tirar o notebook de lá. Nem ligo de ser preso. O mais importante é ninguém acessar o conteúdo.

Oswaldo interrompe com a mão espalmada, pedindo calma e silêncio.

– Tavinho, desse jeito você me deixa assustado, cara. Que isso? Nem quero imaginar as coisas que estão lá...

– Não são nada de mais, acredite, dados de pacientes e...

– Caralho, meu! Não me chama de burro. Já falei que vou te ajudar, mas ninguém fica assim por causa de sigilo de paciente. Vou ter que perguntar uma coisa e, se você não for absolutamente sincero, eu vou saber, e aí nunca mais vou te ajudar. Posso?

Receoso, Octávio concorda:

– Claro, Oswaldo, o que quer saber?

O delegado encara o amigo e apoia a mão sobre o seu ombro, apertando levemente.

– Nesse seu notebook, essas coisas que você está escondendo têm relação com coisas abomináveis?

– Abomináveis?

– Sim, pedofilia, tráfico de drogas, estupro, essas coisas... – explica o delegado, mostrando náusea a cada palavra.

Octávio respira aliviado e sorri com total transparência.

– Não, Oswaldo, nunca! Jamais. Juro pela alma da minha mãe, que foi uma mãe para você também. Em nome do filho que ainda terei, Oswaldo, nada dessas coisas horríveis aí. Eu juro!

As palavras são tão sinceras e transparentes, que trazem grande desafogo ao policial.

– Graças a Deus, meu amigo. Eu sabia, mas precisava ouvir de você. Faremos assim: esses meus amigos vão tentar tirar o computador de lá, mas vamos ter que correr muito. Para tirar de lá, terei que substituir por outro, mas o problema é que tem que ser um Mac *igual*. Usado. Mesmo sabendo que esses caras não são tão cuidadosos, tenho medo de terem prestado mais atenção aos detalhes. Seu computador apareceu na TV sendo levado pelo agente, entendeu?

Octávio coloca as mãos na cabeça.

– Tenho que pensar, tenho que pensar! O modelo é comum, fácil de achar um usado na internet...

– Calma, se não der pra trocar por um idêntico, vamos colocar algum parecido; se não der, trocamos por qualquer um; e, na pior das hipóteses, nós não trocamos por nada, apenas tiramos o seu de lá, e seja o que Deus quiser. Na verdade, tem uma hipótese ainda pior, mas que posso providenciar: se não der pra tirar o computador de lá, a gente destrói ele.

– Destruir? Não tenho cópia de tudo em nuvem e... – lamenta Octávio.

– Teria problema? O que é pior: as informações do computador sumirem ou serem acessadas por outros?

– Serem acessadas, com certeza.

– Então, não vamos descartar essa possibilidade, tá bom?

– Claro, meu amigo. Você está salvando a minha vida...

Oswaldo sorri e pega um pote de cookies de uma prateleira. Destampa e oferece ao amigo, que recusa.

– E tem mais, Octávio, assim que der meio-dia, vou ligar para os meus amigos do judiciário e deixar todos dispostos a relaxar o caso. Certamente vou conseguir também rastrear as fontes da denúncia e pegar o cara que...

– Não!

– Como não? – estranha o delegado com a firmeza de Octávio.

– Não mexa com isso. Não se envolva mais. Retiro toda a ajuda que pedi a você para investigar o tal sujeito. Assim que você me ajudar a recuperar o computador, sinta-se livre para não se envolver mais. Eu trouxe aqui uma grande quantia de dinheiro, veja...

Octávio pega uma mochila preta e puxa o zíper, enquanto explica:

– Como eu te disse, custe o que custar, esse computador não pode ser acessado e terá que voltar para as minhas mãos. Esses seus amigos da Federal, outros policiais, juízes, enfim, quem precisar ser pago, será. Toma aqui.

Oswaldo não encosta na mochila, apenas observa as dezenas de maços grossos de dólares, presos em elásticos, rolarem pela bancada da cozinha.

– Octávio, não posso dar certeza de que isso bastará. Vou atrás de um outro computador para substituir o seu e molharei a mão de quem precisar. Nessa altura da minha vida, corrupção por uma boa causa não é o pior dos crimes.

Octávio aperta a mão do amigo e se dirige à porta.

– Se faltar, tenho muitas outras mochilas como essa. Só preciso do meu Mac!

Oswaldo acena positivamente com a cabeça e abre a porta para Octávio sair.

– O notebook mais caro do mundo, seu grande filho... não, não vou dizer isso porque eu conheci e respeito demais a dona Cristina.

Escudo

Abril de 2016. Iaúna liga para Iaruanã logo pela manhã. A índia não tem certeza se ainda confia no irmão. Já não o reconhece mais, pois, apesar da já familiar frieza, sua faceta cruel está ultrapassando todos os limites. Acostumada a acordar bem cedo, adiantar os afazeres e manter sempre o máximo de contato com a natureza, ervas, plantas e flores que cultiva no quintal dos fundos, Iaúna está se sentindo incomodada em começar o dia assim.

O número do irmão, na memória do celular, está gravado como *Carlos irmão*. Não porque ela o chama pelo nome adotado, mas pelo risco de ele ligar e outra pessoa ver, no visor, *Iaruanã*.

O telefone toca algumas vezes. Diferentemente de Iaúna, que atende de imediato as ligações do irmão, Iaruanã parece esperar para avaliar o quanto o assunto pode ser urgente, de acordo com a insistência da irmã. A índia não desiste e, após a terceira ligação, ele atende.

– Iaúna?

– Como está, Iaruanã? Pode falar?

– Por que tão cedo, irmã? O que você tem de tão urgente?

– Cedo? Se bem te conheço, você até já tomou seu café da manhã.

– Claro. Preguiça é pros brancos. Está precisando de alguma coisa?

Iaúna respira fundo.

– É que... é que eu estou preocupada! – diz, levantando-se da mesa onde tomou o café da manhã. Na mão direita, segura firme uma faca pela lâmina, como se fosse arremessá-la. Iaúna começa a andar de um lado para o outro, tentando relaxar.

– Preocupada com o quê?

– É... é o Tavinho. Ele...

– O doutorzinho? O que ele aprontou dessa vez?

– Nada... nada ainda, mas... É que ele quer... ele está diferente, anda tão frio, me pareceu meio aéreo. Marcou uma sessão do ritual e está ansioso, quer o elixir. Eu conheço muito bem o meu menino, ele está tramando algo, sei lá, contra mim!

Iaúna continua no seu eterno vaivém, agora mais lentamente. Está pensativa e aguarda a reação do irmão, que permanece em silêncio.

– Iaruanã?

– Eu ouvi! Eu ouvi! – grita ele.

– Está nervoso, ihaninhê?

– Nervoso? Não. Estou pensando. Para quando ele marcou o ritual? Ele sabe que tem que fazer na lua certa?

– Sim, sabe. Marcou para o feriado, dia 21.

– Hum... e ele disse mais alguma coisa?

– Não, nada de especial, mas está estranho, respondão!

– Certo. Temos que fazer algo. Temos que nos proteger.

– Não! Acho que a melhor maneira agora de eu consertar tudo é falar com o Tavinho, contar tudo. Só assim ele...

– Tá louca, Iaúna? Você mesma percebeu que o doutorzinho tá tramando algo. É ele ou nós, Iaúna! Ele vai aprontar alguma, e a gente vai se foder. Ele deve saber de muita coisa e está preparando uma cama de gato pra você. Se ele te pegar, vai me pegar também.

– Será?

– Claro!

– Mas, então, é isso que eu tô dizendo! É melhor eu falar logo com ele, explicar tudo! Ele vai entender! Meu Tavinho vai entender! – desespera-se Iaúna.

– Entender? Ele vai é acabar com a gente! Mas eu sei como segurar ele.

– Como assim... segurar?

– Olha, ele não é mais esse *seu Tavinho*, não. Pode esquecer. Eu te garanto. E mais: se você ama ele, saiba que eu não amo e não vou cair na conversa dele. Também não vou deixar você entrar no papinho dele! Quero que ele se foda!

– Para, irmão! Você está me assustando! O que está pensando em fazer?

– Escuta, nós vamos manter um trunfo, um escudo de garantia. Só assim terei certeza de que o doutorzinho não vai querer subir nas tamancas.

– O que você tá planejando? Já vou dizendo que não! Nem pense em nada de ruim!

Iaruanã fica em silêncio por alguns segundos e depois responde.

– A patroa. A tal dona Cristina Albuquerque, sabe? Tô vendo aqui na internet, bonitona ainda, né? É ela...

– Ela o quê?

– É ela que vai ser o nosso escudo. Com ela, o doutorzinho não vai ousar mexer com a gente ou engrossar contigo, se for esse o plano dele. Se ele rosnar, fica órfão de mãe também, entendeu?

– De jeito nenhum! Não aceito. Já falei que NÃO! Eu não admito!

– Você não admite?

– Não, Iaruanã. Dona Cristina, não. Ela é a melhor mulher que eu já conheci. Ela me deu tudo, fez de mim o que eu sou! Eu devo muito a ela! Não vou usar ninguém de refém, muito menos ela. Jamais!

– Vai, sim. Vai porque é a nossa única chance!

– Não! Eu prefiro morrer se for para envolver dona Cristina nessa sujeira. Não mesmo! Tem que ter outro jeito, e acho que contar pro Tavinho pode ser a melh...

– Caral... – Iaruanã tenta interromper.

– Eu estou falando, me respeite! – diz, levantando a voz. – Eu não vou colocar ela nesse fogo cruzado. Ela já sofreu demais. A dona Cristina é a vítima nessa história, Iaruanã, sejamos justos!

– Eu só... – Iaruanã tenta novamente, mas a irmã já está alterada demais do outro lado da linha.

– Jamais! – insiste ela. – Ai de você. A dona Cristina é uma santa! Não merece nada disso! Já disse que, se for pra fazer isso, eu prefiro...

Iaruanã tenta novamente interromper, com seu poder de persuasão e manipulação, além de agressividade e dominação. E, dessa vez, consegue.

– Iaúna dos Moxiruna, silêncio!

A índia se cala. Estão medindo forças.

– A melhor mulher que você conheceu? Aquela que lhe deu tudo? Que fez de você quem você é? A pessoa a quem você mais deve? O que aconteceu com você, Iaúna? Esqueceu-se de quem você é? Esqueceu-se de quem eu sou? Esqueceu-se de tudo o que passamos? De tudo o que os brancos nos fizeram passar?

A voz do índio aumenta à medida que ele argumenta. O coração de Iaúna acelera como o de um animal acuado.

– Você é a Senhora das Trevas e eu sou o seu Guardião! Somos os últimos da nossa tribo, os melhores da nossa raça! Os alimentos impuros da cidade dos brancos contaminaram o seu juízo? Ou foi esse ar podre que eles respiram? Foi a falta de honra, de caráter e de valores? Me diz! O que aconteceu com a menina Iaúna, aquela que servia aos deuses? O que aconteceu? Responde!

Iaúna, acidentalmente, faz um corte profundo na palma da mão, ao apertar com força a lâmina da faca que, sem se dar conta, ainda segura.

– Responde, Iaúna. Você está aí?

Iaúna deixa a faca sobre a mesa do café e, olhando fixamente para o corte aberto, lambe o sangue. Faz o gesto uma segunda vez e então fecha a mão, enrolando um pano de prato para estancar o sangramento. O índio insiste:

– Você está aí?

Timidamente, uma voz sussurra pela garganta apertada da índia:

– Si...

– O quê? Não ouvi! – berra o índio.

– Sim! Estou aqui...

– E quem é você?

– Eu... eu sou...

– Quem é você? – insiste Iaruanã.

– Eu... eu sou Iaúna.

– Quem?

– Iaúna!

– O que mais?

A índia limpa a boca suja de sangue com o dorso da mão esquerda.

– Iaúna, eu sou Iaúna dos Moxiruna!

– Mais alto!

– Eu sou Iaúna dos Moxiruna!

– Você é a última de uma raça única! Aquela que detém todas as tradições e rituais. Aquela a quem os deuses respondem imediatamente! Você vai deixar que o doutorzinho nos denuncie ou até faça o pior?

– Não, não vou.

– Você vai contar para o doutorzinho tudo o que sabe e tudo o que fez, pondo em risco milhares de anos de tradição?

– Não, não vou.

Iaruanã fica mais alguns segundos em silêncio; então, propõe, num tom um pouco mais suave:

– Escute, minha irmã. Ninguém quer fazer mal à madame, não. Ninguém quer judiar dela. Claro que eu sei que ela é importante pra você. Só quero ter uma garantia, um escudo. Quero fazer com que você esteja bem protegida no dia do ritual, para o caso do doutor, o seu Tavinho, fazer alguma bobagem.

– Mas, meu irmão, como vou envolver a dona Cristina nisso?

– É fácil, Iaúna! Você vai convidar a madame para ir até a sua casa tomar chá. Fala pra ela que encontrou uns objetos antigos, sei lá, coisas dos pais dela, na sua casa. O casarão era dela, não? Então, fala que achou umas quinquilharias que gostaria de mostrar a ela, e ver o que vai pro lixo e o que deverá ser guardado. Ela vai acreditar!

– Mas, Iaruanã, você precisa prometer...

– Claro, prometo o que você quiser, Iaúna. O que você quer?

– Tem que prometer que não fará nenhum mal a ela, se ela realmente for até lá. E eu também quero que você me dê certeza de que ela só será usada como... como escudo, em último caso... e se as coisas saírem do controle, se meu Tavinho ficar violento...

– Claro, minha irmã, eu prometo. E você sabe: minhas promessas são sempre verdadeiras como são as mudanças de estação na mata, não sabe?

Desde o assassinato do pai do seu querido Tavinho – o homicídio que a índia ainda acredita ter sido cometido acidentalmente pelos capangas do irmão –, a confiança em Iaruanã ficou bastante abalada. Iaúna não responde.

– E vou te dizer – prossegue o índio –, é mais fácil o doutorzinho fazer algum mal à própria mãe do que eu. Só quero que você a convide para ir ao seu encontro no feriado. Só isso. O resto, deixaremos nas mãos dos deuses da água e do fogo.

Iaúna sente um arrepio quando o irmão cita os deuses do fogo. Ela sente algo como um mau pressentimento. A intuição da velha índia não costuma falhar. Algo muito ruim está no ar… e nos pensamentos de Iaruanã.

"Feliz Natal, Doutor!"

Início de dezembro de 2017, verão quente e chuvoso na cidade de São Paulo. Muita água desceu do céu, mas muito mais água passou debaixo da ponte após a conversa de Octávio e Oswaldo, no apartamento do delegado. Foram dias tensos para o médico, que evitou a presença de jornalistas, tentou se reconciliar com Martha e prever os ataques do seu inimigo declarado.

A substituição do Macbook foi um sucesso. Oswaldo conseguiu comprar um Air, praticamente idêntico ao Pro do amigo, anunciado no Mercado Livre. Pagou em dinheiro, o vendedor era do próprio bairro do delegado e recebeu ainda um valor extra para formatar o notebook. Com ele em mãos, Oswaldo acessou e baixou os arquivos pessoais em nuvem de Octávio. Lá no iCloud, foi possível inserir fotos da lua de mel, e-mails genéricos, arquivos de músicas e filmes. Foram programados, inclusive, métodos de acesso com nome de usuário e senha – a palavra "Martha" – para que os técnicos da Polícia Federal encontrassem um mínimo de dificuldade e atribuíssem credibilidade a tudo.

Ainda que a imprensa o massacrasse diuturnamente pela TV, jornais e internet, seu consultório seguia cheio.

Octávio termina uma delicada cirurgia. Foram horas críticas no centro cirúrgico, cuidando para que um famoso executivo do ramo alimentício tivesse sobrevida de qualidade. A equipe está exausta, mas muito satisfeita com o resultado. A admiração no olhar do anestesista, dos instrumentadores e dos auxiliares é evidente.

– Parabéns, doutor. Obrigado por mais essa aula prática! – comenta o médico que auxiliou Octávio em todo o procedimento.

– Eu é que agradeço. Parabéns pela técnica!

Octávio deixa a sala para que os demais finalizem a cirurgia. Logo no início do corredor, retira e joga touca, máscara, avental e luvas numa caixa de descarte. Caminha alguns metros até o vestiário, senta-se num banco de madeira, remove as proteções dos sapatos e as descarta em outra caixa. Lava cuidadosamente as mãos, seca-as e esfrega álcool em gel por toda a superfície, até os cotovelos. Pega, em seguida, uma pequena chave no bolso, destranca o armário de ferro e recolhe seus pertences: relógio, celular, carteira, chaves do carro e aliança.

Parte para a enfermaria, onde informará os detalhes do procedimento recém-realizado, assinará alguns papéis etc. Ao finalizar os trâmites burocráticos, despede-se, apertando o botão do elevador.

– Doutor, doutor, espere! – grita um segurança.

– Pois não?

– É... é que o dr. Antônio pediu para o senhor ir até a sala dele.

– O urologista?

– Não, não... o dr. Antônio Meirelles, o diretor do hospital.

Entediado, Octávio suspira e desiste do elevador. O andar administrativo fica exatamente acima. O médico sobe os degraus em passos lentos, imaginando qual será o assunto desta vez. É comum receber pedidos de favores desses "ex-médicos" burocratas, excelentes administradores, claro, mas que há muito já esqueceram como é a real rotina de um centro cirúrgico.

Após subir os dois lances, Octávio empurra a pesada porta corta-fogo e se espanta com a quantidade de pessoas que se encontram no andar. Dezenas de indivíduos se acotovelam no corredor, munidos de câmeras fotográficas e de filmadoras, microfones e celulares.

– Ali está ele! – grita um homem, segurando o microfone.

Todos, absolutamente todos do andar correm em direção ao dr. Octávio, que percebe que também há pessoas atrás dele. Elas falam ao mesmo tempo, apontam suas lentes para o rosto do médico e se acotovelam, empurrando microfones.

– O que… o que é isso?

– Dr. Octávio Albuquerque, o senhor já constituiu advogado? – pergunta uma repórter.

– Como está a sua esposa Martha, doutor? Como ela se sente diante de tudo isso? – pergunta outro repórter.

Antes que Octávio responda, o diretor surge da sua sala.

– Com licença, com licença, pessoal. Octávio, venha até a minha sala, aqui por favor.

Octávio empurra os jornalistas e abre caminho, enquanto se pergunta o que está acontecendo. Com grande esforço, alcança a porta.

– Dr. Meirelles, que bagunça é essa?

O diretor não consegue responder. Assim que entra, Octávio se depara com um homem de terno e feições pouco amigáveis, que lhe estende a mão.

– Sr. Octávio?

– Dr. Octávio Albuquerque Júnior. Pois não…

– Meu nome é Josias, mas não vem ao caso. Aqui está um mandado de prisão contra o senh… o doutor. Preciso que me acompanhe agora até a viatura que se encontra no estacionamento. O doutor será preso sob a acusação de…

– Mandado?

– Deve ser engano, Octávio – diz o diretor.

– Asseguro que não se trata, de maneira alguma, de engano. O doutor precisa me acompanhar. Agora.

Octávio dá um passo para trás.

– Não! De jeito nenhum. Primeiro eu vou ligar para o meu advogado. E preciso saber quem foi o responsável pela palhaçada lá fora no corredor. Na verdade, como sabia que eu estaria neste hospital, em cirurgia?

Josias se levanta e vai até a porta.

– Vou esperar lá embaixo. Chame o seu advogado, mas não demore. Uma vez que eu já lhe comuniquei, qualquer evasão será interpretada como fuga. Sobre a informação, parece que um procurador da República, um cidadão de bem e muito respeitado, soube que iríamos notificá-lo e contatou sua esposa. Ela informou a ele que o senhor estaria aqui.

Octávio estranha:

– Como assim? Martha não daria essa informação a qualquer estranho sem me consultar e...

Josias o interrompe, já saindo da sala:

– Sim... foi ela mesma. Parece que ele é um amigo íntimo da sua esposa, o tal procurador, acho que ele se chama Ricardo... não, Renato! Renato Stein!

Octávio assimila a informação com raiva. Então, volta-se para o diretor, que abaixa os olhos, constrangido.

– Vou embora, vou ligar para o meu advogado!

– Pode usar a minha sala, Octávio. Vou sair e mandar a segurança tirar todos daqui. Já adianto que esses urubus vão esperar lá embaixo e, provavelmente, na delegacia também. E preciso lhe dizer que Renato Stein...

O homem não conclui a fala. Octávio se senta numa cadeira, pega o celular e pergunta, impaciente:

– O que é que tem?

– Renato Stein é o nome que os jornalistas me informaram quando os seguranças perguntaram quem havia dito que você estaria aqui.

Octávio dá um murro na mesa.

– Desgraçado!

– Octávio, acho que... bem, você sabe que estávamos todos felizes, não só eu, mas os diretores de outros hospitais, estávamos esperançosos de você se tornar Secretário Estadual da Saúde, mas acho que, depois dessa, talvez...

– Eu já entendi, Meirelles. Pode deixar comigo. Agora, se me permite...

Octávio liga para o advogado e para Martha. A esposa se mostra inconformada com a atitude de Renato, que realmente a contatou com o intuito de saber mais sobre o seu marido. As horas seguintes são duras para o médico. Com a prisão preventiva decretada, não há negociação: Octávio vai para um presídio.

Nos dias que se seguem, Octávio, solitário em sua cela, sofre uma verdadeira epifania. Antes de se achar inocente, julga-se merecedor daquele castigo que inicialmente restringe sua movimentação física, mas logo nos primeiros dias converte-se em oportunidade para profundo exame de consciência. Distante dos efeitos da droga ou do elixir, passa a pensar menos friamente e a sentir mais. Medo, saudade, ansiedade, raiva e – principalmente – culpa lhe tiram o sono, o apetite e a paz de espírito.

Uma semana após a prisão, no dia e na hora permitidos, Octávio recebe a visita do advogado.

– E aí, dr. Aronni? Conseguiu o habeas corpus? – pergunta, ansioso.

– Octávio, infelizmente ainda não será possível tirar você daqui. O juiz listou uma série de motivos confusos para segurá-lo aqui dentro. Mas não se preocupe, vou entrar novamente com o pedido, contestando tudo.

Com o passar dos dias, ele começa a enfrentar o revés com uma crescente dignidade. A dor moral torna-se purificadora.

Lembra-se de tudo que fez, e cada lembrança se reflete num sentimento que lhe permite pesar em profundidade, sem escusas ou justificativas. Lembra-se do quanto as pessoas lhe fizeram mal na infância, os amigos, inimigos, professores... Então, pensa no pai, em tudo o que viveu com ele e em tudo o que poderia e queria ter vivido. A dor da perda irreparável, a eterna ausência e seus reflexos, as escolhas erradas, a necessidade de ser mais do que podia ser e o constante sentimento de incompletude que o levaram à grande aventura de se tornar o homem que é, com suas tantas falhas e defeitos.

Na segunda semana, na hora esperada, o advogado não aparece. Octávio recebe apenas uma ligação:

– Bom dia, como vai? O habeas corpus saiu?

– Então, Octávio, olha, o juiz não autorizou. Ele não explicou claramente os motivos, mas não concordou em libertá-lo.

Nos dias de desconforto e solidão, nos quais fala com Martha – poucas vezes, por opção sua –, Octávio se aprofunda nas próprias verdades e culpas. Pensa em Iaúna e na transição de sentimentos em relação a ela. De mulher exemplar, mentora e modelo, para manipuladora maligna. Lembra-se de todas as vezes em que acreditou cegamente nas palavras pérfidas daquela traidora, das sessões com o elixir e do terrível fato de aceitar desde jovem a fonte dos ingredientes principais da beberagem. "Meu Deus, que origem macabra!"

Recorda-se da morte de Cleverson e Joilson, da extração dos seus órgãos, de confundir vingança com justiça, e de como a morte dos dois marginais em nada aliviou o sentimento de perda e a devastadora saudade que sente do pai.

Quando chega a terceira semana, Octávio espera a visita ou, pelo menos, a ligação do dr. Aronni. O carcereiro, então, lhe traz um bilhete:

"Octávio, não se preocupe. Não conseguimos o habeas corpus ainda, mas estou apelando para instâncias superiores. Em breve, nos falamos."

O médico amassa o bilhete e retorna ao seu purgatório pessoal. Reflete sobre as mentiras que contou a Martha, em como se comportou de maneira infantil quando foi traído e em como omitiu verdades quando poderia e deveria ter sido completamente transparente.

Chega, então, à mais importante reflexão da sua vida: a morte da mãe.

A náusea que sente é tão real que o estômago entra em espasmos e contrações violentas. Treme ao se lembrar do amor dela, de toda a vida que ainda teria pela frente, da dolorosa ausência em seu casamento e, principalmente, em todas as verdades que escondeu, chegando a ser mais fiel a uma outra mãe, uma mãe alternativa, falsa, ilusória – a mulher que também enganou Cristina. Octávio imagina a dor e o desespero que Cristina viveu e deduz a decepção que ela teria ao saber que o próprio amado filho provocou a sua morte. O filho que criou com tanto carinho e colocou sempre em primeiro plano.

Nesse momento, encharcado de suor, ele medita, chora, se desespera e suplica a Deus pela chance de ser outra pessoa. Roga pela esperança de despertar mudado, transformado.

"Eu quero ser outra pessoa, mãe! Eu quero mudar, morrer para renascer transformado. Quero ser quem eu quero e não quem os outros desejam que eu seja. Perdão, mãe! Perdão, pai! Perdoem a minha falta de consciência, as minhas decisões errôneas que criaram todo esse pesadelo! Deus, me faça outro!", ora em voz baixa, de joelhos em frente ao colchão da cela.

Assim que se senta na cama, ouve uma voz chamando-o:

– Dr. Octávio?

É o carcereiro da ala exclusiva para detentos do colarinho branco.

– Pois não? – pergunta, levantando-se e indo em direção ao homem.

– É o seguinte: eu queria deixar aqui para o senhor esta cesta. Tome – diz o homem destrancando a cela e entregando a Octávio uma grande cesta de vime, repleta de iguarias.

– Nossa... mas por que isso?

– Hoje é dia 23, doutor. Amanhã já é véspera de Natal e eu não estarei aqui, por isso, comprei essa lembrança para o senhor. Não repare que é coisa simples...

– Mas como assim? Não precisava... muito obrigado... qual é mesmo o seu nome?

– É Salvador.

– Muito obrigado, Salvador. Eu... eu queria carregar o meu celular para ligar para a minha esposa, posso?

– Nem precisa pedir, doutor, um segundo e eu já trago o carregador. Tem uma extensão ali atrás. Sobre o seu habeas corpus, acho que só sairá no ano que vem. Os tribunais estão em recesso.

Octávio concorda com a cabeça. Após carregar a bateria do celular, liga para Martha e, entre lágrimas, diz à esposa tudo que gostaria de ter dito antes. Ela se espanta com a forte carga emocional na voz dele. É uma ligação longa e transformadora. Assim que desligam, telefona para o amigo Oswaldo.

– Que foi, Tavinho? Tá tudo bem? Estão te tratando bem? Eu posso fazer algo?

Octávio deixa claro que não quer pedir nada ao amigo, e sim agradecer e ser verdadeiro. Relembra, com o delegado, passagens importantes da vida dos dois: momentos felizes, infelizes, sublimes e até insignificantes. Ambos riem e choram com as pequenas lembranças e grandes saudades.

Após as ligações, ele se deita, sereno. Passa a antevéspera de Natal em meditação. Sente-se tranquilo, calmo e pleno. De alguma forma, acredita ter pagado, pelo menos, uma pequena parcela dos seus erros. No dia seguinte, desperta e recebe ordem para se vestir.

Próximo ao meio-dia, um homem *surge* na porta da cela.

– Vamos, Octávio. Hora de ir embora! – avisa, com pressa, o dr. Aronni.

Sem entender nada, Octávio pega suas coisas. Um carcereiro destranca a cela.

– O que aconteceu? Você está esbaforido! – diz para o advogado.

– Olha, não sei dizer. O juiz ligou para a minha casa! Ele disse que você não oferece nenhum perigo à sociedade, tem emprego, tem residência fixa, é pessoa pública e tem dado reconhecida contribuição à comunidade científica global. Aqui estão os seus documentos. Deve estar tudo neste envelope. Temos que sair até o meio-dia, do contrário, só no ano que vem!

Octávio acompanha o homem até o portão da carceragem.

– Eu cheguei aqui e não tinha ninguém na entrada, fiquei com medo de não conseguir liberá-lo!

– Sim, mas, no final, deu tudo certo… está tudo certo, né?

– Certíssimo! Notei que você já estava pronto. Me esperava?

– De alguma maneira eu soube que esse exílio havia surtido o efeito que precisava surtir na minha vida. Mas, se não havia ninguém, como conseguiu chegar até a minha cela?

– *Ninguém* é força de expressão – explica. – Ah, isso foi graças a um outro carcereiro, um tal de Salvador. Ele abriu "a porra toda" pra mim.

– Salvador? Tem certeza de que esse é o nome do homem?

– Sim, certeza.

Octávio entra no carro do advogado e, enquanto este manobra, o médico dá uma última olhada para o prédio onde esteve no último mês. O local responsável pela sua transformação. Um grande sentimento de gratidão toma conta do seu coração e, de alguma maneira, ele imagina ganhar um abraço fraterno e ouvir um sussurro sutil: "Feliz Natal, doutor!"

Octávio, então, responde baixinho:

– Feliz Natal, Salvador!

O Delicioso Castigo de Iaruanã

Dezembro de 1981. Na tribo Moxiruna, não há guerreiro mais imponente que Iaruanã. Aos 24 anos, já superou Cauê em tudo, é o mais alto, forte e rápido de toda a aldeia. As índias jovens colecionam histórias, quase todas verídicas, dos mais incríveis feitos do filho do cacique.

Suas habilidades no arco e flecha e na zarabatana são tão superiores às dos demais, que não há competidor à altura. Sua mira é tão precisa que, reza a lenda, já arrancou a argola do nariz de um desafeto com uma flecha lançada a grande distância, enquanto o homem corria à noite na floresta, em meio a uma ventania.

Iaruanã não admite perder em nada na vida e, ao vencer, aprecia humilhar o adversário com a sua superioridade.

Nesta tarde, último dia dos jogos, Iaruanã está se sentindo desconfortável. Cauê, seu oponente de longa data, vem se saindo melhor em certas modalidades. Apesar da rixa desde a infância, houve um breve período em que os dois se entenderam. Cauê, por ser dois anos mais velho que o filho do cacique, ficou incumbido de passar seus conhecimentos de caça e sua avançada experiência de combate. Mesmo contrariado, Iaruanã teve que aceitar as aulas, o que fez com que, por algumas semanas, os dois se relacionassem melhor. Iaruanã se sentiu humilhado em ter que respeitar Cauê e aprender com ele. Este, por sua vez extremamente disciplinado, ensinou tudo o que podia ao irmão de Iaúna.

Nos jogos de solstício, Cauê venceu nas modalidades de corrida com tronco e natação, superando Iaruanã por centímetros. Para toda a aldeia

Moxiruna, tal resultado foi digno de muita comemoração. A cada vitória de Cauê, aplausos eram ouvidos em quase toda a tribo. Os demais competidores, que antes disputavam colocações inferiores, pois sabiam que o lugar mais alto do pódio estava destinado a Iaruanã, perderam o medo de enfrentá-lo – e boa parte do respeito que nutriam pelo filho do cacique. Alguns até zombaram da sua inferioridade ante Cauê.

Hoje serão disputadas provas de luta corporal, arco e flecha e zarabatana, que poderão invadir a madrugada.

O cacique anuncia a disputa do arco e flecha. Os índios se posicionam e, um a um, vão disparando nos alvos fixados a grandes distâncias. A cada rodada, aquele com pior resultado é eliminado e o alvo é colocado um passo mais distante dos arqueiros. Como era de se esperar, Iaruanã e Cauê permanecem até o final, quando o alvo – uma tora de madeira – será substituído por um bambu. A distância é tanta que apenas um indivíduo com visão perfeita consegue enxergar o estreito destino das flechas. Iaruanã atira, certeiro, e fixa seu *projétil* bem no meio do bambu. Cauê, com muito custo, em sua terceira e última tentativa, também consegue. No desempate, Iaruanã, então, quebra o protocolo e, em segundos, dispara três flechas seguidas. Todas acertam o bambu. A tribo aplaude e urra. Cauê, pressionado pelo desempenho do adversário, acaba errando a terceira. Três a dois.

– O vencedor é Iaruanã, da casa do cacique! Vamos agora para a prova da zarabatana!

A cada índio são entregues uma longa zarabatana e cinco dardos com penas coloridas. Cada um tem a sua cor. Então, as índias arrastam até o centro da aldeia fardos grandes, repletos de andorinhas-serradoras da Amazônia. O desafio é alvejar e derrubar o máximo possível delas com os dardos, antes que voem para longe. Com os pássaros no chão, serão contadas as cores dos dardos que os derrubaram. Se mais de um índio acertar a mesma andorinha, a ave será desconsiderada.

Os competidores se reúnem em círculo em torno dos dois fardos. Uma mulher liberta as andorinhas, que imediatamente voam para todos os lados. Cada guerreiro na competição tenta acertá-las, evitando as que já foram feridas. Quando não há mais nenhuma voando nas proximidades, o cacique começa a separar os pequenos animais por cores de dardo. Cauê foi o único que derrubou cinco.

Ele só não foi o grande vencedor porque Iaruanã ainda é insuperável na arma. Com os mesmos cinco dardos, o filho do cacique conseguiu a façanha de derrubar sete pássaros. Três foram mortos com dardos na cabeça e quatro permanecem vivos no chão, presos pela asa em duplas. Assim que o resultado é anunciado, a tribo emudece. Nenhum homem banhado por Guaraci deveria ser capaz de tal façanha.

– Na próxima, meus cinco dardos derrubarão dez! – exclama Iaruanã, quebrando o silêncio.

A contagem de pontos nos jogos do solstício está empatada. Iaruanã e Cauê estão com dois pontos cada, e a decisão será no combate corpo a corpo. Todos se reúnem e traçam o círculo sagrado de luta, no qual a regra é lançar o oponente para fora ou imobilizá-lo no chão.

Cauê e Iaruanã refazem sua pintura de urucum e jenipapo, ajoelham-se perante o cacique e, em seguida, se apresentam no círculo. Ainda que Iaruanã seja mais musculoso, Cauê domina certos truques e conhece o estilo do seu oponente. Quando a luta se inicia, Iaruanã vai com grande velocidade em direção aos ombros de Cauê para empurrá-lo, mas o adversário permanece parado e se abaixa, fazendo com que todo o movimento do índio trabalhe contra ele próprio. Iaruanã perde o equilíbrio, rola por cima de Cauê e quase cai fora do círculo.

A tribo grita. Cauê sorri. Iaruanã se ergue, humilhado, e parte novamente para cima de Cauê, que não tem tempo de desviar.

– Vou acabar com você! – ameaça Iaruanã.

Cauê apenas sorri.

A superioridade física de Iaruanã começa a fazer diferença quando todo o corpo de Cauê se move para trás, apesar de seus pés estarem firmes para manter a base.

– Está vendo? Você não é nada! Eu vou te humilhar! – diz para Cauê, aumentando a velocidade. O índio não retruca e, quando está bem próximo de sair do círculo, lança uma das mãos, agarra a tanga de Iaruanã e ergue o filho do cacique no ar.

– Vencer não é humilhar – diz para Iaruanã, que se debate no ar.

A tribo vibra em êxtase.

Cauê caminha pelo círculo com Iaruanã no alto e se prepara para jogá-lo para fora, mas, nesse instante, o irmão de Iaúna pressiona os polegares nos olhos do seu oponente. A dor faz com que Cauê o solte. O trapaceiro aproveita a cegueira temporária do adversário e passa a estrangulá-lo com força. Está completamente fora de controle.

Por mais que Cauê puxe, com todas as suas energias, os pulsos de Iaruanã, não é possível desgrudar as mãos raivosas da sua traqueia. O ar lhe falta e a oxigenação do cérebro rareia a ponto de ver pontos brilhantes no seu campo de visão. Já não consegue mais lutar e, em questão de segundos, estará morto. A tribo toda grita para que aquilo acabe, mas somente o cacique tem autorização divina para invadir o círculo. O líder da tribo corre até o filho e o esbofeteia, derrubando-o.

Cauê tosse e arfa, sem forças para se erguer.

– Ele ia me humilhar, pai! – grita Iaruanã.

– Você mesmo se humilhou. Não há vergonha na derrota. Nós somos Moxiruna, os escolhidos dos deuses. Nunca atacamos, apenas nos defendemos. Somos como a água que escorre e não como a pedra que fere, mas parece que você se esqueceu disso, filho. Levante-se agora!

Os Moxiruna fecham o círculo e se aproximam dos três. Iaruanã obedece e fica em pé diante dele. Cauê é amparado para conseguir se recompor e também se posicionar diante dos demais.

– O Grande Guerreiro desses jogos de solstício é Cauê, dos tecelões de rede! Saúde e glória para Cauê! – grita o cacique.

– Saúde e glória! – gritam todos, erguendo lanças, arcos e punhos.

O cacique se volta para o filho:

– E você, Iaruanã, envergonhou a si mesmo, sua irmã, seus pais e toda a tribo. Se não fosse impedido, mataria um dos nossos, e esse seria o maior dos crimes. Conforme rezam as nossas leis, o ofendido pode escolher um dos três castigos lunares: detenção nas celas por uma lua, prisão na taba da noite eterna por uma lua ou isolamento da tribo por três ciclos lunares. Decida agora, Cauê.

A detenção nas celas é péssima, humilhante, mas ainda ocorre dentro da aldeia. O prisioneiro recebe comida e água, permanece preso por uma semana e logo é libertado. Seus pecados serão esquecidos. A prisão na taba da noite eterna por uma lua é o equivalente a uma solitária. Comida e água são fornecidas, mas o prisioneiro fica isolado numa cela completamente escura, apertada e claustrofóbica durante uma semana. O isolamento por três ciclos é o pior de todos e reservado apenas a grandes crimes, pois ao castigado é imposta a expulsão temporária da tribo, não podendo ter contato de nenhuma espécie com um Moxiruna, nem receber comida, água ou visitas. O distanciamento é demarcado por pontos da floresta que asseguram total afastamento. É lícito, inclusive, alvejar o condenado, caso ultrapasse a linha de demarcação, ou o membro da tribo que auxilie o desafortunado. Esta terceira modalidade de punição raramente é aplicada, dada a fraternidade e compreensão que os Moxiruna têm pelos seus, porém, Cauê não hesita em chocar o cacique e toda a tribo ao exercer seu direito de juiz e bradar com o volume máximo que a sua garganta ferida pode alcançar:

– ISOLAMENTO!!!

A tribo se cala em choque. O próprio cacique se surpreende, enquanto Iaruanã aperta os olhos com ódio ao ouvir a sentença. Imediatamente, Iaúna e sua mãe correm e abraçam Iaruanã:

– Não, não, por favor, não vá! Por favor, Cauê. – A irmã chora, abraçando o condenado.

Mulheres retiram Iaúna e a esposa do cacique dos braços do índio, que caminha lenta e pesadamente. Sabendo que o efeito da pena é imediato, inicia sua marcha para a floresta. Os demais membros da aldeia abrem caminho e baixam os olhos, evitando o rosto de Iaruanã, como exige o costume tribal. Há evidente raiva no condenado, mas é possível notar tristeza e pesar no seu olhar, como uma criança punida que aceita seu castigo porque sabe que fez por merecê-lo. Também há uma expressão que diz "o pior está por vir, vou sofrer" no seu rosto e postura. Os ombros altivos caem, os braços parecem pesar e os pés se arrastam. Iaruanã sai dos limites da grande aldeia Moxiruna sob o olhar de todos, que lamentam pelo destino ruim a que o destempero do guerreiro o conduziu.

Assim que sai da vista dos companheiros da tribo, Iaruanã passa a correr e saltar, aumentando a velocidade à medida que se afasta. "Preciso chegar... preciso chegar", pensa, desviando de troncos, galhos, buracos e rochas com grande habilidade. Como se os jogos, a rivalidade com Cauê e a própria punição fossem gradativamente deixadas para trás, para uma outra vida. O filho do cacique entra numa pequena gruta. Lá, retira uma pedra da entrada de um buraco que abriga um baú. Puxa a grande e pesada caixa e a abre, pegando tudo o que precisa para os próximos dias de punição.

"Preciso chegar, preciso...", pensa novamente, não completando a frase, apenas realizando ações mecânicas. No escuro, tateia o conteúdo do baú: botas de couro, meias grossas de algodão, calça surrada de brim, camisa de linho marrom-claro e um chapéu de feltro cor de café. Ele veste tudo rapidamente. Do fundo, retira óculos escuros, que são pendurados na camisa semiaberta, um isqueiro com meia carga, um maço de Marlboro e um cantil de bolso cheio de cachaça.

Dando um grande e único gole, ele esvazia o cantil, que coloca no bolso de trás. Acende um cigarro, guarda o maço e o isqueiro nos outros bolsos e sai da gruta correndo. Cem metros à frente, vê as luzes do acampamento e, só então, conclui o pensamento:

"Preciso chegar, preciso chegar antes que a festa de hoje comece. Quero duas brancas só para mim."

– Carlos! Há quanto tempo... – grita um garimpeiro, assim que vê Iaruanã se aproximando.

– Não faz tanto tempo assim, meu amigo. Onde está o Elvis? – pergunta, em ótimo português. Nos últimos anos, Iaruanã conviveu com aqueles homens e absorveu com maestria não só o idioma, mas todos os costumes, sobretudo os piores. Conquistou a todos com a sua inteligência, imponência, falsidade e disposição para ações destrutivas. É popular e querido. E mais: é ouvido e respeitado.

Iaruanã, ou Carlos, caminha até a barraca de Elvis. Seu grande amigo e mentor o recebe com um abraço.

– Carlinhos! Vem cá!

– Elvis, você já pode me chamar de Iaruanã. Você é o único branco que sabe o meu nome verdadeiro, conhece o meu passado e tem certeza da existência da minha tribo. Sem segredos entre nós dois, ok?

Elvis pega uma garrafa de cachaça pela metade e dois copos encardidos. Coloca-os sobre um caixote e aponta um banquinho para Iaruanã.

– Tá bom, tá bom. Então, você me chama de Rodrigues. Já tô velho e barrigudo demais pra ser chamado de Elvis.

Os amigos brindam e se abraçam novamente.

– Onde está a carne? – grita Iaruanã, saindo da barraca.

Ao fundo, vê garimpeiros trazendo sacos de carvão e um engradado de Coca-Cola.

– Calma, índio. Hoje a farra vai ser longa, e vai ter muita carne pra você! – exclama um deles.

– Eu não estava falando dessa carne – brinca Carlos, em perfeita sincronia com o jipe que encosta, abarrotado de garotas da cidade vizinha.

Por sua compleição exótica e máscula, e pela "lenda" que corre na região sobre o tamanho do seu sexo, Iaruanã faz sucesso com as mulheres brancas que se acotovelam pela companhia do índio. Um garimpeiro liga, em volume máximo, as caixas de som de um aparelho caindo aos pedaços. O acampamento, no meio da floresta, se torna uma grande festa.

– Obrigado pelo castigo, Cauê! – grita em idioma Moxiruna. Todos riem e erguem seus copos, sem entender.

Aquelas são duas semanas inesquecíveis para Iaruanã. Semanas de profunda diversão e vícios. No dia de retornar, o índio comunica a Rodrigues, de pé na entrada da cabana:

– Eu estou voltando para a tribo. Apareço por aqui de volta em alguns dias, está bem?

Rodrigues sinaliza para que o amigo entre e, em seguida, explica:

– Nós vamos ficar algum tempo sem nos vermos.

– Por quê? – pergunta Iaruanã, surpreso.

– É o seguinte, lembra daquele trabalho no Rio de Janeiro? Que eu te contei sobre o...

– O roubo?

– Isso. O assalto. Eu e mais alguns caras já esquematizamos tudo, mas vai demorar um tempo ainda pra colocar em prática todo o plano. Parece que mais de dois anos.

– Tudo isso?

– Sim. Por isso, toma aqui... – diz Rodrigues, entregando um envelope a Iaruanã.

– O que tem...?

– Muito dinheiro e documentos. Oficialmente, agora você é um Rodrigues.

– Um Ro...

– A gente é parente agora. Não é filho, nada disso... Quero dizer, pra mim, você é, sim, um filho. Só que te adotar seria muito difícil porque eu precisaria falsificar mais documentos do que falsifiquei pra conseguir estes que estou te dando. Com isso, você é alguém no mundo dos brancos. Você é Carlos Rodrigues. Tem direito de parte da sociedade desse garimpo e pode começar a vida na cidade como quiser.

– Elvis, você... você... Muito obrigado!

– Fique de olho no Malta. Jamais faça acordo com ele. O cara não presta. Ele vai ser seu sócio aqui no garimpo, mas nunca gostou de você. Ele não é do tipo que cumpre o que promete. Fica de olho nos puxa-sacos dele, o Ramiro e o Claudio principalmente. Não esquece!

Essa foi a última vez que os dois se viram. Rodrigues viajou para o Rio de Janeiro naquela semana. Foi o mentor intelectual de um grande assalto a banco com mais nove envolvidos. Semanas após o crime, o mentor e amigo de Iaruanã se meteu numa briga num restaurante e levou uma facada no pescoço. Morreu em segundos. Algumas testemunhas disseram que, enquanto morria, sussurrou palavras sem sentido ou que talvez fossem em tupi-guarani.

Iaruanã soube da morte por um dos caras do garimpo e, no dia, ergueu um brinde ao *pài*, rogando aos deuses que o recebessem com festa, bebidas, carne e mulheres – era disso que ele gostava...

A Misteriosa Mulher Solitária

No bairro de Higienópolis, em São Paulo, Natal de 2017, uma mulher se encontra numa pequena casa alugada. É um imóvel luxuoso, finamente decorado com móveis modernos e obras de arte caras com as quais interage, mas, para ela, trata-se de uma prisão, um cárcere, um isolamento compulsório.

Virada para uma parede, ela chora compulsivamente com as mãos no rosto.

O espaço de oitenta metros quadrados tem banheiro, sala, uma pequena cozinha e apenas uma suíte. As paredes são revestidas por um papel de parede floral delicado em tons pastel. Tudo é muito bem iluminado por relaxantes lâmpadas de intensidade regulável.

Na parede da sala, uma smartTV de 55 polegadas permite acessar todos os conteúdos de maior sucesso do momento. Ligada à internet pela conexão mais rápida oferecida no mercado, é possível navegar pela rede usando teclado e mouse sem fios. Um soundbar de última geração proporciona a ela uma experiência sonora espetacular, um verdadeiro cinema em casa, tudo isso de frente para um grande e confortável sofá extensível.

O banheiro da suíte tem uma superducha moderna, uma Jacuzzi e toda sorte de xampus, sabonetes, esfoliantes, além de uma infinidade de cremes para cada parte do corpo, pomadas para queimadura, esponjas e sais de banho.

Na cozinha, além da pia dupla com misturador importado, um moderno cooktop por indução sobre o melhor e mais caro forno elétrico, ladeado por um micro-ondas embutido e uma geladeira inox. Tanto esta quanto o armário da despensa são semanalmente abastecidos com toda sorte de alimentos e bebidas saudáveis. A fartura e o colorido encantam os olhos de quem abre e se depara com a variedade e a quantidade de produtos.

A limpeza e a arrumação do espaço são realizadas por uma faxineira que, duas vezes por semana, higieniza minuciosamente o ambiente, recolhe roupas usadas e as devolve lavadas e passadas. A mesma profissional também é responsável pelas compras de mantimentos especiais e remédios, para que nada falte à preciosa hóspede. Pães e doces são entregues pela manhã, às sextas, por uma outra pessoa, funcionária de uma delicatéssen próxima.

Dentre todos os ambientes da casa, o preferido pela moradora é o quarto, onde uma cama queen com colchão antialérgico e lençol de cetim egípcio está próxima de um closet de tamanho médio, com roupas de grife muito confortáveis. Próxima ao closet está a penteadeira, clássica, usada pela moradora para se compor e, caso tenha coragem e ânimo, olhar-se no espelho.

Sentada na banqueta da penteadeira, voltada para a parede, a mulher se esvai em lágrimas. Dentre soluços e arfadas de ar, pergunta-se "Por que ele não vem? Por que não me tira dessa solidão?".

Levanta-se com raiva e, ao caminhar até a cama, tropeça nas próprias pantufas, torce o tornozelo e cai estatelada. A longa cabeleira abre-se em um leque negro e brilhante, enquanto urra de dor e decide não se levantar. Não tem mais vontade.

"Não aguento mais me esconder! Não aguento mais! Já passou tempo demais..."

Senta-se com muito custo, escorando-se na cama. Toda aquela estrutura é o disfarce para uma prisão. Não está feliz desde que foi encarcerada nessa gaiola dourada. Pondera sobre suicídio, mas falta-lhe coragem. Deseja algum remédio, alguma droga que a desligue da realidade e a mergulhe na escuridão sem memória, sem a falta de felicidade, amor, carinho, presença, amizade, toque...

– Eu existo! Eu sou alguém! Eu sou um ser vivo! – grita para as paredes, querendo se convencer de que tem importância.

Lembra-se de seu grande amor incondicional, da vida que teve em família, das pessoas que a acolheram e dos seus antigos pertences: a casa, a picape que apreciava dirigir e lhe trazia independência, o jardim, os pequenos bibelôs, as ervas, enfim, tudo que fazia parte da sua existência pretérita.

"Dona Cristina, perdão!", implora em pensamento à benfeitora, mulher que lhe estendeu a mão na floresta e que ela viu ficar viúva.

A perda da liberdade para quem nasceu livre, numa floresta, é sentida com grande desespero. Chega a ser uma dor física. A mulher questiona por que foi dar ouvidos ao irmão. Por que o deixou agir. Lembra-se das cenas terríveis que provocou, do sofrimento da esposa e do filho, com a morte do dr. Octávio Albuquerque. "Se essas tragédias não tivessem acontecido, eu não estaria aqui. Jamais quis a morte do pai do amor da minha vida! Como fui aceitar calada que o marido de quem me resgatou da floresta morresse?", questiona-se aos prantos.

A mulher está fragilizada. Sentada no chão, continua chorando, soluça e treme. Olhos perdidos, agora fitando o teto. Seu rosto e toda a metade direita do seu corpo: pescoço, tronco, braço, mão, perna e pé, estão enrugados, queimados... A juventude absorvida do elixir já não faz mais diferença alguma. Uma pequena cavidade na lateral direita do rosto expõe parte da arcada dentária, uma banda do couro cabeludo já não tem mais nenhum fio de cabelo.

Está presa no paraíso, isolada do mundo, escondida. Ninguém pode saber que ela está viva. Para o mundo, está morta. Para o irmão, protegida de gente que planejou matá-la. Por que ele a salvou? Interesse ou amor fraternal? Já não tem certeza. "Quero sair daqui! Preciso! Mas... ele não me permite fazer uma cirurgia plástica para que eu não saia daqui e o exponha! O homem que me desgraçou e também a toda família Albuquerque me quer na prisão, para eu não oferecer ameaça a seus planos sórdidos. Ele me quer no cárcere, desgraçado! Me manipula, como sempre, me quer afastada de tudo e todos!"

Então, com toda a força dos pulmões que, faz algum tempo, teimam em respirar a fumaça densa do incêndio, ela grita sem medo de ser ouvida pelos vizinhos:

– IARUANÃÃÃÃÃ!

Em seguida, desmaia de cansaço e dor.

A Visão de Martha

Janeiro de 2018, bairro de Higienópolis, primeiras horas da manhã. Martha dirige seu carro enquanto fala com o marido pelo viva-voz do veículo:

– Nem vi você sair, querida.

– É que hoje é aniversário de uma das sócias do escritório, e combinamos fazer um café da manhã surpresa. Todos vão levar alguma coisa. Vou ver se paro numa padaria para comprar uns petiscos.

A real vontade de Martha ainda é perguntar "Por quê?", mas se segura. O relacionamento vem retornando, lentamente, ao normal. O choque de Martha ao descobrir a mentira – e as sujeiras – de Octávio abalou profundamente a confiança do casal, mas o mês que ele passou na prisão parece estar curando a relação e mostrou a ambos que existem problemas maiores e mais difíceis de serem superados. Aos poucos, Martha e Octávio estão retomando o diálogo, a compreensão e o apoio mútuos. Neste escaldante fim de janeiro, Octávio tem evitado ao máximo se expor, em razão do assédio midiático.

Assim que a ligação se encerra, Martha vê, logo à frente, sua delicatéssen favorita sendo aberta, com vagas de estacionamento e mesas na área externa. "Pela hora, deve estar tudo fresquinho."

A vitrine do estabelecimento é rica em guloseimas de fazer qualquer um comprar muito mais do que deseja ou precisa. Martha sinaliza para um atendente:

– Por favor, me vê quinhentos gramas de pão de queijo, dez de cada tipo dessas carolinas e dez destes... não, daqueles minicroissants ali. Ah, prepara tudo bem bonito, viu. Bem embaladinho!

O rapaz sorri, nota o pedido e corre para montar as bandejas, enquanto Martha caminha lentamente pelo lugar. Há uma TV ligada. Na Globo.

Nota, no canto de um balcão, uma mulher tomando café com leite e comendo um pastel de nata. A figura destoa demais do ambiente. É sinistra, tem o rosto parcialmente coberto pelos cabelos e usa apenas a mão esquerda para se servir. Antes, porém, que desvie o olhar, um brilho verde vindo do pescoço da mulher chama a sua atenção. Martha aperta os olhos e dá a volta no balcão, para se posicionar de frente para a estranha. Não é possível ver seu rosto, encoberto pelos cabelos, mas nenhuma barreira capilar seria densa o bastante para ocultar o colar que ostenta.

"Meu Deus! Eu já vi essa esmeralda antes! Onde foi?" Sem notar Martha, a estranha se levanta e vai para a fila do caixa. Ao apoiar-se no balcão, a misteriosa figura pousa a mão direita – até então oculta – no móvel e expõe o membro com cicatrizes típicas de queimadura. Martha se assusta.

– Moça, aqui está o seu pedido – diz o atendente, entregando duas sacolas plásticas cheias para Martha, que retorna à realidade.

– Ah, sim... obrigada.

– Aqui a sua comanda. É só pagar ali no caixa. Espero que faça sucesso, tá tudo bem fresquinho. Tenha um ótimo dia. Muito obrigado!

Martha agradece a gentileza e segue para a fila onde a estranha já está pagando. As roupas negras, o cabelo e o colar imediatamente a remetem ao cemitério.

"O enterro! Foi lá! Meu Deus, foi no enterro da dona Cristina e da dona... Iaúna." Só de pensar no nome da índia falecida, Martha já rememora seu biotipo, traços, trejeitos... "Deus do céu, não pode ser!", pensa horrorizada.

Vê-se também entrando na igreja no dia do seu casamento. "A beata de véu negro... mesma altura... colar."

– Não precisa vir até aqui. É só telefonar que nós levamos pra senhora, como sempre, tá? – diz a simpática funcionária do caixa, entregando o troco para a mulher.

– Eu sei, mas é que sinto necessidade de sair, senão vou enlouquecer. Muito obrigada, viu, minha querida...

– Socorro, mas pode me chamar de Sô.

Flashes invadem violentamente a memória superestimulada de Martha. Cenas de Iaúna servindo lanche para a turma toda da escola na casa de Tavinho, de Iaúna a manipulando para trair o amor da sua vida... Essas imagens vêm à tona como um bisturi gelado cortando a testa. O choque é tamanho que derruba as sacolas e se desequilibra, escorando-se numa banqueta. Funcionários ao redor a amparam, e todos olham para ela, inclusive a estranha que – no mesmo instante – é encarada por Martha. Os olhares se cruzam. A esposa de Octávio vê o rosto parcialmente desfigurado e deformado.

– Do... dona... I... a...

A estranha sai rapidamente. Martha respira fundo e se apruma, recobrando as forças. Ignorando a presença de outras pessoas à sua frente na fila, pega as sacolas do chão e coloca duas notas de cem reais junto da sua comanda no balcão do caixa.

– Fique com o troco!

Martha corre para a rua com o coração acelerado. A vertigem de segundos atrás foi completamente superada e transformada em desejo de entender, compreender e desvendar. Olha para os lados e vê, numa esquina próxima, a estranha em passos acelerados. Cogita segui-la de carro, mas abstém-se da ideia e retorna à delicatéssen onde alguns clientes ainda a observam.

– Moça, você pode guardar essas sacolas por alguns minutos? – pede a Socorro, que nem chega a responder.

A esposa de Octávio corre para a esquina, no intuito de alcançar a estranha, e consegue vê-la atravessando uma viela e, novamente, dobrando um quarteirão. Martha acelera, mas, quando vira a rua, já não consegue mais definir o paradeiro da mulher.

– Droga! – exclama, arfando.

Retorna ao estabelecimento para buscar suas compras. A caixa, assustada com o comportamento de Martha, lhe entrega as duas sacolas recheadas de gostosuras e o troco. Martha devolve o troco à moça:

– Pode ficar. Só me diz onde mora aquela senhora que estava aqui...

– Que senhora?

– Impossível você não saber de quem estou falando. Aquela senhora de preto, com um colarzão de esmeralda... Aquela toda machucada...

– A dona Irene?

– Irene? É esse o nome que ela deu?

Socorro, visivelmente constrangida, aproveita que não há clientes na fila e confidencia:

– O nome dela é Irene, bom, pelo menos é o que dizem. Sei que ela é rica porque temos ordens de levar na casa dela tudo do bom e do melhor.

– Certo e... onde mora a dona Irene? Pode me dizer? Na verdade, eu sei que rua é. Eu a vi virando lá, mas não consegui ver em qual casa ela entrou. Tenho que falar com ela, por favor!

– Bom, eu sou nova aqui e... só não quero rolo pro meu lado, tá? É só ir ao número vinte e dois, uma casa amarela, meio antiga, com cara de abandonada, muro baixo e portão de madeira. Semana passada eu mesma levei uns doces lá, o rapaz da entrega faltou e eu...

Martha a interrompe com um agradecimento, entra no carro e segue pelo caminho. Reflete se deve ligar para Octávio, mas desiste. Precisa ter certeza, antes de ser tachada de maluca. Será mesmo possível? Não está ficando louca ou sofrendo algum efeito colateral tardio da droga?

Estacionada exatamente em frente, porém do outro lado da estreita rua, observa a casa número vinte e dois. O delicioso aroma de bolo de fubá torna aquele refúgio improvisado ainda mais sinistro. Durante uns vinte minutos, Martha nada presencia de extraordinário. Colegas do trabalho mandam mensagens buscando seu paradeiro, mas recebem a resposta padrão "Já estou chegando".

Quando pensa em desistir... Martha vê a porta da casinha se abrir e a mulher sair para o quintal. Veste uma espécie de pijama largo e confortável, não usa mais o colar, porém seu rosto continua encoberto pela cabeleira que só existe na metade não queimada da cabeça.

"É ela! Só pode ser, meu Deus! Não acredito, é ela!", conclui.

A mulher se agacha num pequeno pedaço de terra e, com uma colher de jardinagem, remexe o solo. Está indecisa, como se fizesse aquilo por fazer, sem convicção, apenas para retomar um velho hábito. Certa de sua conclusão, Martha liga o carro. O som do motor chama a atenção da estranha, que ergue o rosto completamente.

Os dois olhares novamente se cruzam. Desta vez, não há dúvidas.

"É a dona Iaúna! Ela está viva!"

"É a Martha! Ela me viu!"

Ambas fogem. Iaúna para dentro de casa e Martha pela rua, de carro.

"É ela! Caramba! Ninguém vai acreditar! A gente enterrou ela... Tinha corpo, tinha tudo! Pensa, Martha, pensa! Eu sabia! Eu sabia!"

"Droga, droga, ela me viu! Fui descoberta! Ela vai contar para todo mundo! Pelos deuses, preciso sumir, meu irmão tem que me ajudar!"

Martha entra na contramão numa rua pequena, comete algumas infrações de trânsito, desobedece a alguns semáforos, mas segue para casa. No caminho, manda uma mensagem de áudio para a melhor amiga do trabalho informando que está com muita cólica e que não poderá mais ir para o escritório.

Iaúna corre para o quarto e se senta em frente à penteadeira. Calcula quanto tempo levará até a polícia, jornalistas, Octávio e todos chegarem. Quando pensa em Octávio, a índia para e se emociona. Puxa o ar de modo a atenuar a angústia que sente. Jamais lhe desejou mal. Amou aquela criança e ama aquele homem e a toda a sua família. Volta rapidamente ao presente.

"Meu irmão tem que me tirar daqui! Pelos deuses!"

A Escalada de Iaruanã

Ano de 1982. A tribo Moxiruna é dizimada e Iaruanã obrigado a se separar da irmã. Seus perseguidores são despistados ao longo do rio e o índio, agora, precisa se recompor. Entre os homens que estão atrás dele, Iaruanã reconhece companheiros do acampamento de Elvis, além de outros homens. Quem são? Há grandes indícios de traição que deverão ser minuciosamente confirmados. Neste momento, só pensa em sobreviver. Não vai em busca de assentamentos ou centros de ajuda para índios desgarrados de suas tribos. Sabe que pode e merece muito mais.

Apegado a um profundo sentimento de vingança, caminha pela floresta até chegar a um vilarejo. Mesmo exausto, não se revela de imediato. Inicialmente, observa de longe, atrás das árvores, para entender os cenários e o papel de cada morador do local. Identifica líderes, preguiçosos, puxa-sacos, invejosos, grupelhos e pequenas alianças. Dois dias após dormir nas cercanias e se alimentar do que encontrou de caça pela região, Iaruanã decide ir ao encontro dos brancos.

Chega de mãos abertas, desarmadas, apenas com uma sacola com a alça atravessada no torso. Logo é cercado pelos homens de defesa da pequena vila, daquele povoado distante uns cem quilômetros de Altamira, que esconde, por trás da boa convivência dos integrantes, o medo e certas atividades ilegais.

– Alto lá, índio. O que quer? – grita um homem com uma espingarda.

– Bom dia. Meu nome é Carlos.

– Carlos? Isso lá é nome de índio?

– Eu... eu nasci índio, mas já trabalho há muito tempo na cidade.

– É mesmo? Então por que ainda anda quase pelado?

Iaruanã espera mais alguns segundos, para que mais gente se aproxime e, então, finge um desmaio para não ter que falar com homens "pequenos".

"Distancie-se dos porcos e se aproxime do dono da porcada", pensa.

Mais e mais pessoas se aproximam, até que o líder do vilarejo, avisado por um garoto, aparece.

– O que tá acontecendo aqui? Quem é esse sujeito? – pergunta.

Antes que alguém responda, Iaruanã finge despertar.

– Oi... olá... bom dia. Meu nome é Carlos e eu era segurança de uns estrangeiros, mas fomos atacados por...

– Segurança? Então não fez bem o seu trabalho – comenta o líder, dando a mão para que Iaruanã se levante.

– Obrigado. Eram... eram muitos índios!

– De que tribo? Sabe dizer? Vivemos pacificamente com todos em volta.

– Olha, vou dizer, mas o senhor não vai acreditar. Veja...

Iaruanã tira da sacola uma ponta de flecha de madeira e mostra ao grupo. As pessoas se espantam.

– Nunca vi esse tipo de flecha – diz o líder. – Chamem o velho Bira!

Rapidamente, os meninos vão para o fundo do vilarejo. Enquanto isso, o grupo conduz Iaruanã até uma espécie de mercearia.

– Sente-se aí. Alguém dá uma água pro infeliz! – grita o líder.

Cinco minutos depois, um índio em idade avançada, com o rosto enrugado, porém forte e altivo, se aproxima fumando um cachimbo.

– Me chamou, Zé?

– Chamei, Bira. Olha, o Carlos aqui disse que foi atacado por índios. Ele disse que nem quer falar o nome da tribo porque a gente não vai acreditar. Já viu isso?

Zé, o líder do vilarejo, mostra a ponta de flecha que Iaruanã lhe deu. Bira pega a peça e a observa, para, em seguida, se desesperar:

– Puta que me pariu! Isso aí é Moxiruna! Recolhe o vilarejo, Zé, e dá ordem pra todo mundo ir pra capital! Se ele foi seguido, a gente tá fodido, sério!

Iaruanã se levanta. Todos observam a altura e o físico do índio que, por sorte ou azar, sente que a sua encenação está indo melhor do que imaginava.

– Meu nome é Carlos Rodrigues, sr. Zé. Eu sou descendente de índio, mas já moro na cidade há bastante tempo. Sou guia e segurança de gente importante, de turistas que aparecem vez por outra em Altamira. Aconteceu que um grupo de gringo quis avançar na mata e nós fomos atacados por uns dez... todos cobertos de urucum dos pés à cabeça.

– Eu sabia! Não falei? Moxiruna! Eles vão matar a gente! – grita Bira, enlouquecido.

– Não vão, não, sr. Bira. Eu... eu lutei com todos eles, mas não deu tempo de salvar os gringos. Isso foi a muitos quilômetros daqui. Vim nadando para não deixar rastro. Os índios vão achar que ninguém sobreviveu. Dizem que os Moxiruna não costumam vir tão longe da tribo deles... Bom... é o que contam sobre esse tal povo.

Zé olha admirado para Iaruanã e pergunta:

– Você... você sozinho encarou dez desses tais...

– Mentira! – intervém Bira. – Bastam três Moxiruna pra dar conta desse vilarejo inteiro. Eu nunca vi um Moxiruna em todos esses anos, só ouvi falar, mas as histórias são terríveis! Quando se pintam, então, até o Satanás bota o rabo entre as pernas!

– Eu também nunca tinha visto um, sr. Zé e seu Bira. As lendas que eu ouvi são da minha época de garoto e, se são verdadeiras, eles só atacaram a gente porque se sentiram ameaçados. Eles nunca atacam, só se defendem. Podem ficar tranquilos que eles não virão aqui.

– É verdade. Disso ele tem razão – concorda Bira, virando-se de costas e pedindo uma pinga para o homem da vendinha.

Zé rodeia Iaruanã e o observa dos pés à cabeça.

– Essa história tá é mal contada, né não, Bira. Por ora, eu vou fingir que acreditei em você, rapaz.

– Eu juro por Deus, senhor – promete Iaruanã.

– Quer dizer que o fortão aí era guarda-costas de gringo e botou dez Moxiruna pra correr? Me engana que eu gosto – diz Bira.

– Sim, senhor! Só que eles eram meus patrões, agora não tenho nem onde ficar e nem dinheiro. Sou excelente segurança. Atiro melhor que qualquer homem, quase não durmo e aprendo rápido, sr. Zé. Eu... eu não poderia ficar aqui por uns dois ou três dias? Só para eu me recuperar. Veja, senhor, estou desarmado e só peço um abrigo!

– Mas você deixou os índios matarem os teus patrões, seu porra! Como você quer que eu te deixe ficar? Que bosta de segurança é você?

– Sr. Zé, olha só: eu sempre avisei que eles não podiam se afastar de mim, mas eles foram burros. Eles se meteram na mata sem me avisar. Quando eu comecei a ouvir os gritos, corri pra defender. Cheguei, e eles já estavam mortos! Eu não podia fazer mais nada! E aí é que eu entrei numa fria porque tive que me defender de todos os dez Moxiruna. Não foi brincadeira, foi feia a coisa.

– Se eu descobrir que é mentira, índio, te esfolo vivo.

– Olha, se o senhor quiser, eu mostro os meus dons, minha agilidade em luta e minha pontaria. Posso fazer um teste se o senhor quiser! Só me deixa descansar um pouco e me alimentar.

– Tá bom, rapaz... Carlos, né? Eu faço muitos trabalhos por fora, aqui do vilarejo. Se você quiser, pode ficar e trabalhar pra mim, o que acha? Apenas como teste!

Iaruanã finge espanto, mas já havia deduzido essa possibilidade. Sabe que o levarão até aquele primeiro empório e que, se ele tentar algo hostil, será rapidamente executado ali mesmo. Também tem certeza de que quanto mais inocente e eficaz parecer, mais confiança ganhará do homem que manda na vila.

O vilarejo tem cerca de oitenta famílias, umas cinquenta a sessenta casas, sendo, portanto, o embrião de uma cidade. Zé é o prefeito, o xerife, o juiz, o júri e o carrasco. A maioria dos homens trabalha nas madeireiras da região de Altamira, algumas ilegais e outras também. A esses homens só aparecem atividades ilícitas, de toda ordem. Aos poucos, comércios e serviços surgem por lá, e todos, sem exceção, pagam aluguel ao Zé, que mantém por volta de vinte jagunços fortemente armados cuidando da segurança – e evitando motins – na região.

Iaruanã pode ser o capanga dos sonhos de todo líder criminoso: é fiel, rápido, eficaz, quieto, obediente, não questiona, não faz exigências, aceita as condições que lhe dão sem demonstrar ganância. O índio consegue, com o passar das semanas, ganhar a confiança plena de quase todos os moradores. Ele parece estar em todos os lugares ao mesmo tempo, não dorme, antevê crises e as resolve de maneira efetiva. O que a gente do povoado não sabe é que, na verdade, algumas das crises foram fabricadas por ele mesmo, para então "vender" a solução.

Quando duas onças famintas invadiram o vilarejo em plena madrugada de festa e devoraram os dois sentinelas do turno, foi Iaruanã quem as matou na frente de todos, antes que uma delas atacasse a esposa do Zé. Ninguém desconfiou que Iaruanã havia capturado e mantido os animais em privação de comida por dias e sabotado as espingardas dos pobres coitados. O fato tornou Iaruanã o segurança pessoal do Zé e sua família, para inveja do Capitão Tico, segundo em comando na hierarquia.

Com a ascensão de Iaruanã, Tico passou a vigiá-lo e investigá-lo junto com o velho índio Bira.

– Aí, índio, você nunca falou de qual etnia é – comenta Tico, abordando Iaruanã, que está montando guarda na porta da casa do Zé.

Tico é ruivo como a chama de uma fogueira, e sua pele branca vive manchada e queimada pelo forte sol da região.

– Ianomâmi, Capitão Tico.

– Ianomâmi é bem genérico, não acha? Tem vinte mil Ianomâmis entre o Brasil e a Venezuela.

– Desgarrei muito cedo, não saberia dizer.

– Estou de olho em você, índio!

Toda vez que sai, Zé pede a companhia de dois ou três seguranças, sendo que, com o destaque de Iaruanã, insiste para que ele o acompanhe. Assim, o índio começa a conhecer e entender dos negócios do líder.

Zé trabalha para uma organização criminosa que controla grande parte da exploração ilegal de madeira no Pará. É um dos responsáveis por uma das regiões de operação do grupo, encabeçado por um líder conhecido como O PATRÃO. Iaruanã, nas viagens com Zé, vê mulheres, casas, jatos e carros diferentes daqueles com os quais está acostumado. É um mundo sedutor, farto de prazeres. "Quero isso pra mim e muito mais; antes, porém, preciso aprender os detalhes, aí então, tudo vai ser meu. Um dia, isso tudo vai ser meu..."

Como dois dos seguranças "sumiram" certa noite, Iaruanã pede a Zé para selecionar e treinar novos homens. Assim que recebe a permissão, o índio escolhe cinco rapazes revoltados, insatisfeitos e ambiciosos, cheios de energia, manipuláveis e descontentes com o tédio daquele vilarejo e com a liderança do Zé. Espertamente, Iaruanã forma uma embrionária milícia paralela, forte e fiel ao *seu* comando.

– Você treinou cinco e não dois! – espanta-se Zé.

– Achei que o senhor ficaria satisfeito, sr. Zé. Esses aí são como eu. Vão aonde *o senhor* mandar – diz, elogiando seus próprios capatazes e, ao mesmo tempo, criticando os homens do Capitão Tico.

Com tempo e poder de observação, Iaruanã nota que Tico está tendo um caso com uma adolescente de seus treze, quinze anos no máximo, filha de um dos *seus* seguranças. Espertamente, arma um flagrante, desencadeando uma briga que toma proporções de guerra no vilarejo. Tico e quatro aliados acabam trocando tiros contra o segurança e dois parças que foram em sua defesa. Iaruanã e três de seus capatazes, propositalmente, não se envolvem. Tico sobrevive, matando o pai da menina, o preferido de Iaruanã, e obriga os demais a fugirem do vilarejo.

A defasagem da segurança é uma oportunidade para Iaruanã recrutar e treinar novos homens de confiança. Como fez antes, seleciona mais pessoas. Seis novos soldados ao seu comando. Assim, o pequeno exército de Iaruanã já se aproxima de uma dúzia de milicianos.

Zé repreende Tico pela conduta com a menor e pelo conflito dentro da vila.

– A garota vivia me querendo, Zé! Fazer o quê?! – comenta Tico em meio a risadas dos demais.

– Calem a boca e parem de rir, seus merdas! Não quero ver essa putaria acontecer no vilarejo, seu bando de papa-anjo filhos da puta desgraçados. Seus bundas sujas! Amanhã são vocês a terem a cria exposta, e aí eu quero ver. Respeitem as crianças, seus putos do caralho! Não estou brincando. Se acontecer mais uma dessas, Tico, e isso é pra todos, eu mando cortar a piroca fora e deixo sangrar até morrer! Entendeu? Entenderam?

– Sim. Sim, senhor – responde Tico diante dos colegas que ecoam as palavras do Capitão umas vinte vezes.

* * *

No fim de semana de folga, Iaruanã viaja secretamente até a madeireira ilegal mais próxima do vilarejo e assassina o gerente do negócio. Afortunadamente, Zé é escalado para encabeçar a operação. Assim, o chefe do vilarejo passa a viajar mais vezes, ausentando-se do seu posto e deixando Tico como responsável. O segundo em comando aproveita então para impor seus desmandos no vilarejo e passa a confrontar diretamente Iaruanã, na frente de todos. O índio, por sua vez, sempre se coloca como vítima. Nos dias em que Zé não está, Tico escala Iaruanã para fazer rondas cansativas ao redor do vilarejo. O irmão de Iaúna cumpre as ordens, até um sábado à tarde, quando sai do posto e vai à vendinha beber.

– Vejo que você está desobedecendo o Capitão – comenta Bira, em meio a goles de cachaça.

– Por que você nunca foi com a minha cara? – pergunta Iaruanã.

– Porque eu sei que você mentiu. Você é um câncer que se instalou neste vilarejo e tem que ser arrancado daqui!

– Por que fala assim com um irmão índio?

– Irmão? Eu sou Caiapó! Eu não tenho irmão Moxiruna! Não tenho o seu sangue nem respeito os seus deuses!

Iaruanã fica quieto e, diante do silêncio, Bira tripudia:

– Pensou que eu não perceberia? Você é um maldito Moxiruna! Agora eu tenho certeza! – exclama e faz sinal para um garoto que está ajudando no balcão. – Ei, moleque, avisa ao Capitão que o Carlos deixou o posto dele pra vir beber cachaça. Tenho certeza de que ele vai te expulsar. Até porque o Zé não tá aqui pra te defender.

O menino corre até a casa do Tico para dar o recado. Iaruanã se levanta e toma a garrafa da mão do Bira.

– Dá aqui que você já bebeu demais! Tá falando merda!

Bira fica tentando pegar a garrafa de volta. Iaruanã abraça a cachaça como se tentasse esconder.

– Devolve, filho da puta!

– Calma, Bira.

Os dois indígenas parecem estar numa disputa de basquete. Iaruanã esconde a preciosa pinga na altura da barriga, enquanto Bira, por trás, tenta alcançá-la. O garoto retorna.

– Seu Carlos, o Capitão Tico tá chamando o senhor lá *agora* no salão do barbeiro. Mandou tu ir sozinho.

Bira começa a rir.

– Se fodeu, Moxiruna sujo!

Iaruanã coloca a garrafa no balcão e vai. Tico está sentado num tamborete alto, cortando o cabelo. Assim que vê o índio, grita:

– O que o bonitão tá fazendo aqui? Eu não te mandei rodar a porra do vilarejo?

– Eu... eu já rodei, eu...

– Foi até onde?

– Fui... fui até o capinado de ervas e voltei.

– É pra ficar de guarda até eu mandar chamar, filho de rapariga! É hoje que você vai embora daqui! E eu não vou fazer isso pelas costas do Zé, não. Vou esperar ele voltar.

Iaruanã se aproxima de Tico, que se levanta. O ruivo é da mesma altura que o índio, e ambos se encaram ferozmente.

– Calma, gente! – pede o barbeiro.

Iaruanã coloca as duas mãos nos ombros de Tico, mas ele o empurra, fazendo o índio tropeçar num balde cheio de cabelo e cair de bunda no chão, não sem antes agarrar e unhar o braço do ruivo.

– Quer brigar, Carlos? Então briga que nem homem! Não vem me arranhando que nem uma bicha! Tá expulso da função! Hoje de noite, o Zé vai ficar sabendo, seu chupa rôla!

Iaruanã se levanta e sai.

Sem que ninguém note, o índio vai até a casa do Zé e entra pela porta de trás. Na cozinha, a esposa do líder do vilarejo prepara comida para o marido, que retornará para a janta. Iaruanã ataca a mulher, sufoca-a até ela desmaiar e a estupra.

– Piranha safada! Vocês brancos não valem nada!

* * *

Iaruanã conquistou, com o tempo, a confiança da maioria dos homens leais à organização. Conhecido pela sua crueldade e eficácia, o índio fez fama na região, e sua ambição desmedida lhe propiciou dominar detalhes de todos os processos – legais e ilegais – da atividade madeireira. Cada centavo, cada conquista e cada inimigo abatido trouxeram a Iaruanã grande satisfação com o passar dos anos.

Quase nada, contudo, trouxe mais satisfação ao irmão de Iaúna quanto certa noite no vilarejo. Quando está triste ou deprimido, ele se recorda dos acontecimentos que se iniciaram em 1982, quando pôs os pés no reino do Zé, até 1984, quando ganhou relevância na atividade ilícita. O filho do cacique rememora com grande prazer a noite em que Tico o chamou até a saída do vilarejo, diante de todos os moradores.

– Povo, convoquei vocês aqui porque esse tal Carlos aí desobedeceu a ordens minhas e me atacou hoje na barbearia. Por isso, está expulso. O Zé já deve ter chegado e logo estará aqui com a gente para dar adeus a esse índio vagabundo! Por falar em índio, cadê o Bira? Quero que ele se despeça também do maldito! – brada, cercado por seus seguranças.

Os moradores do vilarejo vivem na base do medo. Muitos até gostam de Iaruanã – a quem conhecem como Carlos Rodrigues –, mas nada farão para defendê-lo se for expulso.

– Você vai morrer – sussurra Iaruanã para Tico.

– Como é que é? Tá me ameaçando?! – grita.

Todos se espantam com o jeito ousado e arrogante com que o índio encara o número dois no comando.

Dos quase vinte homens armados, apenas três se mexem. Os demais, completamente fiéis a Iaruanã, nem piscam.

– Vão ficar assistindo?! – insiste Tico.

Iaruanã sorri, debochado.

Um capataz se aproxima de Iaruanã com a espingarda apontada para o rosto do índio. Numa velocidade espantosa, o filho do cacique toma a arma do homem com a mão direita, abraça seu pescoço com o braço esquerdo e dá um forte tranco para cima, aniquilando o sujeito.

– Que porra é essa?! É um motim? – grita Tico.

Os demais capatazes se viram para os dois restantes que ainda são fiéis ao subcomandante e fazem um sinal para que não toquem em seus revólveres. Três, então, miram suas espingardas no Capitão Tico.

– O Zé... o Zé vai saber disso!

– Saber do quê? – pergunta Zé, chegando em meio à multidão.

Tico parece aliviado.

– Olha, Zé! Esse índio! Ele traiu a gente! É um motim! Ele treinou os caras para... para obedecerem a ele e...

– Cala essa boca, Tico! Seu filho da puta, eu vou te capar hoje mesmo! – exclama Zé.

– O quê? O que foi, Zé?

– Você comeu a minha mulher, seu merda! Pensa que eu não sei?

– Eu? Eu não, Zé, eu não faria...

Zé abre a mão e mostra um punhadinho de cabelos ruivos encontrado perto da mulher, que estava desacordada quando ele chegou em casa.

– Dá pra ver que ela unhou o teu braço todo. Ou vai inventar que se embrenhou num espinheiro?

Tico olha para Iaruanã, que abre um sorriso.

– Foi ele, Zé! Foi o índio! Ele armou pra mim! Pelo amor de Deus, Zé! Chama o Bira, ele sabe! Esse índio aí é falso! Ele...

– O Bira encheu a cara de cachaça e se afogou agora há pouco no rio, acabaram de ver o corpo boiando, por isso eu vim correndo.

– Se afogou? O Bira se afogou?!

– Chega! É o seguinte: Carlos, leva o Tico pro mato e dá fim nele.

– Com o maior prazer, seu Zé! Odeio estuprador!

– Não, não!!!

Iaruanã pega Tico pela gola. Os capatazes começam a acompanhá-lo, mas ele dispensa os homens:

– Só amarra as mãos nas costas, e podem ir. Desse aqui eu dou conta sozinho... e de olhos fechados.

Tico vê o vilarejo ficando para trás, sob os olhares de reprovação de todos.

– Pensou mesmo que podia comigo? Pensou, ruivo filho de uma puta? – debocha Iaruanã.

O índio caminha com Tico por meia hora. O homem tenta se debater e livrar as mãos, mas descobre, da pior maneira, que não é minimamente páreo para o seu algoz. De tempos em tempos, o irmão de Iaúna para a caminhada e esmurra o homem, quebrando-lhe dentes e o nariz. Quando chegam a um açacu, também conhecido como árvore-do-diabo, Tico é amarrado em torno do grosso e espinhento tronco, completamente nu.

– Você não vai perguntar, mas eu vou te contar. No capinado de ervas que eu fui hoje, peguei duas plantinhas lá. Uma delas, se você moer a semente e misturar em qualquer bebida, a pessoa tem um ataque do coração. Foi assim que o Bira morreu hoje. Eu coloquei o pó da sementinha na pinga dele. Reza a lenda que o coração explode e a pessoa sente uma dor... Ele mereceu, aquele Caiapó nojento.

Tico começa a chorar.

– Pelo amor de Deus, Carlos, eu imploro!

– Meu nome não é Carlos, é Iaruanã. *I-a-ru-a-nã*. Esse é o meu nome indígena, meu nome Moxiruna. Vou te revelar, eu comi gostoso o rabo da mulher do Zé. Sabe que eu acho que ela acordou no meio e se fingiu de desmaiada porque tava gostando? Quando eu acabar com o Zé, vou querer mais daquele cu.

– Me solta, Carlos... você ganhou! Eu faço o que você quiser!

Iaruanã pega um pote que havia deixado, horas antes, atrás da árvore.

– Calma, Tico. Não vou atirar em você, como o Zé mandou. De jeito nenhum. Eu não te falei que peguei duas plantinhas lá no capinado de ervas que você me mandou vigiar? Então, uma foi a semente que matou o Bira. A outra serve pra fazer esse melado aqui, ó...

Iaruanã coloca a mão dentro do pote e tira uma espécie de gosma espessa. Então esfrega no corpo de Tico.

– Vou te ensinar uma coisa sobre os índios. Existe uma tribo que tem um ritual muito doloroso. Os curumins colocam a mão numa folha, em forma de cone, cheia de tucandeira. Conhece tucandeira? É uma formiga grande, umas três vezes maior que a saúva. A picada dela dói mais que um tiro e o veneno ataca o cérebro. Dá uma dor que dura doze horas e gera alucinações, queimação e inchaço. Aqui é o local onde mais tem tucandeira, por isso, preciso ir embora logo, senão sobra pra mim. Não sei se eu ia aguentar. Bom, isso aqui que eu tô passando no seu corpo atrai as tucandeiras. Logo, logo, elas vão cobrir você todinho e te esfolar, mas não vão te comer. Elas não são disso. Nem vão te matar. Você vai morrer daqui a um ou dois dias e vai sofrer tanto que, quando for para o inferno, vai se sentir aliviado. Eu vou voltar aqui pra tirar o que sobrou de você desse tronco. Então vou perguntar se você quer viver ou se quer morrer. Você não vai nem ter língua mais pra falar, então, vai me dar um sinal... qualquer sinal, tá? Antes de te matar, vou jogar bastante sal, álcool e pimenta nas suas feridas e, depois de meia hora, aí, sim, quem sabe eu te mato. Ah, quando você encontrar o capeta, dá um recado pra ele? Diz que quem te mandou foi o Iaruanã. Acho que já conhecem meu nome, porque eu mandei muitos pra lá... e olha que eu ainda nem comecei.

Iaruanã, então, cata uma pedra e a enfia na boca do pobre coitado. É um pouco maior que deveria, por isso ele precisa forçar com um golpe seco de palma de mão. Os dentes que resistiram aos socos...

Esse não foi o último nem o pior crime cometido pelo filho do cacique em sua caminhada rumo ao poder. Na noite em que torturou o Capitão Tico, o índio disse para si mesmo em voz alta e sorrindo:

– E agora? Bom... agora ainda falta o Zé!

Sem Limites...

"Mas, antes do Zé, tenho que dar o passo mais importante e fazer o que deve ser feito!"

O bar do vilarejo, agora sob nova direção após a morte do Bira por envenenamento com semente de café bravo, divinamente ministrado por Iaruanã, recebe os amigos Zé e Carlos, que bebem em mesa bem reservada, no canto do fundo, enquanto conversam sobre amenidades e negócios.

– Zé, já reparei que o senhor trabalha muito e tem toda a confiança do cabeça da organização, não é? O tal Patrão!

– Sim, Carlos. Trabalho para ele há mais de dez anos, e ele é uma pessoa de muita confiança pra mim também.

– Pois é, mas, por outro lado, eu acho que ele poderia tratar melhor o senhor, não acha não?

– Ele é assim mesmo, Carlos.

– Mas, não devia, né? Se ele gostasse mesmo do senhor, não te deixava aqui nesse muquifo! O cara fica na capital ou em Altamira, entre as duas casas, de jatinho pra lá e pra cá, jetski pra se divertir no rio Xingu. Ah, e as raparigas que ele quiser também, né? Uma mais mimosa que a outra! E o senhor? Tocando tudo isso aqui nas costas? E não deixa a peteca cair!

– Tá bom, Carlos, e o que você quer que eu faça?

– Então... eu vejo que o senhor tem capacidade total pra assumir a coisa toda aqui.

– Cê tá louco, Carlos? Pirou? O Patrão é muito poderoso! Onde você tá com a cabeça? Aliás, o que você *tem* na cabeça? Merda? Tá doido? Jurei fidelidade à organização e ao Patrão, e espero que, em breve, ele comece a ver mais o meu trabalho, a me colocar mais ao lado dele, aumentar o meu ganho na organização... Assim o meu cacife vai aumentar, entende? Aí também vou poder viver melhor, ter mais mordomias, sacou? Tudo a seu tempo.

– Com o perdão da palavra, o senhor é meu chefe, mas *porra nenhuma*! Esse cara nunca vai te dar nada! Ele vai é acabar com o senhor nessa merda de terra! Pra ele é cômodo ter o senhor aqui pra sempre, enterrado nessa bosta de vila de pobre, não percebe?

Iaruanã sabe como ajustar bem as palavras para manipular o Zé, sabe deixá-lo com medo, com muito medo de um fim indigno naquela terra de ninguém e, quem sabe, até perder a vida naquele lugar violento.

– Minha hora vai chegar, Carlos. O Patrão já me...

– Zé, o senhor aqui é útil pra ele, quietinho no seu canto e cuidando do trabalho sujo. Se ele te tira daqui, vai ter que colocar outro no seu lugar e vai te colocar do lado dele. Pensa comigo! O senhor é muito melhor do que ele e vai começar a ameaçar o poder dele, se ele te levar pra perto. Pensa só se não é verdade o que estou dizendo.

– Eu?! Melhor que o Patrão? Ah, para com isso!

– Claro que cê é melhor que ele! O senhor conhece o negócio melhor do que ninguém! Aliás, ele sabe disso e por isso é que te mantém aqui! Só por isso.

– Você acha mesmo?

– Acho mesmo! E se o senhor crescer na organização e representar alguma ameaça, antes desse dia chegar, tenho certeza que te... – diz, fazendo gesto com a mão de cortar a garganta. – Vi como ele trata o senhor. Com total desprezo! Pra mostrar que é ele quem manda!

– Para com isso, Carlos. Imagina! E, no final das contas, é ele que manda mesmo!

– Olha, Zé, vou comparar como o senhor é comigo e como ele é com o senhor. A gente vive na mesma vila, enfrenta os mesmos problemas, o senhor é parceiro, tá sempre junto da gente, vive como a gente que trabalha com o senhor, e tudo mais. Compara com o cabeça. O cara fica lá no bem-bom e o senhor aqui pastando feito um condenado?! Não tá certo isso, não.

– Mas eu gosto de fazer o que faço, índio!

– Mas o senhor também não gostaria de ter uma casa em Altamira? Quem sabe até uma com piscina na capital? Não gostaria de ter um carro de bacana pra passear? Só fica andando nessas picapes imundas e arrebentadas? Tudo fodido! Tá certo isso? O senhor merece muito mais, cacete! Ou tô errado?

– Pode ser, Carlos. Mas, pensa, é o que eu tenho, e imagina se vou eu lá pedir um aumento pro Patrão? Ele me mata!

– Tá vendo? Que sacanagem! Como vocês dizem... SACANAGI!!!

Zé dá uma gargalhada e solta:

– Ô índio maluco do caralho. Aonde você quer chegar com essa história?! Anda, desembucha.

– É que pensei no senhor e acabei bolando um plano que, se o senhor quiser, pode contar comigo pro que der e vier. Um plano pro senhor ser dono de tudo isso e muito mais.

– Carlos... como assim?

– Eu garanto que o senhor não vai se arrepender de ouvir e vai até me dar razão.

– Fala, então. Que porra de plano é esse?

Iaruanã convida Zé para um uísque com Coca-Cola – "é tudo por minha conta" – e, ao sabor do drinque e de todo tipo de fritura, começa a contar o plano, sem nunca deixar de intercalar elogios e enaltecer com exemplos o quanto Zé é muito melhor, e que o Patrão não dá a devida relevância ao subordinado. Muito pelo contrário.

– Carlos, para combater o Patrão como você está propondo, eu precisaria acabar com ele, com os homens mais próximos dele e não sobrar ninguém da família dele, entende? Ninguém que signifique risco pra mim depois... É complicado!

– Então, Zé, aí chegamos aonde eu queria. Quero te dar a ideia que eu pensei e que tornará o senhor muito poderoso. Aliás, te dará o valor e o poder que merece.

– Como assim, Carlos?

– Se una aos inimigos do Patrão, os que também querem a cabeça dele.

– O quê?! Você está querendo que eu me junte com o Augusto nesse plano? O pior inimigo dele?

– Zé, pensa só! O Augusto é inimigo do Patrão, e não seu! O senhor propõe sociedade ao Augusto! Isso mesmo, viram sócios! Sem concorrentes na região! Passam a dominar tudo. O senhor e o Augusto! Eu gostaria de ter uma participação pela ideia e por todo o trabalho sujo que precisarem que eu faça e que sempre farei pra vocês dois. Não vai ter pra ninguém!

– Carlos, você é louco!

– O senhor é que é louco se não aceitar. O senhor e o Augusto vão ter tudo! Tudo que quiserem e muito mais! Vão dominar toda a mata da região! Ninguém vai pisar em Altamira e arredores e navegar no Xingu sem pedir bênção aos dois!

Zé sorri, perdido em pensamentos. Iaruanã não se contém de alegria. Está em êxtase, mas não demonstra. Não baixa a guarda e continua:

– Percebo que me entendeu, estou certo? No fundo, pra ser bem sincero, estou propondo essa ideia pela injustiça que eu vejo sendo cometida com o senhor, que merece mais do que essa vidinha de M, sabe? E como já aprendi a manejar tudo por aqui, posso ser o braço direito do senhor e do Augusto, mas sempre serei mais braço direito seu, claro, né, Zé?

Dão gargalhadas homéricas por conta da embriaguez.

– Bom, vamos continuar a conversa amanhã. Precisamos ver como colocar um plano ousado como esse em ação, certo?

– Certíssimo! Combinado! E olha, se precisar que eu me aproxime do Augusto pra sondar essa união, eu posso fazer isso pra não expor o senhor.

– Sim, ótimo, Carlos, mas eu preciso pensar.

– Claro, chefia, pensa, e sem uísque nas ideia, tá?

Ambos dão mais gargalhadas, e Zé retoma para finalizar a conversa, mostrando-se entregue a um misto de medo, excitação, cobiça e manipulação.

– E vou te dizer mais! Diante de tudo que você está me propondo... o plano que traçou e a sua disposição em irmos adiante com isso, vou sugerir ao Augusto que você fique com 20% dos negócios. A proposta será essa. Ele vai aceitar. Hoje a área dele é bem menor, e o Patrão tá acabando com ele, espremendo a área dele com o bando comprado de fiscais que manda lá. Eles fodem direto com o Augusto! Mandam fechar as madeireiras, interceptam carga, chamam as rádios e TVs compradas pra fazer as reportagens...

O Patrão deixa ele doido com os fiscais, que aliás levam uma grana de fazer inveja a qualquer um. O Augusto ter 40% de tudo é muito mais do que os 100% de uma área que está se enfraquecendo dia a dia diante do poder do Patrão com a fiscalização. Eu e ele ficamos com o controle e você com vintão. Acho justo com todo mundo, concorda?

– Porra, Zé! Eu nem sei o que dizer. Está me oferecendo desde já 20%? Tá vendo como o senhor é bom? Tá vendo como o senhor é diferente?

– Sem agradecimentos, Carlos. Se for assim, também não sei o que dizer pela sua fidelidade para comigo. Vamos pensar logo em como colocar isso tudo em prática?

– Vamos, Zé. Bora! Deixo o senhor em casa. A conta hoje é minha, chefia.

"Foi beeem mais fácil do que eu esperava", pensa, satisfeito e impressionado com a própria atuação.

Após um ano e meio da chegada de Iaruanã ao vilarejo, em pleno inverno amazonense, época de chuvas fortes, o Patrão foi convidado pelo Zé para a inauguração de uma igreja evangélica.

Às 10h30, pousa o avião turbo-hélice do Patrão, no campo de pouso de Altamira. Ele é imediatamente recebido pelo Zé. Seus quatro guarda-costas fiéis e mais o motorista já estão em Altamira, cuja chegada foi um dia antes, num veículo blindado. Assim que colocaram a bagagem do Patrão na velha picape cabine dupla do Zé, ele deu ordem para que três guarda-costas o acompanhassem e que Zé viesse com ele no conforto da Toyota SW4 sete lugares, junto com o motorista e outro guarda-costas na frente.

– Carrão, hein, Patrão? Isso é uma delícia!

Sem dar a menor bola para o comentário do Zé, o chefe começa a puxar papo.

– Então Zé, como vão as coisas por aqui? Tudo bem?

– Tudo ótimo! Os negócios estão indo de vento em popa, como o senhor sabe, né? O senhor nem tá precisando aparecer mais aqui!

Ambos riem.

– Tem razão. Eu já estava com saudades da mulherada. Preciso vir mais para dar aquele trato nelas!

Mais risos...

– E você... arrumou a casa depois das mortes estúpidas do Tico e do Bira?

– Tá um brinco, Patrão!

Zé não queria que o chefe soubesse a verdade e inventou a história de que acabaram se matando numa briga de bar. Deu ordens ao pessoal para ninguém tocar no assunto: "Se o Patrão sabe dessas merdas, já viram, né? Passa fogo em todo mundo."

– E o tal do índio que você colocou no lugar do Tico? Quero conhecer o bicho. Ele é bom, né? Um achado, pelo que você me contou.

– Sim, verdade, mas ele não vai estar aqui por esses dias, Patrão. Precisou ir pra Belém.

– Sério? Pra minha terra? Foi fazer o que lá?

– Um "servicinho". Coisa que não vai dar pra resolver daqui, entende?

– Claro. Fica pra uma próxima ou ainda pego ele em Belém.

– Oportunidades não faltarão, Patrão. Ah, qual é o nome mesmo da sua esposa? Vou pedir pro pastor fazer uma homenagem pro senhor, sua mulher e seus filhos. Se quiser dar o nome dos meninos, também pode. Ele irá nomeá-los e abençoá-los.

– Claro, Zé, obrigado! Excelente ideia!

Assim que chegam ao vilarejo, exatamente às 12h15, um grande cortejo de moradores e capatazes está em fila à frente da igreja, que será inaugurada sob forte sol, mas protegidos por uma enorme tenda que se estende até a entrada. Zé pede para que os guarda-costas entrem na frente e tomem os bancos na parte central do culto, deixando a maioria dos moradores do lado de fora.

– Por que o povo vai ficar lá fora, Zé?

– Pra não ficar muito cheio. Tá muito quente, e a igreja com tudo isso de gente vai virar um inferno. E aí não dá, né? Eu avisei pro povo que eles ficariam lá fora por conta do calor. Todos entenderam. Agi mal?

– Não, claro que não! Gente fedida pra caralho! Deixa o povo lá mesmo! Foda-se todo mundo.

Zé e o Patrão entram em seguida na igreja e tomam os primeiros bancos do simplório e simpático lugar, aguardando a entrada do pastor.

– Até que ficou direitinho, Zé, tudo arrumado, hein? Belo trabalho!

– Obrigado, Patrão!

– O altar tem até telefone! – observa o chefe. – Engraçado, pra que um telefone no altar?

– Foi instalado pro pastor pedir algo que esteja faltando. Serviu durante a obra também.

– Ah, sim, entendo.

– Patrão, um minuto que vou até o pastor com os nomes que o senhor me passou, pra pedir que ele ore pelo senhor e sua família. Um minuto.

– Claro, Zé! E obrigado mais uma vez pela honraria.

O pastor entra olhando para o altar, faz o sinal da cruz três vezes, ainda de costas para a audiência. Todos se levantam. Ao lado do pastor, Zé sopra algo no ouvido dele, em voz baixa.

Fazendo novamente o sinal da cruz – agora uma vez apenas –, o pastor se vira para o Patrão e seus capangas e para os pouquíssimos fiéis que foram autorizados por Zé a entrarem, e diz:

– Patrão, eu o perdoo, assim como a sua família, por todos os pecados que cometeu contra mim e o Zé aqui ao meu lado e também por todos que o senhor matou. Peço perdão a Deus, no dia da sua morte, por todas as sacanagens que fez comigo, seu grande filho de uma puta!!!

– O quê?! Não pode ser! Augusto?

Sem que o Patrão e seus guarda-costas percebam, as portas são trancadas e atravessadas por travas de madeira. As janelas, com grades de ferro, tornam a fuga impossível. Os poucos, cerca de dez "fiéis" que o Zé autorizou que entrassem e que se sentaram ao fundo estão munidos de submetralhadoras. Começam a disparar na direção dos jagunços do Patrão, num cenário ensurdecedor, misturado a lascas de madeira que voam pelos ares, turvado por muita fumaça, sangue e acompanhado de gritos de dor e agonia.

Após o ataque principal, que não deixou sequer um guarda-costas do Patrão em pé, ordenada a suspensão do fogo cerrado, inicia-se a busca por sobreviventes. O tratamento ao Patrão foi poupá-lo e deixá-lo acreditar que poderia se salvar da chacina. Ao menor sinal de vida de algum dos seus cinco homens, mais uma rajada de misericórdia é ouvida. O motorista ainda rasteja, deixando um rastro de sangue – mais uma rajada para encerrar o seu trajeto. Enquanto isso, o Patrão, dolorosamente ferido nas pernas, é rendido, desarmado e arrastado até o altar por Augusto e Zé. Encostado ao pé do altar, ele ofega, espumando pela boca de dor e ódio.

– Seus canalhas! Zé, o que é isso que está acontecendo?

– Patrão, não torne as coisas mais difíceis e não vamos buscar culpados. Se isso está acontecendo com o senhor e seus capangas, deve ter um motivo, e o senhor sabe bem qual é.

– Deixem a minha família fora disso! Seus filhos da puta!

– Negativo, e, antes que eu me esqueça, respeita a minha sagrada mãezinha! Até porque o senhor está na casa de Jesus!

– Seu falso do caralho! Meus homens vão te matar, seu merda!

– Sabe o índio que o senhor queria conhecer? Ele foi pra Belém bater um papo com a sua família. A essa hora até já almoçou a tua mulher. É tarado o bicho que só.

– Não toquem nos meninos! Pelo amor de Deus! Não façam nada de mau a eles.

– A gente não mata criança. Pode deixar. Mas só se o senhor cooperar. Vamos ligar para a sua casa agora, tá bom? Entendeu o porquê do telefone aqui no altar? Entendeu por que pedi o nome da sua mulher e dos meninos? Isso facilitou a entrada do índio que o senhor vai conhecer agora.

– Alô, Carlos?

– Fala!

– Vou colocar o telefone em viva voz.

– Ok.

– Como estão as coisas aí?

– Está tudo bem, chefia. Tudo sob controle. Os jagunços já botei pra dormir, e a bunduda mais os meninos tão tudo tonto, rindo bastante comigo depois do alucinógeno que dei pra eles. Nem entendem por que tão amarrados. A patroa, que gostosa! Tá com um vestidinho de dar água na boca.

– Pelo amor de Deus, não faça nada com os meus meninos.

– Patrão, como eu disse, se o senhor cooperar eles não vão sofrer.

– Fala, o que você quer, o que vocês querem?

– Combinação dos seus cofres, de Altamira e de Belém. Senhas das contas bancárias de todos os bancos que o senhor tem conta, QUE EU SEI QUAIS SÃO! Queremos fazer a transferência de tudo, e agora! Não adianta bancar o espertinho porque tenho gente em cada uma das suas casas e em cada escritório seu. O índio, que o senhor tanto queria conhecer e que acaba de falar com ele, levou gente dele pra cada canto dos seus redutos e deixou geral de plantão. Aliás, nossa gente já rendeu todo o seu pessoal, que também já tá cooperando. Tão todos borrados de medo.

– Traidores! Vocês vão tomar no cu quando os meus amigos, que são autoridades, pegarem vocês... Vocês estão fodidos por terem mexido comigo!!!

– Já falei, sem palavrão na casa de Jesus! E, claro, vamos ver como os seus amigos vão reagir com a gente, né, Augusto?

Ambos riem ironicamente.

– Vamos lá, vamos começar pela senha dos bancos e onde elas estão anotadas. Tudo! Do contrário, já sabe, o índio emprenha a madame.

Foram praticamente três horas de muito trabalho, quase até o encerramento do expediente bancário de uma terça-feira ensolarada, muito quente e úmida em função do inverno no norte do país. O Patrão, quase morto pela perda de sangue e consequente fraqueza, está numa situação de completa agonia.

– Pronto, pelo amor de Deus, me deixem, ou, pelo menos, deixem a minha família em paz. Façam o que quiserem comigo, mas deixem a minha família em paz – implora.

– Relaxa, homem de Deus. Não te prometi que os moleques não sofreriam? – diz Augusto. – Carlos, você está aí? Tá ouvindo?

– Sim, seu Augusto, tô aqui, tô ouvindo bem.

– Então, o pessoal aí tá viajando no chazinho que você está metendo pra dentro deles?

– Sim, estão, como dizem... numa boa.

– Muito bem, então, agora, dê o chá de sumiço neles e sem sofrimento. Entrega a família pra Deus e some daí, ok?

– Ok, seu Augusto, pode deixar!

– Não, por favor, não, meus meninos, não! Pelo amor de Deus! – implora.

– Quanto às crianças... lamento, mas, que Deus me perdoe, terei que abrir uma exceção.

Um tiro de misericórdia encerra uma vida de crimes, muitos deles bárbaros, e o fim de tarde, que se mostrou um dos mais sangrentos do Pará, volta à sua cotidiana paz. Imediatamente, os homens de Zé e Augusto abrem as portas da igreja e iniciam a remoção dos corpos, lavando o piso e retirando objetos danificados, como bancos, púlpito, vasos, cortinas... Os corpos são empilhados num caminhão parado à frente da igreja para serem atirados ao rio, em região erma, ideal para desova de corpos e para alimentar as piranhas pretas da região.

Em Belém, Iaruanã deixou para trás um enorme incêndio devorando a casa daquele que um dia deteve um quarto do tráfico de madeira clandestina do Pará, tendo sido o maior chefe das operações ilegais de madeira na região amazônica. Deste incêndio, não sobraria nada nem ninguém para contar como poderia ter começado e como se explicariam as mortes ocorridas.

Agora, Zé, Augusto e Carlos Rodrigues detêm, juntos, aproximadamente um terço do território de exploração ilegal de madeira. As investigações sobre tudo o que aconteceu, claro, também não irão muito adiante. Um terço do território do Pará significa muito, mas representa menos de 5% da Amazônia, lugar que, sob o manto da proteção indígena e ecológica, ninguém se atreve a investigar. Ninguém.

Quase o Dono do Mundo

Dia 21 de abril de 1985. A nação brasileira chora a morte do seu primeiro presidente civil em mais de vinte anos. O homem, eleito indiretamente, nem chegou a tomar posse, tendo sido acometido por grave infecção em decorrência de uma cirurgia para a retirada de um tumor cerebral. Em seu lugar, o vice, também civil, torna-se presidente. A reviravolta causa impacto no país.

Para Iaruanã, o regime que terminou deixará saudades. O constante clima persecutório e os desaparecimentos inexplicáveis eram vantajosos para quem sabia explorar o obscurantismo do regime militar. O velho aforismo "manda quem pode, obedece quem tem juízo" era um dos lemas com que Iaruanã se identificava bastante. Além disso, tudo era mais fácil para quem tinha boa relação com policiais e militares, como ocorria com um tal Carlos Rodrigues.

O pequeno vilarejo do Zé está completamente corrompido e diferente da antiga cidadela que acolheu o índio. Muito mais gente mora no local, na sua maioria pistoleiros, vagabundos, fugitivos, estelionatários e índios renegados. Todos trabalham para Carlos Rodrigues, que já tomou para si o controle de um terço das madeireiras da região.

Agora são três os comandantes na extração e venda ilegal de madeira. A subida do índio ao topo do cartel se deu rapidamente. Ele foi conquistando a confiança dos majoritários e, na calada da noite, executando os gestores com pior resultado. Assim, o próprio índio se voluntariou para assumir a liderança – até então temporária – da área, sem um chefe, e passou a mostrar maior lucratividade. Agindo assim, em poucos anos as seis divisões de exploração madeireira se tornaram três, com aproximadamente as mesmas proporções e importância para o cartel.

Os outros dois sócios, Zé e Augusto, perceberam tarde demais, para azar deles, a esperteza do índio, e não puderam fazer nada, senão aceitá-lo como um igual em participação. Ao contrário do que pode parecer, a queda da divisão de seis para três áreas não aumentou o reparte de lucros para os outros dois sócios, uma vez que Iaruanã – tal como fez o Império Romano – anexou uma a uma às *suas* gestões.

Na surdina, Zé e Augusto tramam, dia sim e outro também, contra o filho do cacique, mas em vão. Iaruanã sempre está dois passos à frente.

– Carlos, estamos reunidos para decidir como faremos com essa nova política que agora se inicia – diz Zé, servindo conhaque aos sócios, numa reunião de cúpula no apartamento de Augusto.

– Olha, Carlos, eu acho que a gente deve fazer de tudo para evitar acesso de brasileiros e gringos aqui no Amazonas. Devemos nos fechar para o resto do Brasil de qualquer jeito. Não podemos deixar a Amazônia ser ocupada, outros terem acesso a novos negócios, senão estaremos fodidos! E se novos políticos descobrirem as nossas ações? Tudo o que fizemos aqui nas últimas décadas poderá até ser perdido – completa Augusto, acendendo um charuto.

– Pois é, Carlos, foram mais de oito mil índios mortos na ditadura! Se a gente deixar, o povo vai descobrir isso e muito mais. Se a gente deixar, vão saber dos escravos e da exploração pesada. Aí, meu amigo, a gente vai ver o sol nascer quadrado. O que acha? Concorda com a gente em fechar todo tipo de acesso possível e dificultar ao máximo? Nós devemos começar, inclusive, pela Transamazônica, temos que acabar com ela! Sabotar as empresas de recapeamento, cavar umas crateras brabas, destruir o que for possível daquela merda de estrada. Quem quiser, se quiser, que venha de avião e corra os trechos de barco. Ferrovia, se for feito algum projeto, a gente dá jeito de sabotar também. Isso é molezinha pra nós.

Iaruanã vira uma talagada do conhaque.

– Preciso de uma semana para pensar, pode ser?

Iaruanã sai da reunião cheio de ideias. Está sob o efeito do elixir, e os pensamentos vêm e vão em grande velocidade. Sabe que, se concordar com Zé e Augusto, terá que dividir irmãmente o lucro. Tem certeza de que vão saquear e sucatear suas regiões de exploração, deixando-o praticamente sem nada. Por outro lado, desde o começo da movimentação por eleições diretas no Brasil, o índio tem percebido um crescente interesse tanto do governo como da comunidade internacional pela Amazônia e pelos povos indígenas.

"Bando de idiotas nojentos. Precisam fingir que se preocupam, fingir que protegem essa imensidão verde, sendo que, quando muito, conseguem avançar um quilômetro mata adentro. Não conhecem a verdade e nem querem. Isso aqui é terra de ninguém, mas logo, logo, se tornará de alguém: eu."

Na semana que se segue, Iaruanã visita algumas tribos, conversa com trabalhadores e jornalistas. Até que, no dia marcado, reúne-se novamente com Zé e Augusto.

– E aí, Carlos? Já pensou na nossa proposta? Topa um pega pra capar? A gente bloqueia tudo, vende o que dá, liquida testemunhas e... desaparece, que tal? – propõe Zé.

Iaruanã sorri e caminha pela aconchegante sala de Augusto.

– Não, amigos. Faremos diferente.

– Diferente?! Como assim? – questiona Augusto, levantando-se.

– Vão acabar com a gente, Carlos! – Zé se exaspera.

– Calma, Zé... Pode se sentar novamente, Augusto. Me deixa explicar.

Curiosos e temerosos, os homens aceitam, embora estejam desconfiados do que pode estar sendo armado por Carlos.

– Nesta semana que passou, eu fui conhecer o cenário em que estamos envolvidos. O que está acontecendo com o mundo e com o Brasil. Bem, eu sei que vocês, homens de negócios com o dobro da minha idade, devem ter plena visão da realidade, correto? Então, na verdade, é chegado o momento de expandirmos! – exclama, abrindo os braços para fora da janela.

Augusto solta uma gargalhada.

– Carlos, cê tá de brincadeira... só pode! Lógico que eu sei o que o mundo tá querendo. Entrar aqui, caralho! Ver o estrago e remediar, porra! Proteger as árvores e cuidar dos índios. Nós vamos ser auditados, investigados, destruídos e presos! Por favor, garoto.

– Augusto, relaxa. Nós não seremos os vilões desse novo cenário. Seremos os heróis. Seremos o símbolo da ética e da preservação!

Os homens se entreolham, intrigados.

– Eu conversei com caciques, donos de fundações, jornalistas, pequenas madeireiras e até com seringueiros. Todos estão adaptados a essa vida e, por um pouco a mais de ganhos, aceitam fazer parte da nova realidade. Essa nova realidade é que somos homens responsáveis, que zelam pela floresta, pelos índios e trabalhadores. Somos aqueles que vigiarão o quintal que ninguém quer olhar. Somos nós, meus amigos!

Agora é o Zé que se levanta.

– Porra! Ele tem razão, Augusto! Que índio filho da puta de esperto!

Augusto, ainda reticente, comenta:

– Mas tem que ser feito com muito cuidado e…

– Eu já tratei de tudo, irmãos! Os índios vão nos apoiar nessa empreitada. Os brancos que trabalham, vivem disso e moram por aqui, também vão. Eu vou cuidar de tudo pessoalmente. Pareceremos salvadores da pátria, verdadeiros messias. O povo gosta é disso: de messias! O mundo dormirá tranquilo sabendo que a Amazônia e os índios estão sob a nossa guarda e vigilância!

Os sócios de Iaruanã se mostram aliviados. Parecem estar seduzidos pela proposta. O índio, porém, no íntimo, arquiteta um cenário diferente, *bem* diferente.

Augusto pensa por alguns minutos e questiona:

– Carlos, você até pode ser o nosso porta-voz, né não? Alguém que mostrará para o mundo que temos os índios do nosso lado e também mostrará aos índios como as coisas devem ser, correto?

– Exato, Augusto.

– E… e você disse que vai precisar subornar muita gente, não é?

– Na verdade, usaremos o medo para manter nossos índios trabalhando e sob total controle.

– Muito bom, Carlos. Sua solução é perfeita! – comemora Augusto.

– Verdade, Carlos! – concorda Zé. – Não temos nem como te agradecer! É impossível ser contra essa ideia genial!

Iaruanã sorri e se senta na poltrona preferida de Augusto. Em seguida, acende um sovó, o que incomoda o dono da casa.

– Pra falar a verdade, amigos, temos que acertar um detalhe – diz, entre baforadas.

– Detalhes? – pergunta Augusto.

– Quais detalhes, Carlos? Fale! – insiste Zé.

– Bem, eu como legítimo índio e quase um relações-públicas das nossas empresas, quero… na verdade, *vocês* passarão para o meu nome, ainda hoje, 15% das áreas exploradas pelas madeireiras de vocês.

– Quinze por cento?! – surpreende-se Augusto.

– E de cada um! Para o plano funcionar, eu preciso ser o majoritário. Entendem?

– Mas… mas, veja bem Carlos. Aí… – contesta Zé, voltando a se sentar.

– Já desenhei aqui, neste mapa, as áreas que eu quero. E também trouxe um contrato que mostra essa delimitação. Vejam só que…

– Absurdo isso!!! Você pegou as nossas árvores perto do rio! – reclama Augusto, interrompendo Iaruanã.

– Carlos, eu concordo com o Augusto! E você trouxe um contrato. Nós nunca trabalhamos com contrato, aqui é tudo no fio do bigode, você sabe!

Iaruanã dá outra longa baforada.

– Vocês estão entendendo errado, meus amigos. Eu não estou tomando 15% de vocês. Eu estou deixando meus irmãos serem sócios do maior de todos os tempos. É uma ótima oferta! Já ouviram falar que é melhor ter um pouco de muito do que muito de porra nenhuma?

Iaruanã apaga o cigarro de palha na poltrona, fazendo um senhor furo no estofado. Em seguida, guarda o isqueiro na sua caixinha de couro presa ao cinto, embaixo da camisa, para propositalmente expor sua Glock. Os homens, a contragosto, assinam o contrato e o índio vai embora.

– Zé, que merda que tu fez em criar essa cobra lá no teu vilarejo, hein? – comenta Augusto. – Viu o que o animal fez na minha poltrona?

– O vilarejo não é mais meu faz tempo. Ele tomou tudo que nem uma doença. Bem que me avisaram e eu não acreditei. Descobri que foi ele que matou o Bira, o índio velho. Sabia?

– Não é por nada, não, Zé, mas o povo fala que foi ele que comeu a tua mulher, naquela briga com o teu capitão, o falecido Tico. Falaram que ele fez pensar que foi o Tico, mas que foi ele. Bom, é o que dizem…

– Augusto, quando eu ouvi o boato, botei a vagabunda na rua na mesma hora. Ela tá morando lá no vilarejo com ele, mas eu prefiro fingir que não sei de porra nenhuma. A hora dele vai chegar. Eu tô só deixando a pipa subir. Tô ligado, não sou trouxa, não, irmão. Ele agiu pelas minhas costas, e a gente tem que dar um jeito nisso juntos.

– Concordo!

– Mas, antes, vamos esperar ele arrumar tudo. Vamos usar ele de forma inteligente. Quando tudo estiver azeitado, a gente passa fogo nesse bosta e coloca outro índio de bode expiatório, de boi de piranha. Por enquanto, deixa ele pensar que tá por cima da carne-seca.

Ambos sorriem e Augusto se serve de mais uma dose, oferece a Zé e se senta na poltrona de onde Iaruanã acabara de se levantar.

– Êpa, êpa… que porra é essa?!

– O que foi, Augusto? Você tá branco!

– Tem dois chocalhos de cascavel na poltrona, em cima de um bilhete… aqui, ó…

– Bilhete? Lê logo essa porra!

Augusto joga os guizos no chão e lê:

"Perderam as presas há muito tempo. E agora os guizos."

Nesse instante, um pedaço de papel é lançado por debaixo da porta.

– Que merda é essa? Pega lá, Augusto.

– Pega você, Zé. É outro bilhete.

Os dois ficam se encarando, sem saber o que fazer, por alguns segundos. Estão cabreiros demais.

Quando enfim resolvem ir até a porta, lá está o segundo bilhete, escrito com garranchos: "Dá próxima vez, falem mais baixo".

O Grande Amor do Guardião

Fevereiro de 1986, noite quente de verão. Iaruanã está na Casa de Dona Cabocla, na única suíte do estabelecimento, com duas das melhores mulheres que trabalham no prostíbulo. Já passa da meia-noite, e as garotas estão exaustas pela atividade intensa com o principal cliente do bordel.

O índio se levanta e toma uma ducha rápida para, em seguida, se vestir.

– Que pena... Já vai, meu moreno? – Kelly disfarça mal sua falsidade.

– Já perdi tempo demais aqui, quenga. Tenho assuntos para resolver!

– Volta amanhã?

– Quem sabe. A menos que eu encontre a Iara no caminho.

– Vai me trocar pela Mãe d'Água? Ela nem exis...

– Eu sei. Se existisse, ela já teria trepado com esse índio aqui.

– E será que eu vou ter a chance de ser escolhida novamente? Adorei a... – diz, mordendo o lábio inferior e, com as mãos, faz o gesto que imita um pênis.

Muito bem dotado, até demais, "deveria pagar dobrado, o jumento", dizem elas. O índio sabe que, muitas vezes, chega a machucar as moças do prostíbulo. Causar dor é com ele mesmo.

Iaruanã abre a porta e responde de modo grosseiro:

– Não. Eu não gosto de repetir prato.

Desce a escada e observa o salão. Mesas e balcão tomados de viajantes, madeireiros e garimpeiros se embebedando e comendo amendoim, cercados por garotas de idades – algumas *de menor* inclusive – e etnias variadas, seminuas, exageradamente maquiadas e extremamente necessitadas de dinheiro.

– Carlos, meu gostoso, se aprochegue! – grita uma mulher com mais ou menos sessenta anos, bem acima do peso, peitos enormes...

– Dona Cabocla! Ainda de pé?

– Ah, meu filho, se eu dormir demais, uma dessas quengas aqui me mata e rouba o meu bar!

– Não exagera.

– Que nada, homem. Como você acha que eu virei dona disso aqui?

Os dois riem e caminham até o balcão. O garçom, um senhor já, assim que vê Iaruanã, o serve do seu uísque preferido.

– Por hoje deu, Cleverson. Obrigado – agradece e entrega uma nota de cinquenta para o longevo funcionário de Dona Cabocla.

– Obrigado, dr. Carlos. A família agradece.

– Quanto devo aí, Dona Cabocla? Perdi a conta da bebida e ainda tem as meninas...

– Carlos, seu dinheiro não vale aqui, você sabe. Você é o meu benfeitor, meu protetor. Minha casa é o luxo que é graças a você! Na verdade, ninguém aqui na região tem o direito de cobrar nada de você! Vou pedir um tambaqui pra gente comer, quer?

Iaruanã olha o relógio e declina.

– Não posso, minha Cabocla. Vou dispensar teu peixe hoje... já tenho uma traíra pra jantar agora.

Assim que sai do cabaré, Iaruanã sinaliza para um homenzarrão que está fumando do lado de fora. É um guarda-costas. Diferentemente dos capangas corriqueiros que formam a sua milícia particular, ele contratou três seguranças particulares, vindos de Belém, profissionais treinados e bem pagos, à prova de suborno, que garantem uma linha extra de proteção.

– Eu vou encontrar o Zé e o Augusto na Principal – informa. – Comigo, quero apenas o Dedo Solto. Os demais vão na frente, verificam o entorno e me encontram no meio do caminho. E se sentirem cheiro de merda, voltem e me avisem antes.

O índio sabe que, mesmo com o ódio e a conspiração dos sócios, dificilmente eles tentarão emboscá-lo. Seus planos de destruir Iaruanã precisam ser ardilosos, cozidos em fogo baixo e nada evidentes. Isso porque, no último ano, Carlos Rodrigues conquistou respeito, admiração, fidelidade e... medo.

Os poucos que ousaram se levantar contra ele foram rapidamente extirpados. De maneira lenta e extremamente dolorosa.

A dupla de seguranças segue à frente, obedecendo às orientações do patrão. Dedo Solto e Iaruanã vão para a picape blindada e aguardam cerca de vinte minutos. Então, partem em direção à Madeireira Principal, onde ocorrerá a reunião. Seguem por alguns quilômetros. Dedo Solto dirige, enquanto Iaruanã, no banco de trás, pita seu sovó e olha para o céu. "Porra, às vezes tenho saudade da inocência da infância e de quando tudo era mais simples", matuta, admirando as estrelas enquanto o veículo é conduzido pela orla do rio Xingu. "Acho que ainda estou bêbado."

Mais três quilômetros à frente, dá uma ordem ao capanga:

– Dedo Solto, encosta aí que tô me mijando nas calças já.

– Aqui mesmo, doutor? Na orla? Não quer que eu leve o senhor até o hotel? É só uns metros mais pra frente...

– Para. Essa. Porra, Dedo Solto. Se eu me mijar no carro, tu vai ter que secar com a língua.

A luxuosa picape encosta e Iaruanã desce. O índio se embrenha entre alguns arbustos, ainda que baixos, para tentar não ser visto.

– Sobe o som aí, o Dedo Solto! – grita para o capanga, ao ouvir uma música romântica em inglês. Não faz ideia do que a letra diz, mas o ritmo e a melodia lhe aumentam a nostalgia e o saudosismo.

Encostado a uma árvore, observa as águas paradas daquele enorme rio. "Parece um lago de tão calmo, e essa lua, pelos deuses, um tapete de prata na água que abraça a areia cor de ouro da praia!", devaneia. Após se aliviar, vai até a margem do rio e, nesse momento, assusta-se como nunca.

"Puta que pariu! O que que é aquilo que eu tô vendo?", pergunta-se, esfregando os olhos.

Mais à frente, naquele majestoso rio, uma belíssima mulher se banha, completamente nua. Com um corpo escultural, longos e lisíssimos cabelos loiros, a misteriosa dama lava os seios pontudos, nada e brinca sozinha com o luar no Xingu. A pele branca disputa com a alvura do satélite.

"É a Iara! Ela existe mesmo! Devo estar muito bêbado pra... Pelos deuses, como é linda! Perfeita!", perde-se, considerando a ideia de entregar-se aos braços da mortal lenda folclórica. A lua, a noite estrelada, a embriaguez e a música tocam aquele homem que, até então, acreditava não ter sentimentos, ou, pelo menos, bons sentimentos.

Nesse instante, Dedo Solto aperta a buzina do carro que aguarda o patrão. A mulher nua, ao ouvir o som, olha em direção a Iaruanã e, assim que o vê, submerge. O índio sai do transe e retorna ao veículo.

– Que merda foi essa, Dedo Solto? Tá me dando pressa?

Iaruanã nota a presença de dois policiais observando a picape. O guarda--costas, visivelmente constrangido, sinaliza ao chefe que a culpa não foi dele.

– Algum problema aqui, policiais? – pergunta Iaruanã, aproximando-se dos homens, que, assim que o reconhecem, o cumprimentam.

– Dr. Rodrigues! É o senhor mesmo? É que vimos o carro parado aqui e achamos por bem verificar. O hotel ali tá cheio de turista e precisamos redobrar a atenção.

Iaruanã se aproxima da picape e abre a porta de trás para entrar.

– Sem problema, oficial. Eu fui só ali na árvore, sabe como é...

– Claro, boa noite! Fica com Deus, doutor.

O carro segue seu caminho enquanto o índio questiona a própria sanidade. "A Iara! Não pode ser verdade, deve ser coisa da minha cabeça. Bem, agora é hora de voltar à realidade para tratar com aquelas cobras."

Após encontrar os capangas no meio do caminho e estes garantirem que tudo está seguro, Iaruanã chega à Principal, a base de trabalho de Augusto. Vencidas as portas blindadas, as trancas de aço, além de o escritório contar com janelas também blindadas, os sócios o recebem.

– Diga aí, meu querido! Tomou todas, né não? – zombeteia Augusto, abrindo os braços. Iaruanã corresponde com um abraço igualmente falso.

– Fala, garoto! – cumprimenta-o Zé, oferecendo a mão direita.

Seguem-se os protocolos de sempre: conversas amenas, análises de livros-caixa, avaliação das possíveis ameaças, discussões sobre o preço da madeira e decisões breves. O primeiro a tentar colocar Iaruanã contra a parede é o próprio Augusto:

– Carlos, bem, você sabe... Você próprio chamou para si a responsabilidade de liderar o nosso empreendimento. Nós, como homens inteligentes e experientes, concordamos há quase um ano com isso, lembra?

Antes que Iaruanã responda, Zé faz a sua colocação:

– Então... nós não estamos realmente sentindo de você aquela ambição inicial, entende?

– Cadê a *tua* contribuição para a nossa organização? – provoca Augusto. – Essa cadeira, a *minha* cadeira, ainda é de onde saem as principais decisões da empresa, as decisões do dia a dia.Você não tem participado muito delas e...

O índio parece não acreditar naquela ousadia, mas reconhece como a última tentativa daqueles homens desesperados para intimidá-lo. É como se quisessem lhe abalar a autoestima, enfraquecer a sua liderança e até propor outros caminhos. Talvez, um ser humano normal, sem a vivência e a inteligência superior do Guardião da Senhora das Trevas, caísse na armadilha. Ele, porém, reconhece internamente que estava esperando por uma oportunidade de bater, ainda mais, nos já acuados sócios.

– Senhores, obrigado – diz, levantando-se.

– Como assim?! Você ouviu o que nós dissemos? – pergunta Augusto, nitidamente ofendido.

– Augusto, Augusto... Isso aqui está parecendo um ciclo sem fim. Nossas reuniões têm sempre a mesma pauta: tratamos de negócios, vocês dois tentam me ameaçar e eu acabo colocando vocês no lugar que, geralmente, é inferior à posição que ocupavam no início da reunião. Parece que estão precisando, mais uma vez, jogarem a Série B para se situarem. É isso?

Zé é o primeiro a perceber que tudo aquilo pode acabar mal para ele e Augusto.

– Não, Carlos, calma, deixa eu te mostrar aqui um assunto que você precisa tratar e...

– Calma? Eu estou calmo, Zé. Vocês não falaram o que quiseram? Agora, vamos às consequências...

– Espera, Car...

– Shhh. – Iaruanã faz sinal com o indicador para que Zé se cale.

– Bem, vocês dois vivem me acusando de não ter feito o que prometi, de negligenciar nosso empreendimento no último ano, correto? Vamos lá: *eu* criei relacionamentos com órgãos públicos e ONGs, que é a prova para o mundo de que nós cuidamos da floresta e dos povos nativos. Para os gringos e para o governo brasileiro, somos santos no planeta Terra, correto?

Os homens se entreolham, mas não respondem.

– Correto? – insiste Iaruanã.

– Mas… Veja Car… – Augusto tenta argumentar, Zé não deixa.

– Correto, Carlos. Correto – concorda Zé.

– Muito bem… *Eu* eliminei ou absorvi todos os micro e médios madeireiros que ameaçavam as áreas de vocês, porque nenhum deles ousava trabalhar nas minhas terras, garantindo que *vocês* seguiriam com os *seus* negócios, correto?

– Sim, sim… Carlos. Não precisa mais ficar…

– Calma, Zé. Precisa, sim! *Eu* aumentei a nossa renda passando a cobrar mensalidade e a oferecer proteção aos comércios e serviços que se estabeleceram em torno dos nossos negócios. Correto?

– Claro que…

– Zé, *eu* negociei com polícia, vereador, deputado, prefeito, dono de jornal e com todo mundo que poderia trazer problema pra gente, não negociei? Só o diabo sabe quantas vezes viajei para a capital a fim de tratar com gente que tinha o poder de nos deixar em paz. Sabem quantas horas até Belém, não sabem? Caralho! Mais de meio dia de viagem, porra! Só o Satanás pra fazer isso quase toda semana e não morrer, e vocês aqui, na proteção de Altamira e de nossos vilarejos. Bom, né? E mais – vem agora a cartada final: vou ter muita influência, através de contatos que estabeleci, com um grupo que vai fazer parte da Assembleia Nacional Constituinte no ano que vem. Sabiam disso, seus merdas? Com esse grupo eu vou armar e ligar todos os pontos para deixar a Amazônia como está, intocada. E farei daqui o MEU quintal! Entenderam? Entenderam agora quem se mexe aqui?

Zé não responde mais. Augusto, porém, mantém sua postura altiva e arrogante.

– Zé, eu mandei a sua esposa de volta pra sua casa. Ela foi, não foi? – pergunta o índio, com ironia.

Humilhado e com cara de bebê chorão, o homem não responde.

– Foi ou não, Zé? – insiste ele.

– Sim, Carlos, minha esposa voltou para casa…

– Fiquei sabendo que ela sofreu um acidente fatal assim que retornou, não foi? Meus pêsames, Zé. Mesmo assim, não ouvi você me agradecer por mandar ela de volta.

– Como é que é, Carlos?

– Isso mesmo. Não ouvi você me agradecer, não ouvi você me falar nada sobre isso...

– Carlos, acho que está exagerando...

Iaruanã começa a gritar:

– Zé, eu não ouvi você dizer "Obrigado, Carlos, por ter mandado a minha esposa para casa...!!!" – grita, ainda mais alto, batendo na mesa.

– O... obrigado, Carlos, por ter man... mandado minha esposa para casa...

– ... depois de eu ter enjoado, de ter quase virado ela do avesso todas as noites... – completa Carlos.

– O quê? – pergunta Zé, indignado.

– Repete, agora, Zé!

– ... depois de ter enjoado, de ter quase virado ela do avesso todas as noites... – Zé repete, olhando para o chão.

Carlos coloca a mão sobre o ombro do antigo líder do vilarejo.

– Muito bom, Zé. Viu como foi fácil? Claro que nada disso aconteceria se você tivesse ficado no seu lugar. Agora, Augusto, com você a história vai ser diferente. Diferente, não. Pior!

Augusto pisca os olhos sem parar. Está com medo, mas tenta não deixar transparecer.

– O que você vai fazer, índio? Vai estuprar a minha mulher também?

– A Matilde? Não, nem no meu pior pesadelo. Um bagulho daqueles eu não como nem que me obriguem!

– Filho da...

– Olha a boca! – ameaça Carlos. – Não fale nada que possa estragar a nossa amizade, Augusto. Eu não estou rejeitando a Matilde, de jeito nenhum, até acho que pra um boquete ela serve. É que, com você, o problema é essa cadeira aí...

Iaruanã saca a pistola e dá três tiros na cadeira do Augusto.

– Pronto, Augusto. Não tem mais o assento onde você toma decisões do dia a dia. Agora, vou comprar outra cadeira, e esse será o *meu* escritório.

– Não, Carlos, você não pod...

– Não só posso, como vou. Eu trabalho aqui, agora. Essa será a central de onde dirigirei tudo. Vocês vão continuar com seus percentuais, mas a partir de agora todas as regiões são minhas. Acabou a porra da sociedade. Os dois passam a trabalhar para mim.

Iaruanã vai até Augusto e aponta a arma na testa do ex-sócio.

– Augusto, se eu souber que você *pensou* algo que me desagrade, eu te transfiro pro cemitério, seu bosta. Ouviu?

Augusto baixa a cabeça, contrariado. Segundos se passam naquele clima, até que Zé quebra o silêncio:

– Carlos, existe um problema maior que temos que resolver, para o bem da empresa.

– Claro, que problema é esse? Fala, Zé – pede, gesticulando com a Glock.

Zé entrega uma pasta parda ao índio, com recortes de jornal.

– É que uma jornalista veio do Sudeste. A mulher é muito bem relacionada, conhecida e trabalha numa tal de *Folha*. E ela tá de olho nos nossos negócios, parece que até já juntou provas sobre exploração ilegal de madeira e todos os nossos processos junto com políticos e organizações internacionais. Fodeu, Carlos. Ela pode acabar com a gente... Você tá aí, se achando, e não deixa nem a gente explicar... Você nem tava sabendo dessa merda ainda, né? E agora, chefe? Já que não somos mais seus sócios, é bom você saber que essa biscateira vai acabar com você e com a gente aqui, os seus empregadinhos...

– Não dava pra ter sumido com ela? – Iaruanã sente o golpe e baixa o tom.

– Isso aí não é trabalho pra jagunço, Carlos. Já me informei. É o maior jornal do Brasil. Tem que fazer direito. Tem que saber onde estão as provas e tudo tem que parecer acidente... a gente... a gente...

– Vocês não são capazes disso. São muito burros. Podem deixar, eu cuido pessoalmente e continuo no comando.

Iaruanã mete a pistola na cintura, se despede e vai embora, sem saber que, horas antes, Zé e Augusto planejaram quase todos os acontecimentos da noite.

Os dois conhecem muito bem o temperamento e o egocentrismo do índio. Tinham certeza de que precisariam provocá-lo ao máximo para que ele não raciocinasse sobre a armadilha que o colocariam.

"Zé, nós vamos desafiá-lo novamente", diz Augusto. "Vamos dizer que ele não fez nada pela empresa. Que estamos avaliando o trabalho dele!"

"Você tá louco, Augusto? Se fizermos isso, ele vai ficar muito puto e acabar tirando ainda mais da gente!"

"Não tem problema, cara. Deixa o otário pegar tudo, afinal, a gente vai recuperar assim que ele for pro saco."

No dia seguinte, Iaruanã procura, em vão, pela tal jornalista de São Paulo. "Nathalia Gouveia... falaram que a piranha estaria no hotel, mas ninguém a viu hoje. Pior é que eu andei perguntando por ela e, se algo acontecer, vai sujar pra mim", reflete, caminhando com seus capangas pelas instalações de uma das suas madeireiras.

– Dedo Solto, vem cá!

– O que foi, meu patrão?

– Sabe aquele xibunguinho com quem você se divertia e agora trabalha no hotel?

– Deus me livre, meu patrão, eu gosto é de mulher, que isso! Só saía com o menino porque ele é quase moça.

– Bom, não é problema meu. Vai lá no hotel com algum ajudante, leva estes dois maços de dinheiro. Um deles você vai dar pro teu cu frouxo e mandar ele te avisar quando a jornalista chegar. Tu fica plantado na recepção e espera o sinal dele. Quando ele sinalizar a vadia, você corre pro orelhão e liga aqui pro escritório.

– Tá bom, meu patrão, e o outro?

– O outro maço você vai dar para uma arrumadeira de confiança do teu xibungo. Manda ela abrir o apartamento da jornalista pra você olhar. Se o dinheiro não convencer, dá uns tapas na cara dela, aperta o pescoço e mostra o berro. Sempre funciona. Convence ela a abrir o quarto. Deve ter uma pasta com papéis, uns cadernos e um gravador. Pega tudo e manda o ajudante me trazer na hora.

– Tá... tá bom, meu patrão. Mas precisa usar luva, né?

– Não, Dedo Solto, desta vez não precisa.

O plano de Iaruanã é simples: pegar os materiais antes de a mulher voltar para o Sudeste, e acabar com ela assim que pisar no hotel. Dar fim no corpo é algo muito fácil, bem como molhar a mão da polícia para atrasar um pouco as investigações. Se a jornalista é tão conhecida e importante como dizem, haverá repercussão e, nesse caso, a queima de arquivo envolverá apenas Dedo Solto, que terá deixado as digitais pelo quarto e poderá ser facilmente descartado. O rapaz do hotel e a camareira serão calados pelo medo.

Sem notícias de Dedo Solto, quando chega a noite, Iaruanã vai até a Casa de Dona Cabocla para se divertir. Chegando lá, é atendido por duas adolescentes que imediatamente o levam para o quarto. A fama do índio faz com que seja disputado entre as novatas. Infelizmente, não dão ouvidos às mais experientes, gostam de pagar pra ver, querem subir na hierarquia do prostíbulo. Tadinhas.

Estranhamente, pela primeira vez em toda a sua vida, Iaruanã não consegue ter relações sexuais. Culpa a bebida, o cansaço, mas – na verdade – assim que começou a chupar os peitos de uma das escolhidas, lembrou-se da visão da noite anterior, a mulher que nadava no rio e que o índio batizou de Iara em homenagem à lenda da Mãe d'Água. "Será que estou ficando louco? Pensando numa mulher que não existe?"

– Quer deixar pra lá, amor? Tá cansadinho? – pergunta uma das meninas.

Iaruanã veste a roupa em silêncio. Sabe que as mulheres comentarão aos quatro ventos a brochada, mas não liga. Tem certeza de que a falta de libido é passageira. Desce as escadas até o grande salão, evitando ser visto. Pega, no bar, uma garrafa fechada da cachaça mais forte e sai.

Hoje, a noite acabou mais cedo. Vai para o escritório da madeireira. Não quer escolta, "só dois comigo lá para proteção geral. O resto vai pra casa e volta amanhã cedinho".

A ordem é prontamente cumprida e Iaruanã se isola atrás da sua mesa. Passa a madrugada bebendo e desabafando alto no dialeto Moxiruna:

– Eu serei o dono de tudo! O Brasil será meu! Brancos, pretos e índios, todos se curvarão!

Entre grandes goles, risadas histéricas e choros repentinos, brada na sua língua nativa:

– Sinto falta do meu pai, da minha mãe, da minha tribo, de Iaúna... Dos nossos rituais...

Amanhece deitado num sofá, todo vomitado e abraçado à garrafa vazia.

– Patrão, patrão! – chama um dos seus seguranças, batendo à porta.

Iaruanã desperta assustado. Ergue-se e ouve o empregado sem abrir a porta:

– O... o ajudante... o ajudante do Dedo Solto veio... ele chegou... ele disse que o senhor queria que entregasse isso.

– Deixa aí na porta e pode ir. Some, desaparece, anda logo!

O rapaz deixa uma sacola no chão. Dentro dela há dois cadernos, uma dezena de papéis e um pequeno gravador.

O índio abre, se agacha, pega a pasta e volta a trancar a porta do escritório, joga a sacola sobre o sofá e vai até um armário de ferro localizado atrás da sua mesa. Abre a última gaveta e retira dela quatro pequenos sacos, dois contendo ervas secas de cores distintas, um com sementes parecidas com amendoins e outro com um pó amarelo-esverdeado. Coloca então duas pitadas de cada item numa cumbuca de madeira e amassa com um pilão. Providencialmente, o solícito rapaz que saiu há pouco bate à porta.

– Patrão! Eu trouxe café.

Iaruanã abre, estica o braço pela fresta, pega a térmica e fecha a porta sem agradecer. Derrama o líquido quente na cumbuca e mistura com o mesmo pequeno pilão usado para esmagar os ingredientes. Vai até a janela por onde entra mais sol e a abre. A luz intensa amplifica a ressaca e a enxaqueca. O índio não se detém. Ergue a cumbuca em direção ao sol e proclama em sua língua materna:

– Guaraci, pai de tudo que vive, fortaleça o meu corpo contra esse mal que invade o meu espírito!

Em seguida, toma num único gole a beberagem que escorre pelos cantos da boca, com a certeza de que a ressaca passará em minutos. Os Moxiruna não conheciam o álcool, só usavam psicotrópicos para fins ritualísticos, mas conheciam chás e ervas para praticamente todos os males, podendo combinar propriedades entre si para sanar quaisquer enfermidades.

Em vinte minutos já está se sentindo melhor. Iaruanã se senta em frente à sua mesa e passa a analisar o material recolhido e enviado por Dedo Solto. Confirmando o que Zé e Augusto sugeriram, a tal jornalista coletou uma grande quantidade de informações e provas valiosas sobre as ilegalidades nas operações madeireiras. Obviamente que a subtração do material não a calará, mas a morte…

"A morte é a melhor mordaça", pensa, sendo interrompido pelo toque alto do telefone.

– Alô?

– Patrão, patrão! É o Maxiwilson.

– Quem?

– Dedo…

– Merda, Dedo Solto, que porra do caralho é essa de Maxiwilson. Anda, desembucha!

– É que o senhor me pediu pra avisar quando a jornalista chegasse. Ela chegou… acabou de subir pro quarto…

– E aí? Ela tá sozinha?

– Tá. Parece que tinha ido pra outra cidade, mas tá de volta.

– Eu tô indo praí agora! Fica de olho em qualquer movimento! Não vá dar uma de… segura esse teu dedo. É pra ficar só de olho.

Antes mesmo que o capanga responda, Iaruanã desliga o telefone e pega, na última gaveta, sua fiel pistola e um pente de dezessete. Enquanto se dirige para o hotel, explica aos seus homens:

– É o seguinte: só eu entro no apartamento da biscate. Eu quero dois no corredor, dois na recepção e o resto lá fora. Vou conversar com ela e descobrir tudo o que sabe e pra quem andou falando. Em seguida, vou dar um fim nela. Fim limpo, sem tiro. Tô levando a arma só pra garantir. Depois que eu despachar ela pro além, vou sair do hotel e voltar pro escritório. Só o Dedo Solto volta comigo. Os demais vão dar um jeito de tirar a mortadela de lá. Amém?

– Amém, patrão!

– Amém, dr. Carlos!

– Sim, chefe!

* * *

Ao chegarem ao hotel, os homens se distribuem de acordo com os planos. Iaruanã entra pelos fundos com os dois capangas que ficarão com ele no andar. O trio sobe pelas escadas. São poucos lances até o quarto da jornalista. Dedo Solto entrega a chave mestra usada pelas camareiras; assim, o líder da madeireira consegue facilmente invadir o quarto 306. Busca localizar sua vítima. Ouve o barulho da água do chuveiro.

"Agora é a hora, o susto tem que ser nos primeiros segundos", pensa, andando pé ante pé até o banheiro. Da porta, surpreende-se com a visão da bela e poderosa jornalista Nathalia Gouveia, uma loira de seus trinta e cinco anos, alta, de olhos verdes, pele perfeita, seios fartos e à prova de gravidade. Inesperadamente, o índio a reconhece.

"É a Iara, a minha Iara... é a visão que eu tive naquela noite! Estragou a minha vida!" Mudando de ideia, saca a arma que seria usada somente em caso de emergência. Aproxima-se mais da mulher que não faz ideia da presença dele no quarto.

Nathalia está tirando o xampu, de olhos fechados; deixa a água correr pelo corpo, enquanto a espuma desce lentamente pelas suas curvas. Está relaxada e tranquila, cantarolando uma música em inglês. Pela segunda vez no dia, Iaruanã roga:

"Guaraci, pai de tudo que vive, fortaleça o meu corpo contra esse mal que invade o meu espírito!"

Desta vez, porém, não se sente atendido pelo deus. O índio, então, guarda a arma.

Quando Nathalia sai do banho, já não há ninguém no quarto. Veste-se e desce para o restaurante do hotel, na esperança de comer algo, mas é interpelada pelo galante Carlos Rodrigues logo na entrada:

– Bom dia, tudo bem?

– Bom dia. Sim, estou bem, obrigada.

– A senhora é a jornalista de São Paulo, não? – pergunta, estendendo a mão.

– Por quê?

– Eu posso ajudar muito na sua matéria, dona Nathalia. Tenho muitas informações e...

– Me desculpe, mas qual é o seu nome?

– Pode me chamar de Rodrigues, eu trabalho com extrativismo vegetal.

– Madeireiro! Na verdade, um grande madeireiro. Já ouvi falar do senhor.

– Que bom, eu...

– Na verdade, não tão bom! Eu não vou poder conversar com o senhor. Não o vejo como uma fonte, mas sim como um possível investigado. Sei que as coisas aqui se resolvem de maneira não muito civilizada, por isso, eu peço que...

– Sra. Nathalia, por favor... Eu sou índio, mas não sou selvagem. Duvido que a senhora não queira, pelo menos, ouvir o meu lado. Posso mostrar para a senhora fatos de que nem desconfia.

Nathalia não consegue evitar sentir-se atraída por aquele homem poderoso e sedutor. Já havia esbarrado com o nome Carlos Rodrigues na sua investigação, e aquela seria uma oportunidade única de mergulhar ainda mais na história interessante daquele indígena.

– Está bem! Aceito conhecer o seu lado. Que tal entrevistá-lo agora e...

– Agora?! De maneira alguma, dona Nathalia. Agora, eu preciso verificar algumas terras de minha propriedade e outras que ainda pretendo adquirir.

Os olhos esmeraldinos da mulher parecem brilhar num verde ainda mais intenso, denotando certo encantamento com o porte e o poder dele. Iaruanã, por sua vez, não consegue esconder o quanto está maravilhado com aquela fêmea. Seu cheiro, o calor que emana do seu corpo e a sua voz estremecem todos os sentidos do macho.

– Então, quando podemos? – pergunta ela.

– Eu proponho o seguinte: jantamos hoje para, em seguida, irmos até o escritório da principal madeireira da região. Lá, eu lhe apresentarei meus dois sócios e a senhora poderá nos perguntar o que quiser. Que tal?

Nathalia finge hesitar.

– Um jantar? Não sei... não o conheço, e o senhor não sabe nada sobre mim e o meu trabalho... Ou sabe?

Iaruanã ri.

– Eu lhe garanto que tenho excelentes referências da senhora e sinto que já a encontrei outras vezes.

Nathalia dá um suave sorriso e aceita. Um misto de tensão e tesão está claramente presente no ar. Carlos reserva uma mesa no melhor restaurante da cidade.

Desfrutará de um bom vinho com a *sua* Iara.

A Busca de Cristina

Verão de 2009. Ano de intenso trabalho para Cristina Albuquerque. Viúva há 14 anos, ainda conta com a ajuda de Iaúna para apoiar Tavinho em casa, em dedicação exclusiva aos estudos da faculdade de medicina, na qual ingressou precocemente. Cristina executa a árdua missão de trabalhar duro e erguer sua ONG voltada à educação, algo que lhe toma tempo, mas também proporciona enorme satisfação. A busca por investidores brasileiros e estrangeiros demanda constantes viagens, extenuantes reuniões e longos jantares. É um completo *roadshow*, cujas ferramentas são a argumentação, a persuasão e a simpatia.

Recém-chegada de uma rodada de reuniões no Canadá, Cristina não tem descanso. Sua agenda a obriga a se apresentar como principal palestrante num evento exclusivo para empresas que buscam ONGs e associações para investir.

Seu discurso é conciso e objetivo:

– O IBGE nos mostra que quase 10% da população brasileira acima dos 15 anos é analfabeta, sendo que o analfabetismo funcional supera 20%. Ler e escrever é o primeiro passo. Precisamos desenvolver indivíduos questionadores, criativos, interessados nos problemas sociais e conhecedores da história do nosso país, para que erros passados não sejam repetidos. Ao mesmo tempo, esses novos cidadãos precisam ser competitivos e estarem motivados a nunca, jamais, parar de estudar!

Cristina e a plateia criam uma espetacular simbiose.

– Minha organização levará educação de alta qualidade a quem precisa, jovens, crianças e adultos, por meio de núcleos regionais em cada Estado, adaptados à realidade de cada local e priorizando os desfavorecidos. Conto com vocês para estarem comigo, em cada sala de aula, de mãos dadas com aqueles que guiam o giz na lousa. Juntos, nós valorizaremos os professores e acolheremos os alunos e a comunidade!

Os aplausos enchem a sala. Cristina sorri e olha para a tela do celular, preocupada com o horário. Quer ver o filho e descansar em casa, cercada de rostos familiares. Infelizmente, terá de enfrentar a segunda parte do processo de busca por investimentos: a festa.

Cerca de meia hora depois, ela está ocupada em cumprimentos, fotos e distribuição de cartões de visita. Tudo é bem cansativo, mas bastante promissor. Muitos empresários que a abordam questionam sobre as contrapartidas fiscais de um eventual apoio, bem como a exposição da marca em mídias investidas e espontâneas. Cristina dedica a todos a sua atenção, sempre educada, solícita e gentil.

Quando o dia termina, exausta, retorna para casa a fim de encontrar a sua maior alegria: o filho. Encontra-o na companhia de Iaúna, que entretém o rapaz num jogo de xadrez. Iaúna fala ao telefone ao mesmo tempo que joga. Tavinho corre para abraçar a mãe.

– Já ganhei da dona Iaúna cinco vezes!

– Tudo isso? Já já o Deep Blue não será páreo para você.

– Vai jogar comigo, mãe?

– Claro que vou, mas, pelo jeito, vou perder, porque não treinei nada.

Iaúna, ainda ao telefone, pergunta para Cristina:

– E aí? Como foi lá? Conseguiu montar a sua escola?

– Nada fechado, mas tudo muito promissor. Parece que colocar dinheiro em educação é uma ótima vitrine para políticos e empresários, quero dizer, o empresário põe o dinheiro e o político aparece. Depois te dou os detalhes. Filho, quer vir comigo até a cozinha tomar um suco?

Cristina sai da sala com Octávio, e Iaúna continua a conversa:

– Ahn? Ah, nada, eu estava falando com a dona Cristina... é que ela criou uma escola, acabou de chegar de um evento e, amanhã, já tem outro no Centro Empresarial, acredita? Ela está precisando de dinheiro para fazer a escola funcionar.

* * *

No dia seguinte, Cristina acorda cedo para um breve café da manhã com investidores. Seu desejo é retornar logo após o almoço que terá com alguns dos mais interessados em botar dinheiro.

A apresentação para um pequeno grupo de quinze pessoas, entre empresários e políticos principalmente, dura cerca de quarenta e cinco minutos. Após o encerramento, uma assistente distribui o caprichado folder da ONG junto com um cartão de visitas. Como ninguém se aproxima, Cristina tem um misto de sentimentos: ao mesmo tempo que se vê incomodada pela apresentação infrutífera, considera-se aliviada por retornar mais cedo para casa, até que um homem vem falar com ela.

– Dona Cristina, a sua apresentação foi completa e muito empolgante. Ficou claro que o nosso Brasil pode, realmente, combater o analfabetismo. Parabéns!

Cristina coloca os objetos que segura sobre a mesa e agradece, estendendo a mão.

– Muito obrigada!

– É um prazer conhecê-la, aqui está o meu cartão.

Cristina apanha com cuidado o pequeno pedaço de papel das mãos do homem e lê. É alguém importante e de renome, com um cargo de destaque. Na verdade, Cristina tem quase certeza de que já viu aquele indivíduo em algum programa de TV.

– O senhor acredita que possa haver sinergia entre a proposta da ONG e os objetivos sociais das suas empresas? Ou, de repente, do seu cargo público?

Ele sorri. Aquela conversa não deve ser breve. Na companhia da sua assistente e de mais três interessados na ONG, Cristina almoça com o homem e consegue um investidor de peso para o empreendimento social.

Ela ainda o encontrará mais duas vezes: a primeira será em breve, eles se divertirão muito e por longo tempo, por ocasião do lançamento dos programas da ONG e da divulgação da abertura das primeiras unidades de ensino. A segunda será bem mais à frente, porém breve, por ocasião de uma...

Pedido com Força e Paixão

Para impressionar Nathalia Gouveia, Carlos Rodrigues vai com o seu melhor carro, dirigido por um motorista – na verdade, mais um dos seus capangas –, buscar a jornalista na porta do hotel. A loira está aguardando num elegante vestido azul que realça suas curvas, e, assim que percebe a chegada do índio, ela se aproxima.

– Vai, seu tonto, desce do carro e abre a porta pra ela, caralho! – ordena Carlos.

Todo atrapalhado, o capanga sai do carro, dá a volta e abre a porta para que Nathalia se sente no banco de trás, na companhia do homem que a convidou.

– Boa noite – cumprimenta ela.

– Boa noite, Nathalia. Quanto charme.

– Obrigada.

O chofer espera o sinal de Carlos e, então, segue rumo ao restaurante.

– Ué, Carlos, me informaram que esse é o restaurante mais badalado de Altamira. Mas está parecendo vazio. Disseram que o peixe daqui é incrível! Gastronomia local. Restaurante simples, mas comida excelente. É verdade?

– Acredite, a fila de espera para comer aqui é de anos, Nathalia.

Carlos sai do veículo, dá a volta, abre a porta e estende a mão para receber os delicados dedos da mulher. Ao entrarem, Nathalia nota que o restaurante está com todas as mesas vagas e estranha:

– Tem certeza…

– É porque eu reservei o restaurante somente para nós dois. Quero ficar com você a sós, sem muita barulheira, entende? Assim poderemos conversar sossegados.

A jornalista enrubesce.

"Pelos deuses, que eu tenha forças para cumprir o meu plano! A mulher é maravilhosa", pensa Iaruanã.

O casal caminha até a única mesa totalmente posta e se senta. Nathalia olha o cardápio e se surpreende.

– *Pricey*, hein!

– Não sei exatamente o que isso significa, mas, se você está dizendo que aqui é um lugar caro, preciso dizer duas coisas: primeiro, que eu passei toda a minha vida comendo peixe de graça, bastava pescar no rio, então, um centavo pago num peixe, para este índio aqui, é caro mesmo. E, segundo, o cozinheiro vai fazer tudo o que você quiser. Não se prenda ao cardápio. Se quiser misturar pratos ou pedir uma comida que não está aí, é só falar.

Nathalia ri da simplicidade quase grosseira daquele homem e da experiência a que ele está se esforçando para submetê-la. "Então, quer me impressionar, sr. Carlos Rodrigues? Está conseguindo...", pensa, encantada com todo aquele carinho e cuidado.

O jantar se desenrola de uma maneira inesperada para ambos. A atração que sentem acaba se sobrepondo aos outros planos. Pela primeira vez na vida, Carlos deseja uma mulher além dos atributos físicos. Nathalia, que já fora cortejada por homens importantes de diversas nacionalidades, nunca encontrara alguém com quem se identificasse tanto e tão rapidamente. Uma garrafa e meia de vinho, e já não há mais como disfarçar os interesses mútuos.

– Me diz, Carlos, quais são os seus objetivos de vida?

– Eu quero ser dono disso aqui...

– Deste restaurante?

– Deste país!

– Uau, ambicioso...

Entre goles de vinho, o casal vai buscando o caminho da sedução e da descoberta. Nathalia segue tentando desvendar os mistérios daquele amazonense poderoso que também passa a fazer perguntas à belíssima jornalista:

– E você? Não tem grandes ambições?

Nathalia recebe aquela pergunta como uma espécie de proposta, uma abertura para expor seus maiores e, até então, ocultos desejos.

– Não sou uma mulher que coloca o bem-estar acima do caráter, mas confesso que procuro, assim como você, chegar ao topo. Eu quero uma vida confortável e familiar.

– Com um marido ou sozinha?

Nathalia gargalha. O homem é direto nas suas intenções, e isso também é algo que ela sempre buscou, em vão, nos relacionamentos anteriores.

– Marido, família, gato, cachorro e passarinho. Nunca me imaginei só.

Carlos sente que já tem informações suficientes e que aquela é, de fato, a mulher que sempre buscou. Pensa em desistir do plano nefasto dos sócios.

– Vamos sair? Dar uma caminhada? – propõe ele ao final do jantar.

Nathalia volta à realidade e aferra-se ao seu objetivo.

– Mas, Carlos, o combinado era que, depois do jantar, iríamos ao escritório da madeireira, não?

O índio suspira. Realmente, as coisas não correrão da maneira como planejou. Visivelmente contrariado, concorda.

– Ok, vamos. Combinado é combinado!

O casal deixa o restaurante em direção ao escritório, o que dá um bom percurso de carro.

O caminho até a madeireira é tranquilo. A estrada margeia com frequência o rio Xingu, e a lua ainda se faz espelhar nas águas. Ambos se entreolham e, claro, lembram-se do primeiro e inusitado encontro que tiveram.

As picapes de Zé e de Augusto já estão estacionadas nas vagas reservadas à diretoria. Nathalia nota que o Carlos Rodrigues que a encantou durante toda a noite está se esvaindo, dando lugar a outro homem, que ela precisa conhecer e formar uma opinião justa a respeito.

– Ei, vocês dois! Tirem já o carro dos seus chefes daí para eu colocar o meu! – ordena Carlos.

Os homens obedecem imediatamente. O casal entra no escritório. Tudo está apagado e desligado. A única luz é a da sala principal.

– Venha por aqui, estão nos esperando, mas atenção: a vida é uma selva perigosa. Não é lugar para fracos, gente da cidade grande, os famosos civilizados. Aqui não é um ambiente dócil, e você precisava ter se protegido melhor.

Nathalia não entende a mensagem, mas segue Carlos até o local onde Zé e Augusto, de pé, a observam entrar e ficam admirados com sua beleza. A sala é enorme e, ao lado da porta, há uma grande janela de vidro blindado, que protege o interior do escritório.

– Zé, Augusto, esta é a jornalista Nathalia Gouveia, de São Paulo. Ela quer fazer umas perguntas pra gente.

Nathalia cumprimenta ambos. Os homens se olham com malícia. Intimamente, Augusto cogita se aproveitar de Nathalia antes de o serviço ser feito. "Não é que o bosta do índio conseguiu mesmo! Que mulher... e que raba! Largaria minha família na hora pra ficar com ela!", pensa. Zé também se sente seduzido pelo perfume, olhar e presença da bela jornalista, porém, no íntimo, gostaria que ela tivesse provas contra o seu inimigo Carlos Rodrigues e o tirasse de circulação. "Será que o Carlos dominou a safada ou será que ela não aceita uma grana para denunciar esse índio dos infernos e deixar a gente em paz?"

Nathalia se senta numa poltrona confortável e tira da bolsa um pequeno gravador. Carlos vai para trás dela. Zé e Augusto se sentam em frente a ela, fingindo disposição para serem entrevistados. Augusto não hesita em olhar para as coxas da mulher, que se revelam pela fenda do vestido. A jornalista não se intimida e mantém a exposição da perna.

"Pelos deuses, eu trouxe uma inocente que só está fazendo o seu trabalho pra esse covil de lobos. A pobrezinha nem imagina a maldade e as intenções que esses caras têm. Vai ser doloroso fazer o que tenho de fazer com uma mulher como essa", conjectura Carlos.

Todos aguardam perguntas inocentes, mas...

– Qual de vocês três invadiu o meu quarto no hotel e roubou as minhas anotações?

O trio se choca. A pergunta foi direta e afirmativa. "Qual de vocês três" é praticamente uma acusação. De maneira inesperada, Nathalia surpreende aqueles que queriam surpreendê-la. A mulher sabe muito mais do que aparenta e não é, nem minimamente, uma idiota ingênua.

– O que podem revelar sobre Amazônia Legal, trabalho escravo indígena, exploração de madeira em regiões proibidas, sonegação de impostos, sumiço inexplicável de ativistas...?

Zé e Augusto se olham, tomam fôlego para responder, nada dizem, começam a suar... Sem olhar para trás e encarar Carlos, a jornalista também lança uma pergunta ao homem que a impressionou no jantar:

– E você, sr. Carlos Rodrigues? O que me diz? Como conseguiu subir tão rápido na organização, vindo do nada e sem padrinhos políticos?

Segundos constrangedores de silêncio congelam o ar do escritório. Zé sua frio. Augusto sente certo prazer em testemunhar Carlos sendo pressionado. Num bote digno de uma onça, Carlos agarra a mulher com um mata-leão. A velocidade é espantosa e o baque do corpo dele contra a cadeira é alto a ponto de assustar Zé e Augusto.

– Mas que porr...

Antes que Zé termine a frase que soltou inconscientemente, Carlos puxa com força os braços da jornalista para trás da cadeira e a algema. A mulher grita duas vezes. O primeiro grito é de susto pela ação violenta, o segundo é de dor por ter os braços torcidos para trás como se fossem gravetos.

Carlos nada diz, apenas garante que as algemas estão bem firmes e sai da sala. Augusto e Zé comemoram a ação.

– Isso mesmo, Carlos. Perfeito! – elogia Augusto.

– Sua vadia filha da puta! Agora você vai ver o que acontece com quem mexe com os donos deste lugar! – exclama Zé.

– Me soltem agora! Eu represento a imprensa livre do Brasil! Se fizerem qualquer coisa comigo, vão se foder com isso! A polícia vai...

Zé a interrompe.

– A polícia é nossa, moça.

– A polícia, os hospitais, os políticos... é tudo nosso. *Você* é nossa! – completa Augusto, esticando o pescoço para fora da sala, para verificar se Carlos está por perto. Em seguida, fecha a porta e enfia a mão dentro da calça.

– E se a gente der uma judiada nela antes de matar, hein, Zé? Tô cheio de tesão nessa loira.

Nathalia faz, em vão, um grande esforço para se soltar. Grita e se desespera. Então, começa a chorar.

– Sei não, Augusto. Depois fazem perícia e acham algo nosso nela...

– Cala a boca, seu frouxo! A gente vai queimar o corpo e arrancar os dentes! Ninguém nunca vai saber que fim levou.

– Mas... e o nosso plano de foder o índio? – sussurra. – Se sumir com o corpo não vai dar pra culpar ele!

Augusto congela diante da lógica inquestionável de Zé, mas, em seguida, muda de ideia.

– Ah, quer saber? Foda-se! Depois a gente... – imita com os braços e o quadril um ato sexual – ele de outro jeito. Agora eu quero é meter a rôla na branquinha!

– Não estraga muito ela que depois sou eu!

– Vou demorar aqui, viu, Zé? Quero aproveitar cada buraco!

Augusto se aproxima de Nathalia, que chora com os olhos arregalados. Carlos retorna à sala, interrompendo a intenção dos homens. Augusto, que já estava desafivelando o cinto, para e se afasta da jornalista.

– O que vai fazer, Carlos? Se for pra matar agora, deixa eu... primeiro...

Carlos não diz nada, apenas se aproxima da cativa e lhe derrama uma beberagem na boca. Nathalia, mesmo na iminência da morte, vê a entrada de Carlos no ambiente como a chegada de um salvador que a impedirá de ser violentada. A contragosto, ela sorve o líquido amargo e morno da cumbuca trazida pelo índio. Em questão de segundos a jornalista já começa a se sentir tonta e, ao mesmo tempo, elétrica. Carlos agacha-se de frente para ela, prostrada, enquanto Augusto e Zé gargalham.

– Escuta aqui, moça. Ouça bem! Esse chá vai deixar tudo mais forte e intenso. O cinza vai ficar preto, o amarelo vai ficar branco. Os sons altos vão engrossar e te deixar surda. Os sons baixos vão parecer deboche. Tudo vai ficar mais feio e entrar mais fundo em você. Você vai sentir mais, entender mais e prestar mais atenção. Mas vai passar logo.

Os olhos de Nathalia giram. Tudo parece estar mais próximo e muito mais assustador. A jornalista tenta falar, e sua própria voz parece o rugido de uma leoa ferida. Zé e Augusto seguem gargalhando, e os sons de suas risadas lembram hienas.

– Boa, Carlos! Incrível, cara! – diz Augusto para bajular o índio.

– Olha, ganhou ainda mais o meu respeito! – reforça falsamente Zé.

Carlos tranca a porta do escritório, aproxima-se de Augusto e dá uma baita cabeçada no nariz do sócio. O sangue jorra. Antes que Zé sequer *pense* em reagir, o índio lhe aplica um forte golpe no pomo de adão, derrubando-o no chão. Cada murro e cada chute violento invadem a mente da jornalista e se solidificam como que gravados em pedra. O horror se torna palpável para Nathalia, principalmente quando gotas rubras respingam no rosto e nos cabelos dela. Algemada, a mulher não consegue se mexer nem gritar, apenas geme e assiste aos detalhes daquele massacre.

– Podem gritar! Gritem bem alto! Eu adoro quando os dois dão chilique – diz o índio. – E pra garantir que não vão correr com o rabinho entre as pernas... – Carlos saca a pistola e mete um tiro no pé de cada um dos sócios.

Zé e Augusto estão com o rosto desfigurado. E, claro, nem mais de pé conseguem ficar.

– Tá vendo, Nathalia? Tá prestando bem atenção?

Como os vidros são blindados, nada pode ser ouvido por quem está do lado de fora. E então, Carlos abre a porta e se vira para os capangas, o seu e os dois dos sócios:

– Com calma. Entrem, venham.

Os três obedecem e caminham para o show de horrores que se tornou aquele escritório.

– Quem aqui quer trabalhar só pra mim? Vocês dois? Então, pra quem quiser, eu prometo muita riqueza. Agora, quem não quiser... já sabe.

Os capangas se olham. Não há fidelidade nesse meio. Leva quem paga melhor, impõe mais terror e mata com mais requintes de crueldade. Vendo os patrões naquele estado e prestes a comer grama pela raiz...

– Sim... sim, seu Carlos, a... a gente sempre quis trabalhar só pro senhor!

Carlos sorri, satisfeito, com o rosto sujo de sangue.

– Bem-vindos, então!

Carlos dá um tapa no ombro de cada homem. Em seguida, fecha a cara e pergunta para seu velho capanga:

– Posso confiar, não posso?

– Claro, dr. Carlos. Agora são de total confiança.

– Ótimo, então, já tenho duas missões para vocês dois.

– Manda, chefe!

– Cada um de vocês vai amarrar um ex-patrão.

– Pode deixar, seu Carlos.

– *Seu* é o caralho! É *doutor* Carlos a partir de agora.

– Sim senhor, dr. Carlos!

– Depois, chama todo mundo aqui, amém?

Os homens não respondem, Carlos insiste.

– São surdos?!

– Amém.

– Amém, dr. Carlos!

– Ótimo.

Carlos ordena que aguardem seu chamado do lado de fora da sala e volta a atenção para o seu maior prêmio: a jornalista Nathalia Gouveia. Ajoelha-se novamente em frente a ela. A moça está com o semblante em choque. Olhos arregalados e pupilas dilatadas completam a expressão de horror.

– Então, Nathalia, vou lhe dar duas opções. E isso já é muito mais do que esses dois lixos aqui tiveram. É simples: você pode partir e descansar para sempre. Se escolher isso, garanto que não vai sofrer. Será rápido e limpo. Indolor. Sua segunda opção será ficar comigo. Ser minha esposa. Eu lhe prometo uma vida repleta de cuidado, carinho, amor, proteção e conforto. Vou lhe encher de riquezas e poder. Sua vida será plena de tudo o que sempre quis e mereceu. Isso aqui não foi para te assustar, mas para te mostrar que eu faço tudo que quero e vou até as últimas consequências. Você merece um homem assim, Nathalia, um deus. Alguém que toma o que quer, na hora que quer e da forma que bem entender. E sem ter que implorar. Aceita?

Nathalia fita os olhos do índio com curiosidade, tentando compreender cada palavra dita.

– Nathalia, eu… eu me apaixonei por você assim que te vi. Tive uma chance grande de acabar contigo, mas quero você só pra mim… e então?

– Primeiro me solta, por favor.

Carlos obedece e a livra das algemas. A jornalista alisa os pulsos marcados e fica em silêncio por minutos, de cabeça baixa. Então, surpreendentemente, ergue o olhar e coloca a mão no rosto do índio.

– Eu já sou sua mulher, Carlos. Já sou sua. Toda sua. Acho que... acho que sempre fui. Só precisava encontrar você. Quero aprender tudo. Quero conhecer seus deuses e o seu poder. Quero você hoje, e quero assim, sujo, banhado de suor, de sangue... Quero você aqui neste tapete, até não aguentar mais.

Carlos ordena agora que os capangas voltem à sala principal. Com algum esforço, amordaçam os antigos empregadores e saem para chamar mais homens, algo que irá demorar algumas horas até eles chegarem de diferentes lugares. Nesse ínterim, o recém-formado casal se entrega a uma primeira relação: nervosa, ansiosa e animalesca. Ali mesmo, na frente dos ex-sócios de Carlos "Iaruanã" Rodrigues, com suas feições deformadas, sobre uma enorme mesa de madeira maciça.

A sinceridade da jornalista fica evidente e palpável. Não há mais medo ou falsidade, apenas pura transparência. Nathalia se tornou esposa e braço direito de Carlos Rodrigues. Suas futuras reportagens sobre o Amazonas e ONGs ressaltarão a proteção das reservas indígenas e tudo aquilo que os europeus, americanos e brasileiros mais ricos, por interesse ou por ingenuidade, querem e gostam de ouvir.

PARTE QUATRO

O Poder pelo Poder

Nasce o Império

Os amantes, enfim, se vestem. Sentem-se completos, satisfeitos e prontos para enfrentar o mundo lá fora. Em meio ao caos em que o escritório se encontra, Nathalia suspira e observa Carlos se vestir.

– E agora? O que quer que eu faça? – pergunta ela.

Carlos não esconde a satisfação em ver a amada tão entregue e submissa.

– Você vai para o hotel, busca sua bagagem e vem morar comigo. Logo planejaremos o maior casamento que o Estado do Amazonas já viu. Você vai escolher um terreno e terá uma casa do tamanho que quiser, com quantos quartos quiser. Vou mandar levarem você.

Nathalia sorri e o beija.

– E você confia em mim para me deixar ir depois de tudo o que vi e sei?

– Você ainda não viu tudo. Vou lhe mostrar uma coisa bem importante e sagrada pra mim.

– Quando?

– Agora!

Carlos, então, executa em Zé o ritual Moxiruna.

– Você acaba de testemunhar um ritual secreto e secular do povo Moxiruna, o meu povo. Eu também lhe contarei muitos outros segredos importantes da minha vida. Quanto a confiar em você, a cada segundo, confio mais! Agora vá para o hotel e me espere lá. Tenho que terminar meu trabalho aqui.

O índio aguarda pacientemente a chegada dos capangas, que não tardam a aparecer. Nathalia deixa para trás o escritório. Ele, imediatamente, repete o procedimento em um moribundo Augusto.

★ ★ ★

Houve certa comoção, medo e até mesmo alguma revolta entre os homens que puderam ver o corpo mutilado do Zé sobre a mesa. Espantados, olhando uns para os outros, tentando entender de onde saiu tanto sangue e tecido humano espalhados pelo chão, paredes e móveis, de uma coisa têm certeza: jamais devem trair ou mesmo questionar Carlos Rodrigues. Ninguém consegue dar uma palavra! Há uma perplexidade densa no ar.

"Isso é o que eu faço com quem atravessa o meu caminho!"

Mantendo o tom de voz baixo, professoral e frio, o índio prossegue:

"Eu sou o dono de tudo, agora. Todas as madeireiras, todas as áreas de exploração, todas as forças de trabalho e todos os escritórios são só meus. Não existem outros líderes. Alguém aqui tem alguma dúvida ou quer tentar disputar o comando comigo?"

Ninguém nem pisca.

"Vamos lá! É a chance de se tornar um milionário. Vai ser uma briga justa, mano a mano, sem armas, eu prometo."

Com a esperada permanência do silêncio e do "fenômeno da petrificação", Carlos Rodrigues continua:

"Então está combinado. Agora, eu tenho uma proposta a todos: aqueles que ficarem ao meu lado e mais me ajudarem na construção do meu império, eu prometo que, em breve, serão meus capitães. Terão muito dinheiro, poder e um pequeno exército para comandar. Serão meus representantes por esse mundo afora. Contudo, aqueles que não quiserem… poderão ir embora e dependerão da própria sorte."

Os homens se entreolham e testemunham Carlos depositar vários maços de dinheiro sobre uma mesa lateral.

"É só pegar e ir. Sem ressentimentos."

Um dos homens, o mais indignado e fiel a Augusto, vai à mesa, pega o maior maço e sai em passos acelerados. Carlos nem olha para ele.

"Bom, um idiota já foi. Mais alguém? Mais alguém? Dou-lhe uma, dou-lhe duas… O resto de vocês me jura lealdade total?"

Diante do silêncio, o temido líder repete a pergunta aos gritos:

"Vocês serão leais a mim?"

"Sim, dr. Carlos! Seremos!", exclamam.

"Com certeza, chefe, até o fim!"

"Ótimo! Então, agora, vai a primeira lição: eu nunca digo *como* fazer, digo apenas *o que* fazer. Aí, vocês, pra me agradar, fazem melhor do que eu pedi. Entenderam como eu trabalho?"

"Sim!!!", gritam em uníssono.

"Então, um de vocês vai sair agora atrás daquele filho da puta que não aceitou trabalhar pra mim. Vai passar ele sem testemunhas. Combinem entre si quem fará o serviço. O resto volta mais tarde para limpar tudo isso aqui. Vão deixar melhor do que tava antes. Quero isso tudo brilhando. Todos os cantos. Vocês vão jogar no rio os corpos do Zé, do Augusto e do traíra que fugiu. As piranhas vão saber aproveitar o banquete. O dinheiro que tá com o cuzão vocês dividem entre todos. Quero todo mundo hoje à noite bebendo lá no puteiro e fazendo a alegria das raparigas da Dona Cabocla. Perderam o melhor cliente, mas ganharam um bando de machos pra sustentar o bordel. É ou não é?"

Os homens caem na risada.

"Depois apareço lá pra saber quem é do ramo. Não quero xibungo trabalhando pra mim! Agora vão, seus tarados filhos da puta! À caça do viado e façam tudo que eu mandei!"

Empolgados, os capangas correm para fora do prédio. Estes homens se tornarão os protetores e laranjas de toda a operação de Carlos Rodrigues. Assim ele espera.

O índio, em parceria com a futura esposa, traça um plano de crescimento político e comercial, passando invariavelmente pela vida pública. De início, arrenda um hotel ecológico nos arredores da capital federal. A partir de lá e com uma correta lavagem de dinheiro originada da exploração ilegal de madeira, Carlos expande sua rede para outros Estados, sempre com apelo ao resgate e preservação de animais e vegetação nativos. Sua maior marca passa a ser a defesa e proteção da Floresta Amazônica, com honestidade e o justo pagamento de impostos.

* * *

– Querido, tenho mais um furo de reportagem para nós! Vou mandar o tema para os grandes jornais, e eles vão adorar!

O Bom Pai

No próprio ano de 1986, uma das mais famosas jornalistas do país torna-se a sra. Nathalia Gouveia Rodrigues, esposa do famoso empresário indígena, expoente nas discussões ecológicas e indianistas. Planejam mudar-se para Belém, pela segurança da família e seu bem-estar. Lá, as crianças terão uma educação de ótima qualidade e Nathalia melhores contatos com as grandes emissoras, por intermédio dos correspondentes. Tendo optado por manter o sobrenome Gouveia por causa do reconhecido trabalho jornalístico, ela engravida logo após o casamento e, em meados do ano seguinte, a família acolhe com grande júbilo o pequeno Rodrigo, primeiro de três filhos.

Rodrigo, com alguns meses, é a alegria e o orgulho do casal. Carlos chega em casa todos os dias mais cedo para participar dos momentos de descoberta do filho. Nathalia não cabe em si de felicidade pelo marido dedicado, forte, bonito, protetor e, claro, poderoso.

Quatro profissionais trabalham para o casal: um motorista, uma babá e duas empregadas, uma dedicada à cozinha e a outra à arrumação doméstica. Muito bem remunerado, o competente quarteto serve Nathalia e o bebê em todas as suas necessidades.

Nathalia desperta cedo no domingo e não vê o marido ao seu lado na cama. Não se preocupa, pois imagina onde ele possa estar e acerta: ao lado do berço do filho. A criança foi acometida de uma otite, associada a febre, e o pai passou toda a madrugada ao seu lado, medindo a temperatura de hora em hora e, nos momentos de choro, cantando cantigas de curumim.

– E aí, como ele está? – pergunta Nathalia.

– Bem melhor! É forte o moleque!

– Forte e inteligente como o pai. Quer que eu fique com ele para você descansar?

Carlos se levanta e beija a esposa.

– Carlos, assim você não vai me querer! Nem escovei os dentes ainda! Olha só o meu cabelo!

– Não existe mulher mais linda que você, minha Iara amada. E não precisa cuidar do curumim, vou colocar ele no carrinho.

– Ele não dormiu?

– Dormiu bastante, mas tinha que acordar... estava na hora do antibiótico. Deita lá. Vou com ele até a cozinha; vai ver o papai preparar o café da mamãe.

Nathalia ri e volta para a enorme cama, para sonhar com a sorte que teve em encontrar um marido e pai exemplar em meio à crueza da floresta. Na sua mansão em Altamira, o casal desfruta de todo o conforto que o dinheiro pode proporcionar. Grande parte do tempo é dedicada a fazer algo pelo menino, considerado o verdadeiro tesouro da família.

Com o passar dos meses, cresce saudável, feliz e cercado de mimos.

– O que será que ele vai ser quando crescer? Empresário, como você, ou jornalista, como eu?

– Acredito que ele se tornará um grande advogado ou até mesmo juiz...

– Já pensou se ele quiser ser artista? Músico?

– Ou astronauta? Eu apoio!

– Carlos, por acaso você sabe como sofre mãe de astronauta?

– Estou brincando. Na verdade, ele poderá ser o que quiser. Eu vou estar com ele e ajudar. Ele e os irmãos...

– Irmãos? Mais de um?

– Com certeza, pelo menos mais dez!

Nathalia sorri.

A previsão do marido não se concretizou exatamente e, nos anos que se seguiram, mais duas crianças vieram e foram criadas com tanto amor e zelo quanto Rodrigo. O tratamento amoroso, gentil e delicado sempre foi exclusivamente dedicado à esposa e aos filhos.

O resto do mundo... bem, o resto do mundo teve Iaruanã.

Carlos Rodrigues Abraça o Poder

Em 2004, na capital do país, um senador e um deputado federal, o líder da oposição na Câmara, se reúnem num elegante café de Brasília. Localizado numa enorme área campestre, o charmoso ponto oferece mesas ao ar livre e a possibilidade para executivos, lobistas, advogados e outras pessoas interessadas em conversas sigilosas se reunirem sem serem incomodados. A presença de belas mulheres e corpos esculturais é mais do que corriqueira; é desejada. Comportadas, observam de longe se algum dos presentes cai nos seus jogos de sedução: olhares, sorrisos, decotes, insinuações...

Joaquim é senador em terceiro mandato. São vinte e três anos com passagem reprovável no Congresso, intermediando negociatas, trocando de partido e mantendo-se sempre no poder, independentemente do governo. De uma extensa linhagem de políticos, é tratado entre os pares por Visconde, devido ao título do bisavô. O outro homem, Leopoldo, é deputado federal em segundo mandato. Filho de um polêmico ex-governador, o carreirista é considerado o "garoto de ouro" da política brasileira. Atualmente, ambos são expoentes do PSEC (Partido Sustentável Ecológico Conservador), sigla criada para ser apenas uma denominação de gaveta, mas que, com o tempo, conseguiu angariar a simpatia de setores poderosos, pelo seu apoio às causas ligadas à preservação e proteção do meio ambiente, agrupando também interesses de vários partidos nas votações do Congresso. Compõe o que viria a ser chamado de Centrão.

Leopoldo, de 40 anos, considera o amigo de 65 uma espécie de mentor.

– É, Leopoldo, a coisa não tá fácil para aquele nosso projetinho da estrada – diz Joaquim.

– A nova BR?

– A própria, meu caro. A imprensa tá chamando de "Estrada que liga o nada a lugar nenhum". Parece que até tem jornalista que provou que, além de os poucos quilômetros estarem custando absurdamente mais do que deveria, já existem duas outras estradas que fazem o mesmo trajeto; enfim, coisa que a gente já sabia, mas não era para pingar na TV.

– Vou te falar, viu, Visconde, são uns filhas da puta mesmo. Imprensa tem que ser imparcial! Esse negócio de jornalista ficar cobrando o Poder Público tá dando merda! Quando a gente faz coisa boa, não sai uma nota!

– Verdade. E, me diz, o cara vai demorar pra chegar?

– Quem?

– O tal Rodrigues, o índio.

– É, já tá uns quinze minutos atrasado. Vai ver tá vindo de capivara.

Ambos riem. A reunião entre os dois e o empresário foi marcada por um fiscal chamado Wilson, já aposentado, amigo do pai de Leopoldo e, aparentemente, braço direito do empresário. O que os homens nem desconfiam é que Wilson foi praticamente escravizado por Carlos nos últimos quatorze anos e só se manteve vivo por conta do seu relacionamento com políticos e a promessa de apresentar o índio a homens importantes. Quase quinze anos depois, a promessa está cumprida. O atraso não se deu por desleixo do ex-fiscal, mas por estratégia do próprio Carlos, que quis construir uma imagem sólida ao seu redor.

– Afora isso, como vão as coisas, Visconde?

– Bem, bem. Na verdade, muito bem. Eu e minha esposa estamos pleiteando um título familiar no Country Club. Parece que vai sair.

– No Country? É difícil demais! Porra, se você conseguir, me coloca lá também. Disseram que se não te respondem em duas semanas, é porque você já era.

– Se não sair prum visconde, prum plebeu que nem você é que…

– Não fode, Joaquim. A Família Real tá na merda. Acho é que te barraram na festa.

– Será? Tomara que não. Eu estou na fila há quatro meses.

A própria hostess do café deixa dois Blue Mountain Coffee na mesa. Leopoldo pisca para a bela moça, que sorri e sai. Joaquim não deixa de notar.

– Safado, hein? Parece seu pai. Conheci e trabalhei com ele. Ele era assim também... comia todas?

– Meu pai? Nem te conto. Eu é que tô pegando leve com as primas por enquanto. Inclusive, queria uns conselhos seus. Sei que você já teve muitos problemas parecidos no passado...

– Claro, rapaz, fala!

– É que tem a Vanessinha, sabe? A Vanessinha...

– Quem?

– A Vanessinha, pô... do "Cerimonial" da Presidência da Câmara.

– Ah, a Vanessinha, sei, sei...

– Então, ela tá me chantageando. Tem foto minha e o escambau. Pediu uma grana pra ficar quieta.

– Xiiiii, meu compadre. Se fosse há uns quinze ou vinte anos, eu iria sugerir fazer como a gente fazia na época: chá de sumiço nela! O problema é que hoje tudo tá muito difícil.

– Bom, depois resolvo isso. Se for o caso, eu pago.

– Mas você também, hein. Garoto novo mesmo. Que merda! Tava apaixonado?

– Fazer o quê? Agora fodeu! Mas eu saio dessa, com certeza. É só questão de tempo, e eu resolvo...

Ambos bebem o caríssimo café. Joaquim olha o relógio.

– Porra, índio filho da puta. Eu nunca espero ninguém! Onde se meteu?

– Cagou no mato e limpou a bunda com urtiga, só pode! – Os dois riem de passar mal com a piada.

Nesse momento, o gerente do estabelecimento se aproxima das mesas situadas na varanda, avisando que, em cinco minutos, um helicóptero pousará no heliporto, pedindo desculpas pelo desconforto e para que segurem pertences leves sobre as mesas.

Os dois políticos se olham.

– Caramba! Tem figurão vindo. Visita gringa?

– Será? Não fiquei sabendo. Bom, falando no índio, é o seguinte: com ele o esquema é o mesmo de sempre, mais um empresário com olho grande. A gente pede alto, uns sete pra ajudar em alguma campanha, enfim, a gente mente que a cúpula do partido não quer muita exposição com índio e explica que nem vamos levar o apoio dele para o presidente, pra não incomodar. Dizemos pro índio que ele só vai dar grana.

– Concordo. Assim como os outros empresários, ele só quer turbinar o relacionamento, passar uma ou outra leizinha e andar com poderosos feito a gente. Vamos pressionar o índio, dizendo que queremos o apoio dele só para emplacar uns candidatos. Claro que ele vai chorar, afinal... sete milhões é grana.

Leopoldo levanta a voz, quase grita para ser ouvido, devido ao som do helicóptero que se aproxima. Voam guardanapos, toalhas e papéis.

– É, mas a gente não faz por menos que cinco. A gente deixa quatro no partido pras campanhas e pega quinhentos pra cada, tá bom?

– *Deal!*

Passados alguns minutos, Joaquim e Leopoldo olham para o lado e se deparam com o maior e mais imponente índio que já viram na vida. Vestido com um Ermenegildo e usando um reluzente Panerai, Iaruanã estende a mão. Os homens se levantam para recebê-lo.

– Sr. Carlos Rodrigues, é um prazer!

– Eu estava em Goiânia, numa reunião. O piloto fez de tudo para eu chegar a tempo, mas tivemos problemas com o vento. Uma pena! Isso tomou o *nosso* tempo.

– Sem problemas, por favor, sente-se.

Carlos puxa uma cadeira. Joaquim insinua apresentar o elegante local, mas o índio faz um sinal de que não é necessário.

– Então, Carlos, essa cafeteria é o que há aqui em Brasília. Nível internacional. Se pudermos recomendar, experimente o Blue Mountain. É um dos cafés mais caros do mundo e...

– Doutor Carlos, como vai? Que saudade!

A hostess, anteriormente assediada por Leopoldo, se aproxima da mesa, efusiva.

– Oi, meu doce. Tudo bem? Como vão seus pais?

– Bem, muito bem! E a Nathalia e as crianças?

– Estão ótimos. Avise seu pai... faz tempo que não venho aqui no café dele, mas sabe como é, as coisas lá em casa...

– Não se preocupe, dr. Carlos. Olha, estamos com uma remessa exclusiva de Black Ivory hoje. Posso servir?

– Claro... três xícaras, por favor.

Joaquim e Leopoldo se entreolham. Carlos explica:

– Adoro Blue Mountain... jamaicano, né? Mas nada supera o Black Ivory. Ele é produzido a partir dos grãos consumidos pelos elefantes da Tailândia e coletados direto das fezes... O sabor é influenciado pelas enzimas digestivas dos elefantes... Já experimentaram? O dono daqui é um velho amigo meu. Encomenda para mim.

– Fezes? Nossa, que... que bo... bom!

Os políticos, impressionados com Carlos, retomam o fio da conversa.

– Então, sr. Carlos, eu sou Joaquim da Cruz Machado e esse é o famoso Leopoldo...

– Vocês podem me chamar apenas de Carlos, por favor.

– Está bem... Então, Carlos, muito obrigado por ter vindo. Sabe que pesquisamos muito sobre você e a sua participação em atividades ecológicas e indígenas?

– Imagino. Então, os senhores bem sabem que eu realmente me importo, e por isso que eu gostaria...

– Então, Carlos, você gostaria de apoiar candidatos do nosso partido, correto?

– Na verdade, eu gostaria...

– De pôr dinheiro no partido. Olha, já devem ter te falado por aí que a gente não faz por menos de sete milhões.

Os homens, tarimbados portanto diretos, além de não deixarem Carlos falar, mostram a péssima e velha arrogância de quem se dirige a alguém considerado de menor importância. O índio se ajeita na cadeira e desiste de tentar falar. Os homens prosseguem.

– Achou sete muito pesado? O seu ramo é o madeireiro, não é? Olha, dá pra gente facilitar. Temos contatos! Claro que quem não é nosso amigo pode encontrar algumas dificuldades...

"Brancos. Sempre tentando impor sua vontade na base da carteirada", pensa Carlos.

Uma garçonete traz os cafés e serve a mesa.

– Obrigado – Carlos é o único a agradecer.

Os três levam as xícaras aos lábios e sorvem um pouco do precioso e exclusivo líquido.

– Delícia, hein, Carlos? Parabéns pela escolha!

– Insuperável, não?

Assim que as xícaras são devolvidas aos pires, Leopoldo toma fôlego para falar, mas agora é Iaruanã quem interrompe, chamando novamente a garçonete.

– Pois não? – diz ela.

– Pede para a Patrícia botar na minha conta, está bem? Preciso ir.

A garota aquiesce e se afasta. Há espanto no olhar dos dois homens.

– Como assim, Carlos? Falamos algo errado? Olha, se o valor está alto, nós…

Carlos sorri.

– Não, não me levem a mal. É que estou com pressa. Tenho que ir a outro encontro aqui perto e a pessoa não gosta de esperar. Avisei que estaria com vocês. Então, serei breve e direto.

Novamente, os dois políticos se entreolham, estranhando. O índio, ainda sentado, mas já limpando a boca e se preparando para sair, declara:

– Eu vou entrar para a política.

– Entrar?! Olha, Carlos, não é fácil assim. Claro, você pode pesquisar algum diretório regional e se candidatar a vereador ou ir como suplente… Há umas prefeituras pequenas bem no interior do Amazonas que…

– Como deputado federal pelo Mato Grosso do Sul.

Joaquim desdenha:

– Olha, Carlos, aí é demais! Em respeito ao Wilson, nosso amigo em comum que agendou essa reunião, grande amigo por sinal, tenho que informar que não é tão fácil assim e…

– Ele não é meu amigo.

– Não?

– Ele *apenas* trabalha para mim.

Wilson, o fiscal que Carlos deixou providencialmente sobreviver por ter contatos importantes, é *lembrado* pelos políticos:

– Ah, sim, cá entre nós, o Wilson é um...

– Como já mencionei, eu não tenho amigos. Tenho apenas empregados e associados – Carlos não permite que termine a frase.

– Ok, que seja, então. Deputado federal é um cargo já reservado, e ainda mais para o Mato Grosso do Sul.

– Entendo... entendemos o que o senhor está dizendo, mas...

– O Mato Grosso do Sul é essencial para o partido de vocês, e eu serei eleito por lá. Ah, também tenho quem faça pesquisas para mim.

– Mesmo assim. Seu domicílio eleitoral fica no Amaz...

– Já transferi.

– Certo, mas há alguns entraves que... Olha, realmente não sei se você está a par. Não sei se a sua pesquisa foi tão profunda assim para...

– A base religiosa do partido já está comigo. Além das grandes doações que fiz nos últimos meses, apareci publicamente em dezenas de eventos e cultos ao lado dos principais líderes. Fiz o mesmo pelos católicos. Falam por aí que sou um índio ungido – diz Carlos, rindo.

Os homens seguem sérios e, até certo ponto, intimidados.

– Carlos, custa caro para se eleger deputado federal. Muito mais que os sete milhões que pedimos. Além disso, há outras instâncias...

– Senhores, é o seguinte. Tenho muita pressa, vocês não me entenderam e não me servirão de nada falando desse jeito, como uns pamonhas. Prestem atenção porque só falo uma vez.

Nesse ponto, o tom de voz do índio torna-se mais elevado e ríspido.

– Estou colocando vinte milhões no partido. Vinte milhões elegem um deputado. Mandei pesquisar, lembram? Quero esses vinte integralmente no partido. Não quero camundongo mordiscando nada desse valor, está certo? NADA! Pra garantir, vou dar quinhentinho para cada um de vocês por fora.

– Nossa, Carlos, nós... eu... não sei o que dizer!

– Ah, tá, já ia me esquecendo: a nova BR vai ser autorizada na próxima semana. Fiz os fiscais aprovarem. Joaquim, hoje de manhã eu liguei para o conselheiro-chefe do Country Club. Eles já haviam dispensado a associação da sua família, mas vão reconsiderar. Leopoldo, está todo mundo sabendo do seu problema com uma putinha dessas que circulam no planalto. Ninguém nunca mais vai ouvir falar nela. Ah, só lembrando: resgatei as fotos e os vídeos. Ficarão comigo.

Carlos se levanta e, de pé, bebe um copo de água com gás num gole, para continuar sua preleção:

– Daqui a dezoito meses vai ter eleição, então quero que os dois aí corram com tudo pra eu ganhar. Não terão mais um centavo da minha parte. O trocado que dei para cada um foi só um cartão de visitas e um jeito de sempre se lembrarem de que é melhor para vocês que tudo sempre dê certo para mim. Tenho certeza de que ficou bem claro. Por obséquio…

Carlos começa a se afastar. Joaquim, mesmo com o queixo caído, ainda levanta um possível obstáculo:

– Carlos… ainda há o presidente do partido… teremos que convencê-lo e…

– Eu e ele já nos acertamos há quinze dias. Estamos cem por cento de acordo. Com quem vocês acham que estou indo me reunir agora?

Mesmo com o presente milionário dado por Carlos, Joaquim e Leopoldo saem do café com um amargor na boca. Um gosto que vai além do sabor raro do Black Ivory. A terrível sensação de que, agora, eles têm mais que um chefe, têm um dono, um senhor poderoso e implacável.

O Dono do Mundo

Fim de junho de 2014. Praticamente todo o Legislativo e Judiciário brasileiros se preparam para engatar a mais lenta das marchas; afinal, juízes, desembargadores, ministros, deputados e senadores precisam aproveitar as férias dos filhos e reduzir a já pouca carga de trabalho. Muitos viajarão por longas semanas de descanso para suas fazendas ou mansões no exterior.

Como de costume há quase uma década, a homérica festa secreta de despedida está sendo oferecida pelo deputado federal recém-vitorioso para o seu terceiro mandato, o líder indígena e madeireiro Carlos Rodrigues.

Apenas os políticos mais influentes foram convidados, pois trata-se de um verdadeiro círculo de poder, no qual somente homens com contatos e relacionamentos interessantes para Carlos têm acesso ao rega-bofe. A festa oferece sigilo, conforto e diversão com lindas acompanhantes, bebidas importadas e álibis perfeitos para despistar as esposas e a imprensa.

A grande mansão onde a festa ocorrerá fica numa área afastada, por lá mesmo, no Planalto Central, bem longe da sua própria, no Lago Sul. Cercada por alto muro e longo jardim, a imponente construção é completamente segura. Homens armados circulam por toda a área, garantindo a entrada exclusiva a convidados. Estacionamento com manobristas e guarda-volumes compõem os serviços ofertados pela infraestrutura da mansão.

Dias antes da realização da festa, assessores de Carlos montam as listas, comunicam os convidados e providenciam os álibis. A festa é formalmente chamada de Confraternização e Workshop sobre Governabilidade e Sustentabilidade no Terceiro Milênio. Convites e um tedioso programa de palestras são impressos e encaminhados às residências dos políticos, além de crachás e uma convocação oficial. Que fique bem claro: tudo falso, mas profissionalmente simulado. Uma espetaculosa farsa.

Não há, em toda a capital federal, político mais popular e bem relacionado que Carlos Rodrigues. Mesmo opositores o veem como o homem que consegue tudo, aquele que sabe se relacionar e construir pontes, reais também, mas principalmente metafóricas.

– Você é a verdadeira definição de político, Carlos! – brada o importante e conhecido senador dr. Silva Prado, erguendo uma taça de Dom Pérignon, acompanhado pelos demais. Todos estão relaxados e de guarda baixa. Não há inimigos ou animosidades na festa do deputado Carlos Rodrigues.

Dois parlamentares que, há algumas horas, discutiam no plenário a respeito da criação de uma determinada CPI, agora abraçam-se em camaradagem enquanto duas lindas garotas dançam, rebolam e se esfregam no meio deles. Celulares são proibidos. Carlos não permite nenhuma gravação, exceto as que ele mesmo providencia sigilosamente com câmeras ocultas em todos os cômodos, inclusive nos banheiros. Garotas caríssimas – algumas conhecidas como subcelebridades – de Goiânia, do Rio de Janeiro e do próprio Distrito Federal são trazidas aos montes, excedendo em muito o número de homens.

Há também a possibilidade de consumo de drogas, claro, como maconha e cocaína. As moças reclamam da ausência das sintéticas, bem como da escolha do repertório musical, que tende aos principais hits das décadas anteriores.

Ninguém estranha que o próprio dono da festa não se envolva com mulheres ou com drogas. Todos ficam tão entregues à própria diversão, que deixam de avaliar o óbvio: estão sendo manipulados. Carlos fica sentado num mezanino, tomando uísque e fumando charuto. Recebe um a um numa sala mais reservada para conversar amenidades e presentear com agrados, realizar conchavos e/ou ameaças. De vez em quando, circula pela festa, cumprimentando a todos, dando ordens aos garçons e verificando se tudo está ocorrendo da maneira esperada.

O índio evita, ao máximo, políticos do Poder Executivo. Raramente recebe governadores ou prefeitos. Nenhum presidente eleito frequentou alguma festa sua, porém, grande parte dos candidatos à presidência já esteve nessas comemorações. O objetivo maior é o relacionamento com aqueles que legislam e julgam. Pode-se dizer que, por meio do "toma lá, dá cá", Carlos é um dos homens mais influentes da República, um superlobista capaz de prover qualquer necessidade que lhe é apresentada, confabulando com as pessoas certas. O preço cobrado nunca é em dinheiro, mas em influência, favores e networking.

A corrupção, tão arraigada no cerne do país, não passa diretamente pelas mãos do irmão de Iaúna. Ainda que Carlos seja uma das peças principais para que ela ocorra nas altas instâncias, ele não usufrui propriamente de superfaturamentos ou propinas, deixando isso para os brancos que pensam pequeno, são gananciosos e escravos do dinheiro, diferentemente dele, que é o senhor declarado do poder.

Perseguição

Início de 2018, no bairro de Higienópolis, uma mulher sai apressada de casa, em plena madrugada. Teve apenas um dia para os preparativos: fazer as malas, separar um bom montante de dinheiro, comprar roupas discretas, óculos escuros, um véu diferente de todos que já usou e uma passagem para Brasília. A ideia é ir de ônibus. Avião? Nem pensar. Um veículo que fica suspenso no ar não pode ser obra dos deuses, além de que, para voar, são necessários inúmeros dados para a compra das passagens, além dos registros por câmeras e muitas inspeções de segurança, que poderão denunciar o seu paradeiro e a identidade falsa.

O táxi para em frente ao portão e o taxista sai do carro para ajudar com as malas. São duas valises grandes e pesadas.

– Olá, dona, tudo bem?

– Sim, meu filho. Como está o trânsito? Não posso perder tempo.

– Daqui pra rodoviária do Tietê a essa hora são uns trinta minutinhos, dona.

O motorista não consegue esconder a estranheza pelo fato de a mulher ocultar o rosto sob um véu. A corrida foi agendada no fim da tarde anterior, e a mulher foi instruída a comprar a passagem na hora, no guichê da rodoviária. "Eu vou no primeiro ônibus. Não posso ficar de bobeira", pensa, olhando para os lados e entrando rapidamente no veículo. A rua parece vazia, exceto por um carro popular parado na esquina. O vidro não permite ver se há ocupantes.

Com o táxi carregado, o motorista fecha os vidros e liga o ar-condicionado, mas um homem sai do tal carro e se aproxima do táxi.

– Dona, a senhora conhece aquele sujeito que está vindo na nossa direção? – pergunta o taxista, desconfiado.

Iaúna estica o pescoço, assustada, mas nota que, mesmo não reconhecendo o estranho, seu rosto lhe é algo familiar, e não parece ameaçador.

– Não... não conheço... Podemos ir?

– É que ele tá meio que na frente do meu carro. Vai ver, ele quer alguma informação nossa.

Antes que Iaúna responda, o homem corre até o vidro da frente, oposto ao do motorista.

– Oi, senhor, oi, senhora. Boa noite.

O taxista, mesmo contrariado, abaixa o vidro.

– Pois não.

– É... é que, bom, eu sou o vigia noturno daqui da rua e... o pessoal sempre me dá um trocado pra olhar as casas, cuidar dos carros, essas coisas.

– Diga, amigo, a passageira está morrendo de pressa.

O vigia coloca a cabeça dentro do táxi.

– Oi, dona... a senhora é a moradora dessa casa, não é?

– Sim, sou eu... algum problema?

– Não, é só pra saber se está tudo bem. Já vi a senhora, assim, às vezes, na correria... eu acho que a senhora também já me viu, né?

– Sim, sim... acho que me lembro de você.

O homem estica a mão para dentro do carro.

– Pode me chamar de Falcão. Prazer.

– Posso ajudar em algo, seu Falcão? – pergunta, sem retribuir o gesto.

O homem sorri e dá a volta, para falar com Iaúna, que está sentada bem atrás do taxista.

– Dona, a senhora disse que estava com pressa. Vou ligar o taxímetro, tá? – avisa o motorista, agora já irritado.

Falcão se agacha para encarar Iaúna:

– A senhora tá indo embora de vez?

Iaúna estranha a pergunta invasiva, mas o homem explica:

– É que... como eu cuido da rua... Se a senhora só está indo viajar, não tem problema, só me avisa pra eu ficar de olho na casa. É pra ficar de olho, né?

– Sim, sim... eu só estou indo viajar, seu Falcão, obrigada. Podemos ir – avisa, cutucando o ombro do taxista.

Falcão coloca a mão na porta do táxi e segue falando:

– Então, madame, só pra eu saber, pra segurança da senhora e dos seus bens: vai vir alguém aqui? A senhora tem filhos ou alguém que vai entrar na casa por esses dias? Pergunto porque, se acontecer algum movimento estranho, eu chamo a polícia. Sou amigo dos "coxinha" tudo.

– Estou com pressa, seu Falcão. Ainda nem comprei a passagem e...

– Eu entendo, mas a senhora não quer deixar um agrado? Desde que a senhora mudou pra cá, nunca deixou um qualquer. Todos deixam. E eu vejo que a senhora quase nunca sai. Eu tô sempre de olho. Não pode deixar um café?

Para se ver livre do homem, Iaúna abre a carteira e tira uma nota de cem.

– Olha, seu Falcão, a casa tem dono, né? Eu só alugo, mas vamos lá, o senhor parece ser uma boa pessoa... toma... tá aqui pelo tempo que deixei de contribuir. E toma mais cem para o senhor ficar de olho na casa. Não vai vir ninguém.

O taxista aumenta o ar e começa a fechar os vidros, mas Falcão é insistente e praticamente coloca o corpo dentro do carro. Estica a mão e cumprimenta, enfim, Iaúna. O bafo de álcool é evidente.

– Muito obrigado, dona. Deus lhe abençoe. É pro Tietê que vocês vão? Sei de um atalho bom pra rodoviária que...

O motorista parte lentamente, para que Falcão se afaste sem se machucar.

Quando o táxi dobra a esquina, Falcão pega o celular e começa a gravar uma mensagem de voz.

"Dona Martha... Oi, aqui é o Falcão. A senhora por acaso já está a caminho? Então... olha, não vem pra cá, não. A mulher tá indo pra rodoviária do Tietê. Nem comprou passagem ainda."

Assim que desliga, Falcão pensa: "Porra, lucrei muito com isso. Essa dona aí me deu duzentão e a outra, a patricinha que me mandou vigiar, já tinha me dado quinhentão. Acho que ser caguete vale mais que ser vigia."

* * *

No dia anterior, quando os olhares de Martha e Iaúna se encontraram e ambas se reconheceram, Martha não foi ao trabalho. Desnorteada, seguiu para a cobertura.

– Octávio, eu vi! É ela! É ela!

Octávio, que estava no escritório organizando documentos, se surpreende:

– Ela quem, Martha? Por que você não está no trabalho?

Martha parece sufocada. Toma fôlego para falar, mas Octávio continua:

– Fala, Martha! O que aconteceu? Você está pálida! Senta ali...

– Iaúna! Dona Iaúna! Ela está viva! Era ela no enterro da sua mãe! Até ao nosso casamento ela foi!

– Iaúna? Como assim, Martha? Ela morreu!

– Era ela! Sem dúvida nenhuma! Ela está viva, desfigurada e escondida!

Octávio começa a andar pelo escritório. Então, se ajoelha diante da esposa.

– Martha, você sabe que eu errei. Se isso é uma maneira de me punir, eu...

– Pare de se colocar no centro de tudo! Isso não é sobre você, Octávio! Pô, presta atenção: Iaúna está viva. Não é uma teoria, uma impressão ou um delírio. Ela. Está. Viva!

Diante da firmeza da esposa, Octávio cai sentado.

– Meu Deus! Como isso é possível? Eu quero muito acreditar em você, mas, ao mesmo tempo, prefiro que isso seja tudo, menos verdade. Aquela vagabunda está viva?

Martha sente que foi dura com o marido e acaricia seu rosto. Octávio sobrepõe sua mão à da esposa, até que ambos têm o mesmo pensamento e proferem a mesma sentença:

– Ela vai fugir!

Rapidamente, Martha se levanta e pega a chave do carro.

– Vamos até a casa dela agora, Octávio. Agora!

– Calma, Martha. Não podemos invadir a casa e não sabemos quem está lá com ela. Ela é a inimiga, lembra? Eu... eu praticamente a matei... ou, pelo menos, pensei ter matado!

– Mesmo assim! Você tem que ir lá comigo. Nem que a gente fique lá, vigiando dia e noite! Vamos, anda logo, Octávio.

O casal segue para a rua da casa de Iaúna.

– Olha, é aquela casinha ali. – Martha aponta, da esquina. – Meu medo é que ela tenha ido embora, sei lá, pode estar desesperada.

– Não. Não é do feitio ardiloso dela. Deve estar amedrontada e esperando a hora certa.

– O que faremos? Não dá para ficarmos plantados aqui, mas não podemos sair também!

Nesse momento, alguém bate no vidro do carro de Octávio.

– Firmeza, doutor.

É Falcão. Uma breve conversa entre os três basta para que fique claro que a fidelidade de Falcão é ao dinheiro. O homem explica que conhece todos os moradores da rua, exceto aquela mulher estranha que quase não sai de casa e nunca contribui para a vigilância.

– Veja bem, Falcão, é o seguinte: eu vou lhe dar esses quinhentos reais aqui, apenas como início da nossa conversa. Você vai ficar de olho na casa dela dia e noite. Pode ser que ela saia fugida, no desespero, porque ela me viu e me deve uma grana, certo?

– Certo, dona, certo. Quinhentão mesmo? Vou ganhar quinhentão só pra espio…

– Para vigiar! Quando ela sair, não importa a hora, se você perceber que ela está indo para outro lugar, fugindo, você vai me ligar, me mandar mensagem… Você tem celular, né?

– Tenho, o que falta mesmo é crédito.

– Olha, toma mais esse dinheiro para colocar crédito, então. Você vai me ligar à hora que for, assim que a caloteira aparecer. E não é saindo para andar no quintal, é saindo mesmo, com bolsa. Se ela for a pé, você me liga também e vai seguindo ela…

– Xiii, dona, mas aí vou deixar o meu posto e…

– Segue ela! Poxa, não tô pagando?

– Sim… mas…

– Então, você segue ela se ela for a pé. Se ela for de carro, táxi, moto ou disco voador, aí você me manda mensagem e tenta enrolar ela, sei lá, descobrir pra onde tá indo, se vai voltar, essas coisas. E tenta segurar ela um tempo para eu correr pra cá, ou melhor, nós corrermos.

– É pra agarrar ela pelo pescoço?

– Não, Falcão. Você só conversa, descobre para onde ela vai e... ganha tempo. Porque aí eu consigo ir atrás dela, entendeu?

– Avisar a senhora e depois conversar, enrolar e fazer a pessoa perder tempo. Se é que entendi... é comigo mesmo!

Durante todo aquele dia, Falcão vigiou a casa de Iaúna dentro do seu carro. Vez ou outra, pegava, no porta-luvas, os quinhentos reais dados por Martha. Não acreditava ter ganhado todo aquele dinheiro num só dia para um trabalho tão fácil, e então, para honrar o agrado, executaria o serviço da melhor maneira possível.

O vigia saiu algumas vezes do carro para ir ao banheiro – cedido por um bar, o mesmo onde almoçava, jantava e, principalmente, bebia durante todo o "expediente". E foi no meio de uma madrugada que flagrou a fuga da índia. Obedecendo ao combinado, telefonou para a contratante:

– Dona Martha, tudo bem?

– Quem? Ahn... ah, Falcão... tudo bem?

– Desculpa a hora, mas, como a senhora não respondeu a minha mensagem de voz e falou que eu podia ligar, então...

– Ela... ela saiu, Falcão?

– Sim, senhora. De mala e cuia. Pra rodoviária do Tietê. De táxi. Há uns vinte minutos... um pouquinho mais.

– Táxi? Vinte minutos? Acorda, Octávio!

Octávio e Martha estacionam próximo à área de embarque de passageiros. Dezenas de táxis e carros de aplicativo deixam seus ocupantes. O dia está amanhecendo e alguns ambulantes começam a se aproximar das entradas e montar suas barracas.

– Será que chegamos tarde? O idiota do Falcão disse que estava muito cedo e ficou sem graça de ligar. Só ligou depois de ficar esperando eu retornar a mensagem de voz. Burro pra caralho!!! – Martha se exaspera.

– Mas o imbecil não disse que ela ainda não tinha comprado a passagem? A gente vai rodar as bilheterias. Vai dar certo!

O casal corre dentro da rodoviária, seguindo as placas que indicam os guichês. Quando se deparam com as inúmeras empresas, quase desanimam. Ambos jamais haviam botado os pés no terminal Tietê.

– Vai ser impossível, Octávio! Olha isso! Tem ônibus para todo canto do Brasil, e olha o monte de gente!

Octávio não responde, apenas pega na mão da esposa e a puxa. Martha, sem entender, acompanha o marido. Eles caminham por todos os guichês. O médico praticamente ignora a maioria e corre, resoluto, com o cérebro em alto processamento, lendo rapidamente os destinos. Em determinado ponto, ele para. Observa mais um pouco e, então, retrocede. Finalmente, fixa-se diante de uma companhia específica.

– Octávio, não é melhor nos separarmos? Cada um vai para um lado?

– Sim! Vá até o corredor de embarque, onde estão os portões. Vê se tem um ponto alto e fica observando.

Martha segue apressada. Sente tanto ou até mais desejo de confrontar a índia. Quer provar ao marido que não se enganou e, ao mesmo tempo, acredita ter contas a acertar com Iaúna por toda a manipulação do passado e pelo mal causado a Octávio.

Dez minutos se passam. Martha encontra um mezanino de onde consegue ver os portões de embarque enumerados de vinte a trinta e dois. "Meu Deus, são muitos. Não encontraremos essa mulher." Sente o celular vibrar e olha. É uma mensagem de voz de Octávio:

"Anda por todos os portões e procura uma moça com mais ou menos vinte e cinco anos, usando uma camisa xadrez vermelha amarrada na cintura, camiseta regata preta, calça preta e guitarra nas costas. Quando achar, me manda mensagem com o número."

Mesmo sem entender, Martha obedece e desce até os portões. Começa do último e vai olhando todos, procurando, entre as centenas de passageiros, a pessoa com a descrição passada por Octávio. Ainda que a sensação seja de confusão, Martha está com o raciocínio ágil. Caminhar entre a multidão em busca de uma pessoa que não tem nada a ver com Iaúna chega a ser estranho naquela urgência, mas segue, confiante e determinada, as instruções. E é no portão vinte e dois que ela vê, sentada num banco, com as pernas esticadas e apoiadas numa valise preta de rodinhas, a garota cuja descrição coincide com a mensagem de Octávio. Rapidamente, digita para o marido: *Achei. Portão 22.*

Em três minutos, Octávio chega, esbaforido.

– Cadê?

– Ali... mas o que é que tem essa...?

Octávio explica, como se já soubesse que a esposa perguntaria:

– Não tenho certeza, mas preciso partir de algum ponto. Veja o que eu pensei... É provável que Iaúna vá encontrar o irmão. Os destinos possíveis são, prioritariamente, Manaus, Belém, Rio ou DF, onde sabemos que o desgraçado tem residência, o que faz de Brasília a minha grande aposta. A víbora está com pressa, desesperada para fugir de São Paulo, então, comprará a passagem com a partida mais próxima. Fazendo um balanço entre esses fatores, eu cheguei até um guichê com menor fila e em que a saída do ônibus era em meia hora. Fiquei dez minutos escondido atrás de uma coluna vigiando a bilheteria. Não vi ninguém nem parecido com ela passar por lá. Bom, três pessoas compraram bilhetes, mas, nesses dez minutos, essa moça foi a única desacompanhada, que já carregava o dinheiro contado na mão e não na carteira, olhava para os lados constantemente para ver se alguém a observava e, num dado momento, pegou no bolso outra passagem, já comprada.

– Será que...?

– Ela está sozinha na rodoviária, afinal, se estivesse com alguém, essa pessoa provavelmente a acompanharia na fila. Ela já tinha uma passagem no bolso, a do portão vinte e dois. Mesmo assim, alguém lhe deu dinheiro e pediu que comprasse mais uma passagem. Por isso, já foi carregando o dinheiro na mão, contado ou, pelo menos, próximo ao valor certo. Estava comprando passagem para alguém que a abordara minutos antes. Alguém que não queria ser visto na bilheteria. Essa pessoa avisou a menina, que disfarçou mal.

– Iaúna pediu para ela...

– Eu arriscaria dizer que a abordagem foi no banheiro feminino e que Iaúna inventou alguma história. Essa moça sabe exatamente o ônibus que ela vai pegar, mas aposto que Iaúna a preveniu sobre a gente.

– Entendi! Temos que chegar nela de maneira inteligente e...

– Sim, mas não temos muito tempo.

O casal se aproxima da garota, que não nota a sua chegada. Está de olhos fechados. Martha a aborda da maneira mais suave e gentil possível, ciente da emergência.

– Com licença...

– Ahn? Pois não?

– É... nós estamos procurando uma senhora... a gente acha que ela falou com você. É muito importante você nos dizer em qual ônibus ela embarcou, por favor. Ela é minha mãe, tem Alzheimer, ela está muito doente, sem os remédios... Você deve ter visto o rosto dela e...

A garota tira os pés de cima da valise e fixa o olhar em Martha para responder:

– Olha, ela me disse que ele era o filho e você a nora. Não falou nada de filha...

Octávio encara Martha, ambos trocam pensamentos: ela já nos viu.

– Ela... mamãe está confusa...

– Sei... bom. Ela está é assustada. Apavorada, na verdade. Ela me puxou no banheiro, me deu um dinheiro e pediu para eu comprar a passagem.

– Por favor, é só falar o ônibus em que ela está, por favor. Se você quiser, chamamos a polícia e...

– Polícia? Polícia, não! Não precisa! Tá, eu falo, eu falo... onze.

– Portão onze?

– Isso. Ônibus pra Taguatinga, acho que para em Uberlândia, segundo o cara da viação me explicou. Ela queria pra Brasília, mas só tinha pra amanhã. Deve estar saindo, vocês vão ter que correr!

Martha e Octávio nem agradecem e partem, acelerados, para o início do corredor.

– Brasília! Não te falei? Vamos ter que entrar no ônibus!

Acomodada em seu assento, Iaúna reflete se fez o certo.

"Acho que eu não devia ter confiado naquela maconheira, mas não tive escolha. Pior é que eu deixei uma boa grana com ela. Desse jeito, vou falir antes de encontrar o meu irmão. Será que a porta desse ônibus não vai fechar?"

– Vamos, motorista! – pede, ficando de pé.

Ignorando o pedido da estranha passageira, o motorista preenche tranquilamente uma ficha presa a uma prancheta. Iaúna é pura angústia.

"E se ela me traiu? Pelos deuses! O que que eu vou fazer quando aqueles dois entrarem por aquela porta?"

No corredor de embarque, Octávio se distancia de Martha e se desespera ao constatar que os passageiros do portão onze já subiram. Rapidamente, o médico aborda um funcionário.

– Por favor, pelo amor de Deus, onde entraram os passageiros que estavam aqui nesse portão?

– Taguatinga? Foi transferido lá para o cinco – informa o homem apontando para o ônibus a alguns metros. Nesse instante, o motor do veículo é ligado, expelindo grande quantidade de fumaça.

Dentro do seu ônibus, Iaúna finalmente ouve o motorista fechar a porta e dar a partida. "Graças aos deuses!", celebra sua vitória. Contudo, assim que começa a andar, o ônibus dá uma freada brusca. O coração da índia quase sai pela boca. Alguém bate, em aflição, na porta do veículo, pedindo para o motorista abrir.

– Abra! Abra, por favor!

O motorista, vendo a ansiedade e a angústia de um homem, abre.

Iaúna tenta pensar em algum plano desesperado de fuga. "E agora?" Nesse instante, o ônibus é invadido por um casal, mas de idosos.

O coração de Iaúna serena e ela sorri.

Enquanto isso, do outro lado da plataforma de embarque, portão cinco, Martha e Octávio se dão conta de que foram ludibriados ao entrarem no ônibus errado.

– Desgraçada, filha da puta!

– Calma, amor. Vem, vamos procurar em outro!

– Não dá mais tempo, os ônibus dessa hora já estão partindo. Porraaa!!! As duas armaram pra gente! Já era, fomos enganados.

Assim que descem do ônibus e pisam na calçada novamente, Martha e Octávio veem os veículos seguindo para fora da rodoviária. Num deles, Iaúna comemora, aliviada:

"Escolhi bem. A menina foi fiel ao nosso combinado. Como diz meu irmão, dinheiro compra até milagre."

O ônibus segue veloz para o Centro-Oeste. Diferentemente dos demais passageiros, Iaúna não consegue relaxar. Sua mente paira entre a culpa e o arrependimento. Lágrimas deslizam pela sua face parcialmente desfigurada e a fazem rever as más decisões e os momentos essenciais da sua vida.

E a pergunta que não quer calar resiste, martelando sua cabeça: Vale a pena?

Lembranças e Arrependimentos

"Eu deveria ter contado tudo para ele... para o meu Tavinho... não, para o *dr. Octávio. Ele deveria ter ficado sabendo de tudo de uma vez. Teria acabado logo com esse meu sofrimento. Como eu errei feio. Como joguei fora a minha vida e todas as oportunidades que tive. E, no fundo, sei exatamente o motivo: Iaruanã!*

Dona Cristina, pobre dona Cristina. Trocaria de lugar com ela num instante. Pedi tanto para ele soltá-la. Uma mulher daquelas, o mais próximo de uma santa que eu conheci em vida. Não merecia ter sofrido na mão do meu irmão, ter sido presa na cela, passado por um terror daqueles em suas últimas horas de vida.

Se eu tivesse contado para o dr. Octávio, assim que ele chegou na casa. Se tivesse falado: 'Basta, Tavinho! Sua mãe está aqui, está presa lá embaixo, me perdoe!', nada disso teria acontecido. Nada!

As coisas ficaram feias, muito feias... rápido demais! Não culpo o Tavinho... Mesmo contra a minha vontade, eu usei ele, me aproveitei da mãe dele, que só me ajudou e me fez bem toda a vida.

Quando ele acordou e me chamou, naquela hora em que saiu do transe... ele quase descobriu o meu irmão na casa. Talvez, se ele soubesse da dona Cristina... meus deuses!, tudo estaria bem agora.

O quanto eu implorei para Iaruanã soltar a minha benfeitora! Pedi tanto! Coloquei tudo a perder! Ele me prometeu! Ele disse que soltaria!"

Iaúna, em prantos, tenta ocultar seu estado lastimável dos demais passageiros trancada no banheiro. Então, relembra o dia em que o casarão pegou fogo, o último ritual que fez com Octávio e o momento em que o destino de dona Cristina foi selado.

"'Irmão, ela não tem culpa. Por favor, solta ela! Eu imploro!'

'Iaúna, precisamos estar seguros. E se o doutorzinho embaçar? E se ele resolver engrossar contigo?'

'Não, Iaruanã... não vai acontecer nada... E se acontecer? Não é o que merecemos? Não é o que eu *mereço?'*

'O que está dizendo, Iaúna?'

Eu me lembro de que, do andar de cima, a voz de Octávio, recém-desperto do ritual, ecoava pela casa: 'Iaúna! Iaúna, você está por aí?'

Meu irmão me fez um sinal para responder e eu obedeci:

'Sim, querido! Estou indo.'

Em seguida, tivemos aquela briga horrorosa. Tavinho me bateu com o meu cajado partido e me amarrou na cama. Gritei e urrei, mas o quarto tinha tratamento acústico. Ele enfiou aquele pano na minha boca e passou o cinto em volta. Estava possesso. Nada me doeu mais do que ver ele daquele jeito, me odiando tanto. Desisti de lutar, de falar, de gritar, e ele me perguntou sobre o Pajé. Como ele sabia? Aqueles homens horríveis haviam dito a ele. E eu respondi, eu gritei o nome do meu irmão. Era, ao mesmo tempo, a resposta à pergunta dele e um pedido de socorro. Esvaziei os meus pulmões chamando por Iaruanã! Se o meu irmão aparecesse lá, naquela hora, quem sabe me soltaria e eu teria corrido para soltar a minha querida e doce Cristina? A mais inocente na história toda, a vítima daquilo tudo estava na cela sem saber de nada... quanto sofrimento! Por que não me aproveitei daquele momento para avisar a ele? Mas Deus sabe que eu tentei...

Achei que eu iria morrer quando ele veio com aquela injeção. Então, pensei: 'Eu mereço. Mereço muito mais do que isso. Rogo para que dona Cristina escape ilesa, mas que Iaruanã, meu irmão, me acompanhe para o outro lado. Seria justo e limpo.'

Eu despertei toda queimada, no banco de trás do carro de Iaruanã. Ele só dizia 'Calma, irmã, calma! Você vai ficar bem!'. E eu só perguntava 'E a dona Cristina? Tirou ela de lá? Tirou o Tavinho?'. Acho que o meu cérebro ainda não tinha entendido a gravidade dos meus ferimentos, porque, quando a dor veio, veio de vez. Veio toda junto com o final do efeito da injeção. Senti a metade do meu corpo derretendo. Gritei e chorei tanto que acabei desmaiando.

Não sei como, mas Iaruanã – com seus contatos – me levou para uma clínica maravilhosa. Recebi cuidados de primeira linha. Jamais sobreviveria se não fosse assim. Só que eu não merecia. Não merecia e não mereço ter sobrevivido.

Quando fugi da tribo, novinha, com o meu irmão, tive certeza de que estava amaldiçoada. Fui arrancada do seio da minha família e da floresta. Fui perseguida. Quando reencontrei a decência na família da dona Cristina, conheci valores, moral, confiança, caráter, e de uma maneira que jamais achei que o homem branco pudesse ter. Como eu paguei a minha bênção? Como eu recompensei ter sido acolhida por uma família unida, calorosa, amorosa e que me deu tudo? Como eu presenteei o menino que vi crescer e ajudei a educar? O filho que nunca tive… o amor da minha vida? Eu destruí… Eu acabei com a vida de todos. Pessoas tão boas…

Ele nunca saberá o quanto eu amei e respeitei a dona Cristina. O quanto fui manipulada e coagida a tomar as piores decisões. Ele nunca vai saber.

Mas eu juro, pelos deuses, que quero tentar reparar isso tudo, e vou conseguir! Eu mereço essa chance! Dona Cristina, acredite, os deuses vão me ajudar a reparar tamanha injustiça!"

A Senhora e o Guardião

Início de 2018, Câmara dos Deputados. Em inesperada reviravolta, oposição e situação votam em igualdade a emenda enviada pelo presidente da República. Aparentemente, apenas o povo brasileiro e a opinião pública não concordavam com determinada proposta. O consenso foi conquistado por meio das brilhantes articulações do parlamentar Carlos Rodrigues. Os deputados, em peso, estão eufóricos.

– Parabéns, Carlos! Conseguiu mesmo passar a emenda!

Carlos agradece, envaidecido, enquanto caminha apressado em direção ao seu gabinete. Um de seus assessores o acompanha.

– Chefe, impressionante! A Câmara só vota junto assim, quase com unanimidade, quando é por aumento de salário, por benefício próprio... só treze rejeitaram a matéria! Como o senhor conseguiu?

– Coisa de índio, rapaz. Você é branco. Jamais entenderia...

Ambos riem. Jornalistas se acotovelam nos corredores, indignados com a coragem dos deputados e do próprio Poder Executivo em emplacar a questão polêmica, mesmo contra a vontade do povo brasileiro. A esperança dos repórteres é tirar, pelo menos, algumas palavras do responsável direto pela defesa da emenda. Segundos antes de entrar na sua sala, o índio tem uma surpresa:

– Pelos deuses, ihaninhê! Por que me abandonou? Diga!!!

Os gritos saem da boca de uma mulher de notória ascendência indígena. A estranha, cuja idade parece de difícil identificação, cobre o rosto com um véu, mas as pessoas próximas conseguem perceber uma face deformada atrás do fino tecido. Seu tom de voz agudo, modulado por certa rouquidão, chama a atenção de todos ao redor. A desconhecida grita novamente, sem se importar com os demais:

– Por que me deixou desamparada, irmão?

O índio fica desconcertado. Jornalistas, assessores, funcionários, seguranças e outros deputados correm para ver a mulher que acusa Carlos Rodrigues na frente de todos e diante do seu gabinete.

– Você me desgraçou!!!

Carlos aproveita que seu assessor destrancou o gabinete, pega a irmã pelo cotovelo e a leva para dentro da sala.

– Ai, meu braço! Para de me puxar! Ele ficou deformado, esqueceu?!

– Saiam todos! – ordena Carlos.

Os assessores se retiram sem esperar uma segunda ordem. E quando o último deixa a sala, Carlos tranca a porta e permanece olhando fixamente para a madeira. Em seguida, inspira fundo e se vira para Iaúna:

– Minha irmã! Que surpresa!

– Não me venha com essa. Estou desgraçada por sua causa!

Carlos faz sinal para que a índia baixe o tom.

– Pelos deuses, Iaúna. Quer botar tudo a perder?

– Tudo a perder? Já perdemos tudo. Tudo!!!

Carlos coloca as mãos sobre os ombros da irmã e a empurra para baixo, sentando-a.

– Calada. Quieta. Se te ouvirem, vai dar um problemão! O que há com você? Não te dei tudo? Tá faltando alguma coisa?

Iaúna, mesmo sentada, segue exaltada:

– Você deveria ser o meu sentinela, o meu guardião!

– E não sou? Não cuido de você? Te deixei com bastante dinheiro.

Iaúna coloca as mãos no rosto, aos prantos. Carlos abraça a irmã.

– Por favor, o que foi? O que aconteceu? Por que você está... aqui?

– Eu estou aqui porque você me deixou numa situação horrível! Perdemos tudo, ihaninhê, tudo! E a culpa é toda nossa! Os deuses não devem ter gostado das nossas atitudes, das *suas* atitudes. Você me abandonou!

Carlos se levanta e coloca água quente numa xícara. Em seguida, pega alguns sachês de chá. Separa dois de camomila e mergulha-os na infusão. Coloca a mão no bolso interno do blazer, retira um calmante, despeja quatro gotas na água e serve para a irmã.

– Aqui, minha irmã amada, beba.

Iaúna, tremendo, pega a xícara e dá um gole curto. Em seguida, reage com cara de nojo.

– Credo, Iaruanã. Você batizou esse chá com remédio de branco?

– É um relaxante leve, oheinê. Nada de mais.

– Mesmo assim! Você nunca precisou desse veneno químico!

Carlos ri.

– Não sou bom como você nas ervas, Iaúna.

E muda de tom.

– Minha irmã, o que aconteceu? Qual foi a razão desse vexame, desse barraco aqui em frente ao meu gabinete?

Iaúna retira totalmente o véu. Sua feição deformada causa asco em Carlos.

– Eles me viram, Iaruanã. Me perseguiram!

– Eles? Eles quem?!

– O Tavinho! Ele e a esposa me perseguiram! Já sabem que eu estou viva!

Carlos empalidece ao ouvir o nome do inimigo, as mãos começam a suar...

– Não se preocupe, Iaúna. O doutorzinho nem imagina a nossa ligação. Não tem como ele encontrar você aqui.

Mentalmente, o índio inicia um complexo plano para apagar rastros e evidências: mandar um grupo terceirizado de capangas até a casa de Iaúna recolher tudo, destruir móveis, apagar digitais; interrogar todas as pessoas – taxistas, comerciantes e vizinhos – que falaram ou viram Iaúna durante sua estada no local, bem como no trajeto até Brasília, para verificar o quanto tais pessoas oferecem risco ao anonimato da índia; garantir que câmeras públicas e privadas só captaram imagens da irmã usando o véu no rosto e, por último, colocar uma mulher com o mesmo biotipo de Iaúna para morar na casa em Higienópolis pelos próximos meses, mantendo a mesma rotina da irmã...

– O Tavinho... o dr. Octávio é esperto, meu irmão! Ele vai descobrir tudo!

Carlos afrouxa o nó da gravata, puxa uma cadeira, senta-se em frente à irmã e coloca suas mãos sobre as dela.

– Iaúna, estou muito feliz por você ter vindo. Na verdade, posso dizer que hoje é um dos dias mais felizes para mim nos últimos anos. Vou queimar alguns incensos em casa em gratidão aos deuses!

– O quê?! Você não está bravo?

– Bravo? Iaúna, minha irmã, veio me ver! Perdoe-me por não ter ido buscá-la antes, mas confio que os deuses fazem tudo no momento certo.

O índio sabe que citar suas divindades é um dos caminhos para amolecer o coração da irmã.

– Iaúna, hoje eu tive uma grande vitória. Uma vitória para todo o povo deste país! Não preciso nem pisar mais aqui nesta semana. Sabe o que vamos fazer?

– O quê, ihaninhê?

– Nós vamos aproveitar muito os próximos dias! Hoje, você vai para a minha casa. Vai ficar cercada pela sua família: eu, Nathalia e seus sobrinhos.

– Meus sobri...

– Claro! Aposto que você nunca imaginou conviver com eles, não é? Mas vai!

– Não sei, Iaruanã, eu não gosto de incomodar e sempre tive o meu cantinho. Olha só o meu rosto! Estou desfigurada até hoje pelo incêndio!

Percebendo que as gotinhas já estão fazendo efeito e a irmã está caindo na conversa, o índio segue na argumentação:

– Você fica hospedada comigo e, nos próximos dias, vamos escolher... Na verdade, *você* vai escolher a casa que quiser aqui em Brasília. Qualquer uma, de qualquer tamanho. Será sua. Só sua!

– Uma casa?

– Imagina um quintal enorme, com hortas, um herbário para você cultivar ervas e eu nunca mais precisarei tomar esses calmantes de branco! E mais: vou mandar trazer *nossas* ervas nativas pra você plantar!

– Ervas da Amazônia não...

– A gente irriga. E se não ficar bom, eu faço chover! Que raio de índios nós somos? Cadê a dança da chuva que os brancos falam que a gente faz?

Iaúna dá um pequeno sorriso e relaxa um pouco. Está sendo seduzida pelo charme e pelo humor do irmão.

– Vai ser a melhor casa que você já teve. E dinheiro! Eu não lhe dava dinheiro, Iaúna?

– Sim, sempre me deu, mas era tudo muito justo e...

– Chega de justeza! Chega de economia na sua vida! Eu sei quanto te restou... É muito dinheiro, mas vou dobrar essa quantia amanhã mesmo. Vou depositar na sua conta já! E você não vai ficar só com o meu dinheiro, você vai ser a minha assessora mais cara.

– Assessora, eu não sei...

– Não precisa fazer nada! Nem vir trabalhar você vai precisar. É só assumir o cargo e receber o salário altíssimo que vou determinar para você. Fora isso, tem tanto benefício que você nem imagina. O homem branco garantiu tudo isso nas leis mais absurdas que tive a oportunidade de conhecer e de me aproveitar delas. Você, praticamente, nem usa o dinheiro porque a Câmara vai te disponibilizar tudo, minha irmã. Isso aqui vale cada pecado que cometemos. Até os deuses já nos perdoaram!

– Que horror, Iaruanã! Não fale deles assim!

– É brincadeira, irmã querida! Apenas para dizer a você que, com um bom cargo que vou te dar como minha assessora, você nunca mais vai ter que se preocupar.

– É sério...? É sério mesmo tudo isso que você está dizendo na minha cara?

Carlos vai até a janela e abre a persiana, deixando o sol invadir toda a sala; então, dirige-se para o lado oposto, o lado da porta, e coloca a mão na maçaneta.

– Por falar em cara, agora que a poeira baixou, vamos marcar para ainda este mês todas as cirurgias plásticas que forem necessárias para você voltar a ser a mais linda índia que eu já vi e conheci...

– Plástica?

– Por que não? Aquelas que você fez eram emergenciais, agora, nós vamos reconstruir o que o incêndio destruiu. Por falar nisso, espera aí que eu vou apagar outro incêndio aqui fora.

Carlos abre a porta e sai. No corredor, diante do gabinete, dezenas de jornalistas o aguardam para que ele fale sobre a emenda e também dê explicações a respeito da estranha que acabara de chegar.

– Meus amigos, meus amigos, quero e preciso muito falar com todos vocês sobre a grande vitória do povo, hoje, na Câmara. Antes, porém, preciso dar total atenção a essa irmã indígena que vocês viram há pouco. Mais uma vítima do descaso da sociedade e da invasão da civilização. É uma irmã da selva, uma irmã da natureza. Minha porta, como sabem, está sempre aberta para todos os brasileiros, principalmente, os descendentes dos povos nativos, como eu.

Os jornalistas começam a anotar tudo e a gravar. Carlos passa pela porta e a fecha, para que não seja captada imagem alguma de Iaúna. Enquanto destila todo seu veneno persuasivo nos jornalistas, exatamente como fez com a irmã minutos antes, pensa nos próximos passos para atacar e destruir Octávio de uma vez por todas.

Em seguida, quando tudo se acalma, retorna ao gabinete.

– Diga, minha irmã, estive aqui pensando, onde foi que a tal Martha e o doutorzinho viram você?

A Aranha no Copo de Vidro

Março de 2018. Mesmo na seca capital federal, a chuva começa a incomodar os cidadãos. O deputado federal em terceiro mandato, Carlos Rodrigues, jamais considerou um incômodo a água que cai do céu. Um índio jamais poderia considerar. Naquele fim de trimestre, a preocupação que reside na mente dele tem outro nome: dr. Octávio Albuquerque Júnior.

– Porra... caralho... você não vem, irmão?

A pergunta dirigida a ele parte de Iaúna, que o aguarda para irem procurar uma casa para ela morar. Faz quase dois meses que a índia fugiu de São Paulo e, dia após dia, apresenta descontrole emocional crescente, oscilando entre momentos de profunda apatia e rompantes escandalosos.

– Fala baixo! Ninguém pode saber que você é minha irmã, lembra?

– Eu sei, eu sei! Eu sou a Irene, não posso esquecer. Irene, a descendente dos mawé que o deputado que representa os povos indígenas nomeou como assessora – Iaúna repete a frase que o irmão mandou que decorasse para não dar com a língua nos dentes.

– Isso mesmo! Se desconfiarem de que somos irmãos, vão me acusar de nepotismo...

– Nepo o quê?

– Nepotismo. É quando favorecemos parentes num emprego. É crime para os brancos, mas todos dão um jeito de fazer às escondidas.

– Ajudar tupixuara é errado para o branco? Ô povinho estranho. São muito confusos mesmo!

Os irmãos entram num carro oficial cujo motorista foi dispensado pelo deputado.

– Venha, vamos rodar por uns casarões e ver qual lhe agrada mais.

Mais cedo, Carlos traçou uma rota de visitas a casas que estão à venda. Os endereços e chaves foram providenciados por uma grande imobiliária da região, cujos donos são conhecidos de longa data do índio. As casas foram selecionadas para manterem Iaúna distante e ocupada.

"Minha irmã quase nem parece a índia sábia com quem convivi. Nem parece mais ter a inteligência privilegiada por anos de elixir. Anda nervosa, irritada, grosseira...", pensa ele.

Pouco antes da chegada intempestiva de Iaúna, a meta do índio era a quarta reeleição. Havia, claro, o embate contra o doutorzinho, mas até então estava tudo sob controle. Principalmente porque as constantes ofensivas contra o médico haviam surtido efeito e porque ainda há uma carta na manga, uma bala de prata, um tiro de misericórdia guardado para o momento oportuno.

Quando Iaúna chegou com a inesperada informação de que o doutorzinho e sua esposa sabiam que ela estava viva, Carlos se preocupou.

"Informação é poder, e o merdinha já tem quase a minha ficha inteira!", conclui, irritado, a cabeça trabalhando a mil por hora enquanto dirige.

– Agora sou um alvo!

– O que disse, irmão?

– Nada, Iaúna. Nada... pensei alto.

Os irmãos passam a tarde vendo casas de diversos tamanhos, todas com quintal grande e possibilidade de contato com a natureza e cultivo de hortas. Iaúna vê defeito em todas as propriedades.

– Irmã, precisamos escolher logo. Essas casas não ficarão disponíveis por muito tempo.

– Eu sei, eu sei. O problema é que nessa última não batia sol na janela do quarto de hóspedes. Na outra, você viu, a terra do quintal era muito empedrada. E a anterior, então? Que horror! Quem vai querer uma casa com portão alto daquele jeito? Parece uma prisão!

– Essa próxima que veremos será a última. Se você não gostar eu...

– Você vai desistir de mim e me mandar embora? Vai me colocar num ônibus e me despachar para São Paulo? É isso mesmo? Vai me jogar para os leões?

– Não, irmã. Claro que não. Nunca. É que eu tô com muitos problemas. Olha, se a gente não gostar da próxima, vou pedir pros corretores me passarem uma lista nova e amanhã mesmo você vai com um assessor lá do gabinete visitar, tá certo?

– E hoje eu volto para aquele hotel apertado em que você me enfiou?

– Apertado? É o hotel mais luxuoso de Brasília! A diária é mais cara que o aluguel de muitas casas por aí! – Iaruanã mente que nem sente.

– Você me escondeu lá, Iaruanã! Nem foi me visitar ainda… Tem vergonha de mim, né?

Carlos se segura para não gritar com Iaúna. Poucas coisas no mundo, além de Nathalia e os filhos, despertam amor num coração que é mais empedrado que a terra da casa que Iaúna rejeitou. Ele jamais se omitiu da manipulação, do mal e dos diversos danos que causou na vida de Iaúna. Ciente de que, inúmeras vezes, precisou usá-la para o que acredita, na sua mente distorcida, ser em nome de um bem maior – para ele e somente ele!

Como esperado, Iaúna detesta a casa seguinte. Vê defeitos onde não há. Cansado e, de certa maneira, desesperado só por imaginar Octávio próximo e com poder para denunciá-lo, o índio decide levar a irmã para a própria casa. Combina com Nathalia para preparar um jantar especial e, assim, acalmar um pouco a fera, melhorando a sua autoestima.

Horas depois, ainda à mesa do jantar, todos riem e conversam despreocupadamente. Carlos se levanta, animado.

– Alguém mais vai querer vinho?

Iaúna brinca com as crianças e Nathalia observa.

– Se tiver um bem docinho… eu vou.

Enquanto ele desce à adega, seu rosto se fecha, o sorriso se esvai, os olhos se apertam, a testa tensiona. Procura um vinho barato, do tipo doce, preferido pela irmã, mas não consegue relaxar. Curva-se próximo a um canto escuro e retira uma pesada pedra encostada à parede. O saquinho transparente com um fino pó branco, que brilha como se fosse fosforescente, é retirado do buraco ocultado pela pedra. O índio deposita alguns centímetros do pó sobre a lateral do dedo indicador da mão esquerda e, em segundos, aspira tudo, rápido e profundamente. Em seguida, abre e fecha os olhos várias vezes, lacrimejando.

Coloca a ponta do mesmo indicador dentro do saquinho e busca o pó para, então, esfregar o dedo nos dentes, como se os escovasse, espalhando a substância pela boca. A química pura bate forte e tira sua consciência por alguns segundos.

– Amor, você vai demorar? – pergunta Nathalia.

O chamado da esposa traz Carlos de volta à realidade.

– Já estou subindo, minha deusa!

"Vou ferrar com esse doutorzinho de merda. Chega desse joguinho! Ele e a piranha vão sumir em algum acidente… Não vai dar nem pra reconhecer os corpos… filhos da puta!"

Com a guerra declarada, sobe para confraternizar com todos, deleitando-se com a imagem de seus inimigos destruídos ao sabor de um caríssimo Tokaji.

O Pulmão do Mundo

Palácio do Planalto, 2007. O deputado Carlos Rodrigues conversa informalmente com o presidente da República, após breve reunião com o ministro do Meio Ambiente. Mesmo não estando do mesmo lado politicamente, os dois têm interesses comuns.

– Senhor presidente, o senhor sabe que eu sou considerado a voz da Amazônia no exterior e que poderemos realizar muito juntos, se fizermos algumas ações respeitando as nossas bases eleitorais, claro.

O presidente ouve a proposta do renomado deputado, que consiste em facilitar o caminho e até investir em algumas ONGs nacionais e especialmente estrangeiras, que têm interesse em atuar na floresta.

– Eu já compus todo o meio de campo para o senhor... digo, para a gente. Há uma ou outra ONG que eu mesmo ajudo, como o senhor sabe, na área de educação. São ONGs daqui mesmo. As outras a que me refiro são muito importantes nos seus países como formadoras de opinião num assunto bastante polêmico, que é a preservação da floresta. Só que a floresta é nossa, do Brasil, presidente, e eu, como índio, considero aquilo lá a minha casa.

O mandatário da República concorda. As questões ambientais sempre foram um nervo exposto na sociedade. Depois que ouve os argumentos do deputado, o presidente lhe diz que vai formar uma comitiva para que ele visite países que abrigam ONGs com potencial de investimento, para serem trazidas para atuar na proteção da floresta.

– Ótimo, senhor presidente. Entendo que essa comitiva deverá ser suprapartidária, e ficarei satisfeito em montar uma lista de nomes e apresentá-la para o senhor.

* * *

Nos meses que se seguiram, ele convocou deputados, empresários e ambientalistas para comporem a comitiva. Inteligente, o índio soube explorar bem os perfis que coexistem no ecossistema da política ambiental.

Os gananciosos e predadores foram os primeiros a serem convocados. No universo da proteção do meio ambiente, existem aqueles que só querem lucrar, e a qualquer custo. Seus objetivos são claros: explorar predatoriamente toda e qualquer forma animal, vegetal ou mineral, sem a devida preocupação com as gerações vindouras ou a sustentabilidade. Não foi difícil encontrar políticos e empresários com tal viés.

O segundo grupo foi o dos negociadores, pessoas interessadas no meio ambiente como negócio. Não ligam muito para a vida dos animais ou das plantas, pois se interessam apenas em perpetuar os lucros. Assim, suas ações até surtem algum efeito positivo, mas o foco principal é realmente aumentar os ganhos financeiros e incrementar o próprio networking.

Um pouco mais equilibrados e difíceis de encontrar foram os sustentáveis. Empresários e políticos que tentam balancear questões econômicas e ambientais. Carlos só conseguiu incluir um indivíduo desse grupo na sua comitiva.

Muito necessária foi a presença dos idealistas, inocentes que realmente priorizam a preservação acima de qualquer questão financeira. São panfletários e conseguem arrastar a grande massa a seu favor, devido ao discurso mais fácil de ser compreendido. O índio sabia que esses seriam seus porta-vozes e conduziriam a opinião pública para o lado da comitiva e do próprio presidente. A imagem de Carlos, ao longo do tempo, tornou-se muito próxima à dos idealistas, ainda que ele mesmo soubesse que fazia parte de um quinto e perigoso grupo. Um grupo raro e bem mais predatório: o grupo dos manipuladores. Dificilmente dois manipuladores conseguem conviver num mesmo projeto. Não existe colaboração no seu vocabulário. Mais ambiciosos que os gananciosos, esse grupo parasita destrói qualquer empreendimento que toca, levando não só a sua parte nos lucros, como também a parte de todos os demais envolvidos, além de assegurar que nunca mais ninguém lucrará com aquilo.

E foi com esse espírito manipulador que convenceu o presidente a investir em ONGs e, com a bênção de partidos de direita e esquerda, compôs uma comitiva multidisciplinar e suprapartidária para visitar, no início de 2008, a Alemanha, a Noruega e a França. Lá, conheceram dezenas de organizações interessadas em atuar no "ameaçado pulmão do mundo".

O Circo É Montado

Fim do verão de 2018.

Octávio, já como réu, vê seu julgamento se tornar um dos assuntos mais comentados da mídia. O episódio ficou conhecido como o "Julgamento da Década".

Imprensa e opinião pública se posicionam, redes sociais, influenciadores políticos e empresários declaram seus pareceres. Nenhum brasileiro minimamente informado pode dizer que não ouviu falar do dr. Octávio Albuquerque Júnior, da fraude e do provável desvio de dinheiro. Mesmo em liberdade, o médico não teve mais um momento de paz desde quando começou a investigar Iaruanã, o Pajé, o deputado federal Carlos Rodrigues, o Guardião da Senhora das Trevas.

Há algum tempo, quando a guerra fria entre Iaruanã e Octávio foi declarada, o índio decidiu não ir às vias de fato contra o seu inimigo. Matá-lo seria problemático e traria consequências imprevisíveis. Além de quê, a morte poderia ser considerada um alívio diante de tudo o que Octávio viria a sofrer. Foi então que o deputado federal começou a atingir o médico por vias como a reputação, o dinheiro e a carreira.

O primeiro passo foi pesquisar. Por meio de ligações e cobranças de dívidas, colocou dezenas de pessoas nos mais variados escalões e posições para buscarem pontos fracos legais, falhas fiscais ou manipulações contábeis. Certa manhã recebeu, no seu gabinete em Brasília, a visita de um aliado que trabalha por fora para a Inteligência da Polícia Federal.

– Bom dia, dr. Rodrigues, como vai?

– Bem. Trouxe o que aí pra mim? Até agora, só estão me trazendo pastas e mais pastas de merda.

– Pois eu não trouxe pasta nenhuma. Muito menos, merda. Trouxe um nome apenas.

– Um nome?

– Vou escrever. Posso pegar esse papel? Pronto... veja.

Carlos olha o bilhete escrito pelo homem e lê em voz alta:

– Renato Is... is...

– Stein... desculpe. Minha letra não é das melhores. É promotor.

– Tá certo. Acho até que já ouvi falar dele. Apertou a minha mão algumas vezes e veio pedir bênção. Tá, mas por que ele é importante para o que eu pedi?

– É o seguinte, dr. Rodrigues: minha equipe levantou...

– Equipe? Porra Yuri! Falei pra não envolver ninguém mais!

– Fica frio, doutor! Eles nem sabem pra que é a pesquisa, tudo nerd punheteiro. E nenhum deles sabe o seu nome também, não esquenta com isso! Então, um cara lá da equipe... um meio viadinho, mas é muito bom em pesquisa, cruzou alguns dados e identificou que esse tal Stein, quase que frequentemente, busca informações sobre o... o *nosso projeto*.

– Sobre o doutorzinho?

– Isso.

– E?

– Calma... Deixa eu dar todo o serviço: o tal Stein é obcecado em foder com a vida do cara. Mais até do que o senhor. Ele tenta montar conexões que não fazem sentido, pra ver se algum juiz autoriza investigação, quebra de sigilo, essas merdas. Vive tentando enquadrar o doutorzinho em algum crime. Tudo na encolha. Não se expõe porque perderia a credibilidade e...

– Eu sei. Esse tipo de perseguição não pega bem para um promotor. Mas por que ele quer destruir o doutor?

– Eles... parece que são conhecidos de infância, sabe? É coisa muito mais forte que problema de dinheiro ou inimizade política... é mais forte até...

O homem evita concluir, mas Carlos o pressiona:

– Mais forte que o quê?

– É... é mais forte até que a sua raiva, eu acho... É um tipo de...

– Ódio! Isso é ódio! Muito bom! E você sabe por quê?

– Como eu disse, coisa que vem de moleque. Parece que ele queria ficar com a esposa do doutor desde que eram moleques.

– Ah, então, ele queria a Martha?

– Quem é Martha?

– É a mulher do doutorzinho, caralho. Tu não sabe de nada, porra?

– Não sabia que o nome dela era esse.

– Bom, esse cara detesta o doutorzinho, então?

– Pra caralho!

– Ótimo. Isso é uma coisa que não dá pra forçar, não dá pra construir. É bom que seja natural. Mas, me fala, esse promotor não tá pra rodar, não?

– O senhor diz... por causa...

– Por causa dessa obsessão. Não é o tipo de cisma que fica invisível. Se até o seu... o seu gayzinho percebeu...

– Parece que já tem um movimento dentro da promotoria pra derrubar ele, mas não só por esse motivo, enfim, ele até que é competente. Atua pelo Ministério Público de São Paulo, do jeito que você queria, dr. Rodrigues!

– E como ele tá? Tá perto de pegar o doutorzinho?

– Não... não tá nem olhando para a direção certa.

– Bom. Muito bom! Com isso, já tenho a arma contra o doutorzinho. A munição já consegui há um tempo, mas precisava disso, de um cachorro raivoso. Tá dispensado.

O homem se levanta e vai se afastando, mas, ao pousar a mão na maçaneta, retorna.

– É... dr. Rodrigues, com isso... com essa minha ajuda, o senhor acha que consegue aliviar aquele problema dos...

– Presuntos que encontraram na sua fazenda?

O homem ri, nervoso, e olha para os lados, mesmo sabendo que o escritório está vazio. Carlos prossegue:

– Pode deixar que isso aí já era. Da próxima vez, não enterra os inimigos no seu terreno.

– Certo... certo, dr. Rodrigues. Obrigado, até mais.

– Espera! Três coisas: quando sair, manda entrar todos os meus assessores que estão aí fora esperando a nossa reunião terminar. Segundo: você, agora, me deve mais e, por último, quando voltar para o seu escritório, dá fim no cu frouxo. Eu não posso correr o risco de ficar na mão da moçoila, entende? Vai que...

Carlos coloca as pernas esticadas sobre a mesa. A cadeira, comprada especialmente para suportar o tamanho do índio, range ao ser reclinada. Então, após algumas poucas ligações, milagrosamente, o promotor Renato Stein é convidado para averiguar e processar os envolvidos na Operação Medicus Pecunia. Stein não entende o motivo da incumbência, mas o tema lhe parece interessante e promissor. A *cisma* do promotor pelo renomado dr. Octávio Albuquerque Júnior faz com que sejam investigadas relações entre o seu colega de infância e o crime. São encontrados indícios de desvio de recursos e fraude, o que justifica um cerco maior ao famoso cirurgião. O promotor exige que, nesse primeiro momento, seu nome fique fora do corpo investigativo por ele conhecer pessoalmente o médico, o que é acatado por todos. Essa é a sua desculpa pública pois, na intimidade, tem outros planos.

Stein, no dia em que oficia o nome de Octávio como um dos suspeitos, volta para casa, realizado.

"Meu Deus! Um presentão desses só pode ter caído dos céus! Tudo bem, meus superiores deixaram claro que envolver o 'queridinho do Brasil' numa investigação tão séria será a minha ruína ou o meu passaporte para o sucesso e o poder. Tudo vai depender do resultado, e, nesse caso, já sei, tenho certeza de que o traste vai *sifu*! Primeiro me parabenizaram por descobrir esse forte elo do Octávio com a operação criminosa, mas, depois, começou o blá-blá-blá de que é a minha última chance e tal. Danem-se! Agora é a minha vez! Nunca engoli o impostor tomando tudo o que é meu. Logo eu que sempre fui o mais inteligente, o mais esperto, o mais culto... Como um cara que era a chacota da turma e dos professores, o cara que tinha tudo para se dar mal na vida, encarar uma subprofissão ou até virar 171, de repente, aparece como o novo Einstein? Ele ficou com tudo! Ganhou a admiração que antes era minha... ganhou até *a minha* Martha! E de onde vem todo esse dinheiro que ele tem hoje? Como conseguiu ficar tão rico?"

* * *

Alguns dias depois, Stein recebe um SMS anônimo dizendo que Octávio irá no dia seguinte para Manaus e que será o momento ideal para acelerar a investigação, coletando provas materiais na suntuosa cobertura. Rapidamente, o promotor arquiteta a operação e obtém a ordem judicial. Quando avisa a imprensa – de maneira anônima, usando amigos de amigos –, fica sabendo, para seu espanto, que alguém já o fez. Nesse dia, pensa, satisfeito: "Há outro desafeto na jogada, que bom! O inimigo do meu inimigo é meu amigo."

Quando ocorre a ação da Polícia Federal no apartamento e toda a exposição pública, Renato Stein não cabe em si de tanta alegria. Vibra com cada notícia negativa que a imprensa veicula. Festeja sozinho, brindando à destruição do falso prodígio. No dia seguinte, ao entrar na promotoria, é aplaudido pelos colegas.

À mesa, toma conhecimento de que Octávio será preso e, nesse instante, pensa em coroar a vitória e torná-la completa. Liga para Martha.

– Oi... oi, Martha, tudo bem?

– Quem está falando?

– É o Rê!

Martha fica em silêncio por alguns segundos.

– Quem?

– Renato Stein... do colégio... o Stein... eu...

– Ah, oi, Renato. Agora não é uma boa hora. Eu... eu...

– Não esquenta! Eu sei, vi na TV. Você sabe que eu sou promotor, né? Um dos melhores do Brasil, e já ganhei até...

– Olha, Renato, eu não estou com cabeça. Não posso falar agora e...

– Calma, espera... Eu posso ajudar. Conheço todo mundo. Estou por dentro de toda a operação. Eu posso tirar o Octávio dessa.

– É... é sério?

– Sim! Eu tenho contatos... e, claro, tudo dentro da legalidade.

– Nossa, Renato! Olha... é... nem sei como te agradecer!

– Marthinha, eu vou dar um jeito. Vou falar com os meus assessores aqui. Tenho uma equipe grande.

– É... bom... o que você puder fazer, eu te agradeço, Renato. Vamos ver o tamanho do problema, mas... mas agora não estou com cabeça, obrigada por lembrar e ajudar. Vou avisar o Octávio.

– Imagino que esteja mal mesmo... Olha, já que não dá pra falar agora, vamos sair um dia desses, comer alguma coisa, botar o papo em dia... que tal?

Renato não teve certeza se Martha sacou suas segundas intenções, mas não deixaria a oportunidade morrer assim. Era a chance de ter tudo o que Octávio lhe subtraíra.

Às vésperas da audiência, com Octávio já em liberdade, em casa, a imprensa está eufórica para ver o circo pegar fogo e o ibope ir às alturas. Oswaldo se reúne com o casal Albuquerque, e o trio conversa sobre os prognósticos na varanda da cinematográfica cobertura.

– A coisa está realmente feia, Octávio.

– Eu sei, Oswaldo, mas o que a promotoria tem?

– Bom, substituir o seu notebook foi importante para tirar o acesso deles aos arquivos, e-mails e afins.

Nesse momento, Octávio pensa, "Oswaldo nem imagina o que são esses 'afins'. Se soubesse, talvez ele mesmo me prendesse". O delegado prossegue no seu parecer:

– Como a sua prisão não foi repentina, você pôde limpar o seu celular. Quebraram o seu sigilo telefônico, mas, pelo que você disse, não havia nada que o implicasse ainda mais e...

Martha se empolga:

– Tudo isso é ótimo, não, Oswaldo? É um excelente sinal!

– Martha, não é bem assim. Estamos completamente no escuro. Os advogados de vocês pediram acesso às provas, falaram que a nossa navegação está às cegas. Disseram que a promotoria montou inúmeros dossiês incriminando Octávio, mas tudo está muito abstrato, com pontas soltas, o que pode levar o juiz a condenar o réu por envolvimento geral. Isso é o bastante para prenderem você, Octávio, mas é também insuficiente para os advogados contra-argumentarem. Sabe aquela história? Eu vou te bater, mas você tem que se defender de olhos fechados. Nós não sabemos de onde virão os socos e os pontapés. Poderão surgir delações, elementos ainda não divulgados. Vamos ter que aguardar. Seus advogados... olha, são os melhores do país. Eu nunca vi todos juntos numa mesma defesa. São durões, mas, se eles próprios já estão te preparando para o pior...

– Exato, Oswaldo. Eles são durões e muito, muito caros. Quando eu digo caros, quero dizer para você algo que só a Martha sabe: coloquei tudo o que eu tenho nesse julgamento. Não só emocional, mas também financeiramente. Estou empenhando muito dinheiro nisso tudo.

Nesse instante, Martha recebe uma mensagem de voz no celular e ouve:

"Vamos jantar hoje? Tô doido pra sair com você", diz Renato com uma voz de galanteador barato.

– O que foi, amor? – pergunta Octávio.

– Lá do trabalho. Nada de mais – responde e muta rápido o aparelho.

Desde a ligação, no dia da prisão de Octávio, as investidas de Renato Stein estão cada vez mais constantes e explícitas.

– Mas, continuando... quer dizer que, além de estarmos quase falidos, há grande chance de Octávio ser preso?

Oswaldo confirma e completa:

– Fiz tudo o que estava em meu poder e alcance. Na verdade, ainda tem gente minha, gente boa mesmo, correndo atrás para ver o que ainda pode ser feito. Ninguém vai desistir até o último momento.

O trio conversa por mais meia hora e, a cada minuto, a situação vai se deteriorando. Como se aquele momento, para Octávio, fosse um dos últimos em liberdade, na companhia do seu grande amigo e da esposa.

O celular de Martha torna a vibrar, agora Stein resolveu escrever.

"Não pode sair? Não quer se expor? Vem pra minha casa, então. A gente janta aqui, eu abro um vinho..."

Martha desliga o aparelho. É melhor. Oswaldo avisa ao casal:

– Vou fazer uma ligação, um desses meus contatos disse que era para eu ligar para ele hoje, a essa hora. De repente, temos notícias boas. Com licença.

Oswaldo e Martha concordam e vão para a varanda.

– Preciso confessar, Martha. Estou me sentindo muito sozinho.

– Mas eu tô aqui...

– Isso eu sei. Não duvido e ainda digo que você é a minha força. O problema não é esse. Sinto que os demais, tirando, claro, o Oswaldo, nos abandonaram. Amigos, clientes, fornecedores, colegas do trabalho, da faculdade, do colégio... Parece que, quando você está assim, nas últimas, só ficam mesmo aqueles que gostam da gente de verdade.

– Não diga isso! Você não está nas últimas! Você não vai ser preso. Vamos resolver tudo. Tenho certeza de que você será absolvido no julgamento. Certeza absoluta! Nem que eu... nem que eu tenha que tirar você da prisão à força!

Martha cai no choro e Octávio a abraça.

– Então, você é a minha pequena, sarada, esbelta e linda Lara Croft que vai me tirar da prisão?

Ambos riem e se beijam, mas logo são interrompidos por Oswaldo, que vem correndo, esbaforido, até a varanda.

– Pessoal, essa... essa foi demais! Vou contar e vocês não vão acreditar!

– Calma... o que foi, Oswaldo? – pergunta Octávio.

– Stein! O corno do Stein é o líder da equipe do Ministério Público que está conduzindo o seu caso! Ele vai estar lá pra ferrar você, no dia do julgamento! Que filho de uma puta desgraçado!

Octávio fica quieto. Não esboça reação. Está decepcionado, claro, mas não surpreso.

Minutos depois, Oswaldo se despede. Octávio vai tomar banho e se preparar para dormir. Martha coloca o rosto pela fresta da porta do banheiro e anuncia:

– Vou ter que sair agora, ok? Resolver um assunto de trabalho.

Octávio não entende exatamente, mas, exausto, nem discute.

Martha coloca um vestido bonito, contudo, deixa para se maquiar só no carro. Apanha o celular e, com voz doce, manda uma mensagem: "Vou até aí agora falar com você. Estou realmente precisando de carinho."

Em algum lugar de Brasília, o deputado Carlos Rodrigues comemora sua iminente vitória e, em São Paulo, minutos depois, Renato Stein, apenas de roupão, coloca no gelo uma garrafa de espumante e sorri ao ouvir a campainha tocar.

Iaruanã Jamais Esqueceu

Dezembro de 1990, floresta amazônica, meia-noite. Os mais perigosos e temidos homens se juntam em frente a um grande galpão. Dentre todas as muitas propriedades pertencentes ao empregador que os arregimentou, essa é – sem sombra de dúvida – a menos conhecida e a mais bem estruturada.

A enorme construção, com cerca de doze metros de pé-direito livres, estende-se como um grande retângulo de vinte e cinco metros de largura por sessenta de comprimento. Erguida em alvenaria reforçada, vigas de aço e coberta com teto de amianto, quem entende sabe que não foram poupados investimentos para manter a estabilidade da estrutura. Os convocados, cerca de vinte homens, passam pelo enorme portão e se posicionam diante do único local iluminado, um tablado.

No silêncio da madrugada, os homens especulam: "O que será que vai acontecer aqui?", "Por que o chefe nunca falou que tinha um lugar desses?", "O que ele vai estocar? Mais madeira?".

Uma voz ecoa do escuro:

– Muito mais que madeira!

Todos se calam e observam a chegada de Carlos Rodrigues, que sobe no tablado.

– Obrigado por terem vindo. Vocês não se arrependerão. Na verdade, os que foram chamados e não vieram... estes sim vão se arrepender. E muito!

Os homens sorriem, nervosos. Sabem que estão diante de um predador peçonhento e que estar com ele é infinitamente melhor do que estar contra. Os poucos que olham para os lados conseguem ver, na escuridão, movimentos estranhos.

– Puta que pariu, o índio colocou uns cabras dele pra vigiar a gente no breu. Com certeza, é pra matar quem fizer merda ou desistir. Aposto que entre nós tem até umas entidades também. Dizem que tem parte com o cramulhão – sussurra um dos presentes no ouvido do parceiro, ao fundo, arrepiando-se e avançando para o meio da turma de espectadores a fim de se proteger, como um animal amedrontado.

Carlos prossegue:

– Vocês foram escolhidos a dedo para o mais importante trabalho da minha vida. Repito: o mais importante! E quem fizer direitinho vai ganhar um lugar especial no meu coração. Vai merecer a minha gratidão eterna. O que é muito. O que vou falar aqui é o maior segredo da vida de vocês. Por isso, todos, hoje, já serão pagos com um terço do valor que vou prometer.

Os homens, espantados e felizes, aplaudem e se entreolham. Como é de praxe nos trabalhos que costumam fazer, o pagamento vem sempre depois da execução do serviço. O índio espera as palmas terminarem e continua a explicar:

– Antes de eu detalhar o trabalho, já vou avisando que aquele que pular fora ou falar qualquer coisa pra quem não deve irá pra vala. Como já tenho a ficha de todo mundo aqui, vou mandar também pra vala a família de quem me trair. Entenderam?

Ninguém responde e Carlos brinca:

– Ué, não tem palmas agora? Tá bom... Vocês estão aqui porque são os melhores no que fazem. Alguns de vocês eu mandei buscar longe. Mais da metade tá sendo procurada pela polícia. Ajudei muitos aqui nos últimos anos, não ajudei? Emprestei armas, dinheiro, homens, local de desova e até quengas! Sei que aqui todo mundo é sujeito homem, é honrado e me respeita.

Faz uma pausa dramática antes de prosseguir.

– Vocês são o quarto e último grupo. Tenho outro igualzinho ao de vocês, também composto de pistoleiros, torturadores, fugitivos, mercenários, milicianos, jagunços, leões de chácara, seguranças... São mais vinte homens. Vocês vão atuar comigo na fase mais importante do meu plano. O primeiro grupo é de gente normal. São pedreiros, eletricistas...

Todos riem.

– É sério. São pedreiros que eu paguei caro para construírem isso aqui e manter em segredo. E vão ter mais trabalho porque ainda falta pintar tudo de preto, levantar umas colunas, colocar pallets para armazenagem, rodear o galpão inteiro com cerca elétrica, construir uma guarita, instalar câmeras... Vai ter muito trabalho ainda. E, no final, vão desfazer tudo, queimar, cavar uma vala profunda e enterrar o que restar. E, se tudo der certo, vou mandar plantar umas árvores por cima, assim que a vitória vier.

A plateia mal crê no que ouve. Construir para depois destruir?

– Como eu ia dizendo, além de vocês, do outro grupo e da turma dos faz-tudo, tenho um último time que está fazendo um trabalho de investigação. Chamei uns caras que conhecem cada curva da floresta. Esses se juntaram com uns ratos de escritório da capital e alguns atravessadores que conhecem todo mundo. Esse time, que deve ter uns dez integrantes, está passando o pente fino em busca de umas pessoas que procuro há cerca de dez anos. E eles estão bem perto de achar. Muito perto. Alguém adivinha o que vai acontecer quando eu achar esses caras? Quem adivinha?

Todos se entreolham, e Carlos, diante do silêncio, responde à própria pergunta:

– Vocês vão matar todos eles! Todos! Nós vamos! Eu vou junto... É isso, pessoal. Nesse meio-tempo, vocês vão me ajudar a juntar umas coisas aqui no galpão. É pra trazer tudo quanto é corda velha que vocês encontrarem. Comecem na próxima semana, porque já vai ter a guarita aqui. Só vocês vão poder entrar. É pra trazer corda velha e ajudar a afiar umas lascas de madeira que eu vou mandar vir das madeireiras. Tem que ficar afiado que nem lança. Também vamos juntar cipó de resina inflamável, uns galões de óleo queimado e gasolina. Quero garrafas, também. Muitas garrafas. O ataque vai ser logo. Não bobeiem! Vai ter gente minha aqui pra orientar vocês. Arma de fogo mesmo só vai ter no dia. Amém?

Todos concordam. Carlos desce do tablado e vai apertar a mão de cada um dos meliantes. Então, completa:

– O dia mais importante acontecerá em dois ou três meses. Vai depender de acharem as pessoas que eu tô procurando. Quando isso acabar, vocês vão receber o resto do dinheiro. E, é bom repetir: segredo absoluto!

Os homens designados a localizar os alvos de Carlos já estão procurando há mais de um ano. O cerco está se fechando. A maior dificuldade se resume em determinar o local exato de homens que, além de levantarem acampamento rapidamente e com certa constância, utilizam nomes falsos e são extremamente perigosos. Carlos os conhece muito bem.

Quatro meses depois da reunião, em abril de 1991, o galpão está do jeito que Carlos planejou: estrutura sólida, segura, quase invisível, incalculável número de lanças, 1.200 coquetéis molotov perfeitamente preparados, seis caminhões, facas, espingardas, revólveres e muita munição.

A polícia e as autoridades fazem vista grossa para o que quer que esteja ocorrendo na região. Os pedreiros cumpriram sua parte e estão longe, aguardando o momento de serem convocados para a destruição. Os dois grupos de capatazes tiveram, ao todo, quatro baixas: um homem morreu de picada de cobra, dois foram assassinados por desistir e ter tentado fugir, e o quarto quis malandramente negociar um pagamento maior e acabou indo nadar com as piranhas.

É chegado, finalmente, o dia. Mesmo um homem frio como Carlos sente uma certa ansiedade pelo que está para ocorrer. A "turma" toda – os trinta e seis homens – se junta diante dele, que sobe no tablado para discursar:

– Como vocês foram avisados, o acampamento foi localizado. Já sabemos onde eles estão. Sim, demorou um pouco mais que o previsto, mas isso não importa. Hoje, vocês farão algo muito importante para mim. Importante demais. Por isso, vou contar o motivo de tudo isso. Esse é o meu primeiro presente para vocês.

"Numa manhã tranquila, esses homens invadiram a minha pacata tribo e, sem nenhum motivo, zero, mataram todos. Absolutamente todos: homens, mulheres, crianças e até o meu pai, o cacique. Nós éramos uma tribo pacífica, quieta no nosso canto. Éramos tão pequenos que vocês nunca ouviram falar da minha etnia. Só eu escapei. Fui o único. E não foi porque me pouparam, mas porque fugi correndo, nadando... Vocês acham certo o que eles fizeram?"

Dentre os seus muitos outros dons, Carlos é ótimo orador, especialista em discurso persuasivo. Não são exatamente as palavras, mas a entonação, as pausas e a emoção colocada em cada frase é que fazem com que aqueles homens de coração empedernido abracem a missão como se fosse deles. Todos erguem os braços e urram.

– E tem mais: vou colocar um agradinho extra no pagamento de cada um caso tudo corra *perfeitamente* bem.

Um grande êxtase invade os quase quarenta vergalhos presentes. Estão conquistados. Seguirão o índio até o inferno, se necessário.

– Atenção! Agora, vou passar as últimas orientações.

Seis caminhões partem carregados com galões de gasolina, diesel, coquetéis molotov, cipós nativos com uma resina inflamável e muitas lanças. São cinco homens em cada caminhão, mais o motorista. Próximo da uma da manhã, o grupo cruza, silencioso, uma trilha e chega ao acampamento-alvo completamente isolado. Cercam o local enterrando lanças de vários tamanhos, que se projetam para fora do solo, entre meio metro e um metro e meio de altura. Cipós inflamáveis são trançados às bases das lanças, rentes ao solo e embebidos com grande quantidade de óleo diesel e gasolina. Deixam o perímetro assassino o mais próximo possível das barracas, colocando o máximo de material inflamável no solo à volta.

Os recrutados se preparam, espalhados proporcionalmente em torno do círculo. Um homem de confiança do índio faz uma pergunta pelo rádio:

– Podemos começar, chefe?

Carlos demora alguns segundos e então responde:

– Acende tudo e espera a minha ordem.

Um outro capataz, próximo a este, pergunta ao amigo:

– O chefe tá onde? Esse rádio aí é de curto alcance...

– Disseram que ele veio no primeiro caminhão, desceu antes e sumiu. Deve estar conferindo tudo.

Os homens acendem os coquetéis molotov e começam a lançar as peças flamejantes no acampamento ao sinal de Carlos. Naquele perímetro de acampamento, o céu está coberto de garrafas acesas que zumbem, levando terror, seja na trajetória de subida, quando atiradas, seja ao final da descida, quando se espatifam nas barracas. Em segundos, os primeiros garimpeiros começam a sair, aturdidos, assustados, alguns já em chamas, correndo feito baratas surpreendidas pela luz acesa. Rapidamente, as labaredas ardem por todo o círculo como uma grande fogueira. Uns poucos homens atiram às cegas e são imediatamente alvejados pelos capatazes. Gritos de dor e surpresa ecoam pela floresta, enquanto muitos morrerão queimados ainda dormindo. Os cadáveres se acumulam no círculo de fogo.

Um homem implora para ser salvo, correndo com a cabeça em chamas. Os globos oculares derretem ante o calor. Ele grita e rola no chão.

Há uma certa diversão cruel por parte dos capatazes, que disputam quem tem a melhor mira, lançando seus coquetéis em alguns desesperados que se trombam. Três homens tentam fugir do círculo, mesmo baleados. Saltam os cipós ardentes. Um deles fica empalado numa lança e implora para que atirem na sua cabeça.

– Não vou gastar bala contigo, espetinho! – avisa um sacana.

Nove deles, em vã esperança, estiram-se numa pequena área cujo chão não está em chamas. Implorando por piedade, cruzam os dedos atrás da nuca, torcendo para serem levados como prisioneiros. Os capatazes preparam-se para atirar, mas uma ordem é dada via rádio.

– Não atirem!

Rapidamente, a ordem é passada para todos, que baixam as armas. A batalha está vencida, mas dúvidas pairam no ar: "Onde está Carlos Rodrigues e por que pediu por rádio que estes últimos sejam poupados?"

– A lá... olha, ele está no meio do círculo!

Todos veem Carlos Rodrigues, só de tanga e pintura indígena, torso e pernas nus, arrastando duas pessoas vivas, um homem e uma mulher.

– É o chefe!

– É, sim! Ele está no meio das chamas!

Carlos arrasta o casal até perto dos cipós, onde os nove sobreviventes aguardam, deitados. Assim que joga o casal no chão, o homem se vira para ele e, abismado com o que vê, grita, vacilante:

– Ca... Carlos? Vivo?!

– Que bom que ainda se lembra de mim, Mal!

– O... o que que tá acontecendo? Por que você tá fazendo isso?

– Você me traiu, desgraçado! Você massacrou a minha tribo e mandou me perseguirem!

– Não, Carlos, eu... nós...

– Elvis havia passado parte do garimpo pra mim! Você nunca aceitou isso, não é?

– Perdão, Carlos! Perdão! Você pode ficar com o que é meu! Deixa eu e minha mulher irmos embora! Ela não fez nada... não sabe de nada.

Carlos pega uma faca de caça extremamente afiada e vai até Mal, que se encolhe de medo. O índio, então, joga a faca no chão, próximo ao homem.

– Anda logo! Pega! Me mata agora! Termina o que você não conseguiu! Se você me matar, esses homens vão deixar vocês irem... todos os que sobreviveram.

Mal, o líder dos garimpeiros, nem pensa duas vezes. Agarra a faca dentada e parte para cima do índio, com toda fúria. Os capatazes ficam apreensivos com a coragem e a imprudência de Carlos, que dá um passo para o lado e empurra Mal para perto do fogo. O homem se ergue com ódio. Sempre fora um líder temido, forte e respeitado. Está sendo humilhado diante da esposa e dos companheiros.

– Eu vou te matar, índio maldito!

Mal tenta, mais uma vez, esfaquear Carlos, que o segura pelo pulso e, em seguida, desfere um murro no inimigo, que solta a arma e cai. Carlos torce o braço de Mal até quebrá-lo. O urro de dor é ouvido por todos. O índio, então, arrasta o homem pelo braço quebrado até perto das chamas. Senta-se sobre ele e diz:

– Você tem uma escolha: queimo você ou a sua esposa viva? Quem você prefere?

– Eu! Me mata logo!

Carlos aproxima do fogo a cabeça de Mal. O couro cabeludo começa a enrugar. A dor é intensa, excruciante.

– Só para ter certeza, vou perguntar novam...

– Ela! Mata ela, por favor! Deixa eu ir!

Carlos ri e pergunta para a mulher:

– Ouviu isso?

O índio arrasta Mal de volta e, no caminho, dá uma ordem aos seus homens:

– Matem todos!

Com grande alegria, os capatazes atiram nos nove sobreviventes.

– Abram caminho! – ordena Carlos.

Os homens jogam folhas largas sobre os cipós, apagando parte das chamas e improvisando um caminho por onde Carlos passa arrastando Mal, que agoniza de dor, e sua mulher, aos gritos. Os capatazes olham o índio com admiração e medo.

– Fiquem uns aqui pra garantir que queimou tudo. O resto leva esses dois pro galpão. Algemem ele num cano de ferro. Eu vou me trocar, me lavar e ir pra casa.

– Sim, patrão mas e a mulher? O que a gente faz com ela?

Carlos olha para Mal, com o rosto em bolhas e o braço quebrado, e ri.

– Façam o que quiserem com ela, mas ele vai ter que assistir a tudo. Assim que ele morrer, se morrer, é para parar. Quando todo mundo tiver se divertido bastante, joga ela viva pros cachorros.

Os capatazes, homens duros, concordam, mas também se espantam com a crueldade de Carlos Rodrigues.

– Já pode emprenhar, chefe? – pergunta o primeiro da fila.

Mal ficou dias acorrentado no galpão, sem comida, apenas água. Quando estava quase morrendo de inanição, Carlos lhe serviu uma sopa de carne, mas, antes, avisou que aqueles pedaços mal cortados de carne eram da própria esposa.

Em prantos, Mal tomou a sopa. Todinha. A cruel *liturgia* durou quase uma semana. O inimigo de Carlos, por fim, se tornou fonte de ingredientes para o ritual Moxiruna.

Carlos Rodrigues, o homem mais temido e mortal do Amazonas, cresceu em paralelo com Iaruanã. Influente, poderoso, astuto e inescrupuloso, exatamente como o mundo dos negócios e da política gosta de abrigar.

O Julgamento de Octávio

O juiz convoca as partes para retornarem à sala de julgamento. Foram dois dias de explanações da promotoria, com exibição de arquivos digitais e contratos. A acusação não chamou testemunhas. Os advogados de defesa se desdobraram em argumentos que passaram pela ilibada reputação de Octávio, sua contribuição à medicina e seu caráter. Também realizaram discursos longos para contradizerem as acusações. Renato Stein passa, irônico, em frente ao trio.

– Quanto tempo, Oswaldinho, oi, Tavinho... boa tarde, Martha!

Ninguém responde. A raiva é grande, mas sabem que o momento é de calma e concentração.

– É agora, pessoal. O juiz vai proferir a sentença, vamos. Dedos cruzados!

Grande tensão e apreensão no ar. Octávio já espera ser preso. Olha para os advogados em busca de alguma dica de qual será a definição do juiz, mas os homens desviam o olhar e não respondem. Octávio tem certeza: "Vou para a cadeia."

Renato Stein não tira os olhos de Martha, que evita encarar o sorriso sarcástico do promotor. Octávio treme na cadeira. Foi permitida a entrada de jornalistas, desde que não fossem filmadas as explanações. Assim, o magistrado lê a sentença:

– Considerando tudo o que foi exposto pela promotoria e pela defesa, considerando os documentos inseridos nos autos, considerando os depoimentos apresentados e também já inseridos nos autos, com base no princípio da dúvida razoável, *in dubio pro reo*, fica constatado que não foi apresentada qualquer evidência ou prova incontestável que relacione o presente réu, Octávio Albuquerque Júnior, com a prática de desvio ou fraude no citado projeto de nanotecnologia. Fica comprovado, de acordo com documentação exposta, que o próprio Governo do Estado de São Paulo, sob a égide da Secretaria de Ciência e Tecnologia, oficiou a paralisação do projeto. O réu, portanto, é inocente da acusação.

Octávio não acredita no que ouve. Olha para Martha, que sorri escancaradamente. Oswaldo a abraça. Renato Stein se remexe na cadeira, ameaça se levantar, mas não sai do lugar. O juiz prossegue:

– Referente à acusação pública de desvio de recursos, não houve substancialidade de provas que sustentem a alegação, ficando claras as diversas fontes de renda do acusado, como cirurgias, palestras, prêmios monetários e aplicações que pressupõem e justificam o acúmulo de patrimônio particular compatível. Sendo assim, o réu Octávio Albuquerque Júnior foi considerado inocente das acusações da promotoria, representada aqui pelo dr. Renato Naumann Stein.

Os repórteres fotográficos disparam suas máquinas, enquanto Octávio agradece a todos que o ajudaram, em entrevista concedida aos mais importantes canais jornalísticos do país, em particular a Martha, mulher que sempre esteve ao seu lado em momento tão difícil. Então, Octávio encara Oswaldo e mexe os lábios dizendo "Obrigado". O amigo sorri, satisfeito. O delegado sabe que seus amigos têm grande responsabilidade no resultado positivo do julgamento. Muitos documentos, principalmente as informações contábeis, foram destruídos ou desviados, para que não houvesse dúvidas quanto à inocência de Octávio.

Na saída do tribunal, Martha, abraçada ao marido, pergunta:

– Essa questão de o governo ter oficiado... por que envolveram você?

– Eu fiz o texto junto ao Secretário de Saúde. Havia aquela força-tarefa para o desenvolvimento da vacina da dengue e o projeto da fábrica de vacinas. Ficou óbvio para o juiz que tudo deu errado pela falta de planejamento do Governo do Estado e pela entrada de projetos emergenciais que minaram o meu, enxugaram verba, realocaram pesquisadores e fez com que tudo acabasse se tornando impossível.

– Entendi agora. Bom, o importante é que nós vencemos! – diz Martha, aliviada.

– É verdade. Agora é o momento da nossa reconstrução! Esse processo custou caro. Estou endividado... Teremos que pensar no nosso futuro com cuidado, mas, com você ao meu lado, não tenho medo de nada! – exclama Octávio, beijando a esposa.

– Eu sempre ficarei ao seu lado!

– Finalmente, estou aliviado. Eu prestei todas as contas que devia. Agora, quero ter uma vida normal... quero aumentar a nossa família... – continua.

– Um... um filho? – surpreende-se Martha.

– Sim, Martha! Você não quer?

– É o que mais quero, meu amor!

O casal se beija e segue pelo corredor.

– Onde está o Oswaldo? – pergunta Martha. – Temos de agradecer a ele.

– Pedi que me fizesse um favorzinho – explica Octávio.

Quando passam em frente a uma porta do corredor, veem Oswaldo conversando com Renato Stein. O promotor não sabe, mas o delegado enrolou e segurou Renato até a chegada de Octávio.

– Obrigado, Oswaldo, por cozinhar o promotor até a minha chegada.

– Por nada, Octávio. Não vou dizer que foi um prazer, afinal estou quase vomitando só de estar perto desse verme!

Renato Stein entende a situação.

– Ah, então você me segurou antes que eu saísse, para que o Tavinho...

– Cala a boca, Stein! E não me chama de Tavinho!

– “Cala a boca”? Como você ousa falar assim com um promo...

– Cala a boca, já falei! Eu só pedi ao Oswaldo para segurar você. Quero te dizer uma coisa: você é, como ele falou, um verme. Um lixo invejoso, que nunca chegará a ser nada na vida porque é muito fraco. É covarde, medroso, cagão, bunda-mole, fingido, preguiçoso, com baixa autoestima, um brocha com complexo de inferioridade...

– Nossa! Quanta raiva nesse coração.

– Raiva? Não tô com raiva, não. Se eu estivesse com raiva, eu te arrebentaria! Seria a melhor surra que você já levou na vida, e olha que eu sei que você já levou muitas e vai levar outras mais no futuro. Mas não serei eu a sujar a sola do meu pé pisando num lixo como você. Estou somente com pena mesmo. Agora, tem uma pessoa que tá com muita raiva...

Octávio dá um passo para a direita e Martha se aproxima de Stein.

– Marthinha?

Martha dá um forte e sonoro tapa na cara do promotor. Oswaldo e Octávio sorriem e se olham.

– Pra você é sra. Martha Moss Albuquerque, entendeu? Nunca mais me mande mensagem ou me ligue. Nunca mais pense em mim, seu nojento. Achou que eu não contaria ou mostraria tudo ao meu marido? Ao homem que é mais do que você jamais será?

Octávio puxa Martha pelo braço. Renato Stein coloca a mão no rosto. Oswaldo se aproxima e sussurra, bem baixinho, para o ex-amigo de infância:

– Seu promotor, é o seguinte: se você não deixar Octávio e Martha em paz, eu vou pegar as mensagens que você mandou para ela e vou provar que você queria facilitar a vida do réu em troca de algo com a esposa dele, tá bom? Aí, você irá preso e eu farei questão de avisar, na cadeia, que você é promotor. Entendeu? Ah, sabe aquelas celas que têm aqueles detentos que babam só de ver carne nova? É pra lá que você vai, é só vacilar!

Stein balança a cabeça afirmativamente e vai saindo, mas Oswaldo o puxa pelo braço.

– Entendeu? Eu não escutei!

– Sim, sim, tá bom! En... entendi.

– Ótimo. Agora, vem. Você não vai voltar para o tribunal, vai sair com a gente para a rua e ver a surpresa que a Martha preparou para o dr. Octávio – Oswaldo frisa a palavra "doutor" – na noite em que você mandou a última mensagem, lembra? Sabe do que eu estou falando, né?

Assim que sai do fórum, Octávio se depara com a calçada cheia de repórteres e, entre eles, alguns amigos do médico, que aguardam para parabenizá-lo.

– Como?

– Amor, lembra daquela noite em que conversamos e eu saí? Fui à casa da Fernanda, e a gente preparou isso... Eu não teria tempo de ligar e convocar todo mundo que te ama, respeita e admira, então, pedi esse favor a ela. Só alguns puderam vir, mas acho que você sabe o quanto é querido. É, não. Sempre foi! E sempre será!

Lágrimas correm pelo rosto de Octávio. Oswaldo solta o braço do promotor e abraça o médico. Renato Stein assiste a tudo, desolado.

– Martha, como você... como você sabia que eu venceria? – pergunta Octávio.

– Eu tinha certeza!

Horas depois, em casa, Martha e Octávio se amam como se fossem recém-casados. Há um clima de felicidade e completude no ar. Martha vai preparar algo para comerem e, sozinho, Octávio reflete: "Tudo está bem, só que... infelizmente, há mais um problema a ser resolvido. Talvez, o maior de todos. Iaúna, onde estará? E seu irmão demoníaco? Qual será sua próxima cartada, já que o derrotei nessa?"

O médico se levanta para ajudar Martha na cozinha. No caminho, não consegue deixar de sentir uma angústia muito forte e medo. Muito medo.

– Martha? Martha, meu amor, cadê você?

Acerto de Contas

Março de 2018. Problemas jurídicos superados, Octávio e Martha sabem que precisam resolver, de vez, outro problema ainda maior. O fato de estarem cientes de que Iaúna não morreu e das dezenas de evidências de atividades ilegais praticadas por Carlos Rodrigues torna-os alvo do líder criminoso. Cientes também de que a desafiadora armadilha jurídica recentemente vencida foi apenas uma demonstração de poder e influência, o casal precisa correr contra o tempo.

Octávio e Martha não descansam. Sob efeito de uma nova inoculação de Noo 2.0, eles começam a raciocinar em supervelocidade.

– Octávio, vamos procurar escutas, câmeras e grampos – propõe Martha.

– Perfeito. Nossa rotina de horários também deverá ser diferente a cada dois dias, evitando os mesmos caminhos e saindo por portas alternadas aqui do condomínio.

– Vale conversarmos com os porteiros para verificar se alguém foi comprado ou corrompido. Duas ou três perguntinhas bastam pra gente descobrir – propõe Martha.

– Lembre-se, Martha: janelas e cortinas sempre fechadas. Usaremos constantemente o Noo 2.0.

O casal também deixa pequenas marcações nos seus próprios carros, para detectarem se alguém entrou nos veículos ou interferiu na parte mecânica. Combinam com Oswaldo ligações e mensagens de checagem, além de visitas policiais esporádicas ao apartamento e rondas no quarteirão.

Octávio passa a monitorar os passos do deputado e sua família por meio de notícias oficiais da Câmara, redes sociais e até informações de contatos de confiança em Brasília, indicados por Oswaldo.

– Nossa defesa ainda tem falhas, mas já está bem mais robusta. Precisamos agora planejar o contra-ataque, Martha.

E é num sábado que Martha acorda um pouco mais tarde e ouve Octávio conversando com alguém no escritório. A voz é masculina, familiar. Martha se veste e vai ao encontro do marido.

– Bom dia, *mon amour* – cumprimenta Octávio. – Como tínhamos ainda alguns recursos, olha quem eu convenci a vir somar forças nas nossas... trincheiras.

Martha se depara com um homem simples, de camisa social e calça jeans. Assim que a vê, o visitante acena com a cabeça. Martha retribui.

– Cauê?! Quase não o reconheci... Vestido como um branco? – brinca Martha.

– Vestido, na verdade – responde ele.

O trio ri. Martha olha para o marido, esperando uma explicação.

– Contatei Cauê no início desta semana. Conversamos bastante, e prometi que, se ele viesse aqui, eu teria uma novidade para contar, um possível trunfo.

Martha concorda imediatamente e já se une à dupla.

– Fiquei sabendo do seu julgamento, imagino que tenha o dedo daquele monstro, não? Como eu posso ajudar? O que vocês têm de tão importante para me contar?

Octávio se levanta.

– Eu descobri... na verdade, Martha descobriu que Iaúna está viva.

Cauê tem uma reação inesperada. Levanta-se rápido e vai para a janela.

– O que foi, Cauê? Está tudo bem? – pergunta Octávio, preocupado. – Cauê? – insiste ele.

O índio permanece em silêncio por mais alguns segundos e então se vira, rindo. A risada aumenta e se torna quase uma gargalhada.

– O que houve, Cauê? – pergunta Martha, confusa com a reação.

– Meus amigos, essa notícia... essa notícia não podia ser melhor!

– Como? Não entendi.

Cauê expira, como se tirasse um peso dos ombros.

– Octávio, Martha, vocês não entendem. Iaúna, ela... ela é o ponto fraco, o elo frágil! Se ela está viva, nós...

– Sim, nós sabemos, Cauê. Poderemos acioná-la na justiça e, inclusive, provar que ela foi ajudada por Iaruanã, é isso?

Cauê franze a testa.

– Como? Ah, sim, com certeza, mas não só isso. Vocês precisam me colocar frente a frente com ela.

– Foi o que eu e Octávio pensamos! Você poderá mostrar a Iaúna o que aconteceu com a sua família – sugere Martha.

– Sim, isso também. Mas, na verdade, tem algo pior. Na verdade, a flecha de fogo que exterminará de vez aquele maldito.

Martha e Octávio se olham. Cauê mal deixa que perguntem e continua:

– Não posso contar. Não faria o mínimo sentido para vocês, brancos. Vou agir como querem, porque isso é também o que *eu* quero: contar tudo para Iaúna. Só que o meu "tudo" vai muito além do que vocês sonham. É algo que não comentei naquele dia em que nos conhecemos. Algo muito importante.

– Olha, Cauê, se você quer contar os crimes do cara para a irmã dele, já adiantamos que é bem provável que, tirando o que ele fez com a sua família, tudo mais ela já deve saber. Aquela vagabunda...

– Não! Na verdade, vocês não conhecem bem Iaúna.

– Eu não conheço? – surpreende-se Octávio. – Vivi a vida to...

– Não, Octávio. Ninguém conhece um Moxiruna totalmente, nem em mil anos. Somente outro Moxiruna. E eu sei que ela não é má, e ainda digo mais: o que eu contarei a Iaúna vai destruir o irmão. Ele desmontará, como Anhangá na ponta da lança de Guaraci!

Os três passam o resto do dia planejando pormenores para que Cauê vá ficar no Gama, longe das vistas do deputado federal ou de qualquer espião. Octávio hospeda Cauê num hotel barato após breve pesquisa, e, a partir de lá, o índio começará a mapear locais e horários, estudando a melhor maneira de abordar Iaúna sozinha e expor o seu terrível segredo.

– Octávio, você e eu estaremos vingados assim que eu falar com Iaúna – diz Cauê. – Acredite. Será o fim definitivo daquele bandido. Depois disso, vocês poderão denunciá-lo à polícia, que ele não reagirá mais.

– Mas, Cauê, por que você não nos conta agora? – insiste Martha.

– De que adiantaria? Iaúna jamais acreditaria em vocês e, pelo teor do assunto, tenham certeza, ela acreditará em mim.

Assim, o velho índio, portador de uma verdadeira bomba-relógio, parte para Brasília, confiante e pronto para revelar a Iaúna o pior de todos os segredos de Iaruanã.

Inimigo Forjado em Bronze

Um misto de sensações toma conta do casal Albuquerque. Cauê foi para Brasília confrontar Iaúna, pois o fato de estar viva continua sendo um verdadeiro mistério. "Como pode se toda a casa pegou fogo?", pergunta-se Octávio. "Se houve o reconhecimento do que restou dos corpos? Se eu providenciei o enterro dela? E junto com o da minha mãe!" Em paralelo, o casal sabe que precisa destruir Iaruanã antes que um novo ataque seja desferido, mas como? Com que armas? Que outros mistérios esses dois irmãos guardam?

Martha, logo após o almoço, encontra Octávio na varanda, em profunda reflexão.

– O que foi? Está preocupado?

Octávio se vira e abraça a esposa.

– Na verdade, estou intrigado.

– Com o quê?

– Veja, como é possível que Iaúna esteja viva? Depois de tudo o que essa mulher fez contra mim desde a infância... na verdade, contra a minha família. Minha mãe morreu no incêndio, e não a salvei! Bastava eu ter ido até o porão! Já Iaúna, que eu realmente quis que morresse, está viva!

– Sim... eu me lembro de que você disse que ela estava praticamente imobilizada e...

– O mistério é maior ainda! Foram encontrados dois corpos carbonizados, Martha! Nós fomos ao funeral! Mesmo a contragosto, participei de uma espécie de reconhecimento dos corpos no IML, uma burocracia inútil. Tive que olhar os dois cadáveres completamente queimados, e eram duas mulheres, com certeza.

– Quem será que foi enterrado no lugar dela, Octávio?

O marido fica em silêncio. Martha teoriza:

– Talvez o tal Carlos tenha providenciado um corpo, sei lá...

– Não... acho muito difícil algo assim ser feito tão rapidamente. O corpo já estava na casa. Há fotografias do incêndio e resquícios químicos idênticos. É quase como um DNA do incêndio, que se espalha pelo ar contaminando corpos e objetos. É possível saber se os dois corpos estavam no mesmo incêndio por meio dessa análise.

Ainda abraçados, caminham para dentro do apartamento.

– Ele é muito poderoso, meu amor. Tem inúmeros contatos, conhece gente capaz de tudo... TUDO!

– Olha, sério, Martha. Hoje, eu só preciso descansar. Sei que você vai visitar a sua amiga que acabou de ser mãe, mas eu gostaria de ficar aqui, pode ser?

Martha se espanta.

– Mas... você se esqueceu de que dia é hoje?

Octávio sente um frio na barriga. A esposa percebe e explica:

– À noite acontecerá aquela homenagem à ONG, lembra?

– Homenagem... caramba! – surpreende-se Octávio. – Esqueci completamente!

– Pior é que você não poderá faltar. Vai representar a sua mãe. Eu até já desmarquei...

– De jeito nenhum! Não vou arrastar você para um compromisso chato desses. Será rápido. Vou só agradecer a alguns investidores e tiro o time. Não ficarei para o coquetel.

– Tem certeza de que não quer mesmo que eu vá?

– Tenho... Vai visitar sua amiga. Ela sai amanhã da maternidade e você já programou isso faz tempo. Tenho certeza de que estarei em casa antes de você.

Martha concorda, mas não sem antes insistir diversas vezes, durante o dia, para acompanhar o marido ao coquetel. No fim da tarde, ela separa o body comprado para o recém-nascido e sai. Octávio termina de se vestir, bebe uma taça de vinho e segue para a sede da ONG.

* * *

Lá, estão presentes umas cinquenta pessoas. A cerimônia foi planejada pela equipe administrativa para ser simples e breve. Apenas para comemoração dos resultados alcançados. Em cavaletes, dezenas de imagens de Cristina em meio às crianças, jovens e adultos compõem a decoração.

Assim que chega, Octávio encontra um dos gestores da instituição.

– Octávio, como vai?

– Estou bem, Armando. E você?

– Ótimo.

– Como será o processo aqui? – pergunta Octávio.

– Na verdade, será bem simples. Contratamos uma jornalista para falar um pouco sobre as nossas origens e, claro, sobre a sua mãe também. Ela vai te chamar ali no tablado e você só precisará anunciar o nome de um dos investidores, na verdade, o investidor master, que representará os demais, e fazer um breve discurso sobre o projeto e o poder transformador da educação. Não se preocupe, está tudo ali no teleprompter e você se expressa muito bem!

– Por mim, ok – concorda Octávio.

O palco, montado ao lado da grande placa inaugural de bronze com o nome dos apoiadores da ONG, é pequeno e bem iluminado. Octávio aguarda a sua vez. Enquanto isso, admira uma foto de Cristina e rememora o orgulho que sente da mãe.

"Como a senhora deve estar feliz, mãe, vendo tudo isso que idealizou ser cumprido à risca e com grande sucesso!", pensa, enquanto ouve a jornalista.

– Neste momento, é com muito orgulho que eu convido ao palco o maior cirurgião do Brasil, o doutor Octávio Albuquerque Júnior!

Em meio a aplausos, dirige-se ao púlpito.

– Boa noite a todos. Antes de ler a minha fala, quero dizer algo, se me permitem...

Octávio olha para Armando, que ergue uma taça.

– Minha mãe foi, para mim e para todos que a conheceram, uma mulher de grande caráter, honra e retidão. Foi uma mãe cuidadosa, participativa e carinhosa. Com certeza, um projeto como esse não poderia ter sido criado por outra pessoa. Ela e meu pai dedicaram a vida aos estudos e à educação. Foram cidadãos ligados aos jovens, ao ensino e ao crescimento intelectual. Tenho muito orgulho de ser seu filho, de ter aprendido com ela e de aqui estar, na maior obra que ela ergueu, algo que, certamente, contou com a ajuda e a participação de muita gente, mas que só poderia acontecer com a determinação, direção e zelosa persistência de Cristina Albuquerque. Peço a todos que ergam suas taças e copos em homenagem a ela.

Em silêncio, a plateia inteira o acompanha. Octávio então continua, desta vez, lendo o texto preparado:

– Muito obrigado. Agora, dando sequência à cerimônia, aqui, ao lado dessa placa com os nomes dos apoiadores deste grande projeto, vou chamar o que representará todos que ajudaram a tirar esse sonho do papel. A ele darei, além do meu forte abraço de reconhecimento e gratidão, esta medalha em homenagem simbólica.

Octávio aguarda o nome aparecer na pequena tela à sua frente. Então, de maneira quase que automática, lê ao microfone:

– O deputado federal, grande empresário, ambientalista e líder indígena, o senhor Car... – pigarreia para não engasgar. – Perdão. O senhor Carlos Rodrigues!

O médico abaixa a cabeça e, entredentes, interpela a si mesmo: "QUE MERDA É ESSA?!"

Todos aplaudem de pé, efusivamente. Pelo lado esquerdo do palco, surge, em elegância ímpar, o homem com o rosto que o médico aprendeu a odiar.

Iaruanã se dirige a Octávio, altivo e sorridente, e estende sua manzorra para cumprimentá-lo. O sorriso é irônico, porém um quase imperceptível músculo no canto da boca denuncia um ódio sem tamanho. Por um milissegundo, Octávio se imagina saindo do palco. Em seguida, pensa em esmurrar o inimigo, mas a indagação que rapidamente preenche todo o seu ser é:

"O que esse filho da puta está fazendo aqui?"

Não há tempo para deduzir ou criar teorias. Sob a pressão do momento e da expectativa de todos, retribui o cumprimento, apertando a mão de Iaruanã. O aperto é mais forte e demorado que o normal. Octávio tenta se livrar, mas não consegue. Iaruanã sorri por estar vencendo aquela desejada peleja de forças e por seu inimigo estar completamente confuso e atrapalhado.

– Muito prazer em, *finalmente*, conhecê-lo!

Octávio congela. Está petrificado. É Perseu e Medusa ao mesmo tempo.

– Acho… que você está com algo que é meu – Iaruanã murmureja em seu ouvido.

Mas Octávio não entende. Iaruanã então aponta para a pequena caixa com a medalha simbólica. Assim que o médico lhe entrega a homenagem, o aplauso é geral.

Sem hesitar, Octávio desce do palco. Só pensa em sair, ir embora, amputar a mão que cumprimentou o inimigo, mas, infelizmente, é interceptado por Armando, que o detém para conversar:

– Poxa, Octávio, que lindas palavras, como sempre.

– É… é… obrigado, Armando. Agora, eu preciso… sim… eu preciso ir e…

– Claro, claro… vamos só ouvir o discurso do deputado. Um homem honrado, viu? Sua mãe era muito fã dele e muito grata pelo impulso que proporcionou ao projeto dela, veja…

"Minha mãe… é mesmo! Eu preciso entender toda essa história", pensa e desiste de ir embora. O índio começa seu discurso e direciona cada palavra a Octávio.

– Muito obrigado, dr. Albuquerque. Eu era… ou melhor, eu fui, sou e sempre serei um grande admirador da sua mãe. Lembro-me do dia em que a conheci, do dia em que me pediu para investir no projeto que, inicialmente, estava acima da capacidade e das competências da senhora Albuquerque. Eu preciso dizer que, ao apoiar dona Cristina, debatemos ideias que tornaram seu sonho muito maior e real. Por isso o meu nome está lá, naquela placa de bronze, desde a fundação da ONG. É uma honra, com certeza. Sinto-me presente na vida da sua família, Octávio. Mas, voltando, dona Cristina precisava realizar este sonho e eu fico feliz com o privilégio de ter contribuído financeiramente, além de ter proporcionado a possibilidade de rapidamente profissionalizar a gestão da ONG, da qual hoje assumo, benemeritamente e com extremo orgulho, a presidência do Conselho Administrativo!

Um misto de ódio e confusão consome Octávio, que não consegue reagir diante da terrível revelação. Quer ir embora, mas parece preso às palavras do índio, ao seu sorriso sarcástico e às verdades causticantes. O discurso é breve, mas, para o médico, parece durar séculos. Assim que conclui, o parlamentar desce do palco e caminha em direção a Octávio.

– Armando, pode me deixar a sós com Carlos? – pede Octávio. – Quero falar com ele sobre a minha mãe.

– Claro.

Iaruanã se aproxima.

– Ué, Armando saiu?

– Pedi para que saísse. Se ficasse, você continuaria com as suas ironias e sarcasmos que eu não tolero. Vamos falar diretamente agora.

– Uau! O que está acontecendo, doutor? Virando homem? Puberdade tardia?

– Cala a boca, seu verme!

Imersos em ódio puro, eles conversam com grande proximidade e disfarçam com sorrisos falsos quando alguém passa ou se aproxima.

– Verme? É o melhor que sabe xingar? O que foi? Não gostou de saber que eu e aquela... aquela, como posso dizer, enxuta dama, éramos sócios e amigos *beeem* íntimos?

– Cala essa boca, seu ladrão filho da puta!

– Agora, sim! Melhorou muito! Você jura mesmo que nunca soube? Nem imaginou?

Octávio fica em silêncio e reflete. Iaruanã insiste:

– E aí, menino? Já pensou? Eu poderia ser seu padrasto, sabia? Mas acho que o meu *tamanho* incomodava a pobrezinha.

Octávio respira fundo e dá o troco:

– Por falar em família, como vai Iaúna, deputado?

– Hein?

– É... como vai a sua irmã? Iaúna dos Moxiruna? Aquela toda queimada! Me diz... como ela anda?

Iaruanã olha para os lados, para confirmar se ninguém ouviu. Tenta silenciar Octávio, que insiste:

– Iaúna te contou que quase a pegamos? Olha... ela tá mais feia que o capiroto, né não? Mas... me fala uma coisa...

– Cala boca, branco de merda, eu estou...

– Com medinho? – ironiza Octávio.

– Você não aguentaria um combate comigo... você é fraco... não ouse falar da minha irmã, ou eu...

– Você o quê? Você me queima vivo do mesmo jeito que eu fiz com ela? – desafia Octávio. – Que pena que não deu certo! Mas me diz, como você fez para colocar um corpo lá?

– Ui, tá *curiosa*? Eu te falo, menina. Não foi planejado, não. Iaúna emparedou a mulher de um bandidinho.

Octávio então parte para um blefe.

– Eu já sabia, otário. Iaúna me contou. Ela me contava tudo. De você, dos Moxiruna, do elixir, das mortes... Ela me amava profundamente. Iaúna emboçou a mulher do cara na parede da própria casa... Que malvada! – diz de forma sarcástica.

– Mas não explica o motivo de sua mãe estar no porão e não ter fugido do incêndio, não é? – Iaruanã caiu na ratoeira.

– O que está querendo dizer? – pergunta Octávio, dissimulado.

– Você não imagina quem manteve a Cristininha presa enquanto o filhinho dela começava o incêndio?

– Um tal de Pajé, acertei?

– Você sabia que ela estranhou muito eu, o investidor da ONG, estar lá no porão com ela? Mantendo ela prisioneira? Sabe o que ela disse? Sabe quais foram as últimas palavras dela, doutorzinho? E falando no seu pai, você sabia que...

Nesse instante, Armando retorna.

– Desculpem interromper os dois homens mais importantes do evento, mas é que preciso apresentar os outros investidores a Octávio. Você nos dá licença, Carlos, ou quer nos acompanhar?

– Não, Armando, muito obrigado. Já conheço todos. Faça as honras ao dr. Octávio Albuquerque Júnior. Acho ótimo que o doutor os conheça.

Iaruanã e Octávio se afastam, mas os olhares seguem fixos, penetrantes. O índio, antes de ir embora do evento, reflete: "Está na hora de acabar contigo de vez. Só falta você, dessa sua família nojenta."

Octávio, de olho em Iaruanã, pensa: "Eu prometo, em nome dos meus pais, que vou acabar contigo. Nem que eu precise morrer para isso, maldito."

Octávio jogou o jogo primorosamente, aguentou firme a vontade de trucidar o índio, afinal, a vingança é um prato que se come frio.

Sem saber dos planos um do outro, naquela noite, ambos fazem uma promessa que, no futuro, apenas um conseguirá cumprir...

Enxergamos a Verdade?

10 de outubro de 1992. De um hotel em Manaus, o professor Albuquerque telefona para casa.

– Alô? – atende Cristina.

– Eu gostaria de falar com a esposa mais linda e inteligente do…

– Oi, amor!

– Oi, Cristina! Que saudades, minha flor!

– Muitas! Quando você volta?

– Terminei a pesquisa e vou aproveitar o fim de semana para produzir uma série de relatórios aqui no hotel. Preciso deixar tudo pronto antes do encontro. Marquei uma reunião com ele na terça, em São Paulo.

– Terça? Por que não na segunda?

– Segunda é feriado, e parece que ele vai estar em Angra.

– Ah, é Dia de Nossa Senhora Aparecida.

– E Dia das Crianças. Preciso levar algo pro Tavinho.

– Querido, ele só tem um ano. Não se preocupe, você já enche ele de mimos.

– Mesmo assim. Meu futuro cientista merece muitos presentes!

– Tá bom, tá bom. Mas você vai embarcar quando para São Paulo?

– Saio daqui na segunda mesmo. Chego aí à noite. Você não imagina o monte de sujeira que eu descobri. Minha pasta está pesando uma tonelada, não pela quantidade de papéis, mas pela importância do que estou levando!

– Não é perigoso?

– Não, ninguém sabe ainda. Fui muito discreto! O importante será tirar logo isso das minhas mãos e entregar para alguém que saberá dar o melhor destino.

Cristina concorda. O casal conversa mais um pouco e, então, desliga.

O professor Albuquerque se deita e reflete. É um ativista pelas causas sociais e pelo desenvolvimento sustentável da Amazônia. Não concorda com a falsa proteção dedicada à floresta e aos povos indígenas. Acredita serem estes as maiores vítimas da hipocrisia que os afasta do acesso à educação, à universidade, à saúde digna e à tecnologia. Toda a região está fadada a um isolamento sem sentido. Não há energia elétrica em grande parte do território, nem conforto, prosperidade e progresso.

Mas há um homem, um grande aliado do professor Albuquerque, conhecido nacionalmente e, às vezes, apelidado de Senhor Diretas Já. Este político solicitou ao professor um minucioso estudo sobre a Amazônia, que determinasse, com exatidão, possibilidades de investimentos sustentáveis, geração de empregos, riqueza e desenvolvimento.

As descobertas do professor Albuquerque foram além de meras observações superficiais ou pareceres sociais, e revelaram cartéis de madeireiros e garimpeiros ilegais, milícias, escravidão indígena, envolvimento de ONGs nacionais e internacionais, comprometimento de lideranças políticas etc.

"Meu Deus, milhões de quilômetros quadrados, que dizem ser terras indígenas, mas que são, na verdade, o campo protetor de bandidos inescrupulosos que devastam indiscriminadamente a floresta. Faltam estradas de ferro, rodovias, polos industriais, provedores de serviços... Isso aqui virou uma terra de ninguém. E o tal de Carlos Rodrigues? Um bandido travestido de índio bonzinho. Só de pensar na organização que ele comanda e em tudo que pode fazer, fico apavorado", reflete, revirando-se na cama. "Sem trabalho ou educação, os indígenas e o povo da Amazônia são corrompidos, juntam-se aos seus próprios corruptores, seus próprios algozes, e cedem ao mundo do crime. Muito triste. Precisamos dar um fim nisso. Já!"

Dois dias depois, o professor Albuquerque retorna ao lar. No aeroporto de Congonhas, ao chegar à capital, nota algum alvoroço, mas ignora. Toma um táxi e, cansado, adormece no caminho. É acordado pelo motorista, que lhe diz o valor da corrida.

– Aqui, ó, fica com o troco.

Agradecido, o taxista o ajuda a descarregar a bagagem. Sua esposa, com o pequeno Octávio no colo, espera o marido no jardim da casa.

– Oi…

– O que foi, Cristina, está estranha… o que houve?

– Vamos entrar, querido.

A esposa o ajuda com as malas, e entram em casa.

– Estou feliz em te ver… mas preciso te mostrar. Veja! – exclama.

Cristina prefere não falar. Apenas liga a televisão para que o próprio marido assista à notícia. O professor Albuquerque, boquiaberto, cai sentado na poltrona. É real e está em todos os canais: o Senhor Diretas Já, mentor e amigo de Albuquerque, morreu num misterioso acidente de barco em Angra dos Reis. Com ele, se afogaram a esposa, outro casal e o marinheiro que capitaneava a lancha. O professor se sente órfão. É como se tivesse perdido os pais e a esperança.

– Cristina, ele se foi… ele se foi… – diz, chorando.

Ela o abraça, enquanto ele pensa: "Em que fria esse homem foi se meter? Mar calmo, tempo bom… que morte estranha."

Passam-se três anos da morte do Senhor Diretas Já, e seu corpo nunca foi encontrado. O professor Albuquerque busca incessantemente alguém para o ajudar na missão que lhe foi conferida. Sente que tem uma verdadeira bomba em mãos e que deixar aquilo parado é extremamente perigoso. Sem muito cuidado, passa a contatar indivíduos e organizações ligadas à causa indígena e da Amazônia, buscando um meio de levar a verdade a público. Não tem coragem de deixar os documentos em casa. Teme pela família. Muitas vezes ensaiou guardar tudo num cofre, mas frequentemente é compelido a levar as provas a reuniões e encontros. Inclusive, nunca detalhou nomes de suspeitos ou investigados a ninguém da família.

Na noite fatídica de setembro de 1995, pouco antes das 19h, o professor Albuquerque caminha pela faculdade avaliando seus passos. "Acho que fui imprudente em falar a torto e a direito sobre as minhas investigações. Tem gente que ouviu o que não queria e nem poderia ter ouvido. Preciso tomar mais cuidado."

– Ficou pronto, Eduarda? – pergunta ele, ao entrar na sala de reprografia.

– Sim, só não encadernei, professor. Tem problema?

– Ah, prefiro que encaderne, se não for dar muito trabalho...

– Imagina. Só que estamos sem espiral.

O professor Albuquerque pensa e, então, tem uma ideia. Abre a sua pasta e retira algo de dentro dela.

– Só grampeia então e coloca isso... vai dar um ar inocente ao conjunto.

– Ah! Que lindeza! – diz Eduarda.

– É um desenho do meu filho, o Tavinho. Ele tem quatro anos. Desenhou a mim e a ele de capa, voando... Vê se pode.

– Essas crianças...

– Então, Eduarda, combinado. Coloca esse desenho como capa e amanhã bem cedinho eu pego. Estou superatrasado para um compromisso. Os originais estão contigo, certo?

– Sim, claro, toma aqui.

O professor faz menção de se retirar, mas, antes, decide fazer uma última pergunta à moça:

– Você... chegou a ler esse trabalho? É que...

– Ah, professor, me perdoa. Eu tenho tanta coisa pra fazer aqui e são tantas cópias o dia inteiro... Espero que não se ofenda!

O professor Albuquerque ri, aliviado.

– Não por isso, Eduarda. Eu entendo. Esse tipo de conteúdo é muito chato mesmo. Você é que está certa.

Então, a poucos metros da faculdade, o professor é abordado por uma dupla de assaltantes. Desce do carro com as mãos para o alto e entrega tudo aos marginais. Pede apenas para ficar com a pasta.

– A pasta é de trabalho. Não levem, por favor. São as provas dos meus alunos.

Os homens não acreditam e o agridem. Toma um soco e cai de joelhos. Ao tentar se erguer, leva uma coronhada, que faz seus óculos voarem e se espatifarem no chão. O golpe o acerta em cheio e ele começa a sangrar. Ordenam que vá embora, mas ele alega não estar enxergando. Um dos homens o levanta com violência, mas um tiro...

* * *

Minutos antes do assalto, os bandidos aguardavam a hora certa para abordar o carro. Tinham a missão de roubar a pasta do professor e ir embora com ela. Não deveriam matá-lo, mas um susto bem dado... A ordem havia sido dada pelo chefe, Carlos Rodrigues. Inexperientes, os homens agrediram a vítima, demoraram demais, chamaram a atenção das pessoas ao redor e, para piorar, derrubaram a pasta e espalharam seu conteúdo.

O chefe sabia da limitação intelectual dos seus contratados e, portanto, achou melhor segui-los para acompanhar o cumprimento do serviço.

Ao presenciar as trapalhadas dos dois, ele decidiu resolver por si mesmo o problema e, do outro lado da rua, desferiu o tiro certeiro. Foi misericordioso. A vítima não sentiu dor.

Em seguida, torceu para que seus empregados recolhessem o conteúdo da pasta e fossem embora, mas a dupla ficou discutindo diante do cadáver. Então, ele optou, mais uma vez, por solucionar o problema. Atravessou a rua, valendo-se de um boné e óculos escuros, e gritou: "Polícia!" Sabia que, na tensão do momento, os dois não o reconheceriam. E foi exatamente o que ocorreu. Seus contratados fugiram apavorados, e ele aproveitou o acúmulo de pessoas para pegar o precioso dossiê com as pesquisas do professor e levar embora de vez.

No caminho de volta, feliz pelo resultado da empreitada, leu as páginas da pesquisa do professor Albuquerque e lamentou não o ter matado antes. Eram páginas extremamente comprometedoras, contudo, agora, estava livre daquele entrave.

Eduarda trabalhou mais dois anos na copiadora da faculdade. Formou-se em turismo, mas nunca exerceu a profissão. Preferiu ser programadora de uma linguagem que estava em ascensão global. Trabalhou por vinte anos e juntou um bom dinheiro. Em 2010, ela abriu um pequeno café no bairro da Saúde, onde, às quartas-feiras, convidava grupos de chorinho para tocar. Eduarda não é saudosista, mas nunca se esqueceu do gentil e inteligente professor Albuquerque e do seu trágico fim. Jamais soube explicar o motivo de ter guardado, por todos aqueles anos, o derradeiro documento pedido pelo falecido mestre para ser copiado: uma volumosa apostila espiralada sobre a Amazônia – assunto pelo qual em nenhum momento se interessou – e cuja capa era um desenho do filho do professor. Um menino que, com quatro anos na época, assinara "Tavinho" com letras disformes.

Certa tarde, enquanto cuidava do caixa do seu café ao som de um trio especialista em Pixinguinha, Eduarda viu na TV que aquele doutor famoso, um grande cirurgião reconhecido mundialmente, havia sido inocentado de algumas acusações. Mesmo sem ter prestado atenção ao caso, devido ao forte movimento do happy hour, ao som de "Carinhoso" Eduarda ficou emocionada quando ouviu um breve discurso do médico absolvido, em que ele agradecia à memória do pai, o professor Albuquerque. Esse médico, notou Eduarda, se chamava Octávio, cujo apelido de infância poderia muito bem ser Tavinho, e, pela faixa etária, teria em meados da década de 1990, três ou quatro anos.

Enquanto a música de Pixinguinha terminava, Eduarda refletiu no que deveria fazer com aqueles documentos que, no mínimo, poderiam ter algum valor sentimental.

O Lado Mais Claro das Trevas

Setembro de 2018, a jornalista prepara um delicioso jantar para o marido, que chega cansado do trabalho. Na verdade, chega exausto, exaurido de tudo o que é mundano, mas completamente disposto a se dedicar à família. O índio rancoroso, criminoso implacável e político corrupto fica na soleira, pois quem aparece do outro lado da porta é o carinhoso Carlos. Pai e marido amoroso, exemplar.

É recebido na entrada pelo caçula, Pedro, de 11 anos.

– Pai, você não vai acreditar! Desbloqueei a última fase do jogo!

– Duvido, Pepê.

– É sério! Joga comigo mais tarde?

– Jogar? Na verdade, vou acabar com você. Vou destruir seus exércitos!

– Até parece. Quero só ver!

O pai abraça o filho e, juntos, avançam até a cozinha. Nathalia, linda como sempre, cumprimenta o marido.

– Como foi hoje?

– Ah… o mesmo de sempre… Iaúna passou aqui?

– Sim, ela veio ver as crianças e…

Uma adolescente alta, tão bela quanto a mãe e a mescla perfeita entre os traços indígenas de Iaruanã e a ascendência europeia de Nathalia, entra na cozinha. É Nayara, a filha do meio.

– Crianças, mãe? Eu já tenho 16!

Iaruanã olha para Nathalia e ri.

– É verdade, amor. Ela já tem 16, é praticamente uma idosa.

Todos riem de novo. Iaruanã sente a falta do primogênito de 19 anos.

– Onde está o Rô? Já voltou da faculdade?

– Já... tá lá fora treinando – avisa a irmã.

Rodrigo, além de CDF, também adora malhar.

– Vou lá falar para ele pegar mais leve.

Iaruanã vai até o grande jardim nos fundos da casa, que se une a uma academia particular de fazer inveja a muitas redes de fitness, e vê Rodrigo, sem camisa, de bermuda, treinando o arco. O jovem é fisicamente uma cópia do pai, destacando-se entre os adolescentes da sua idade pelo tamanho e força. Pratica com destreza várias lutas marciais e até já participou de torneios de MMA. Não admite finalizar seus combates sem nocaute. É do tipo temido, daqueles que, ao entrar no ringue, se torna um animal feroz e impiedoso.

Rodrigo olha para Iaruanã e, com o rosto virado para o pai, solta a flecha que sai do arco e, com grande precisão, atinge o centro exato do alvo.

– Oi, paizão!

Iaruanã grita, enquanto se aproxima, para que todos ouçam:

– Tá treinando muito, gafanhoto, pega leve!

Em seguida, se aproxima dele e o abraça.

– Como vai?

– Bem. Disparei duzentas flechas hoje.

– E acertou quantas no centro do alvo?

– Cento e noventa e duas.

– Ótimo, mas, a partir de amanhã, dispare quinhentas e acerte as quinhentas. Suba um pouco a carga dos pesos também. Já está na mesma há um mês – diz, agora baixo, para que ninguém ouça.

– Pode deixar, pai.

– Vamos lá para dentro e não se esqueça: ninguém pode saber do seu treinamento nem que você já tem acesso aos negócios. Nem a sua mãe. É importante para o caso de, algum dia, acontecer algo comigo.

– Que saco, pai. Você fica falando isso toda hora. Não vai acontecer nada com você.

– Um dia, não hoje, vai, filho.

– Pai, você é Iaruanã!

– E você, Rodrigo, você é Kûaraúna. O Sol Negro. Nunca se esqueça disso. Você nasceu num eclipse e será maior do que eu jamais fui.

– Óbvio, pai. Obrigado por me ensinar o que eu sei. Aliás, já sei mais do que você e também sou mais forte, quer ver?

Rodrigo desfere um soco para atingir o ombro do pai, que se esquiva e lhe aplica uma chave de braço, imobilizando-o de imediato.

– E agora, fracote? Vai bater ou… posso quebrar?

– Vai ter volta! – exclama e dá três tapinhas no braço de Iaruanã.

Ambos riem, e Iaruanã esfrega os cabelos do filho com a mão esquerda, descabelando-o todo.

– Vamos entrar, já deve estar na mesa.

O jantar transcorre feliz e harmonioso. Iaruanã dá atenção plena a cada filho, para, em seguida, levar a esposa para a cama. Amam-se como um casal em lua de mel. Antes de dormir, o índio dá uma última olhada no celular e vê uma mensagem: "sauve patrao os 2 tao em brasilia la no hotel me fala o prosedimento".

Lamentando o português do capanga, Iaruanã sai do quarto e responde à mensagem com um áudio: "Ô analfabeto do caralho, aprende a escrever, porra! É o seguinte: manda aqueles dois lá do hotel fazer que nem eu já falei. Espera a hora do café e separa o doutor da mulher. Traz a piranha pro prédio novo e faz uma busca no quarto deles. Passa o pente-fino. Quando tiver tudo certo, me avisa que eu ligo pro doutor."

Em seguida, volta para o quarto, comemorando: "Finalmente! Ele fez a pior jogada. Veio até mim. Chega de educação. Vou sumir com eles amanhã mesmo!"

Assim que Iaruanã se deita, Nathalia acorda:

– O que foi, amor? Problemas no trabalho?

– Só um probleminha que anda me dando dor de cabeça há um tempo, mas que, amanhã, vai ser resolvido. Boa noite, amor. Te amo!

– Boa noite!

⋆ ⋆ ⋆

Um ansioso Iaruanã encosta a cabeça no travesseiro, logo pega no sono, mas tem um pesadelo. Está entrando numa floresta densa, muito fechada por cipós emaranhados, o que dificulta entender o caminho a ser tomado. De repente, vê-se perdido e segurando um enorme machado, em frente a um imponente carvalho branco. Tenta erguer o machado com toda a força para derrubar a árvore, mas não consegue. É pesado demais. Ruge de raiva, sua, grita e tenta correr, mas as pernas não respondem, estão travadas, pesam toneladas.

– Acorda, querido. Não para de se mexer. O que houve? – pergunta Nathalia.

– Um pesadelo horroroso! Pelos deuses, estou encharcado de suor.

A Contrapartida

Setembro de 2018. Octávio caminha ansioso pelo apartamento. Martha já não sabe o que dizer ao marido.

– Calma, Octávio. Logo teremos notícias!

– Não dá, Martha. Cauê sumiu há meses. Ele não fala comigo, não responde as minhas ligações. Quero saber o que está acontecendo, mas de hoje ele não me escapa…

– Por quê? O que você fez?

– Pedi para um amigo, médico residente que me deve um favor, ir até o endereço de Cauê, agora cedo. Vai me telefonar assim que ficar de frente para ele. Aí, vou exigir explicações.

– Mas e se…

A frase de Martha é interrompida pelo interfone. Assim que o atende, pergunta ao marido:

– Você conhece alguma Eduarda? Ela quer falar com você e disse que é um assunto importante sobre o seu pai. Falo que você vai descer?

– Eduarda? Amiga do meu pai? Eu não me lembro, não conheço… Pergunta como ela conheceu o meu pai – pede, desconfiado.

– Octávio, o porteiro está dizendo que ela trabalhou com o seu pai na faculdade e quer lhe entregar uma pasta com desenhos que acha que são seus. Está sozinha.

Octávio pensa e responde:

– Desenhos? Ok, fala para o porteiro deixar subir, tudo bem. Estou aguardando a ligação do meu amigo aqui em cima e preciso estar preparado. Não posso descer agora e correr o risco de perder a chamada dentro do elevador!

Martha concorda e autoriza que a visitante suba. Em alguns segundos, a campainha toca.

– Pois não?

– É... oi. Meu nome é Eduarda. Eduarda Duchêne. Eu gostaria de falar com o dr. Octávio. É coisa rápida, mas do interesse dele.

Martha, receosa devido aos últimos acontecimentos, não permite.

– Você precisa me dizer do que se trata. Ele está muito ocupado.

A franzina mulher, de pele alvíssima, tira da mochila uma volumosa apostila espiralada. Na capa, um desenho infantil.

– Tudo bem, só mostra isso para ele e pede...

Nesse instante, Octávio, impaciente, vai até a porta.

– Bom dia, o que foi de tão... – mas interrompe a própria frase assim que vê o desenho na capa da apostila. Fica sem palavras.

Eduarda, de óculos fundo de garrafa, sorri e oferece a apostila a Octávio. Martha, sem entender, a chama para entrar.

– Martha, amor... esses... esses são... o Capitão Octávio e seu ajudante, o Super Tavinho... Como... como você tem... o que é isso?

Eduarda é convidada a se sentar, e, por minutos, explica tudo em detalhes. Octávio e Martha não conseguem conter as lágrimas. Depois de recuperados, Eduarda termina:

– Guardei isso tanto tempo, sem saber o motivo. Quando vi o senhor na televisão, achei que deveria entregar para o verdadeiro dono. Eu conheci o professor Albuquerque e, até hoje, ainda penso nele e na tragédia que... Um homem íntegro, correto. Bom... acho que a apostila deve se referir a alguma matéria. Nunca me interessei em dar uma lida, de verdade. É mais pela lembrança carinhosa. Eram quatro partes grampeadas. Juntei tudo e espiralei. Fiquem bem, até qualquer dia, tchau.

O casal se despede da simpática mulher. Octávio olha aquele desenho como se fosse um pedaço do pai, uma conexão. Martha não se contém:

– É incrível, meu amor!

* * *

O telefone toca. É o médico amigo de Octávio.

– Oi, doutor. Aquele seu amigo está sentado tomando um café aqui no restaurante onde, segundo a vizinha dele me contou, almoça todo dia.

– Ele sabe de você?

– Não, não. Está distraído. O que é para eu fazer? Entrego o telefone a ele?

– Isso! Vai até ele e dá o aparelho. Diz que é uma ligação importante.

O homem volta o olhar para o salão, mas Cauê sumiu.

– Vixe, doutor. O cara evaporou em dois segundos. Eu só virei de costas, nem me afastei, e ele...

A frase é interrompida pelo próprio Cauê, que surge por trás, bem próximo do amigo de Octávio, sem ser percebido.

– Que susto! – exclama o médico.

– Por que está me observando? Com quem você está falando?

O rapaz começa a tremer. Entrega o aparelho a Cauê.

– Aqui, ó, é ligação pra você!

– Pra mim?! Alô, quem é? – pergunta Cauê.

Octávio, do outro lado da linha, fica irritado.

– "Quem é"? Como "quem é"? É o Octávio! Esqueceu de mim? Cadê você? Não fala comigo faz tempo. E aí? Já encontrou Iaúna? Falou com ela?

Cauê retorna à mesa.

– Mudança de planos.

– Como assim, mudança de planos?

– Deixa eu te falar: Iaúna está morando numa chácara, aqui mesmo no Gama. Já descobri um meio de ir até lá falar com ela, sem ninguém me ver.

– Certo, certo... esse é o plano. Você vai contar o seu tal segredo a ela e voltar... correto?

– Errado. Na verdade, eu mudei de ideia. Vou matar o Iaruanã.

Octávio se levanta do sofá, assustado.

– O quê?! Tá louco? O cara é perigoso! Não foi isso que combinamos, Cauê. Ele vai te matar! Você é o nosso único trunfo...

– Se ele me matar, foi a vontade dos deuses e... partirei em paz. Mas sei que Guaraci não quer isso para mim. Ele me deu a missão de retirar Iaruanã da Terra, e eu farei isso! Iaruanã torturou e matou meu filho. Meu único filho.

Jogou o corpo dele para as piranhas. O que você faria no meu lugar? Você tem filhos?

Octávio se cala. Daria tudo para salvar sua mãe e daria tudo para ter o pai de volta. O renomado cirurgião também se lembra do que fez com Joilson e Cleverson. Ainda assim, insiste porque sabe que os atos impensados e a justiça com as próprias mãos só lhe trouxeram mais dor.

– Cauê, vamos fazer esse desgraçado pagar na justiça.

– Sua justiça é fraca. A justiça da floresta é a lei dos Moxiruna. E eu farei cumprir. Ele está passando grande parte do tempo num escritório de dois andares, que comprou recentemente. Já levantei a ficha toda. Fica lá só com dois seguranças, dois PFs aposentados. Moleza pra mim. Ele nem vai me ver chegar. Até mais.

Cauê desliga e devolve o celular ao assustado residente de medicina, que, na mesma hora, vai embora acelerado.

– Martha, ele vai matar Iaruanã e, mesmo sendo esse o meu verdadeiro desejo, não posso permitir. Esse não sou mais eu. Ele destruiu a minha vida, e a prisão será um justo e merecido fim de vida para aquele bandido.

Aparentemente, a própria representação de si mesmo como um super-herói ao lado do pai, num desenho infantil, lhe traz a força necessária para seguir o caminho correto.

– Eu vou falar com o Oswaldo e pedir ajuda.

– Vou com você, mas, antes, vamos tomar um café. Não comemos nada!

O casal se senta para fazer um lanche e folhear o volumoso trabalho entregue por Eduarda. Então, Martha começa a virar as páginas iniciais e engasga.

– O que foi, Martha?

– Octávio, você tem que ver isso. Você... você não vai acreditar!

O médico se senta ao lado da esposa e, juntos, leem parte do dossiê do professor Albuquerque.

– Martha, aqui tem fotos, provas documentais, testemunhos... Tem até o nome dele! Carlos Rodrigues. Tá aqui! Meu pai investigava o vagabundo. Ele tinha provas contra ele, Martha. Dezenas!

– Octávio, a morte do seu pai tem relação com...

– Iaúna é irmã desse verme, que vem a ser o maior operador ilegal de madeira nativa da região. Esse homem era o empregador dos dois marginais que mataram o meu pai e, por fim, meu pai tinha provas contra ele! Tudo muito bem encaixado!

– Você acha que esse Carlos colocou Iaúna na sua casa? Plantou ela lá?

– Não... não. Minha mãe trouxe Iaúna, lembra? Foi um processo difícil, e esse império criminoso ainda não existia na época. Foi coincidência mesmo. Uma enorme coincidência, diga-se de passagem. Imagino o espanto do tal Carlos quando soube de quem eu era filho. O medo... Tudo agora faz total sentido.

– O que faremos?

– Vamos manter o plano de falar com o Oswaldo e impedir Cauê de matar o canalha. Agora temos provas materiais para acabar com ele. Só precisamos ser rápidos.

– Você tem razão, amor. É o correto a se fazer! – concorda Martha.

– Martha, não é incrível? No último minuto, meu pai, como um super-herói, salva tudo! Essa é a mais poética das justiças! Como pode?

Oswaldo recebe os amigos, sem entender o motivo da pressa e da ansiedade. Minutos de conversa depois, é o delegado quem está ansioso e apressado.

– Puta que pariu... Me desculpe, Martha, mas torno a dizer: puta que pariu!!! A gente pegou ele! Na verdade, Octávio, *seu pai* pegou ele. Seu pai, que agora está no céu com a sua mãe, será justiçado, meu amigo. Tudo o que ele desejava vai acontecer, porque esse documento virá a público!

Octávio, mesmo compartilhando da empolgação, tem uma urgência em mente.

– Pois então, Oswaldo, há outro problema que precisamos resolver. Cauê está em Brasília e vai tentar matar o cara!

– Não podemos deixar isso acontecer. Esse Cauê vai acabar preso, ou pior, morto. E agora, com essas provas em mãos, o destino do tal Carlos será a cadeia!

– Exato! Estamos indo para Brasília ainda hoje. Você vem conosco?

– Amigos, respeito e entendo a pressa. Eu mesmo não consigo me conter, mas, infelizmente, nada se resolve tão rápido. Se vocês querem impedir Cauê de matar o cara, eu posso falar com a polícia do Distrito Federal. Querem? Mas já vou avisando: se ficar comprovado que ele tem a intenção de matar um deputado federal, vai ficar bem feio pra ele.

– Não, Oswaldo, não precisa.

– Então eu vou fazer o seguinte: envio dois agentes locais à paisana para esperar vocês no aeroporto. Eles vão fazer a sua segurança em Brasília. Serão discretos, levarão vocês do aeroporto para o hotel e permanecerão direto na sua companhia, ok? Quando tiver a troca do turno, eu aviso.

– Caramba, Oswaldo, muito obrigado. Vamos aceitar, né, Martha?

– Sim, querido. Oswaldo, você é o cara! Obrigada.

– De nada, amiga. É o mínimo que eu posso fazer.

– Bem, vamos então tentar pessoalmente conter os ânimos do Cauê. É a única maneira possível. Oswaldo, posso deixar esse dossiê contigo?

– Pode, não. Deve! Com isso, vou atrás da promotoria, ver se consigo uma audiência com o juiz. Dada a seriedade e extensão disso tudo, esses crimes não prescreveram e se somarão a outros que ele cometeu até o dia de hoje. Em duas ou três semanas nós enjaularemos esse safado, ainda que ele tenha imunidade parlamentar.

No caminho para casa, Octávio telefona para suas secretárias e cancela as cirurgias da semana, além de outros compromissos. A ideia é estar cem por cento focado e presente em Brasília, sem interrupções.

Assim que chegam à cobertura, injetam em si mesmos uma dose de Noo 2.0, arrumam as malas e partem para a capital no primeiro voo. Pousam no fim da noite e se hospedam num hotel próximo ao aeroporto, acompanhados dos seguranças que identificaram Martha e Octávio.

A gerente do hotel os recebe com muita educação e gentileza.

– É lua de mel?

– Não, estamos só de passagem.

– Ah, certo. Faremos de tudo para que a sua estada seja a mais agradável possível! Mais alguma coisa?

– Não, obrigado – agradece Octávio. – Ah, aqueles dois ali são nossos seguranças. Ficarão no hotel fazendo ronda, como de praxe. São policiais.

Assim que a chave lhes é entregue, sobem rapidamente para o quarto, no terceiro andar, deixando os seguranças subirem também, pois ficarão de guarda no hall do andar. O casal precisa estar descansado para o dia seguinte. No quarto, conversam só um pouco.

– Cauê deve imaginar que vamos atrás dele, mas não tão rápido. Espero que ele esteja morando no mesmo lugar. Amanhã cedinho alugaremos um carro e nos encontraremos com ele.

– Combinado, querido. Agora vem, vamos dormir que o dia foi *punk*.

Às seis e meia já estão tomando café no restaurante do hotel. Estranham a ausência dos seguranças.

"Devem ter perdido a hora", pensa Octávio.

Mal acabam de se servir, são interrompidos por uma jovem:

– Com licença, o senhor é o dr. Octávio Albuquerque Júnior, não?

– Sim, sou eu.

– Olá. Eu trabalho aqui no hotel. O senhor poderia me acompanhar? Ocorreu um problema no seu cartão de crédito e...

– Problema? Impossível.

– Acredito que deva ser coisa rápida, mas preciso que o senhor me acompanhe para resolver.

Octávio segue a funcionária até a recepção. A mulher o deixa na última posição da fila de check-out, com cinco pessoas na frente, e sai. Cerca de três minutos depois, Octávio reflete: "Se é para resolver problema no meu cartão, por que estou na fila de check-out?"

– Filhos da puta! – Cai a ficha.

Octávio dispara de volta para o restaurante. Martha não está mais à mesa, mas sua bolsa, carteira e celular encontram-se intactos. Sem pensar, retorna à recepção.

– Onde fica o banheiro feminino? Rápido, me diz!

Indicam o local e ele invade sem pudor.

– Martha! Martha, você está aqui?

Enquanto grita, vai empurrando as portas das cabines. Não há ninguém. Desespera-se.

"Meu Deus, meu Deus... ela não pode ter voltado para o quarto. Não deixaria suas coisas...", pensa, em agonia. Apanha os pertences da esposa e volta para o quarto, na esperança, ainda que remota, de encontrá-la.

"Pela escada, não há tempo a perder."

Dá de cara com os seguranças mortos, cada um com dois tiros cirúrgicos. Um no coração e outro na cabeça. No quarto, tudo está completamente revirado e quebrado. Seu celular toca. É uma ligação de vídeo, mas ele nem repara. O número é desconhecido.

– Alô?

– Quer dizer que o doutorzinho veio atrás de mim em Brasília? Quanta ousadia!

A voz parece alterada por algum filtro para evitar gravações.

– Carlos! Você...

– Shhh, não fale o meu nome. Vocês foram muito inocentes em achar que eu não saberia que estão aqui. Vieram à minha casa, entende? Assim que pisaram aqui, eu soube. Tenho olhos e ouvidos em todos os lugares. Chegou a hora de eu dar um fim nisso. Você não vai falar com mais ninguém, nem com aquele seu amigo delegado imbecil. Qualquer coisa que me pareça uma tentativa sua de me desobedecer, a princesinha vai se encontrar com o sogro e a sogra.

Octávio reflete rapidamente se deve falar sobre Cauê, mas, obviamente, o vingativo índio passa a ser, agora, o seu trunfo contra o raptor de Martha.

– Quero falar com a minha mulher! Quero ver se ela está bem!

– Claro, doutor, olhe para a tela do seu celular.

Octávio olha e vê Martha jogada na caçamba de uma van, amarrada e amordaçada. Está com o nariz sangrando.

– Carlos, seu merda! Eu vou te matar! Solta a Martha, seu...

– Cala a boca, doutorzinho. A grande questão é: preferem morrer juntos ou separados?

Iaruanã aproxima a câmera do celular em Martha e, em seguida, agarra com extrema violência a coitada pelos cabelos e encosta uma faca em seu pescoço, causando um corte superficial. Mesmo com um pano na boca, o grito da esposa é alto.

– Não! Martha!

– Ela já já vai precisar de um médico. Ou melhor, de um excelente cirurgião. E você não terá tempo nem pra se despedir. Que tal vir aqui se juntar a ela?

– Onde? Onde vocês estão?

Nesse instante, a porta do quarto é aberta por alguém que também possui uma chave. É a "funcionária" do hotel.

– Doutor, entrega o celular e a carteira para ela. Faça tudo o que ela mandar. Se falhar, a cadela morrerá. Até breve!

O índio desliga. Com ódio, Octávio obedece a Iaruanã e entrega o celular e a carteira para a falsária.

– Se vira aí! – ordena ela.

– Como?

– Virado pra parede, agora!

Octávio coloca as mãos espalmadas na parede e é revistado.

– Agora vem comigo. Sem perguntas!

A dupla desce até a recepção do hotel. Lá, um homem sinistro os aguarda. Um verdadeiro *armário*. A mulher informa:

– Você vai com ele no carro, sem conversa! Ele vai te levar até a sua esposa.

– Mas… e as minhas coisas que estão aqui? Meu celular?

A mulher ri.

– Fica tranquilo. Não há nem nunca houve um dr. Octávio Albuquerque Júnior hospedado neste hotel. Você nunca foi realmente registrado. Nem as câmeras de segurança gravaram a sua entrada. Nem você nem nada seu existe mais.

– Mas…

– Obrigada por escolher a nossa rede de hotéis. Volte sempre! – finaliza, com ironia.

Octávio se sente derrotado. É o fim. Entra no carro com o sujeito que nada fala. Mil pensamentos invadem a sua mente: "Pelo menos, eu morrerei ao lado da Martha e me juntarei aos meus pais." Sente-se injustiçado por morrer tão jovem. Tinha um futuro com Martha. Queria ter filhos, viajar, construir uma vida…

* * *

O carro entra num prédio baixo de escritórios. "É o tal local que Cauê descreveu", deduz. Há um muro alto e uma pesada porta de ferro. Pela janela, Iaruanã observa a chegada do cabisbaixo inimigo.

Octávio é levado ao segundo andar, onde vê Martha ferida, presa numa gaiola de metal. Os capatazes saem da sala, deixando apenas o trio.

– Marthinha! – grita Octávio e corre até ela, mas Iaruanã se interpõe na frente dele e lhe dá um forte murro. O nariz começa a sangrar.

– Pronto. Agora estão combinando. Quer dizer, falta ainda o corte na goela.

Octávio se levanta, mas é novamente derrubado por uma cotovelada de Iaruanã.

– O prazer que eu sinto em ter você aqui e saber tudo que farei agora é gigantesco. A vida é uma selva, e eu sou um animal selvagem!

Iaruanã vai até Octávio, agarra-o pelo tornozelo direito e o arrasta.

– Pare com isso! – grita Martha.

Com uma força descomunal, Iaruanã ergue seu adversário e o joga com tudo sobre uma mesa de centro, retangular e baixa. Octávio bate a cabeça e fica totalmente zonzo. O índio aproveita a situação e amarra o médico com um nó apertadíssimo, unindo punhos e tornozelos pelas costas.

– Cacei uma capivara! – zomba.

– E eu encontrei o dossiê do meu pai. – As palavras de Octávio, ditas com a maior calma do mundo, caem como uma bomba na cabeça de Iaruanã.

– O quê?!

– Eu consegui uma cópia.

Iaruanã sente o golpe e fica branco feito papel.

– Mentira! Eu mesmo destruí a evidência!

Octávio começa a gargalhar de forma insana.

– Meu pai fez cópias! Muitas! Eu não sabia disso, mas agora tenho tudo digitalizado! Vim aqui justamente para negociar com você...

Iaruanã vai até a mesa, solta o médico usando uma faca e o arrasta de lá pelos cabelos. Leva-o até uma gaiola ao lado da de Martha, abre-a e atira-o com toda força para dentro. Em seguida, abaixa-se em frente a ambas.

– Acho que vocês estão mentindo. Não encontramos nenhum pen drive no quarto.

– Nuvem! Tudo está bem guardado e armazenado.

Iaruanã se levanta e vai até a janela observar a paisagem. Vê seus guardas fumando no pátio, olha para o céu e então decide. Volta às gaiolas e puxa Martha.

– Três cópias impressas serão postadas no correio se não voltarmos para São Paulo amanhã.

– Faz tempo que eu não tomo o elixir e sei que você sintetizou uma versão de branco, né? Bom, quase que vocês me enganaram, mas eu ainda tenho a minha inteligência, sabem? Conheço vocês. Se tivessem mesmo uma prova contra mim, a polícia já estaria aqui. É mentira. Vocês vieram por outra coisa... talvez por Iaúna? Bom, já não importa mais. Até daqui a pouco.

Ao voltar, já com o rosto todo pintado, Iaruanã coloca Martha sentada numa cadeira. Está com as mãos atadas, mas o índio amarra seu abdômen ao móvel. Vai até a mesa, pega uma ampola na primeira gaveta e despeja o conteúdo num copo plástico. Ergue para o céu enquanto balança o copo. Coloca um dedo de água e torna a misturar. Em seguida, vai até Martha, aperta suas bochechas, fazendo-a abrir a boca, e despeja todo o líquido.

– Pronto... você deve se lembrar disso, não, doutor? O que começa assim mesmo?

Octávio arregala os olhos.

– O ritual – responde.

– Isso! Vou fazer o ritual e você vai assistir. Depois, farei o mesmo com você. Diga adeus à sua esposa!

Aos poucos, Martha vai perdendo a lucidez. Está acordada, mas completamente zonza. Iaruanã volta à mesa, pega uma faca, abre a blusa de Martha, preparando-se para a incisão.

Octávio grita, esperneia, chuta a gaiola e implora. Por fim, desiste e tenta tornar aquele fim o menos doloroso para a esposa.

– Martha... Ei, Martha, olha pra mim, meu amor, vai... olha...

A mulher olha para o marido e sorri, enquanto Iaruanã aproxima a faca do seu peito nu.

– Amor, olha pra mim... eu te amo. Eu vou sempre te amar, tá ouvindo? Eu... eu vou com você em breve, amor... estarei com você... olha pra mim, Marthinha... não olha pra ele... vai acabar rápido, meu amor...

Iaruanã posiciona a ponta da faca quatro dedos abaixo do pescoço de Martha. Uma gota de sangue escorre pelo tórax da mulher. O índio então fecha os olhos e começa uma espécie de oração em forma de cântico. Após quase dois minutos um grito explode no ambiente:

– Punó káaçoa Iaruanã!

Iaruanã, ao ouvir uma sentença no seu idioma nativo, pronunciada por uma voz masculina, grossa, interrompe a reza e se volta para a porta semiaberta.

– Quem ousa me dar uma ordem em Moxiruna?

A porta é empurrada lentamente e revela, do outro lado, Cauê. O homem está completamente coberto de sangue e empunhando um facão.Veste roupas comuns, mas o rosto também ostenta pinturas Moxiruna, porém de guerra.

– Quem é você? – grita Iaruanã. – Quem autorizou...

– Não se lembra mais de mim, filho do cacique?

– Cauê, filho da casa dos tecelões de redes? Você... você não...

– Não. Não morri! Não, filho do cacique, eu não morri. *Eu* sou o último Moxiruna.

– Impossível! Anhangá mandou uma de suas entidades!

Cauê saca um revólver e aponta para Iaruanã.

– Para trás, cão! Solte essa faca!

Iaruanã obedece.

– Como você... sobreviveu? Por que nunca me procurou? Nós...

– Silêncio, agora, guardião. Chegou o momento da verdade.

– Qual verdade?

– A pior de todas. Eu sei que você foi o culpado pelo ataque à nossa tribo, seu traidor. Você extinguiu os Moxiruna, maldito Iaruanã!

– Eu não...

– Você se juntou aos garimpeiros, você traiu a sua própria tribo. – Cauê, em lágrimas, grita: – Você matou todos! Nossas famílias, amigos, as crianças! Todos foram massacrados! Você é o único responsável pela chacina!

– Não era esse o combinado. As coisas fugiram do meu controle! Eles me traíram e eu, quase dez anos depois, aniquilei um a um. Eu vinguei a nossa tribo!

– E depois… depois você matou o meu filho na madeireira! Jogou o corpo dele no rio!

– Filho? Desculpe, mas foram tantas vítimas… Mandei matar muitos e também matei muitos eu mesmo. Usei muita gente ao longo da minha vida para fazer o ritual. Jamais teria matado ele se soubesse que tinha sangue de um Moxiruna. Para falar a verdade, nem sei quem foi o seu filho…

– Piatã! O nome dele era Piatã, e ele tinha uma madeireira. Você usou ele para fazer o ritual, seu… seu…

– Cauê, como eu poderia saber que ele era seu filho? Um irmão para nós. Se eu soubesse, jamais teria feito algo ao menino!

– Mentira! Você nunca prestou, Iaruanã. Você não vale nada. Você é o mal em carne e osso!

– Calma, Cauê! Abaixe essa arma, saia da porta, entre aqui, vamos conversar. Podemos chegar a um acordo. Sou muito rico e…

– Você usou o filho de um irmão de tribo para fazer o ritual! Dizimou a nossa tribo! E Iaúna? O que ela pensa disso? Vai, desembucha!

– Minha irmã não sabe de nada. Nunca soube. Foi manipulada por mim. Ela nunca aceitou os meus atos. Eu juro. Mas sem a ajuda dela eu jamais teria conseguido matar o pai…

Iaruanã aponta para a gaiola onde está Octávio, que reage com um grito:

– Assassino!

– Iaúna até hoje não se perdoa, doutorzinho, pela dor que causou a você e a sua mãe. Coitada. Tem dó de branco! Ela não imaginava que eu usaria as informações, que me passou com tanto custo, para eu matar o seu pai. E no dia em que você botou fogo no casarão? Eu pensei: finalmente, as bolas do doutor cresceram e ele virou homem! Naquele dia, Iaúna queria te contar tudo, tentar se redimir e pedir o seu perdão. Fui eu que mantive a sua mãezinha presa no porão. Você colocou fogo e eu a impedi de sair. Olha só que dupla nós formamos, Octávio!

– Maldito!!!

– Mas é verdade! Pela minha irmã, vocês jamais teriam passado metade da dor que passaram. Até a sua esposa Iaúna queria ajudar. No fundo, seu merda, Iaúna queria ficar com você porque sempre quis te proteger e achava que faria isso melhor do que qualquer um. É outra tola! Fácil de manipular. Mesmo com elixir na cabeça, a minha irmã sempre foi muito tonta e fácil de levar. Posso dizer que ela só está onde está porque eu a conduzi. Do contrário, estaria na sua casa, servindo a sua família de brancos, com a sua mãe e o seu pai ainda vivos... Sorte de Iaúna que eu a direcionei para o melhor! E, por falar na sua mamãe, quero que você saiba, já que vai morrer, que o financiamento que aprovei para a ONG dela era grana suja! Ela era outra tonta que fechou os olhos porque precisava de dinheiro para o projeto!

– Filho da puta! Se ela soubesse da origem do dinheiro ou quem você é, jamais aceitaria!

Octávio cospe, chora de ódio na gaiola, enquanto Martha, dopada, tenta entender o que está acontecendo. Iaruanã, fingindo não ligar para o revólver apontado para ele, vai até a janela.

– Matou meus seguranças, Cauê?

– Esse sangue em mim é deles.

– Impressionante! Você sempre foi um ótimo lutador! Agora, que tal... baixar a arma e conversarmos como velhos conhecidos?

Cauê obedece, mas, antes, mostra o tambor do revólver.

– Veja, Iaruanã: só uma *flecha de fogo*. E o teu nome está escrito nela.

– Você não vai me matar, Cauê. E sabe por quê? Seremos sócios. A gente apaga esses dois, você me ajuda a sumir com os corpos e passamos a trabalhar juntos, que tal?

Cauê guarda a arma na cintura e pergunta:

– Mas e Iaúna?

– Ora, Iaúna é uma ignorante. Não se preocupe, ela não sabe de nada.

Então, Cauê pronuncia uma única palavra:

– Vingança.

Atrás de Cauê surge Iaúna, que atravessa a porta à sua frente.

– Olá, Carlos Rodrigues!

– Oheinê? Minha irmã, eu... eu posso explicar, é que Cauê...

– Cauê já tinha me contado tudo, Iaruanã. Mas eu não acreditei que você tinha sido o responsável pelo fim da nossa tribo, então ele me convidou para passear e, você sabe, não nego convites. Ouvi você revelando tudo. Entendi o que pensa de mim e como é um homem mau!

– Não, Iaúna, não diga isso, eu imploro!

– Implore para a polícia. Era para você ser o meu guardião! Você tem o espírito sujo. Tenho nojo de você!

– Não, irmã! Você é tudo para mim! Não diga isso! Eu... eu estava mentindo para Cauê! Vamos, Iaúna, acredite em mim! Nós... nós podemos fugir! Deixei muito dinheiro em várias malas naquela segunda casa que visitamos... Sabe? Eu comprei a chácara e também guardei muito dinheiro lá. Poderemos desaparecer e viver como reis, oheinê!

Octávio assiste a Iaruanã cair em prantos como uma criança, e a cena é tão espantosa quanto ver Iaúna viva. Sua preocupação maior, porém, é com Martha.

Cauê olha para Octávio preso. Esse segundo de distração é suficiente para Iaruanã se jogar sobre ele numa luta violentíssima. Os dois se atracam na sala. Iaúna olha para Octávio. Em seguida, caminha até a mesa do escritório. Está alheia a tudo. As palavras de Iaruanã mataram-na por dentro.

A índia apanha dois objetos na primeira gaveta e, em seguida, se aproxima de Martha.

– Iaúna? O que está fazendo?! – grita Octávio.

De frente para Martha, a índia pega a faca deixada pelo irmão.

– Não, Iaúna! Sai daí, deixa ela em paz!

Iaúna o ignora, levanta-se e despeja um líquido na boca de Martha, que está semidesperta. Então, empunhando a faca, desfere um golpe rápido às costas da jovem.

– Não! Não! O que você fez a ela? – pergunta Octávio, apavorado.

O corpo de Martha desaba sobre Iaúna, que o deita no assoalho, para, em seguida, ir até a gaiola onde Octávio está enjaulado. Usando a chave que pegou na gaveta, liberta o médico, que corre em direção à esposa.

– Martha, Martha!

Iaúna se aproxima dele.

– Dei um pouco de um remédio que alivia a tontura. Ela já vai recobrar a consciência. Tive que bater forte com a faca pra cortar a corda. Estica os braços para eu cortar o nó dos pulsos.

Sem pensar, porém aliviado, Octávio obedece.

– Dá para descermos pelo outro lado, vamos!

Iaúna abre uma porta na extremidade da sala, enquanto, na outra, Iaruanã e Cauê se enfrentam ferozmente, quebrando móveis e desferindo golpes violentos. Ambos gritam palavras na língua Moxiruna.

Octávio pega Martha e segue Iaúna pela saída que dá no pátio externo, onde os corpos dos dois seguranças mortos por Cauê jazem num canto.

– Tavinho, vem! Me ajuda a puxar esse portão!

Pela primeira vez depois de algum tempo, Octávio sente novamente confiança na índia e compreende o fato de ela o chamar pelo apelido de infância. Aquele nome dito por ela lhe traz nostalgia. Octávio olha para Martha, que sinaliza que está melhorando enquanto escora-se sozinha na parede.

De repente, a janela do segundo andar é estilhaçada e o corpo de Cauê cai, inerte, no chão de terra. Instintivamente, Octávio corre até ele. Pescoço quebrado, olhos vidrados em horror e diversos sinais de espancamento.

"Descanse em paz, Cauê! Encontre seu filho...", pensa, fechando os olhos do índio.

– Tavinho!

O grito de Iaúna traz Octávio de volta para a realidade. Iaruanã chega ao pátio com um corte profundo no supercílio direito. Tomou a arma de Cauê e aponta para o médico.

– Chegou a hora, doutorzinho. Esse aí assimilava bem as porradas, mas, afinal, pediu para que eu parasse de bater e o matasse logo. Bati demais... fazia tempo que não espancava alguém assim! Agora é só entre nós dois, caraíba!

Iaúna se aproxima.

– Desiste, ihaninhê! Chega de tanta maldade! Aqui já tem muitos corpos e muitas provas! Acabou!

– Cala a boca, Iaúna. Eu consigo limpar tudinho só com *um* telefonema. De pé, doutor!

Octávio se afasta do corpo de Cauê e fica de pé. Iaruanã aponta o revólver na altura da cabeça do médico, que pensa: "Mãe, pai..."

– O mais engraçado é que você vai morrer igual ao seu pai. Com um tiro na fuça disparado por mim. Irônico, não?

Iaruanã encosta o dedo no gatilho.

O salto dado por Iaúna para proteger Octávio coloca-a na altura exata para que a bala a atinja dois centímetros acima do coração. A índia cai.

– Iaúna! – grita Iaruanã.

Octávio ampara a índia nos braços.

– Desgraçado! Ela morreu por sua causa! – grita Iaruanã, saltando para cima de Octávio.

Os dois lutam, mas a superioridade do índio é notória. Apesar de cansado, desfere vários golpes em Octávio. Ainda assim, ele consegue pegar no chão a faca que Iaúna trouxe do andar de cima e enfiar, com força, na coxa de Iaruanã. O índio urra e tomba de costas no chão.

Octávio corre até Martha e, ignorando a dor dos ferimentos, puxa o pesado portão de ferro, que desliza lentamente. Martha consegue sair, mas o médico é puxado por Iaruanã, que o lança novamente com força no chão e monta nele, enforcando-o com uma das mãos, enquanto retira a faca da coxa com a outra, sem esboçar um mínimo de dor. Então, ergue a faca decidido a acabar com Octávio de uma vez por todas.

Um tiro é disparado e atinge a lateral do pescoço de Iaruanã. O índio cai ao lado de Octávio, que rola e vê o portão de ferro completamente aberto. Do lado de fora, quatro viaturas da polícia. Ainda no chão, ele se vira para Iaruanã, que tenta estancar a hemorragia do pescoço com a mão.

– Ouça o conselho da sua irmã, e implore para ela te salvar – diz, apontando para uma das viaturas.

O policial com a arma na mão é Oswaldo. Martha se coloca ao lado dele, amparada por outros policiais.

– Chamem o SAMU, rápido!

Octávio vira o corpo de Iaruanã e estuda o ferimento. É grave. Não há mais nada a ser feito ali.

– Você tem cerca de dez minutos de vida – avisa Octávio.

Iaruanã, engasgando-se no próprio sangue, diz:

– Carvalho branco... você é o...

E assim, de olhos arregalados, como que jamais fosse se entregar, Carlos Rodrigues, Iaruanã, o Pajé, o Guardião da Senhora das Trevas, entrega a vida a seus deuses... ou demônios.

Octávio corre para ver o estado de Iaúna. Rasga sua roupa e avalia a gravidade do ferimento.

– Não pegou no coração, mas muito perto. Ela tem que ser operada. Agora! Precisa ir para o hospital imediatamente!

Oswaldo e Martha se aproximam de Octávio, que segura a mão da índia.

– Ela está mal... muito mal! Cadê a ambulância? Ela precisa de socorro urgente! – grita Octávio.

– Perdão, Tavinho... perdão, meu filho! – implora Iaúna.

Uma lágrima escorre pela face da índia.

Octávio encara sua antiga mentora com ternura. Então, Iaúna desvia o olhar para trás do médico. Uma forte lufada de vento passa por todos, e a índia, olhando para o céu, diz em delírio:

– Perdão, dona Cristina! Perdão! Eu não queria! Nunca desejei mal a vocês.

Martha, Octávio e Oswaldo ficam visivelmente emocionados, experimentando uma estranha mistura de sentimentos. Minutos depois, paramédicos levam os feridos. Os policiais avançam pelo pequeno prédio, examinando tudo. Oswaldo se aproxima do casal e dialoga com o amigo médico.

– E aí? Fui rápido? – pergunta Oswaldo.

– Rápido? Para quem me prometeu semanas, você foi rápido demais. O que aconteceu?

– Assim que vocês saíram, orquestrei toda a ação, alegando que haveria um acerto de contas com muitas mortes.

– Obrigado, irmão. Tudo aqui estava mais perigoso do que imaginávamos. Você já deve estar sabendo sobre o que aconteceu com os seus homens que estavam fazendo a nossa guarda.

– Sim, eu soube assim que cheguei em Brasília. Uma pena. Eram dois excelentes agentes!

– E como você nos achou tão rápido?

– Vocês haviam mencionado esse prédio descrito pelo tal Cauê, então contatei informantes e deixei todos os policiais daqui de prontidão. Se não houvesse mandado, ainda assim eu daria um jeito. Voei para cá de madrugada.

– Você conseguiu a autorização de um juiz enquanto vinha para cá?

– Sim, mas tudo porque um promotor comprou a ideia sem eu precisar me esforçar. Vocês já devem ter ouvido falar dele, um tal de Renato Stein – ironiza.

– Sério?!

– Ã-hã. O Stein priorizou tudo. Nem precisei explicar muito. Acho que ele está arrependido... viu a merda que fez, né?

– Meu Deus, Oswaldo! Que loucura...

Oito meses depois, em 18 de maio de 2019, num lindo sábado ensolarado, o casal Albuquerque passeia pelas ruas do bairro pela manhã. Octávio reflete junto com Martha, diante de tudo que aconteceu, como as coisas poderiam ter sido diferentes. Tão diferentes...

– Querido, no que você está pensando?

– Veja, Martha: Renato Stein, Iaúna, Iaruanã, Cauê, eu e também você!

– Eu, querido, eu o quê?!

– Me escuta, Martha! Pensa só... acho que ninguém realmente enxerga a outra pessoa. Vemos somente a superfície. Estou convencido disso. Para mim, Iaúna era uma pessoa maravilhosa e, depois, tornou-se alguém terrível. Hoje, depois de tudo, depois de ter levado uma bala por mim, sei quem de fato é. Imagino o quanto sofreu e, como todos nós, tem o seu lado obscuro e selvagem comandado pelo medo. Quanto sofrimento causamos só por enxergar a superfície. Será que Iaúna merecia tanto o nosso ódio? Nós nem demos a ela a chance de se explicar. *Eu* não dei. Se eu fosse mais tolerante, talvez a minha mãe estivesse viva e Iaúna, salva. Meu Deus, chega! Que tudo isso tenha acabado!

– Verdade, querido. Você tem razão. Temos que tomar mais cuidado com os nossos julgamentos. E chega, né? Que tudo isso tenha acabado mesmo.

Seguem, então, para um mercadinho de frutas e escolhem uvas, maçãs, bananas e peras. Voltam para casa conversando, alegres, imaginando o nome que darão ao bebê que Martha espera. A barriga já proeminente chama a atenção pelo equilíbrio e beleza ainda mais evidentes em Martha. Param numa banca de jornal.

– Bom dia, seu Dario. O senhor tem aquelas revistas para gestantes?

– Xiii, senhora, acabaram, mas chegarão mais depois de amanhã. Assim que entregarem, deixo na portaria do seu prédio, tá bom?

– Claro, muito obrigada pela gentileza – agradece Martha e se vira para Octávio, que está lendo um jornal popular.

– Não é possível! É muita coincidência! Olha isso, Martha. Resolvi, sei lá por que, folhear essa porcaria de jornal e veja só o que eu fui encontrar. Aqui, ó, tô todo arrepiado – diz, mostrando o braço e os pelos eriçados.

– O que foi, amor? Alguma notícia interessante?

– Mais ou menos, veja só: a justiça vai considerar Iaúna morta, mesmo com a ambulância tendo capotado e sem nenhum corpo dentro. Eles alegam que não há como uma mulher, naquelas condições e criticamente baleada, ter sobrevivido a um grave acidente como aquele. "Impossível mesmo!", completa Octávio mentalmente.

– Que triste – diz Martha.

– Sem dúvida! Tá tudo aqui, nessa coluna policial. Dizem que a família do falecido deputado federal Carlos Rodrigues, parece que liderada pelo seu filho mais velho, o tal de Rodrigo Rodrigues, luta para reaver o dinheiro do político morto. A viúva Nathalia Gouveia, em delação premiada, também alegou que o falecido mantinha muito dinheiro em malas e caixas escondidas, enterradas em casas alugadas, mas que todo esse dinheiro sumiu. São milhões de reais!

– Nossa! Agora a briga será por dinheiro! Chega disso, vai! Vamos, temos que nos aprontar, porque vai ter churrasco da turma na casa do Oswaldo – pede Martha, toda animada.

– É verdade, vamos. Estou louco para exibir a grávida mais linda deste mundo!

De mãos dadas, ambos retornam ao prédio.

O jornaleiro permanece por alguns segundos observando aquele belo casal que exala felicidade. Do outro lado da rua, outra pessoa também os observa. É a mais nova moradora do bairro, uma senhora muito rica, dizem, porém simples e reclusa.

Está bem claro que sofreu inúmeros procedimentos, desde os extremamente invasivos aos meramente estéticos, dermatológicos. Como se a mulher se negasse a aceitar a impiedosa ação do tempo ou... O rosto está avermelhado, a pele da testa muito brilhosa, finíssima, em certos pontos das faces descascando ainda. O conjunto da obra beira o, digamos, bizarro. Vaidade exacerbada?, talvez. Ditadura da beleza eterna?, quem sabe. Plásticas e mais plásticas, esfoliações, Botox, rejuvenescimento, peelings, preenchimentos... Tudo para parecer bem mais jovem do que de fato é? Ok, mas o cirurgião não devia ser dos melhores. O resultado ficou desastroso.

A senhora caminha em direção à banca. Fica observando e folheando as inúmeras revistas de uma prateleira por cerca de dez minutos. Até ser interrompida pelo jornaleiro.

– Pois não? Procura algo específico? Eu posso ajudar a senh...

– Ah, muito obrigada. Procuro, sim. Sou nova aqui no bairro, ainda estou me ambientando com a vizinhança.

– Seja muito bem-vinda.

– Me mudei para ficar mais próxima da minha família... do meu menino, na verdade.

– O bairro é bem tranquilo, todo mundo se conhece. Mas, diga, o que a senhora está procurando?

– O senhor teria alguma coisa sobre jardinagem?

– Tenho, sim. Deixa eu ver... aqui, ó. Tenho essas três.

Após uma rápida folheada, ela decide:

– Vou levar todas. Lhe devo quanto?

– Deixa eu ver... são oitenta e três reais. Se for melhor para a senhora, quando quiser, eu separo os novos números assim que chegarem e mando entregar em domicílio.

– Obrigada, quanta gentileza. Toma aqui – diz, entregando ao homem uma nota de cem –, pode ficar com o troco, senhor...?

– Seu Dario. Seu Dario da banca, como os meus fregueses me chamam. A senhora?

– Cristina Albuquerque, mas pode me chamar de dona Cristininha.

FIM